This Earl of Mine
by Kate Bateman

囚われ人に愛を誓えば

ケイト・ベイトマン
橋本　節[訳]

ライムブックス

THIS EARL OF MINE
by Kate Bateman

Published by arrangement with St. Martin' s Publishing Group.
through Japan UNI Agency, Inc., Tokyo.

囚われ人に愛を誓えば

主要登場人物

ジョージアナ（ジョージー）・キャヴァスティード……貿易会社経営者
ベネディクト（ベン）・ワイルド………………ボウ・ストリートの密偵。賭博クラブ共同経営者
ジュリエット・キャヴァスティード………………ジョージアナの妹
アレクサンダー（アレックス）・ハーランド………ベネディクトの友人。賭博クラブ共同経営者
セバスチャン（セブ）・ウルフ……………………ベネディクトの友人。賭博クラブ共同経営者
ピーター・スミット………………………………ジョージアナの秘書
ジョサイア・キャヴァスティード…………………ジョージアナのいとこ
シメオン・ペティグリュー…………………………ジュリエットの恋人
ジェム・バーンズ…………………………………情報屋の少年

1

一八一六年三月、ロンドン

夫を見つけるのに、ニューゲート監獄よりもひどいところなどあるだろうか。

もちろん、ざらにある。

ただ、今のジョージーは、それがどこか思いつけなかった。

「ジョージアナ・キャヴァスティード、こいつは実にまずい考えですな」

たくましい体つきの秘書、ピーター・スミットがロンドンで最も悪名高い監獄へふたりを運ぶために呼んだ目立たない馬車が、小石を敷いた道で車体を揺らして止まった。ジョージーは彼に向かって眉をひそめた。この白髪まじりの頭をしたオランダ人は、彼女の行動に反対するとき、決まってフルネームを使う。よくあることだ。

「あなたがしようとしていることを知ったら、お父上が墓の中でお嘆きになる」

それは疑いようもない真実だ。ジョージーにしてもほんの三日前までは、危険な犯罪者たちの中から夫を見つくろうなど、人生で特に優先すべき目標でもなんでもなかった。だが、ひどい状況に追い込まれたときにはひどい手段だって必要になる。あるいはこの場合、絞首台を目前にしたひどい悪人が必要なのだ。その極悪人と今夜じゅうに結婚する。

ジョージーは霧雨が降る外を眺め、それから視線をあげて、ほとんど窓のない監獄の壁に目をやった。五階建ての巨大なれんが造りの建物の壁は、冷たく、そして絶望的に霧の中にそびえている。闇の中のどこかで教会の鐘が鳴り、終末の前兆にも似た虚《むな》しい音を響かせていた。不吉な予感がして暗澹《あんたん》とした気分になり、胃が締めつけられる。

本当にこの計画を実行してしまってよいのだろうか？　安全なグローヴナー・スクエアにいるときは、いい考えに思えた。いとこのジョサイアを袖にして、一気に片をつける完璧な方法だ。馬車からおりたジョージーは、雨を避けるためにうつむいてピーターのあとを追い、大きなアーチ状の門の下を通っていった。自分が立てた計画の大胆さに胸がどきどきする。

ふたりは、死刑判決を受けた囚人が絞首台へ向かうのと同じ経路を逆にたどってここに至った。西から東、洗練された階級の人々が多いメイフェアから徐々に治安が悪くなって荒涼としてくるホルボーンやセント・ジャイルズといった地区を通過し、人間性などほとんど持ち合わせていない人たちが投獄されている、この惨めな場所へとやってきたのだ。ジョージーは、あたかも自分が死刑の執行へと近づいていくような気がしていた。

迫ってくる死の気配を振り払い、背筋をぴんと伸ばす。みずから選んだ道だ。これからの数分でどれだけ不快な思いをしようとも、この道を進まなければ、ずっと悪い状況が待ち受けている。ジョサイアと一緒になって不幸な一生を送るより、残忍で不潔な犯罪者と一時的に結婚するほうがよほどましに決まっていた。

ふたりで誰もいない吹きさらしの中庭を通っていき、ジョージーは建物の無数の小穴からもれ出てくる不快な異臭を吸い込まないよう、咳払《せきばら》いをした。「すべて手はずは整えてあるわよね？　先方もわたしたちを待っているのでしょう？」

ピーターがうなずく。「ええ。あなたの金をつかませて、準備しておきました。代理人も監獄の司教も、銅貨に目がくらんでいましたよ。どちらも賄賂を受け取るのに慣れているんでしょう。欲張りな連中だ」

父親の右腕だったピーターは、ジョージーを前にして気取った話し方をしない。そして、彼女はこの秘書のそうした武骨さに感謝していた。本当に思ったことを口にする人がほとんどいないと言っていいのが社交界だ。だからこそ、ピーターの率直さはすがすがしく感じられる。彼はジョージーが生まれる二〇年以上も前から、彼女の父親の部下だった。おたふく風邪にかかったせいで、ウィリアム・キャヴァスティードが死を迎えた最後の航海の供をせずにすんだわけだが、もしピーターが一緒にいたら父は死なずにすんだかもしれないと、ジョージーは今でもときおり思っている。スコールや難破、海賊の襲来といったささいな出来事など、ピーター・スミットのような男性にかかれば、ただ不便だと思うくらいのものでしかないはずだった。

父が死んでから五年、ピーターは変わらぬ忠誠をウィリアムの娘たちに捧げつづけ、ジョージーもまた、このぶっきらぼうで大柄な秘書を第二の父のように慕ってきた。彼ならば、この無鉄砲な計画が進むあいだも彼女を見守ってくれるに違いない——たとえ計画自体には反対であっても。

ジョージーは雨をよけるため、頭を覆う外套《がいとう》のフードを引っ張った。この場所は人殺しや追いはぎ、偽造犯や泥棒でいっぱいだ。不運な悪党たちは死を命じられ、数少ない〝幸運な〟者たちは罰を流刑に軽減される。そして、ジョージーもまた彼女なりに、囚人たちと同じくらい必死になっていた。

「その男が明日、絞首刑になるというのは本当なのね？」

ピーターがいかめしい表情でうなずき、木製のドアをどんどんと叩く。「本当です。誰にきいても取るに足りない男だという答えでした」

尋ねるべき質問ではなく、そもそも名前を買っただけの男のことなど知りたくもなかった。その男の死が、すなわちジョージー自身に自由をもたらすことになる。二四時間のあいだに結婚し、そして未亡人となる計画だ。

死刑宣告を受けた人間を利用すると思うと、口の中に苦い味が広がっていく。他人の不幸によって幸せになろうとする自分の行為に罪悪感がこみあげた。だが、彼女と結婚してもしなくても、その男が死ぬという結果に変わりはない。「彼はどんな罪を？」

「たくさんあると聞いています。コイナーだとか」ジョージーが眉間にしわを寄せたのを見て、ピーターが詳しく説明した。「贋金《にせがね》づくりのことをそう呼ぶんです。反逆罪に相当します」

「そう」少し厳しすぎやしないだろうか。金がまるでなく、自分でつくらねばならなくなる状況というのがどんなものなのか、ジョージーには想像もつかなかった。それでも、富を持つというのは、まったく持たないのとさして変わらぬ呪いだと思う。何しろ、彼女はあり余る財産のおかげでこの六年というもの、財産目当てで誠実さのかけらもない好色な男性たちが次々と寄ってくるのに耐えなければならなかったのだ。

「密輸もしていたようです」ピーターが念を入れてつけ加える。「ケントで税関の職員を刺したとか」

ジョージーは、自分が単に悪い状況の中で最善を尽くそうとしているだけだと考えた。その男性は自身にはもう希望がないとわかっているし、少なくともあとに残される家族に何かを与えてこの世を去ることができる。誰だって両親やきょうだい、恋人がいて、彼らのためにも、金さえ払ってもらえば、やりたくないことでもやる。みずからに夫を買い与えようとしているくらいなのだから、ほかの誰よりも彼女がそれをよく知っていた。少なくともこの方法なら、結婚したふりをする必要はない。第一、自分を幸せにするために使うのでなかったら、大金を持っていることに意味があるのかという話になってしまうのでは？

ピーターがいらだちもあらわに、ふたたびドアを叩く。

「あなたが反対なのは知っているわ」ジョージーは彼に声をかけた。「でもお父さまだって、わたし自身よりもわたしのお金を欲しがっている男性が、わたしの結婚相手になるのを望んではいないはずよ。この前の晩、あなたに助けられていなかったら、間違いなくそうなっていたでしょうね。醜聞を避けるため、ジョサイアと結婚するしかなくなっていたわ。ただ過ちを犯させるためだけに自分の人生と財産をどこかの愚か者に支配させるなんて、絶対にいやよ。未亡人になれば、わたしは自由になれるわ」

ピーターが物言いたげに鼻を鳴らした。

「わたしに心がないと思っているのでしょうけれど、それならほかに手はある？」ジョージーは秘書がしかめっ面で黙り込むのを見てうなずき、さらに言葉を続けた。「ないわよね。わたしもそう思うわ」

大きな足音と鍵をじゃらじゃらいわせる音がして、ようやく中に人がいることを伝えてきた。ドアがきしみながら開き、薄暗いランタンの明かりが気味悪いほど大きな男の姿をぼんやりと照らし出す。

「ミスター・ノリス？」

ピーターに気づいた男が茶色い歯を見せてにやりとした。「よく来たね、旦那。ようこそ」首を伸ばしてランタンを持ちあげ、ジョージーの姿をのぞき見ようとする。「レディも一緒に連れてきたんだな？」彼はたるんだ顔面の輪郭の中にある豚みたいな目を、好奇心丸出しで細くした。

「許可証もある」ピーターが上着のポケットをぽんぽんと叩いた。

ノリスがうなずき、あとずさりしてふたりのために道を空けた。「司教は挙式をしてくれるそうでさ」体の向きを変えてランタンを掲げ、足を引きずり気味に狭い廊下を歩きはじめる。「ただし、ちょっとした問題が起きましてね」彼はピーターのほうに向かって頭をうしろに傾けた。「そこのレディと結婚するはずの男なんだが、自殺してしまった」

ピーターが急に立ちどまり、ジョージーは彼の大きな背中にぶつかった。

「自殺だと?」ピーターが声を荒らげる。「じゃあなんだって、わたしたちはここにいるんだ? 払った金は返してもらうぞ!」

ノリスが声をあげて笑い、腹を不気味に揺らした。聞いていて心地よくなる声ではない。

「おいおい、何も心配することはないですぜ、旦那。特別許可証に名前は書いてないんでしょう? なら、ここには代わりがいくらでもいる。さあ、こっちだ」

不快なノリスのあとについて階段をのぼり、ふたつ目の廊下を進んでいくうち、監獄のひどいにおいが一〇倍にもなった。廊下の両側の壁には分厚い木製のドアが並んでいる。それぞれに四角い金属製の扉が取りつけられ、目の高さの位置には横滑り式の小さな戸もはめ込まれていた。いくつかのドアの向こうから人間らしからぬうめき声や怒声、恨めしげな叫び声などが聞こえ、それ以外のドアは不吉な沈黙を守っている。ジョージーは鼻にハンカチーフを押し当て、それをラベンダー水につけておいたことに内心で喜んだ。

よたよたと歩いていたノリスが、並んだドアの最後のひとつの前で立ちどまる。彼の目は、見る者を不安にさせるほどの喜びに輝いていた。

「実は、もう代わりを見つけてあるんでさ」ノリスがたっぷり肉のついたこぶしで鉄格子を叩き、思わせぶりな目つきで外套を着たジョージーを見る。食用油でおぼれたような気分になった彼女は、体が震えそうになるのをかろうじて抑え込んだ。

「起きろ、野郎ども！」ノリスが声を張りあげた。「おまえらの奉仕が必要なレディがお越しだぞ」

2

先代モーコット伯爵の厄介者の次男にして、本人の望まぬ戦争の英雄であり、そして元社交界の災厄でもあったベネディクト・ウィリアム・ヘンリー・ワイルドは、同房の囚人の最後の言葉を聞こうと懸命になっていた。身を乗り出し、囚人の黒くなった歯の異臭や、その熱っぽい肉体を包む差し迫った死の病的な甘いにおいを無視しようとする。

シラスは腿を刺されたときの傷が化膿《かのう》したのが原因で、もう何日も苦しみつづけていた。ろくでなしの看守どもは彼の懇願にまったく耳を貸さず、水も包帯も、アヘンチンキも与えていない。ベネディクトはすでに何時間も、この密輸犯がわめく言葉を解読しようと苦心していた。前のめりになって顔を寄せ、発熱による錯乱状態で舌のゆるんだ口から役立ちそうな情報が飛び出してこないかと、聞き耳を立てて待つ。しかし、シラスの言葉はがっかりするほど支離滅裂だった。計画や反逆、アイルランド人、皇帝といった単語をうわごとのように繰り返すばかりだ。ベネディクトが哀れな男の体を揺さぶろうとしたまさにそのとき、囚人はあえぐように最後の息をもらし――そして、死んだ。

「くそったれ！」

ベネディクトは、尿と死の悪臭を放つ藁《わら》をいっぱいに敷いただけのかたい寝台からあとずさりした。あと少しで必要としていた情報を聞き出せたのに。

これが初めてではないが、ベネディクトは友人であるアレックスのおじで、ボウ・ストリートの主任判事を務め、ロンドンの治安維持の体系を変革する使命を負うナサニエル・コナント卿に悪態をついた。ボウ・ストリートは首都における上級警察裁判所で、むしろ侮蔑的な意味で名が売れている〝捕り手《ランナー》〟たちが犯罪を捜査し、手がかりを追い、令状や召喚状を執行し、盗品のありかを探り、規則違反やその他の違反が疑われる場所を監視している。

コナントはおよそ一年前、その数カ月前に大陸でのナポレオン・ボナパルトとの戦いから帰還していたベネディクトとアレックス、そしてやはり友人のセブに接触してきた。三人がベルギーで煙たい焚《た》き火を囲み、ともに運営しようと約束した賭博クラブ〈トライコーン〉を開いたばかりの頃の話だ。この新しい商売によって、三人は国王陛下の政府に代わって情報を集める理想的な立場に身を置くことになる。コナントはそう主張した。クラブの会員とその知人が社会のあらゆる層に及んでいるのが、その理由だ。また、三人に事件――とりわけ社会階層をまたいだ事件解決のための協力を要請してくるときもあった。彼らは上流社会へ紛れ込めるばかりではない。ウェリントン公爵がみずからの第九五歩兵連隊《ライフルズ》の兵士たちを〝地上のごみ〟と呼んだのは有名な話だが、三人はその連隊にいたおかげで、隊の兵士たちと似たような社会の最下層で生きる者たちともうまくやっていくことができた。

コナントは受けた任務すべてに対して三人にじゅうぶんな報酬を支払い、それに加えて新しい情報を仕入れるごとにその分の金を支払った。アレックスとセブのふたりは金を必要としておらず、それよりも自分たちの知力への挑戦に関心がある。だがベネディクトは金を余分に稼ぐ機会があれば、たとえその任務が今のように魅力に欠けるものであっても、すぐに飛びついた。

彼がニューゲート監獄に入ったのも、ある噂《うわさ》について調べろというコナントの命令を受けたからだった。何者かが密輸業者の人員を集めて、地位を追われた皇帝ナポレオン・ボナパルトをセントヘレナ島から救い出そうとしているという噂だ。ベネディクトは世の中に不満を持つ元海軍の砲兵に扮《ふん》し、何週間もかけてこの一味に取り入って策謀の背後にいる黒幕を探していた。そしてさらに情報を得ようとして、自分自身の意思でギャングどもの半数近く──その中に死んだシラスもいた──と一緒に、グレーヴゼンドの近くで税関職員によって捕まったのだった。この事件を解決すれば、五〇〇ポンドの報酬を受け取ることになっており、ベネディクトはその金をなんらかの方法で、浪費家だった父の残した多額の借金を兄が返済する足しにするつもりでいる。

この監獄に入ってから、じきに一〇日になる。ギャングの首領だったハモンドという名の邪悪な男は昨日の朝に絞首刑に処せられ、ベネディクトとシラス、そしてギャングたちの中でも若いふたりは流刑を命じられていた。絞首台でひと思いに殺すよりも、監獄船の中でゆっくりとした死を迎えさせるのが、イングランド流の寛大さというやつなのだろう。

監獄船は夜明けに出航する予定だが、ベネディクトがそれに乗ることはない。シラスとハモンドが死んだ今、そこまでする必要がなくなったからだ。あのふたりから新しい情報を聞き出すのは不可能になってしまったし、ピータースとフライに至ってはまだ一〇代で、役に立つ情報を知っているとも思えない。コナントが手配し、ベネディクトは出航前に監獄船から〝消える〟手はずになっていた。船の警備員もノリスと同じく、賄賂を受け取るのを当然と思っているということだ。

　グレーヴゼンドの手入れでは数名のギャングのメンバーが逮捕を免れ、逃走を続けている。ベネディクトは判事による刑の宣告を受けたとき、群衆の中に見知った顔を数人発見しており、自由の身になりしだい彼らを追うつもりだった。その中に反逆の陰謀と関係のある者がいるかどうかを確認しなくてはならない。

　ため息をついて壁につけた背を滑らせ、膝を曲げて汚い床に座り込む。清潔というのがどんな感じなのか、もはや覚えていない。ベネディクトは片方の手でひげの伸びた顎を撫で、顔をしかめた。ひげは変装の一環として伸びっぱなしにしてある。一回の洗顔と一本のかみそりのためなら、人殺しさえいとわない気分だ。ペニンシュラ半島での最悪の状況下でも、そしてそのあとのフランスとベルギーでも、ひげだけは時間を見つけてきちんと剃《そ》ってきた。戦友のアレックスとセブには、それをよくからかわれたものだ。

　房の屋外に面した壁には小さな四角い窓がある。ベネディクトは窓の鉄格子越しに、外で降っている雨を眺めた。いまいましいほど幸運なセブとアレックスは今も外の世界にいて、ロンドンの社交界の若い娘や人妻、未亡人たちの心を分け隔てなく悩ませているだろう。

ベネディクトは国王と国のため、行動していた。

それからもちろん、金のためでもある。五〇〇ポンドは軽く考えられる金額ではない。反逆者を追うというのは立派な行動だ。監獄には女も酒もないので禁欲と禁酒を続けなくてはならず、こちらは地獄だった。上等なフランスのブランデーがあって、あたたかく積極的な女性がいればいいのに。いまいましいことだが、今は舞踏会で出される水で薄めたラタフィアがあって、バーで働く女性と戯れられれば、それで我慢できる。

もちろん、相手はバーで働く〝美しい〟女性がいい。ベネディクト自身、すぐれた容姿の持ち主であり、これまではいつだって好みをあれこれ言う立場でいられた。少なくとも、ひげをきれいに剃っているときはそうだ。今の彼を見たら、母親だって息子だとは気づかないかもしれない。

人の話し声と足音がベネディクトのとりとめのない空想を妨げ、石に響くノリスの卑屈な声が聞こえてきた。こぶしが鉄格子を叩き、死人も目を覚ましかねない大きな音があがる。ふと思いついたその皮肉な冗談に、ベネディクトはシラスのほうへと視線を向けた。まあ、そこまで大きな音ではなかったらしい。

「起きろ、野郎ども！」ノリスが声を張りあげた。「おまえらの奉仕が必要なレディがお越しだぞ」

暗闇の中、ベネディクトは眉をあげた。いったい何事だ？

「こちらのレディに男を見つくろって、それを誰にも話さなければ一〇ポンド。そういう約束でしたね」ドア越しにノリスの声が聞こえる。

「彼らも絞首刑に？」今度はノリスよりも年上で、外国のアクセントがある男の声がした。たぶんオランダ人だろう。

「いいや。今は死刑待ちはいないんでさ。ハモンドが今朝、吊《つ》るされましたからね」ノリスがすまなそうな声で言った。「でも、こいつらならどっちでも注文どおりですぜ。朝いちばんでヴァン・ディーメンズ・ランド（タスマニア島）に送られる」

「それではまるで話にならないわ」

学のありそうな女性の声がして、ベネディクトの耳がぴくりと動いた。ひどくいらついた口調だ。

「どうしても死刑になる囚人が必要なのよ、ミスター・ノリス」

「では、来週また出直してくるんですな、お嬢さん」

少しのあいだ会話がやんだ。ベネディクトには聞こえない小さな声で、ふたりの訪問者が何やら話し合っているのだろう。

「また何週間か待つ時間の余裕はないわ」女性が諦めたように言う。「わかりました。あなたの言う人たちを見てみましょう」

鍵穴に鍵が差し込まれ、出入り口をいっぱいにふさぐノリスの揺れる腹が現れた。ほぼ真っ暗な房の中にいたせいでランタンの光が両目に刺さり、そのあたりをベネディクトは手で覆った。光が寝床の上で動かないシラスを照らし出す。それを見たノリスが不服そうにうなり声をあげた。

「死んだのか？」うろたえたようにも驚いたようにも聞こえない声で、ノリスが尋ねる。

「一週間ももたないと思ってたよ。じゃあ、おまえがやるしかないな。ワイルド、立て」

ベネディクトは顔をしかめて立ちあがった。

「おまえは結婚してないな、ワイルド？」廊下のふたりに聞こえないよう、ノリスが小声できく。

「ああ、いい女と出会えなくてね」自分が扮している東海岸の密輸業者らしい乱暴な口調を続けるよう努め、ベネディクトはゆっくりと言った。「まあ、希望は捨てちゃいないさ」

ノリスは眉間にしわを寄せてその言葉が皮肉なのかどうか思案し、いつもと同じように勘違いをした。「このレディは結婚式を挙げに来たんだ」不満げにそう伝え、こっそりと身ぶりで背後を示す。

ベネディクトが目を細めて見ると、房のすぐ外にふたつの人影があった。看守の巨大な体にさえぎられて全身は見えないが、ふたりのうち、小さくてフードをかぶったほうがどうやら女性らしかった。「いったいどんな女が結婚なんかしに、こんなところへ来るっていうんだ？」

ノリスが低く笑った。「それだけ必死なんだろうよ、ミスター・ワイルド」

彼の目に宿る強欲な光が、この機に乗じて優位に立とうとする意思をうかがわせる。ベネディクトの中に怒りと、そして、何者とも知れないこの愚かな女性を守らねばならないという気持ちがこみあげた。おそらくは良家の娘で、これから生まれてくる子どものために名を求めているのだろう。あるいは庶民層の娼婦《しょうふ》で、夫の死とともに借金が帳消しになるのを期待しているのかもしれない。ただし、あれほどきびきびとした上流階級の発音で話す娼婦など、ベネディクトにしてもお目にかかったことがなかった。

「会ったこともない女と結婚しろというのか？」あまりのばからしさに、ベネディクトは思わず笑いそうになった。「申し出には感謝するよ、ミスター・ノリス。だが、断らせてもらう。おれは誰のためだろうが、わざわざ結婚という罠に飛び込むつもりはないんでね」

ノリスが威圧するかのように、足を一歩前に踏み出した。「いいや、そうするさ、ワイルド。断るならエニスを呼んで、その頭を叩き割らせるぞ」シラスの死体をじろりと眺め、さらに言葉を続ける。「簡単なことだ。あいつに命じて、墓穴をひとつじゃなくてふたつ掘らせればいいだけの話さ」

エニスというのは背が低くて短気な乱暴者で、持ち歩いている重い木のこん棒で囚人を殴打するのが好きなろくでなしだ。そう言われて、ベネディクトの怒りがいっそう燃えあがった。脅されるのは好きではないし、両手を手錠で拘束されてさえいなければ、単刀直入にその事実をミスター・ノリスに告げているところだ。

残念ながらノリスは危ない橋を渡る男ではなく、手にした棒でベネディクトをつついて言った。「一緒に出るぞ。おかしなまねはするなよ」念を押すように、肉厚のこぶしでベネディクトの頭のあたりを小突いてみせる。

ベネディクトは薄暗い通路に出て、ありがたく息を吸い込んだ。ここの空気のにおいは、房の中の悪臭よりわずかにましだ。もちろん、あくまでも程度の問題ではあるのだが。

がっしりした体つきで白髪まじりの六〇歳くらいの男が、すっと移動した。女性を守るかのように前に立って腕を組み、太い眉が目立つ顔をしかめる。ベネディクトは体を横に傾けて女性の顔をのぞこうとしたが、外套のフードにしっかりと隠された顔は見えなかった。それでも、彼女があとずさりした拍子にシルクが女性らしく優雅に音を立てて揺れ、身につけているのが目の粗い粗悪なウーステッドとコットンではないことはわかった。なかなかどうして興味深い。

歩くあいだにせかすノリスにつつかれ、ベネディクトは非現実感を追い払おうと頭を振った。ひげを剃らず体も洗っていない、あと六時間も経たないうちに自由となる身で、こうしてまったく見ず知らずの他人と結婚しようとしている。またしても運命による冷酷な冗談を突きつけられている気分だ。

そもそも自分が結婚するなど、考えてみたこともない。両親の悲惨な実例を目の当たりにしたあとでは、頭をよぎりもしなかった。彼の母は、家のために必要な跡継ぎと、何かあったときのための次男を産むまでのあいだは父親と一緒の生活に耐え、そのあとは華やかなロンドンへ移った。それからの二〇年、母が都会の別邸で入れ替わっていく愛人たちとよろしくやっているあいだ、父はヘレフォードシャーに引きこもり、若い愛人を絶やすことなく家に住まわせていた。一七歳だったベネディクトに進んで女性の体についての手ほどきをしたのも、そうした愛人たちのひとりだ。彼にしてみれば、繰り返したいとは絶対に思えない家庭生活だった。

正直な話、ベネディクトは自分が戦争を生き抜き、二八歳という成熟した年齢になるまで生きつづけるとは思っていなかった。もし、どうしても結婚について考えてみないといけなくなったとしても、まさか監獄の中でする羽目になるとは思わなかったに違いない。少なくとも家族と何人かの友人――独身の誓いを立てた仲間であるアレックスとセブ――くらいは呼び、あるいは花を用意しようと思っていたかもしれないし、場所は田舎の教会あたりを考えていたはずだ。

また、彼は決まった女性を心に描いたこともない。三年にわたった戦場での体験が教えてくれたものがあるとすれば、生涯でただひとりの女性に縛られるには、人生というものは短すぎるということだった。結婚など、このニューゲート監獄よりもたちの悪い牢獄にだってなりうる。

彼らは足音を立てて階段をおり、赤く脂ぎった顔をした司教のホラス・コットンの待つ小さな教会へと入った。コットンは住み込みの教誨師《きょうかいし》という役目に喜びを感じている男で、じきに死ぬ囚人たちに業火だの地獄に落ちる罪だのといった言葉をちりばめた長い説教をぶつのを楽しんでいる。今夜の仕事を受けたのは、かなりの額の金を受け取ったからに違いなかった。

ベネディクトは、テーブルに白いクロスをかけ、ろうそくを二本置いただけという教会の祭壇の前で立ちどまり、手錠をかけられた両手をノリスに向かって突き出した。看守は面白くなさそうにふんと鼻を鳴らしたが、手錠を外さないと先に進めないのをわかっているのは明らかだった。険しい目つきで、何かしたらただではすまないという警告をベネディクトに送り、手錠を外す。そのお返しに、ベネディクトは横柄で挑発的なまなざしに軽蔑の意をこめ、ノリスをにらみつけてやった。

どうすればこの茶番をやめさせられるだろう？　買収で切り抜けようにも、金がない。そもそも賞金稼ぎの報酬目当てでフランスから戻り、ボウ・ストリートのために働くようになったのも、日常的に金がなかったからなのだ。

書類に偽名を記し、結婚を無効にするのはどうだ？　いい手とは言えない。ノリスにもコットンにも、彼がベン・ワイルドであることは知られていた。貧しい元軍人で、世を悲観しているワーテルローの戦いの生き残りだ。当然、フルネームではないとはいえ、法的にはこれでじゅうぶんという恐れもある。

兄がモーコット伯爵だと明かせば面白いことになるかもしれないが、浪費家の父親のおかげで、伯爵家は借金に首までつかっている。兄のジョンはベネディクトよりも金がなくて苦労しているくらいだった。

窮地に追い込まれたという不愉快な感覚が、ベネディクトの首のうしろをぴりぴりとさせている。フランスの狙撃兵に狙われたときと同じ感覚だ。それでも、彼にはこれよりもっと悪い状況を生き延びた経験もあった。危機を逃れることについては名人級だし、この謎めいた女性と結婚させられたとしても、あとでどうにかする手段は必ずある。たとえば婚姻無効を申し立てるのもひとつの手だ。

「聖なる結婚生活が始まるんだ、相手のレディの名前くらいは教えてくれるんだろうな？」

ベネディクトは物憂げにきいた。

付き添いらしき男が、ベネディクトの口調にこめられた皮肉を察して顔をしかめる。だが女性は男の腕に手を置いて彼を黙らせ、まわり込んで前に出た。

「もちろんですわ」優雅な動きでフードを頭から取ると、女性はまっすぐにベネディクトと向き合った。「わたしの名はジョージアナ・キャヴァスティードと申します」

ベネディクトは心のうちで、知っているすべての言葉を駆使して悪態をついた。

3

ジョージアナ・キャヴァスティードだって？　悪魔の罠か何かなのか？

ベネディクトは彼女の名を知っていたが、顔は見たことがなかった――今このときまでは。なんということだ。ロンドンの男なら、誰でもその名を知っている。自分の銀行が持てるほどの財産を持つ彼女なら、イングランドのどの男でも選べるはずではないか。それがいったいなぜ、ニューゲート監獄などで夫を探している？

地位のある女性に紹介されたときは自動的にお辞儀をする習慣が身についていたので、ベネディクトは今の自分がお辞儀をしてはいけないのを忘れるところだった。脳を懸命に働かせ、彼女の家族について知っていることを思い出そうとする。庶民の娘で、貿易業を営む商人の父親は大金持ちであり、その父親は家族に財産を残して死んだはずだった。

彼女の妹は一族きっての美しさだと評判が高い。だが、その評判が本当なら、きっと本物の女神に違いなかった。なぜならば、目の前のジョージアナ・キャヴァスティードは衝撃的なほど美しいからだ。顔の輪郭は人目を引くハート形で鼻は小さく、ろうそくの光を受けて光る瞳は濃い灰色、濡れた粘板岩《スレート》のような色をしている。眉はくっきりとしていてまつげは長く、口はやや大きめでいかにも柔らかそうだった。

一瞬にしてベネディクトの全身がほてり、心臓が早鐘のごとく鳴りはじめた。

そうやって観察しているあいだ、彼女はじっとベネディクトを見つめ、顔を伏せもしなければ、まつげをはためかせもしない。その率直さに彼の女性への関心は跳ねあがり、ズボンの中がうずく感覚に、強制された禁欲をいやでも意識させられた。なんとも不愉快なタイミングだ。今はそんなときではないし、ここはそういう場所でもない。

ふたりはこれまで、社交界で顔を合わせる機会がなかった。ベネディクトが三年前にイベリア半島へ行ったあと、彼女はロンドンへ出てきたに違いない。つまり、年齢は二四歳くらいということだ。その年齢ならば、たいがいの女性は社交シーズンを何度も過ごして結婚できなかった行き遅れだと見なされる。だが、拒絶しがたい魅力である莫大《ばくだい》な財産とそのまばゆいばかりの美貌があれば、ジョージアナ・キャヴァスティードがたとえ八四歳だったとしても、彼女を欲しいと思う男は多いに違いなかった。

それなのに、彼女はここでこうしている。

ベネディクトはどうにかして無表情を装ったものの、実は普通に呼吸するのもやっとだった。いったい何があって、彼女はこれほど極端な行動に出ているのだろう？　もしかすると頭がどうかしているのか？　今の自分のような男と結婚して束縛されるのを正当化するだけの必死な状況というのが、彼には想像すらつかなかった。

ジョージアナが舌の先で唇を湿らせ、それがベネディクトの体をふたたび燃えあがらせた。

それから傲慢とも言える目つきでにらみつける。「あなたのお名前は?」相手の両手が拘束を解かれているのも、相手が明らかに脅しにかかる態度を取っているのも無視して、挑むように一歩前へ踏み出す。

ジョージアナの勇気に対して——たとえそれが無分別なものであっても——ベネディクトは感嘆の念がこみあげてくるのを抑えつけた。息を吸い込むと、彼女の香水のにおいがかすかに感じられる。それだけで、膝から力が抜けていった。人を夢中にさせる女性のにおいと肌の感覚をすっかり忘れていたせいだ。頭がどうかなりそうなその一瞬、彼女を抱き寄せて髪に鼻をうずめ、神々しい香りで肺を満たすところが頭に浮かんだ。彼女の香りをのみ干し、唇が見た目どおりに柔らかいのかを確かめたくてしかたがなかった。

無意識のうちに、ジョージアナに向かって一歩踏み出す。けれども付き添いの男が低くうなって警告を発したので、ベネディクトは動きを止めた。正気が戻ってきて、その場にいる全員が思っているとおりの荒っぽい密輸業者の役を演じつづけなくてはならないことを思い出す。

「名前? ベン・ワイルドだ。なんなりとお申しつけを」

あまり声を出していないせいか、男性の声は低くかすれていて、ジョージーのみぞおちを奇妙な具合にうずかせた。ここは父が自分の船でそうしていたように、主導権を取らなくてはならない。けれども対峙《たいじ》している男性は大きく、とてつもなく威圧的だった。

ノリスの丸々とした体越しに薄暗い牢屋の中をのぞいたとき、ジョージーが囚人を見て最初に感じたのは、立派な体格に対する驚きだった。広い肩幅、幅広の胸、そして長い脚。彼はまるで、牢全体を埋め尽くしているかのように見えた。想像していたのは、ぼろを貧相な身にまとい、おびえている人間のなれの果ての姿だ。こんなにも背が高くてがっしりとした、謝罪とは無縁に見える男らしい生き物ではなかった。

ジョージーは廊下を歩いてくるあいだ、彼の乱れた長すぎる髪と、立派な体格をうしろからずっと眺めていた。ノリスよりも頭ひとつはゆうに背が高く、看守のよたよたとした足取りとは違い、背筋をぴんと伸ばして顎をあげ、大きな歩幅で自信たっぷりに歩いていた。まるでこの監獄が彼のものであり、ただ単に好きで見てまわっているといった感じだ。

そして教会に入った今、ジョージーもようやくこの男性の顔を見ることができた。といっても、ひげに覆われていない部分だけだけれど。彼を眺めまわしているうちに肌がぴりぴりしてきたので、馬だか家具だかを検分しているふりをする。そう、大きくて人間ではない何かを。

男性のもつれた濃い色の髪は、顔のまわりを流れ落ちて顎の近くまで達していた。ちゃんときれいにしたら何色なのか、見定めるのは難しい。頭の片側、ちょうど耳の上あたりに藁が一本飛び出していて、ジョージーは腕を伸ばして取ってあげたいという女性らしい願望に抗《あらが》わねばならなかった。顎の線は濃いひげのせいで見えないが、ろうそくの光が傾斜のある頬骨を照らし、その下のくぼみに影を投げかけている。まっすぐな高い鼻と頬、額の肌は流行遅れの日焼けで浅黒く、濃い茶色の瞳を強調していた。

ジョージーは大胆さが許すかぎり彼に近づいた。あと少しでも寄れば汚水だまりみたいなにおいがするのは疑いようもないというのに、それでも落ち着かない何かが自分の中で渦巻くのが感じられる。いったいこれは何？　不本意ながらも惹かれている？　相手にされないところに魅了されているということ？

彼女の頭のてっぺんは、せいぜい男性の顎のあたりまでしかない。彼の背の高さは矛盾していることに、恐ろしくもあり、頼もしくもあった。体はじゅうぶん寄りかかれるほど大きく、手をあげて胸に当てたら、かたくてあたたかいに違いない。しかも、きっとびくともしないだろう。ジョージーの胸が高鳴って警告を発しはじめた。彼の体はとても大きくて、洗ってもいない。それなのに彼女の体は、自分自身を最も当惑させる方法で反応している。

彼の視線は、ジョージーが落ち着かなくなるほどせっぱつまっていた。彼女は目を伏せてふたりのあいだの奇妙な緊張をほぐそうとしながら、小さくあとずさりした。

首をあらわにしている彼のシャツはほとんど透けていると言っていいほど薄く、汚れた生地の上からでも胸と両腕の筋肉がはっきりと見えている。ズボンは地味な茶色でぴったりしており、引きしまった腿の隆起した筋肉の輪郭が、どきどきするほどくっきりと浮かびあがっていた。

ジョージーは顔をしかめた。これは人生の最盛期にある男性の姿だ。彼が獣みたいに檻《おり》の中にいるなんて、間違っているようにも思える。人を従わせる雰囲気は海賊を思わせるし、彼が船の船首に颯爽《さっそう》と立つところや、兵士たちの一団の前をきびきびと歩きながら命令を下すところを簡単に想像できた。

ジョージーはどうにか声を出して尋ねた。「軍隊にいらしたのかしら、ミスター・ワイルド?」

それならこのすばらしい体格と、横柄なまでに自信に満ちた物腰にも説明がつく。

彼は濃い色の眉をぴくりとさせた。驚いたのかもしれないし、いらだった可能性だって同じくらいはあるだろう。「いたよ」

ジョージーは続く言葉を待ったが、それ以上の説明はなかった。どうやら明らかにミスター・ワイルドは無口なようだ。あるいは、彼のたどってきた道もほかの無数の兵士たちと似通ったものだったのかもしれない。戦争から帰還し、真っ当な仕事を見つけられない兵士たちは大勢いた。彼女自身、そうした人たちが街角でぼろをまとって物乞いをしているのを見ている。国のために英雄的に働いた男性たちが生き延びるために犯罪に手を染めていくなど、イングランドの恥だとしか思えなかった。

彼が死刑囚でないという事実は、本当に問題となるだろうか? ジョージーの最初の計画では、航海へ出た水兵と結婚したとジョサイアに伝えるはずだった。もちろん、彼女は未亡人となるのだが、いとこがそれを知ることはない。なんなら〝不在の〟夫はそのまま、永遠に世界の海をまわっていてもいいわけだ。

このワイルドとやらと結婚しても、ジョージーがすぐに未亡人になるということはない。

ただし、計画したとおりの結果は得られるはずだった。ジョサイアは重婚の罪を犯す危険を背負ってまで、彼女に結婚を無理強いすることはないだろう。

ジョージーは目を細めて囚人を見た。結婚となれば、ふたりはどちらかが死ぬまで夫婦でいることになるし、この男性は彼女が当惑してしまうほど健康そうに見える。酒の飲みすぎになったり、ひどい南国の病気にかかったりしなければ、彼のほうが長生きするかもしれない。それは将来的に問題を引き起こす恐れがあった。

もちろん、このまま愚かしい仕事を続けていれば、彼は遅かれ早かれナイフで刺されるか、銃で撃たれるかする可能性が高い。彼のような男たちはたいてい惨めな死に方をするものだし、今回だって絞首刑を危うく免れたにすぎないのだ。そう考えると、本物の未亡人になる日はそう遠くないのかもしれなかった。でも彼が地球の裏側にいた場合、どうやってその死を知ればよいのだろう？　自分が自由になったと知るすべはあるのだろうか？

ジョージーはならず者の驚くほど魅力的な唇から視線を引きはがし、代わりにノリスをにらみつけた。「本当にほかには誰もいないの？　この人は……その……」

ちょうどいい言葉が見つからない。恐ろしい？　男らしすぎる？

手に負えない。

「いませんね。だが今夜が過ぎれば、こいつがあなたをわずらわせることはないですぜ」

ほかにどんな手が打てるだろう？　さらに何週間か待つことはできない。最近のジョサイアとの危険な遭遇によって、ジョージーの堪忍袋の緒は完全に切れていた。汚らわしい最悪のキスを逃れ、完全な破滅を避けられたのは、ひとえに幸運のおかげだったのだ。彼女はため息をついた。「彼で手を打つしかないわね。ピーター、契約の条件を説明してあげてくれる？」

ピーターがうなずく。「おまえは今夜、ミス・キャヴァスティードと結婚する、ミスター・ワイルド。その代わりに、おまえの好きにできる金を五〇〇ポンド、こちらが支払う」

ジョージーは、囚人が当然浮かべるであろう感嘆の表情を待ったが、彼はその予想を裏切った。濃い色の眉を片方だけわずかに動かし、このうえなく尊大に口の端をあげただけだ。

「ここにいるおれにとっては、うまい話だな」彼はずけずけと言った。「朝になったら鎖でつながれて海に浮かぶ死の罠まで引かれていくんだ。銀行に行く時間もない」

彼の皮肉はもっともだ。「わたしたちがお金を送れる人がほかにいるかしら？」

内輪の冗談を聞いたかのように、彼の唇がぴくぴくと動く。「いるよ。セント・ジェームズの一〇番地にあるクラブ、〈トライコーン〉のミスター・ウルフ宛《あて》で頼む。ベン・ワイルドからの挨拶だと伝えてくれれば、それで通じるから」

ミスター・ウルフというのが何者なのか見当もつかなかった。もしかすると、この悪党が賭博の借金を負っている相手かもしれない。ジョージーはうなずいて、ピーターに合図を送った。秘書は彼女のつくった法的な書類をテーブルの上、司教のペンとインクの隣に開いて置いた。

「この書類にサインをするんだ、ミスター・ワイルド。字は読めるか？」ピーターがふと思いついたように尋ねる。

またしても、囚人の唇がわずかに動いた。「ケンブリッジで勉強したみたいにね。ただ、だいたいのところを口で説明してくれるとありがたい」

「今、合意した五〇〇ポンドを除き、こちらのレディの財産に対するあらゆる要求の権利を放棄すると書いてある。これから先、おまえはこの方に経済的な要求はいっさいできない」

「もっともな話だ」

囚人はすべての書類に目を通して――少なくとも読んだふりをして――それからペンの先をインクにつけた。ジョージーは息を詰めて、その様子を見守った。

彼女の父親の遺書により、その財産は妻とふたりの娘に公平に相続された。ジョージーの母親にはリンカーンシャーの地所が、妹のジュリエットにはロンドンの屋敷が遺《のこ》され、長女であり、父親について商売を学んだジョージーには彼の富を築いた船団に香辛料とシルクが満載の倉庫、そして会社の帳簿が引き継がれた。

商売で父親が信用を置いていたエドモンド・ショーはここ数年間、ジョージーの経済面の保護者として立派に務めを果たしてくれた。だが、あと三週間で彼女は二五歳となり、みずからの財産の完全な所有権を得ることになる。そしてイングランドの法によると、そのすべての財産は彼女が結婚した瞬間から、自動的に夫がみずからの意思によって好きにできる所有物となってしまうのだ。

ジョサイアをそんな夫とするつもりは毛頭ない。

商売にいそしむのは下品でレディらしくないという母親の抗議にもかかわらず、ジョージーはこの五年で新しい船を二隻購入し、利益をほぼ倍にまで引きあげた。会社の経営という挑戦、そして自立した人生を愛しているし、もしそれをジョサイアみたいな愚か者が酒と賭博で浪費するために渡さなくてはいけないとなったら、そのときは絶望するだろう。

だからこそ、ジョージーはエドモンドに頼んでこの詳細な書類をつくってもらったのだった。この書類には、結婚前にジョージーのものだったすべての財産と資本は彼女が所有しつづけると記されており、夫は自由にできる一定の手当しか受け取れないと定めてある。ここまで彼女は七回の求婚を受け、その都度、求婚者をエドモンド・ショーのもとへと送ったのだが、例外なく全員が書類に署名するのに尻込みした。彼らの目当てが財産でしかないことの何よりの証拠だ。そんなものは彼女に必要ないのだが。

囚人が自信ありげに書類にペンを走らせたので、ジョージーは安堵《あんど》の息をもらした。ベン・ワイルドの署名はびっくりするほど丁寧だ。もしかして、軍で秘書官か、あるいは公文書を作成する仕事をしていたのだろうか？　頭を振り、彼のことを考えるのは自分の仕事ではないとみずからに言い聞かせる。彼は目的を達成するための駒であり、ただそれだけの存在だった。

男性がまっすぐに身を起こし、茶色の瞳を悪魔の輝きできらめかせた。「これでよし。ところで、誓いを立てる前にひとつだけきいておきたいことがある、ミス・キャヴァスティード。初夜はどうするおつもりで？」

4

無礼な問いと、こちらを眺めまわしてくる相手の図々しい視線のせいで、ジョージーの肌が瞬時にほてった。男性の茶色い目の横には笑いじわができている。思わせぶりな視線でじろじろ見られるのは社交界で過ごした年月で慣れているはずなのに、こんなふうに体が反応したのは、この囚人のゆっくりと移動する視線を受けた今日が初めてだった。彼女の呼吸が速くなっていく。

ピーターがまたしてもうなり声をあげ、足を一歩踏み出した。けれども男性はにやりとして、無実を訴えるかのように両手をあげてみせた。

「言ってみるくらい、いいじゃないか。そう責めるなよ」くすくす笑って続ける。「そういうことに飢えているもんでね」

「初夜なんてものはないわ」ジョージーはきっぱりと告げた。「わたしはあなたの名前が欲しいだけよ、ミスター・ワイルド。それ以外には興味など――」

「あそこには？」彼が陽気に尋ねる。

「――ないわ。一緒にいることにもね」彼女は言葉を締めくくった。冷静な口調を保てたことが誇らしい。

男性が笑い、白い歯を光らせた。「なぜだい？　どうせもう二度とおれには会わないんだ。誰に知られる心配もない。このご立派な紳士方以外はね。それにこいつらだって、少しくらいはふたりきりにしてくれるに違いな――」

「会ったばかりの他人と汚い監獄で……夫婦関係……を結ぶつもりはないわ！」ジョージーは歯をきしらせながら言った。

彼の目がきらりと光る。「やれやれ、残念だ。この哀れな男にイングランドでの最後の幸せな思い出を恵んでくれよ。おれはオーストラリアまでたどり着けないかもしれないんだぜ。船が難破するかもしれないし、病気にかかるかもしれない――」

ジョージーはすっと目を細めた。「海がどれだけ危険かは、わたしだってよくわかっているわ、ミスター・ワイルド。父を海で亡くしたのよ」

彼の目に宿っていた、からかうような笑みが消える。「許してくれ。そいつは残念だったな」

手をひらひらと振り、ジョージーは彼の同情をしりぞけた。「なんにしても、わたしの答えはノーよ」

「夫婦の営みのない不完全な結婚か。法律的にそんなものが認められるのか？」

口から出かかった悪態をのみ込む。肉体関係で結婚を完全なものにする必要があるのかどうか、ジョージーは知らなかった。でもこの男性はいなくなってしまうのだから、ふたりの関係の正当性について疑問を訴えることもできないはずだ。それに彼女にしても当然、こんな話を人にするつもりはない。「とりあえずやってみるわ、ミスター・ワイルド」淡々と告げる。「そろそろ始めましょうか？」

男性が腰を曲げ、紳士のお辞儀をまねてみせた。どういうわけか、ジョージーの目にはその仕草がまったく自然なものに見える。「いいぜ、ミス・キャヴァスティード」彼の言葉の端々には皮肉な響きがにじんでいる。「どうせ今夜は予定もない。房でノミを数えるくらいだ」

ジョージーは震える両脚で即席の祭壇の前まで歩いた。囚人が寄ってきて隣に立つなり、空気があたたかくなるのが感じられ、クモの巣に触れたかのように腕の毛が逆立っていく。顔を伏せて下を見ると、敷石がすり減ってできたくぼみがあった。長い年月のあいだに何人もの人々がここに立ち、それぞれ忠誠の誓いを立ててきたのだろう。

コットンが聖書を開いて式を始め、ノリスとピーターが証人役として祭壇の脇に並んで立つ。ジョージーは混乱しはじめた頭を落ち着かせようとした。これは軽々しく行っていいことではない。見知らぬ他人と結婚するなんて、いったい何をしているのだろう？　厳粛な決まり事をあざ笑う行為をしているのでは？　死ぬまでこの男性を愛し、敬い、彼に従うという誓いを立てているのだ。聖なる場所でこんな偽りを口にしているのだから、罰として雷に打たれてしまうかもしれない。

暗闇やろうそくの揺れる炎、圧迫感のある洞窟みたいな壁が、ジョージーを現実よりもずっと厳粛な古代の儀式に参加しているような気分にさせていた。炎と血と互いの手が結ぶ絆、そして魂のつながりが関わる原始的で深遠な何かの儀式だ。

頭を強く振って、そんな考えを打ち消そうとする。

司教が口を開いた。

彼女自身、自分が恋愛に対して感傷的だとは思っていない。そうした部分は妹のジュリエットに残してきた。それでも、これは結婚式のあるべき形ではないという気がしてならない。花もなければ、聖歌隊も聖歌もなく、晴れやかな顔をした慈悲深い牧師もいない。家族や友人たちも。代わりに何があるのかといえば、この冷たく、声が虚しく響く、少しばかりかびくさい教会だった。ろうそくだって、彼女が家で使う高価な蜜ろうのものではなく、獣脂を使った安物だ。

横に立つ囚人が無言の支えを申し出るかのように身を寄せてきて、そこの空気がさらに熱くなる。触れてくる彼の腰や肩が、ジョージーに強さをもたらした。

誓いの言葉を述べるときも、彼女の声は震えてはいなかった。これは自分が生き残り、母親とジュリエットを守るために必要なのだ。尻込みするわけにはいかないし、隣にいる男性はジョサイアではない。

囚人が低く、自信たっぷりな声で誓いの言葉を繰り返した。口調がおとなしめだったのは、おそらくこの場面に合わせてそうしたのだろう。

ピーターが前もって買っておいた飾り気のない金の指輪がふたつ、司教が持つ開いた聖書の上にのっている。司教はこの式の神聖さと、これに従うことについて大きな声で演説を始めていたが、ジョージーはほとんど聞いてもいなかった。囚人に左手を取られて薬指に指輪をはめられ、彼女の心臓が大きく跳ねる。冷たい金属が肌のほてりでたちまちあたたまっていった。

男性の両手は大きくて、なんでもできそうだ。立場を変え、ジョージーが指輪を彼の左手にはめようとすると、手のひらのぬくもりや、長い指の力強さが伝わってきた。指輪が関節に引っかかったが、まわしたりひねったりしてどうにかはめ終える。彼の指はジョージーの手を放さず、そのまま彼女の指にしっかりと絡みついて奇妙な心地よさをもたらした。

やがて式は終わりを迎えた。ピーターが弁護士組織〈ドクターズ・コモンズ〉の事務員を買収して手に入れた結婚許可証に、司教がふたりの名前を書き入れる。囚人がジョージーの手を放して書類に署名をすると、金の指輪がろうそくの光を反射してきらりと輝いた。ジョージーは親指を曲げ、自分の薬指の指輪を触ってみた。なんだか奇妙で、なじみのない感触だ。馬車に乗ったら、すぐに外さなくてはならない。

囚人が身を起こしてまっすぐに立ち、ジョージーの目を見つめた。「ここではあまり熱烈なまねはできないというなら、せめて花嫁にキスくらいはさせてもらえるんだろう?」

急に胸がどきどきしたが、ここで不作法に断る理由はない。結局のところ、もう望みはかなったのだ。いかにも退屈そうな諦めの表情を浮かべ、彼女は答えた。「ええ、いいわよ」

男性が前にかがみ込む。ジョージーは彼の間違いなく胸が悪くなるであろうにおいをかぐまいと、息を吸い込んで呼吸を止めた。唇をわずかにすぼめて目を閉じる。殉教者のような心境で、彼女は待った。

さらに待つ。

すると男性がくすくす笑う声が聞こえてきた。彼の指はジョージーの顔の両側に当てられ、顎をあげさせている。親指が唇の端のくぼみをそっと撫でた。

ジョージーの胃が驚きに跳ねあがった。目を開けて暗い色の瞳が見えたと思った瞬間、相手が顔を寄せてきた。ジョサイアと同じような、好色な欲望むきだしのじっとりとした汚らわしい攻撃を待ち構える。

だが、この男性のキスはジョサイアのそれとはまるで違っていた。

彼がそっと口を重ねると、顎のざらつきと、それとはあまりにも対照的な唇の柔らかさが伝わってきた。胸骨から腹の奥深くに至るまで、熱くてじんじんする何かが広がっていく。それはキスをじらす行為だった。探るような軽い触れ方が、どういうわけか怒りと期待の両方を同時にかきたてる。男性の唇が歓迎されているかどうかを試すみたいな動きをして、ジョージーは気づけばすっかり魅了され、彼のほうへと伸びあがっていた。もっと欲しい。口の力をゆるめると、ちょうど相手の舌が彼女の唇のあいだをなぞっていった。入り口を探るような……そして味わうような動きだ。唐突に、ここがどこなのか、男性が何者なのかを思い出し、衝撃を受けたジョージーは顔を引き離した。

顔がほてって熱を発している。彼女は恥辱のあまり腹を立てながら、笑いをたたえた男性の目を見あげた。

「やあ、ミセス・ワイルド」彼女にだけ聞こえる声で、男性がささやく。

高鳴る胸も、力の抜けた膝も無視して、ジョージーはキスの影響などみじんも受けていないふりをした。なんということだろう。たしかに、それが今の彼女の名前だった。〝ミセス・ワイルド〟彼女は大きくあとずさりして、きっぱりと告げた。「さようなら、ミスター・ワイルド」まだじんじんする唇でつけ加える。「ありがとう。今夜は本当にいい仕事をしてくれたわ」

男性の唇の端がぴくりと動く。彼はまたしても、摂政王太子の邸宅で客を迎える列に並んでいるかのような、完璧で優雅なお辞儀をした。「あなたに尽くすのが喜びですから、ミセス・ワイルド」

男性の口調にこめられた皮肉を、ジョージーは聞き逃さなかった。彼が〝喜び〟を得ていないのは、ふたりとも承知している。

「また別の〝奉仕〟が必要になったら、いつでも喜んでお手伝いしますよ」いたずらっぽく輝く目が彼女の唇を一瞥《いちべつ》し、すぐ上に戻った。

いらだったジョージーはくるりと振り向き、ピーターに合図を送った。「行きましょう」唐突に、家に戻りたいとしか思えなくなっている。考えなくてはならないというのに、彼女の思考力はこの腹立たしい男性の存在のせいで、すっかり役立たずになってしまったようだった。

ピーターが司教から結婚許可証を受け取り、じゃらじゃらという音のする袋をノリスに投げ与えた。看守がにやりとして敬礼する。

「いい取り引きでしたよ、お嬢さん」ノリスは小ばかにしたように言うと、囚人に歩み寄って手錠をかけはじめた。ベン・ワイルドが無言で拘束されるに任せるのを見て、本能的な反発がこみあげ、ジョージーは唇を嚙んで感情を抑え込んだ。今、自分が彼のためにしてやれることは何もない。

最後にもう一度、彼に視線を向ける。たった今結婚し、もう二度と会わないハンサムな他人に向かって、なんと声をかければいいのだろう？　よく礼儀作法の本に書かれているような状況とは、まったくわけが違う。何しろ、いい人生を、と願うことさえできないのだ。

「旅の無事を祈っているわ」ジョージーはやっとのことで告げ、そのすぐあとに、父が海へ出るときにいつもかけていた言葉をつけ加えた。「いい風が吹いて、海が穏やかであらんことを」

濃い色の瞳が、長く感じられる一瞬のあいだジョージーの目を見つめた。「ありがとう、お嬢さま。運命というやつが親切なものなら、また会うこともあるだろう――もっとめでたい状況でね」

ジョージーはうなずくしかなかった。

監獄の表のドアが背後で音を立てて閉まり、彼女は大きく息をついて、きれいな空気を取り込んだ。外套のフードを持ちあげる両手が震えている。それでも、途方もない安堵感が彼女の全身を洗い流していった。やり遂げた！　六年という長いあいだ、気まずさしか感じない結婚の仲介話と説得力のない求婚、そして終わりのない噂話と勝手な推測に耐えてきた。ジョサイアのあからさまな脅しと非難にも。社交界に参加してからというもの、ずっとしきたりに従い、周囲の期待に添うように行動してきた。それが今、大人になってから初めて、彼女は自分の望みどおりにできるようになった。

ベン・ワイルド――犯罪者の悪党が、彼女に自由を与えてくれたのだ。

5

いとこのジョサイアの訪問を最初に告げたのは、廊下での騒々しい物音と、怒りのこもったせわしない足音だった。半分開いた客間のドアの隙間から、脅すような彼の声が聞こえてくる。

「もういい、おまえに用はない。自分で来たと知らせてやる！」

ジョージーは椅子に座ったままでわずかに姿勢を正し、不愉快な話し合いに備えて身構えた。ジョサイアが関わって不愉快でないことなど、何ひとつない。

入り口から飛び込んできたジョサイアは、旧約聖書の預言者さながらに、彼女が送った短い手紙を振りまわした。「これはどういう意味だ、ジョージアナ？　きみが結婚したと書いてあるぞ。なんのつもりでこんなたわごとをよこした？」

ジョージーは手に持っていたダニエル・デフォーの『ロビンソン・クルーソー』を置き、ジョサイアのうしろから部屋に入って隅に立ったピーターに目をやった。静かだが、頼りになる護衛だ。続けて視線をあげ、いとこの怒った顔に冷淡な視線を送ったが、実際は心臓が激しく打ちはじめていた。

「書いたとおりよ、ジョサイア。わたしは本当に結婚したの。三日前にね。あなたには最初に知らせておこうと思って」

口調にこめた皮肉は、ジョサイアには通じていないようだ。彼は客間に乗り込んでくる前に帽子を取っていたが、廊下で誰かに渡さずにまだ持ったままで、手が白くなるほど力をこめてつばを握りつぶしていた。その帽子をいらだたしげに腿に叩きつけ、たしなめるような半笑いをつくって息を吐き出す。「きみはぼくをからかっているんだ、ジョージアナ」

ジョージーは顎をつんとあげた。母と妹が買い物に出かけていて本当によかった。「とんでもない。結婚みたいな大切なことを冗談の種にしたりするものですか。特別許可証を取って結婚したのよ。本当だということはピーターが保証するわ」

ジョサイアが怒りで口を真一文字にし、顔をまだらに赤くした。「相手は何者だ？　その夫というのは誰なんだ？　まさか、きみのスカートのまわりにまとわりついていた財産目当てのろくでなしのひとりじゃないだろうな？　きみはあいつらを見るのもいやだと嫌っていたはずだ」

〝あなたのような財産目当てのろくでなし？〟ジョージーはそう言ってやりたいのをこらえ、代わりに告げた。「わたしの船団にいる幹部候補の船員よ。三年前にブラックウォールで出会ったの。それ以来、彼が港へ戻ってくるたびにひそかに会っていたわ」

彼女は嘘《うそ》にささいな飾りを施し、内心で自分に喝采を送った。妹の好きな『ロミオとジュリエット』に影響されたつくり話だ。

ジョサイアが、何かいやなものをのみ込んだような表情を浮かべた。「船員だと！　きみは船員なんかに自分を投げ与えたのか？」ジョージーをまったく新しい、そして明らかにこれまでよりも厳しい視点で見ているみたいに、嫌悪感丸出しの視線で彼女をねめつける。「どの船だ？」彼の口調には、あからさまに不信の念がにじんでいた。

「あなたに教える義務はないと思うわ。この先もきっと、会うことはないでしょうし」圧倒的な勝利の高揚感が全身に満ちていくのを感じつつ、ジョージーは微笑んだ。背負いつづけた重しが取れ、胸を撫でおろしたい心境だ。ジョサイアのあからさまで横柄な態度には何年も耐え忍んできた。彼は高い身長といかつい体格を利用して、ことあるごとにジョージーの空間に侵入し、狡猾《こうかつ》に攻め入ってきた。ときには手首をつかみ、汗ばんだ手のひらを背中に当ててディナーの席へ強引にいざなおうとしたこともある。まるで自分が彼女の所有者であるかのように。それが今、これまでの媚《こ》びやへつらいがすべて水泡に帰したのだ。

「きみの財産はどうなる？　一族の名誉は？」ジョサイアがまくしたてる。

もちろん、彼が最も気にしているのはジョージーの金だろう。それだけが彼女に関心を抱いた理由なのだから当然だ。ジョサイアが威圧的に足を一歩踏み出したので、彼女は身を縮めた。彼の表情は、まるでこちらの首を絞めたがっているみたいに見える。無言でピーターに視線を送り――彼は自分がじゅうぶんに守られていることをはっきりと思い出させてくれる――ジョサイアがきびすを返して離れていくのを見て、安堵の息をついた。

「きみの母上はこの茶番に同意しているのか？」ジョサイアが詰問した。「していると言っても、ぼくは信じないぞ。母上はずっときみが貴族になるのを望んでいた。それにジュリエットも。摂政王太子殿下その人に売り込みをかけていたって、驚きはしない！」

ジョージーは眉をあげ、彼の質問をかわした。「わたしは誰の許しも必要としていないわ。じきに自分の決断、とりわけ自分自身の将来の幸せに関わる決断を下せると法が認めた年齢になるの。あと三週間で、わたしは二五歳になるのよ」

「きみは頭がどうかしてしまったんだ！　今すぐに病院へ行ったほうがいい。船員だと？」

ジョサイアが信じられないと言いたげに繰り返す。「まったく、こんなまねをしでかして、世間がどう思う？」

「それを知ろうとするつもりは毛頭ないわ。わたしが結婚したことを知る理由は、社交界の誰にもないもの。わたしの問題はわたしだけのものよ。わたしの頭と同じようにね。それに陸《おか》に戻ってきたとしても、夫が舞踏会に行くことはないと思うわ。リンカーンシャーで引きこもる予定を立てているの」ジョージーはジョサイアに向かって甘い微笑みを浮かべてみせ、突き刺した言葉のナイフをさらにえぐってやった。「あなたの口のかたさは信用しているわ、ジョサイア。言いたくはないけれど、わたしと夫の望ましくない関係は、あなたにも悪い影響を及ぼすかもしれないもの」

このいとこはジョージーの母親と同じで、一族の社会的な立場に取りつかれている。これまでの人生をまるごと使って社交界に取り入ろうとし、商売を一族の〝恥ずべき〟背景と見なしているともっともらしく説明していた。彼の意見によると、稼いだ富は相続した富よりもはるかに価値が劣るらしい。生活のために実際の仕事をして、自分を貶《おとし》めるつもりはさらさらないそうだ。ジョージーの見たところ、ジョサイアにはわがままに振る舞う才能のほかに目立った特技もないので、それはむしろいいことなのかもしれなかった。彼はより地位の高い人のまねをしたり、紳士クラブでくつろいだり、カードやさいころで遊んだり、賞金のかかったボクシングの試合を観戦したり、自分には手にする資格もない、目が飛び出るほど高価な服や靴をつくる人々に対していばり散らしたりしながら、毎日の時間を過ごしている。

「もしこれが表沙汰になれば、あなたはわたしと同じくらいの痛手をこうむることになるでしょうね」ジョージーは静かな声で指摘した。

ジョサイアは首を横に振り、頑固に唇をとがらせた。「きみの言葉など、ぼくは信じないぞ、ジョージアナ。全部ぼくをだしにした、たちの悪い冗談か何かに違いないんだ。いいか、必ず真実を暴いてやるからな」

ジョージーは肩をすくめた。「どうぞお好きなように。でも、わたしが結婚したのは真実なの」身ぶりでドアを示す。「話はそれだけよ、ジョサイア。ほかにも行くところがたくさんあるのでしょう？　ピーターが玄関までご案内するわ」

いとこが客間を出て叩きつけるようにドアを閉め、ジョージーはようやく安堵の息をついた。戻ってきたピーターが濃い眉の下から意味ありげな視線を送ってくる。

「あの男はあなたの言葉をうのみにしたりはしませんよ、ジョージー。あなたもそれはわかっているはずだ。これだけ長くあなたを追いまわしていたのだから、信じるはずがない。ゴール目前だと思っていたのに、実はレースから外されっぱなしだったなんて、そんなふうに考えたがる男はいません」

「自分が先頭を切って走っていたと思っていたら、なおさらね」ジョージーはそっけなく応じ、顎をつんとあげた。「どうせ彼には何も見つけられないわ。それに、もしばれたとしても、わたしの結婚は完璧に合法よ。彼には何もできない。あの人はね、キャヴァスティード家の財産が自分の欲深い手からすり抜けていったことに腹を立てているだけなのよ」

6

レディ・ラングトンの舞踏室は、いつもどおりに退屈な会話と政治、競争と警句、そして噂話であふれ返っていた。ジョージーは母親の隣に立ち、行ったり来たりするたくさんの人々に対して、適度な関心があるふうを装っている。

彼女は幸せだった。これは本心だ。すべてはうまくいっている。二五歳の誕生日である今日この日をもって、ようやく単独で〈キャヴァスティード通商〉の法的な所有者となれた。家族の将来は約束され、ジョサイアの計画をくじくのにも成功した。

それなのに、なぜこんな、奇妙に中途半端な気持ちでいるのだろう？

ひとつ年齢を重ね、まだ結婚していないことに対していつも感じる憂鬱さのせいにしたいところだけれど、今やジョージーは結婚している。そうでしょう？　もしかすると、それこそが問題なのかもしれない。結婚した女性になったとはいえ、夫がいないのだ。妻であっても、まだ体は純潔のまま。なんという厄介な状況だろう。

ジョージーは舞踏場に目をやり、ニューゲート監獄を出てからずっと苦しめられている妙な不満感を無視しようとした。もともとの計画によると今頃は未亡人となっているはずだったが、実際のところ、夫は世界のどこかで存在している。

結婚相手の悪党のことを考えるたび、ジョージーのみぞおちは切望でざわついてしまう。彼と出会ってからというもの、不可思議な渇望を覚えっぱなしで、絶えず体を意識している状態が続いていた。振り返ってみると、自分の大胆さには驚くばかりだ。あの夜の記憶は夢の出来事のようにも、あるいは完全に正気を失ってしまったひとときのようにも感じられた。

彼のことを考えるのをやめなくては。

ジョージーが母と妹を図書室に呼び、ジョサイアを避けるために罪人と結婚したと落ち着き払って説明したのは、三週間前のことだ。母は驚くほど冷静にその話を受け入れた。ジョージーが身分の高い夫と結ばれるという希望はずいぶん昔に捨てていたし、ジョサイアのことはずっと好ましくないと思ってもいたので、たとえやり方の選択が母自身と違っていたとしても、彼との結婚を避けようとする娘に賛成したのだった。

それに加えて、母は、信じがたい金額の仕立屋の請求書や赤ワインの破滅的な代金、ひそかに犯罪者と結婚した強情な長女といった、自分が知りたくないことをひたすら無視する才能に恵まれている。この件に対する主な関心も、母が言うところのジョージーの〝愚かな行為〟を社交界に知られてしまうかもしれないという一点に尽きた。ジュリエットがすばらしい相手と出会う機会をだいなしにしてしまう醜聞を許すわけにはいかない。そう考えた母は、この一連の出来事がすべて〝忘れたほうがいい不幸なこと〟であると宣言し、ジョージーとジュリエットに沈黙を誓わせた。

「このフランを食べてみて、ジョージアナ」

　ジョージーは振り向いた。彼女をジョージアナとずっと呼びつづけているのは母だけだ。もっとも、ジョージーが何か突飛な行動をしたときにはピーターもそう呼ぶ。

「レディ・ラングトンのお菓子をつくる料理人を、かどわかしてしまえないものかしら？」母がエクレアを上品についばみながら言う。「フランス人だという話よ。本当にすばらしい出来だわ」

　母のこうした空想に慣れているジョージーは微笑んだ。「それは違法よ。もし合法だったとしても、ものすごく高くつくわ。誘拐を頼むとなったら、相当な金額を積まないと。さらう相手がただの料理人だったとしてもね」

　母が思案顔で考え込む。「きっとあなたの言うとおりね。それに、うちの厨房に革命を持ち込んだらコックがいい顔をしないでしょうし」閉じた扇でジョージーの脇をつつき、さらに言った。「またガルヴェストン卿と貿易の航路の話をしたりしないようにね。今日はパーティーなのだから、緯度だの経度だの話は誰も望んでいませんよ。九〇歳の未婚女性なら奇行も許されるけれど、二四歳の女性には似つかわしくないわ」

　ジョージーは呆《あき》れ顔になるのを抑えてつぶやいた。「わたしは今日で二五歳よ」

　母は娘がじきに未亡人になると決めつけている。地球の裏側に送られた犯罪者の寿命は短い。そのためジョージーが憂鬱になるほどまめに、二番目の夫の候補者をほのめかしつづけていた。

「ああ、見て。コックバーン提督の奥方のクララ・コックバーンだわ」母は室内を歩くふくよかな黒髪の女性を手で示し、それから扇を開いて口を隠した。「あの人のひどい噂話があるのよ。あなたがなんて言うかはどうでもいいわ、ジョージアナ。あの人には口ひげが生えているの。角度によっては――」

「しいっ！」ジョージーは笑いを押し殺して言った。「誰かが聞いていたらどうするの！せっかくのジュリエットの機会をだいなしにはしたくないでしょう？」

暗黙の了解を交わしたかのように、ふたりは部屋の中央で踊っているジュリエットに顔を向けた。いつもは完璧になめらかな彼女の額に、かすかなしわができている。母がはっと息を吸って言った。「なんてこと。アップトン公爵と一緒なのに、あの子ったら、楽しそうに見えないわ」

ジョージーは、よくも自分がこれほどまでに美しい生き物と血がつながっているものだといぶかった。そう思うのは初めてではない。ジュリエットは文字どおり、どこへ行こうと周囲の目を引きつける。今朝だって、書店の〈ハッチャーズ〉まで歩いていたとき、彼女を見て心を奪われた馬車の御者が思わず手綱を強く引いてしまい、馬を道端の屋台に突っ込ませたくらいだ。話はそれで終わらずに、哀れな商人が丁寧に積みあげたピラミッドが崩れてリンゴがごろごろと転がり、果物の脅威からジュリエットを守ろうと舞いあがった若者が――あわてるあまりにジョージーを完全に無視して――飛び出してきた。難を逃れたジュリエットが何気なく感謝の微笑みを向けると、緊張した若者はお辞儀をしたままあとずさりして窓の掃除夫のはしごにぶつかり、ふたりそろって地面にひっくり返ってしまったのだった。

ジュリエットはといえば、いつものように自分が通り過ぎたあとに起こった大惨事の数々をまったく気に留めていない。それでも、うぬぼれや虚栄心とはまったく無縁な性格のため、妹を嫌うのは不可能だった。八〇歳の牧師から、歩く練習のために紐《ひも》につながれた二歳児まで、ジュリエットの陽気な魅力に対して免疫のある者など存在しない。彼女のバラのつぼみのような唇が甘い微笑みを浮かべると、どんなにかたくなな心でさえも溶かされてしまうのだった。

ジョージーは、ジュリエットの魅力を完全に理解している。ジョージー自身の笑いの感覚はときに辛辣で、男性の自尊心を傷つけることがあるし、そもそも彼女は人を不安にさせてしまうほど率直だ。人を愉快にさせる愚かしさを垣間《かいま》見せるジュリエットがいるというのに、誰がそんな姉を望むというのだろう?

しかしながら、ジュリエットの信じられないほどの不器用さは、いつだってジョージーに罪の意識が伴うかすかな喜びをもたらしてきた。というのも、これこそ母なる自然が器量で劣る女性にも競争の機会を与えたもうた証拠に違いないのだ。第一、あれほどの美しさと完璧な身のこなしが同居するなど、ひとりの人間に許されるべきではない。それではあまりにも不公平だろう。今こうしてジョージーが見ているあいだにも、ジュリエットはダンスでターンの方向を間違えてパートナーの足を踏んづけている。公爵はそれに気づいてもいないらしく、うっとりした目でジュリエットの顔を見つめつづけ、コティヨンが終わって彼女を家族のもとに戻さなくてはならなかったときには、心の底から残念そうな表情を浮かべていた。そんな公爵にジュリエットは甘い微笑みを向け、礼儀正しい挨拶にうなずいて、慣れた様子で彼を立ち去らせた。

母が化粧室へ行くと言ってその場を離れると、ジュリエットが少しばかりふくれた表情でジョージーを見た。

「どうかしたの、ジュリエット?」ジョージーは尋ねた。

ジュリエットがミルクのように白い肩を優雅にすくめる。「いつも大昔の神さまになぞらえられるのがどれだけ疲れるかわかる? 誓うわ、あとひとりでもわたしをディアナかアフロディーテと比べたら……まあ、何をするかはわからないけれど、相当にひどいことをするわよ」

唇をとがらせた妹を見て、ジョージーは笑いを嚙み殺した。もし男性たちがジュリエットをギリシアの女神だと思っているのなら、姉のことはハーピー(鳥の翼と爪を持つ女性の怪物)かゴルゴン(蛇の頭髪をした三姉妹)だと思っているのかもしれない。

「どうして男性って、こうもくだらないのかしら?」ジュリエットがため息をつく。「ダンラヴィン卿なんて、わたしのためならドラゴンを殺してみせるって言うのよ。ドラゴンなんて、もういないのに……そうよね? 少なくともイングランドにはいないはずだわ」

「イングランドには、もうドラゴンは残っていないわ」ジョージーは真顔で賛成した。「あそこにいるレディ・コックバーンをドラゴンだと見なさなければね。想像上の獣を退治してみせるなんて、よくそんなことをあなたに言えたものね」

「男性に何かをしてもらうなら、お姉さまは何がいい？」ジュリエットが急に真剣になって尋ねた。「ドラゴン退治じゃなかったら？」

ジョージーは妹の問いについて考えてみた。彼女自身は五回ほど前の誠実とは言えない求婚のときあたりで、男性が自分のために何かをしたがっているという希望を持つこと自体、諦めてしまっている。「わたしを笑わせてほしいわね」少し間を空けてから答えた。「それから、わたしを体の中から揺さぶってほしいわ」

あの囚人がやったみたいに。

「それと、イングランドにドラゴンがいないことくらいは知っておいてほしいかしら」ジョージーはおまけにつけ加えた。「知性のある男性は、いつだって歓迎すべき驚きだわ」うなずいて公爵のほうを示す。「アップトンとのことを真剣に考えているわけじゃないでしょう？」

「まさか。お母さまがわたしに、貴族の奥方になってほしがっているのは承知しているわ。でも、いとしいシメオン以外の男性と結婚するなんて、想像もつかない」

ジョージーはうなり声をのみ込んだ。ジュリエットはもう何年も、リンカーンシャーの一族の屋敷に最も近いリトル・ギディングという村に住む牧師の息子、シメオン・ペティグリューにのぼせあがっている。母は、ロンドンでの最初のシーズンでジュリエットが彼のことを忘れてくれればいいと願っているが、何ひとつ――社交界にいる未婚男性の半分ほどからの強い関心でさえ——効果はなかった。さらに悪いことに、ジョージーはこのシーズンが終わったあともジュリエットがあの愚かなシメオンと一緒になることを望むようなら、ふたりの関係を応援すると妹に約束してしまっている。

ジュリエットがふふんと応じ、さらに言った。「そんな顔をしないで、ジョージー。わたしのせいじゃないのよ。庶民の男性に恋をするなんて、わたしだって思ってもいなかったんだから」手袋をはめた両手を完璧な形をした胸の上で重ね、芝居じみたため息をつく。「心というのは分け隔てのないものなのね。第一、アップトンはひどい人よ。貴族《ロード》さまといっても、一緒にいると退屈《ボアード》する方だわ。シメオンなら、きっとそう言う」自分の軽口に、妹は鼻を鳴らした。

ジョージーは顔をしかめた。シメオンは詩を書くが、その出来は恐ろしく悪い。バイロンやシェリー、キーツも枕を高くして眠れることだろう。シメオンにはやたらと韻を踏もうとする癖がある。語感や韻律を無視してだ。ところが彼をすばらしくロマンティックだと思っているジュリエットは、そんなことは気にもならないらしい。

「お母さまが折れてくれるよう願うわ。彼に会いたくてしかたないの、ジョージー」ジュリエットが下唇をわずかに突き出し、ふくれっ面らしき表情を浮かべる。「お姉さまはいいわね。お母さまのおせっかいとは無縁だもの。犯罪者と結婚したと聞かされたときだって、お母さまは眉ひとつ動かさなかったわ」

「それはわたしが夫を探したりしないと諦めているからよ。それに、〝眉ひとつ動かさなかった〃というのも怪しいところだわ」ジョージーは小声でこぼした。「わたしのことを頑固で衝動的なわがまま娘で、お父さまに似すぎたと言ったわよ」

「好意をこめて言ったのよ。お母さまがお父さまをどれだけ愛していたか、知っているでしょう？　それに、お姉さまがお父さまの商才を受け継いだことを、お母さまはひそかに誇りに思っているのよ。ただ、お姉さまがそれを人前で見せるのが嫌いなだけ」

〃レディらしくないわ、ジョージアナ。貿易に手を出す妻を望む男性なんていないわよ〃

愛人をつくるべきだろうか？　もう二五歳にもなったのだ。ほとんどの女性は一六歳か一七歳で結婚する。つまりジョージーは男と女が共有できる性的な歓びを知らずに、七年ほども過ごしてきたのだ。愛人関係では、両親が結婚生活の中で見いだした変わらぬ友情や愛情のこもった支えといったものは望むべくもないかもしれないけれど、なんらかのものは得られるはずだ。

ジョージーはさまざまな人がいる室内を見まわし、歩きまわっている爵位持ちの中でひとりに注目してみようと試みた。醜聞を避けようと思ったら、相手は放蕩者《ほうとうもの》でなくてはならない。思慮深い放蕩者だ。今ここに集まっている人々の中にも、候補者として考えてもいい男性が何人かいるはずだった。でもターンブルは声が大きすぎるし、コスターは汗っかきすぎる。エルトンは背が低すぎるし、ウッドフォードは年を取りすぎている。ウィンゲートは魅力的だけれど、救いがたいほどの愚か者だ。

彼らのうち、あの囚人のいたずらっぽい視線がそうしたように、ジョージーの胸をときめかせたり、みぞおちをすてきな感じでざわつかせたりする者は誰もいなかった。

ジョージーはあの男性のことを夢にまで見ていた。夜中にひとり、孤独なベッドで横たわっているとき、思い描くのは彼の瞳と肌に触れてくる大きな手だった。ほんの短いキスはジョージーにとっての呪いとなり、人生で体験すべきことがどれだけ残されているかを予感させては彼女を悩ませた。紳士ではなく悪党に、柔らかな茶色の髪と人を侮辱するような目をした引きしまった体つきのごろつきに惹かれているとわかってしまうなんて、まったくついていない。

彼女の海賊、彼女の追いはぎは今頃、何をしているのだろう？　実際のところ、彼がどんな罪を犯したのかをジョージーが知るすべはない。どこにいるにせよ、彼が生きて元気でいることを願うだけだ。彼がどこかの太陽の下で笑い、世のしきたりをばかにし、広い世界を冒険しているところを想像すると、ジョージーは大きな喜びを感じるのだった。

そしてジョージーの一部は、彼と一緒にそれをするのを望んでいる。そんな自由と未知への挑戦、まだ地図に載っていない大陸が存在し、探検が行われるのを待っていると知ることの興奮を自分のものにしたかった。ロビンソン・クルーソーやガリヴァー、バイロンの海賊になり、〝海賊の島〟か何かを見つけるために明るい紺色の広大な海へと船を出したい。ジョージーは世界じゅうの異国情緒にあふれた土地、たとえばアレクサンドリアやセイロン島、カルカッタや北京といったところへ航行する船を持っているが、彼女自身はそのどれも訪れたことはなかった。それどころか、大人になってからというもの、ほぼずっと戦争に近い状態にあるせいで、フランスにさえ行っていない。

〝レディはそんなまねをするものではないわ、ジョージアナ〟

それでも、ああ、彼女がどれだけそれを欲していたか。

これまでのジョージーの行動の中でいちばん海での航海に近かったのは、父親がリンカーンシャーにつくった人工池で自分の一本マストのヨット、〈ラヴェンチュール号〉を操ったくらいのものだ。

幸運な海賊。

彼に二度と会えないのは、残念としか言いようがなかった。

7

彼は戻ってきた。

ベネディクトはこの三週間というもの、手がかりを追い、ロンドンで最も暗く、最も健全でない酒場でのくだらない世間話から何かをつかもうと懸命に動いていた。しかしセントヘレナ島からナポレオン・ボナパルトを救出する計画については、漠然とした噂話を聞いたくらいで、価値のある情報はほぼ皆無だったと言っていい。

ベルギーから帰国して以降、ベネディクトは社交界のパーティーにほとんど関心を払ってこなかった。自由な時間は〈トライコーン〉のカードルームで過ごし、噂話に耳を傾けているほうがいい。だが、今夜はアレックスにどうしてもつきあってくれと頼まれてしまい、断りきれなかった。

ベネディクトは横目でアレックス――アレクサンダー・ハーランドを見た。彼はサウスウィック公爵の次男で、セブ――セバスチャン・ウルフとともに、イートン校での初日以来の親友だ。三人にはそろって兄がいて、〝跡継ぎ〟と正反対の立場に当たる〝補欠〟の彼らは、いつか爵位を継ぎ、貴族院の議席を得るという息が詰まりそうになる期待を受けることもなく、よい教育を受けるために学校へ送られた。

彼らは似たような悪ふざけの感覚と、決して消えない冒険への渇望の持ち主で、友情はイートン校にいるあいだから、学び舎《や》をケンブリッジ大学へ移したあともずっと続いた。そして五年前に大学を卒業すると、三人は喜び勇んで都会での生活に身を投じ、昼過ぎまで眠っては夜な夜な酒と女性にうつつを抜かす日々を送りはじめたのだった。そこで彼らは、みずから進んで賭博師、放蕩者、そしてなんでもありの悪党といった評判を築いていくことになる。

だが、やがてロンドンの終わりのない娯楽の渦にも飽きはじめ、ネルソンがトラファルガー海戦でボナパルトに勝利したのを機に、三人は冒険を求め、浅はかにも戦争は数カ月で終わると勝手に思い込んだまま、ライフルズへの参加を志願した。

ところが、〝腰かけ〟のつもりのライフルズでの軍隊生活は三年間にも及んだ。幾度も間一髪で死を免れ、地獄のような状況に身を置き、高揚と絶望、苦難と損失を繰り返す最悪の日々だ。

ベネディクトは頭を振った。彼らは戦争を通じて一人前の男になり、以前の自分たちが浅はかで浮ついた人間だったと思い知ったのだ。ワーテルローでの戦いを控えた夜明け、ベルギーのじめじめした平野で煙ばかりがあがる頼りない焚き火を囲んだ三人は、ある誓いを立てた。

むろん、目前の戦いを生き延びて帰国したら、一緒に金を稼ごうという誓いだ。アレックスは独身を通した親切なおばがかなりの財産を残してくれたおかげで、自分の権利としてじゅうぶんな金を持っていたし、セブも庶子とはいえ公爵の息子で、みずからの自由にできる金を持っていた。

ふたりとは対照的に、ベネディクトの父親は子どもたちをひどい困窮の中に置き去りにした。ベネディクトの兄、ジョンはモーコット伯爵の爵位を受け継いだが、そのほかに相続したのは借財くらいで、その額はベネディクトが道義上、返済を手伝わなくてはならないと感じるほどに莫大なものだった。ジョンは相続人を限定したものを除くすべてを売り払い、どうにかして議会の議席と家屋敷《モーコット・ホール》、数百エーカーの土地を手元に残した。それからも地所が利益を出せる状態に戻るよう、忙しく働きつづけている。今は裕福な妻を探すためにロンドンへ来ているが、ベネディクトは何週間も会っていなかった。

ベネディクトは、ライフルズを去るときに階級を売って得た金をジョンに渡そうとしたものの、かたくなに断られた。兄が断ったのは誇りのためではなく、ベネディクトが将来、経済的に困窮せずにすむよう、何かに投資したほうがいいという配慮からだ。

そこでベネディクトはアレックスとセブと金を出し合い、〈トライコーン〉を開いた。クラブの名は、悪党や追いはぎが好んでかぶる三角つばの帽子から取ったものだ。三人で営む新しいクラブにふさわしくもあり、ぴったりのうしろ暗さも感じられると考えて、この名を決めた。〈トライコーン〉は〈ホワイツ〉や〈ブルックス〉みたいに数少ないエリート層だけに開かれているのではなく、出資金を払える者、賭けでの負けを認められる者、そしてクラブの決まりをきちんと守る者ならば誰でも受け入れる。〈トライコーン〉は最も進歩的なクラブであり、貴族の男女から女優や商人、銀行家や弁護士たちを歓迎していた。

コナントの最初の評価は正しかったわけだ。〈トライコーン〉は社会のすべての階層をつなぐ架け橋であり、秘密を探ったり、噂話を収集したりするのに完璧な場所だった。酒と美しい女性たち、親密な雰囲気といったすべてが、人々の口をなめらかにする。カードの交換やさいころのひと振りで大金の持ち主が変わり、クラブに借りをつくってしまった者たちはおおかた、借金が免ぜられるのと引き換えに、貴重な情報の一片を進んで明かした。〈トライコーン〉の所有者たちは大きな力を持っていて、不利な借用証書を反故《ほご》にしたり、反対に借金を取りたてて借りていた者の人生を完全に破滅させたりすることもできる。

ベネディクト、アレックス、そしてセブはかつての自分に戻り、向こう見ずで場当たり的な快楽主義者として世の中にふたたび現れたが、今回の彼らには秘密の目的があった。元軍人の三人は臆さずに社会の暗部と対峙することができただけでなく、社交界でも一部のうるさ型を除いて、あらゆる人々と友好的な関係を築くことができた。

ベネディクトは皮肉な笑みを浮かべて舞踏室を見まわした。不満を抱えた既婚婦人たちが彼を夜会に誘いつづけ、憤慨し、失望して大仰に驚きを見せる。彼女たちのほとんどはベネディクトが自分の娘に対して礼節にかなった関心を示すのをひそかに期待しており、そうでなければ、彼女たち自身が礼節から外れた関心の対象になるのを期待していた。これまでに何人の夫のいる女性から言い寄られたか、ベネディクトはもう覚えてもいない。

ひげを剃ったばかりの顎を撫で、なめらかな感触を確かめる。そのすぐれた容貌と家名のおかげで、ベネディクトは上流社会の中でも最上位の人々とつながりを持つことができた。彼自身は醜聞と借金にまみれているかもしれないが、依然としてイングランドで最も古い貴族の家の一員なのだ。今なお、結婚相手にと望む者も多い。

少なくとも多いはずだ。彼が結婚していなければ。

ベネディクトの心臓がいらだちに飛び出しそうになる。彼女こそ、彼がレディ・ラングトンの舞踏室に立ち入ろうと決意した本当の理由だった。彼の妻、ジョージアナ・キャヴァスティード。あるいは、ジョージアナ・ワイルドと呼んだほうがいいかもしれない。

ベネディクトは、ちらつくたいまつの光の中で彼女と一緒に過ごした短い時間を何度も思い返し、なんとか道理を見出そうとした。あんな計画を実行するくらいだから、相当な問題を抱えているのだろう。しかし、それは言い訳にはならない。彼にしても、どこかの甘やかされたお姫さまの企《たくら》みに巻き込まれている時間はなかった。

ニューゲート監獄でわざと粗野に振る舞ったのは、彼女の反応を試すためだ。彼女のすべて——柔らかな肌からきびきびした口調までが、品格のあるレディであることを示していた。驚かせて計画の変更を誘おうとしたのだが、それでも彼女は、ベネディクトがすばらしく魅力的だと思う冷静で自信たっぷりな態度を見せ、露骨なまでの生意気さで対抗してきた。ジョージアナ・キャヴァスティードが並外れた女性なのは疑いようもない。その頑固な知性は、彼女の味が肉体の興奮をかきたてるのと同じくらいに、彼の好奇心を刺激した。ただし、だからといってベネディクトが彼女と結婚した状態を続けたがっているというわけではない。

ただひとつの慰めは、彼の素性を知れば、この女性も彼と同じくらい強く、このつながりをなくしてしまいたいと思うに違いないことだった。あの唇が驚きであんぐりと開くのを見るのが待ちきれない。

「何を笑っている?」アレックスが彼を横目で見てきいた。

ベネディクトは肩をすくめた。「女性さ。この場合は、ある特定の女性だ」

アレックスの眉があがる。「ぼくたちは噂話を仕入れに来たんじゃなかったのか? きみに新しい恋人を見つくろいに来たわけじゃないぞ」

謎めいた笑みを浮かべ、ベネディクトはアレックスを見た。

「まさか相手は結婚していないだろうな?」アレックスが用心深く尋ねる。「誰かの妻を愛人にすると、いいことより問題のほうが多いぞ。未亡人なら、まだ大いに受け入れる余地がある。まず第一に、怒れる夫の相手をする必要がない」彼は真剣な目で、ベネディクトの夜会用の服装をじろじろと見た。「軍服で来るべきだったな。軍人の男の引力に抗える女性はいない。物理の法則の基本だよ。緋《ひ》色と金モール、それから胸の勲章の数が、女性が感じる着ている者の魅力に比例する」

ベネディクトは首を横に振り、その意見に反対するふりをした。「皮肉にもほどがある」

友人が肩をすくめた。「考えてみれば、ぼくたちはボニー(ナポレオン・ボナパルトのあだ名)を相手に戦って、それほどの怪我を負わずに帰還できた。腕や脚を失ったわけでもないし、顔面に目立つ傷ができたわけでもない」頭を傾け、美しいレディたちの一団に囲まれた年配の兵士のほうを示す。「あそこにいるアクスブリッジを見ろ。ワーテルローで脚を半分なくしただけで、すっかり英雄さまだ」

「ぼくだって、サラマンカで肩を撃たれたぞ」ベネディクトは穏やかに指摘した。

「ぼくも腿をサーベルで切られたし、左目は視界に陰ができている」アレックスが続ける。「ぼくが言いたいのは、ぼくたちみたいな負傷では、〝勇敢にも負傷した英雄〟という同情を引くためのカードは使えないということさ。ぼくの視界のことなんて、自分で言わなきゃ誰にも気づかれない。それに女性がぼくの傷に気づくのは、同情の段階をとうに過ぎたあとだ」彼はいたずらっぽく笑い、首をかしげた。「ぼくも足を引きずってみせたほうがいいかな?」

ベネディクトは鼻で笑った。「そんなまねをして女性の気を引く必要もないくせに、よく言うよ」アレックスはイタリアの伯爵夫人だった母親によく似ている。子どもがすねたようにも見える地中海風のすぐれた容貌で、どこへ行っても女性たちの熱い視線を浴びるのだ。「知りたいのなら教えるよ。ぼくが探しているのは、キャヴァスティード姉妹のうちのひとりだ」友人の顔に浮かぶ驚きの表情を楽しむ。これならば、アレックスがシャンパンを口いっぱいに含むのを待ったほうがよかったかもしれない。

アレックスが舞踏場に顔を向け、迷いもせずにアップトン公爵と踊っている娘を見つけ出した。「麗しのジュリエットか? 彼女はたしかに美しい。それは間違いないが、きみに勝機はないぞ。並みいる求婚者を片っ端から断りつづけているんだ。あの娘が軽い気持ちで賭博場の共同経営者なんぞをしている厄介者の次男坊になびくと思っているなら、きみは自分の魅力を買いかぶりすぎているよ。母親だって、爵位持ちを娘の夫にと狙っている。少なくとも侯爵くらいでないと」

ベネディクトは舞踏場でターンをする妻の妹を見つめた。たしかに否定しようもない美しさだ。それでも彼女の外見は、彼を惹きつけた姉の魅力を薄めたものにしか見えなかった。鼻は小さすぎるし、目は人形じみている。バラのつぼみのような口は、ジョージアナの口が発するあふれんばかりの官能的な雰囲気に欠けていた。

とはいえ、彼があの女性の口のことをずっと考えていたわけではない。

多くてせいぜい、一日に一度か二度の話だ。

彼が望んでいるのは離婚であって、彼女と寝ることではない。

実のところ、それは本心ではなかった。ベネディクトが望んでいるのは両方だ。離婚もしたいし、彼女と寝たい。だが、実現するのはどちらかひとつきりだ。あの生意気なミス・キャヴァスティードが今この瞬間、実際に彼の妻であったとしても、彼女とベッドをともにするというカードは存在しない。それはまさにシェイクスピアが表現したとおり、狂気の沙汰だ。

ベネディクトとしては、この混乱をすみやかに片づけ、それから煮えたぎる欲望を満足させてくれる、もっとずっと複雑ではない相手を探すつもりだった。彼の研ぎ澄まされた戦いの本能が、ジョージアナ・キャヴァスティードとかかずらっていても困難しか待ち受けていないと警告を発しているからだ。

せわしない様子で、ベネディクトは部屋の端に視線を走らせていった。「彼女じゃないよ。もうひとりのほうを探している」

アレックスが黒い眉をあげ、問いかける表情になった。

「あとで説明する」

ベネディクトはどたばたの結婚劇について、まだふたりの親友にも話していなかった。ただし、あくまでも時間がなかっただけの話だ。アレックスに出てこいと誘われたときには、まだ〈トライコーン〉の階上にある自室に戻ったばかりだったし、誘いに応じたのも、今夜の催しに望んで妻にしたわけではないあの女性が来る確率が高かったからだった。すべてがうまくいけば、今週中にも親友たちとフランスの上等なブランデーを飲んでカードでもやりながら、この一件を笑って振り返ることができるだろう。

ジョージアナ・キャヴァスティードのような女性と結婚を続ける理由があるとしたら、それは彼女の莫大な財産目当て以外に考えられない。彼自身が金を必要としているのは、神も知るところだ。彼女の金があれば父親の残した多額の借金を完済し、モーコット・ホールを救い、さらには、生き延びるために地所を頼りにしている者たち全員の生活を安定させられる。

彼女はベネディクトの祈りに対する答えになりうる存在だ。ところが、宇宙の大いなる皮肉はここでも作用していて、彼はこれまでに見た中で最も裕福な女性と結婚するのと同時に、彼女から一ペニーを受け取る権利さえ放棄することを義務として受け入れる羽目になった。それもすべて、たった一〇分のあいだに。結婚した夜に彼女から受け取った五〇〇ポンドは、借金の中で差し迫ったものの返済を少しでも楽にするため、すでに兄に渡してある。

ベネディクト自身は、どこからどう見ても無一文であり、離婚を要求するために金持ちの頑固な女性を追って街を駆けまわるよりもすべきことがたくさんある。生きていくための金を稼ぐのも、その中のひとつだ。彼としてはできるかぎり早く、この結婚を終わらせたかった。

そして、ベネディクトはようやく問題の女性を見つけた。彼女は母親と思われる年配の女性と一緒に、舞踏場をはさんだ部屋の反対側に立っている。彼の心拍が戦いに備えて身構える剣士のように激しくなった。

藍色の生地のへりに金糸の刺繍《ししゅう》をあしらったドレスは、女性の細い体の線に合わせた繊細なつくりになっていて、とても金のかかる仕立屋の仕事であることがうかがえる。シャンデリアの明かりの下で見る彼女の髪には、思いがけないことに銅色がわずかにまじっていた。ニューゲート監獄で見たときには気づかなかった色調だ。その豊かな髪をあげ、頭のてっぺんで何やら複雑な形にまとめている。

その髪をほどいてみたい衝動がこみあげ、ベネディクトの指がむずむずした。

女性は礼節の範囲内で退屈と諦めが入りまじった表情を浮かべ、濃い灰色の瞳で舞踏室に視線を走らせている。ベネディクトが見ていると、彼女はレモネードの最後のひと口を飲み干し、まずそうに顔をしかめた。まるで別の理由からだろうが、この女性は彼と同じくらい、ここにいるのをいやがっているに違いない。ベネディクトは期待に笑みを浮かべた。彼女の夜が悪い状況になっていくのは、むしろこれからなのだ。

ジュリエットがジョージーに顔を寄せ、母親とまったく同じように扇で口を隠した。「なんてことかしら。信じられない！　彼らが来ているわよ！」

ジョージーは妹の目を引いた何者かへの関心をかきたてようと試みた。「誰のこと？」

「ロンドンで最もいかがわしい人たちよ！」

「あら、バイロン卿が大陸から戻っているの？」

「違うわよ、ばかね。〝よこしまな三人組〟よ。といっても、ふたりだけみたいだけど。モーコット伯爵の弟のベネディクトと、サウスウィック公爵の息子のアレックスだわ。悪名高い賭博場を開いた人たちよ。お姉さま、醜聞が書かれた新聞は読まないの？」

「読まないようにしているわ」ジョージーは正直に言い、空のグラスを置こうと飲食物のテーブルに向き直った。いつも妹が何かを声に出して読むと、意識がどこか別の方向に向いてしまうのだ。ジュリエットは噂話満載のファッション紙や、ひどい出来のゴシック・ロマンス小説が大好きで、その結果として、どんなことでも過剰なほど劇的にとらえてしまうという面白い能力を身につけている。ただ教会へ歩いていっただけの出来事が、誘拐未遂の話になったこともあった――無害な男性も妹にかかれば、隅でぶらついているというだけでフランスの密偵にされてしまうのだ。彼女の話を聞いていると、取り換え子や誘拐、正気を失った年寄りの親戚が監禁された話がよく繰り返される。

「お姉さまだって耳にしたことがあるはずよ」ジュリエットが小声で言った。「『レディース・クオータリー・ガゼット』にもワイルドがつい最近、海軍から解放されたという記事が出ていたわ！」

「そうなの」ジョージーは気のない返事をした。

「彼はびっくりする評判の持ち主なのよ。賭けや競馬、射撃コンテストの話は有名だわ」

ジョージーはその誰とも知れぬ男性をうらやましく感じた。なんだかとても楽しそうだ。その男性は明らかに社交界からの非難を気にもしていない。いったいどれだけの解放感なのだろう。

「ふたりとも、ものすごくハンサムよ」ジュリエットが感情のこもった息をつく。「もちろん、シメオンにはかなわないけれど。でも、どうしてみながあの人たちを許しつづけるのか、あの顔を見ればよくわかるわね」

ジョージーはようやく妹が示す方向に目を向け、息をのんだ。

まさか、ありえないわ。

部屋の反対側にいる男性は背が高く、色が浅黒くてハンサムで、恐ろしいほど見覚えがある。ジョージーの心臓が止まりそうになり、それから馬に乗って障害を走っているときみたいに激しく脈を打ちはじめた。もちろん今、馬はいない。彼女は両目を細めて、男性の顔を見た。今は顔を隠すひげこそ生えていないが、日焼けした肌も、まっすぐな鼻と鋭い頬骨も、彼女の囚人にそっくりだった。ひげをきれいに剃った頬には、えくぼとまではいかないわずかなくぼみがあり、汚れのない首巻き《クラヴァット》の上には、すっきりとしたなめらかな顎の線が見える。気がつけば、ジョージーの口はからからになっていた。

びっくりするくらい似ているだけだ。彼女が結婚した男性は地球の裏側にいるはず。

だが申し分のない紺色の上着は、ジョージーがニューゲート監獄で魅了されたのと同じ幅広の肩を強調しており、黄褐色のズボンは同じ長い脚と引きしまったヒップを覆っていた。まだ流行とは無縁の長髪のままだが、きれいにしたせいか明るくなっていて、ウエーブのかかった茶色の髪が耳のあたりで巻いているのが、いかにも自然で風に吹かれているような印象を与えていた。

何かの間違いに違いないわ。

次の瞬間、見られているのに気づいたかのように男性が視線をあげてジョージーと目を合わせ、彼女の心臓が喉から飛び出そうになった。深みのある茶色の瞳が、じっと挑発的に見つめてくる。

こんなことが起きるはずがない。

ジョージーは男性から目をそらし、震える息をもらした。「あの男性は誰?」

いらだったジュリエットがわずかに頬をふくらませる。「わたしの話をひとことも聞いていなかったの？　あれがベネディクト・ワイルド、モーコット家の一文なしの弟よ。隣にいる同じくらいハンサムな男性が、彼の親友のアレックス・ハーランドね。彼には先週、キャロライン・ブルデネルのカード・パーティーで紹介されたわ」

運命の重たい手がジョージーの胸を押しつぶし、部屋がぐるぐるとまわりはじめた。

ベネディクト・ワイルド――ベン・ワイルドだ。

彼女の囚人。

彼女の夫。

頭の中にふたつの男性の姿が交互に現れる。みすぼらしい囚人と、完璧な貴族の姿だ。ほとんど自分の意思に反して、ジョージーは改めて男性を見た。ベネディクト・ワイルド、ロンドンで最も不適切な男性。その彼がまだジョージーを見ていた。眉をあげて彼女に無言の問いを投げかけ、唇の端をあげていたずらっぽい笑みを浮かべている。

ジョージーの肌が熱くほてり、すぐに冷たくなった。まるでイラクサに刺されて、すぐあとに凍りそうな池に飛び込んだみたいだ。いらだちがものすごい勢いでこみあげてくる。『レディース・クオータリー・ガゼット』はちゃんと事実を確かめるべきだ。彼は海軍でしおれていたわけではない。いまいましいニューゲート監獄で腐っていたのだ！

胃が腹の底へ沈んでいく。まさか、財産目当ての罠に引っかかったのだろうか？　それはありえない。ワイルドのほうからこの前の出会いを仕組むのは、絶対に不可能だった。それに彼はこちらが用意した契約書にも署名したではないか？　あれは水ももらさぬ内容になっている。彼女の財産は安全だ。

ジョージーはゆっくりと息を吐いて考えようとしたが、激しく打つ心臓が落ち着くのを拒絶しつづけた。彼はここで何を？　それに、ああ、神さま、自分はいったい何をしてしまったのだろう？

8

「どうしよう!　こっちに来るわ」

ジュリエットがあえぐようにそう言った声を、ジョージーはほとんど聞いてもいなかった。いったいどうしたらいいだろう?　逃げる?　叫ぶ?　気絶する?　今まで卒倒したことなどない——それはジュリエットの特技だ——けれど、初めてやってみるには絶好の機会かもしれない。左のほうに必死の視線を送っても、人で混み合っている飲食物のテーブルが行く手をふさいでいたし、ジュリエットを植物がいっぱいに活《い》けてある壺《つぼ》に向かって突き飛ばさないかぎり、右にも行けそうにない。ジョージーは恐怖にさいなまれながら、無言で近づいてくるふたりの男性を見つめた。ワイルドが先を歩き、知人に声をかけられては立ちどまりながら、それでも容赦なく距離を詰めてくる。まるで獲物に忍び寄るパンサーのようだ。

信じられない偶然か何かで、彼には双子のきょうだいがいるのかもしれない。

ジョージーは唇の内側を噛んだ。空想のお話をでっちあげるなんて、これではジュリエットみたいではないか。

そして、ついに彼がやってきた。ジョージーが監獄で見たのと同じ、運動神経のよさを感じさせる優雅な動きでお辞儀をする。こうなってはもう、ジョージーも逃げられなかった。体のほてりが波のように全身に広がっていく。これは大惨事になるだろう。ワイルドが彼女の正面に立ち、無視することもかなわなくなったが、最初に口を開いたのは彼の友人のほうだった。

「ミス・ジョージアナ・キャヴァスティード、ミス・ジュリエット・キャヴァスティード」

ふたりは膝を折ってお辞儀をした。少なくとも、ジュリエットはそうした。ジョージーの膝は、ただがくがくしていただけだ。

ジュリエットが愛らしくえくぼをつくって微笑んだ。「ミスター・ハーランド、またお会いできてうれしいですわ」

より濃い色の髪をしたほうの男性が、連れに半分体を向けて言う。「こちらこそ。ぼくのよき友人を紹介します。ベネディクト・ワイルドです」

ワイルドがジュリエットにうなずきかけ、それからジョージーに視線を移した。ふたりだけに通じる冗談を共有しているかのように、彼の目がかすかに悪魔的な輝きを放つ。「ミス・キャヴァスティード、あなたに会えて光栄だ」

ジョージーはワイルドが〝また〟という言葉を発するのではと気が気ではなかったが、幸いにも彼はそうしなかった。代わりに何かを思い出そうとするかのように眉間にしわを寄せ、頭を傾けて彼女の顔をじろじろと眺める。

「失礼ですが、あなたの顔には見覚えがある。前にお会いしましたか？」

なんというけだものだろう。彼女をなぶって苦しめるつもりだというのか？　ジョージーはごくりとつばをのみ込み、普通の口調を保とうと決意して言った。「どこで行き合ったのか想像もつきませんわ、ミスター・ワイルド」

「あなたが正しい」彼がささやいた。「もし出会っていたら、ぼくも覚えているはずだ」

ワイルドの言葉からは乱暴な俗語や不快で耳ざわりな発音が消えていたが、彼女の胸をどきどきさせる、よく響く深みのある低い声は変わらない。ジョージーがジュリエットに目をやると、妹は驚いてあんぐりと口を開け、ふたりのやりとりを眺めていた。いつもであれば紳士たちの関心を引き寄せるのは妹なのに、ワイルドはほとんど彼女に目もくれない。

彼は肘を曲げて前に出し、誘う仕草をした。「部屋をひとまわりしませんか、ミス・キャヴァスティード？」

ジョージーの体の中で凝りかたまった緊張感がわずかにゆるんだ。彼は今まで会ったことのないふりを通すつもりだ。ありがたい。

「でなければ、ダンスのほうがいいかな？」

「ダンス？」ジョージーは間の抜けた返事をした。

「しきたりみたいなものだよ、舞踏会だからね」ワイルドは声を出さずに笑い、目をきらりと光らせた。

そんなことをするなら、ベンガルトラとでも踊ったほうがましだ。それも裸で。けれど、もう人々は好奇心もあらわな目でふたりを見ている。あらゆる言葉を駆使しないかぎり、断ることはできないだろう。「いいわ。わかりました」

ワイルドがふたたびお辞儀をした。上品とは言えない彼女の了承を、礼儀正しい振る舞いでからかっているのだ。「では、マイ・レディ」

彼が〝マイ〟という言葉に少しばかり力をこめたように感じたのは、気のせいだろうか？いやいやながらも、ジョージーは手をワイルドの腕に置き、舞踏場へといざなわれるのに任せた。彼がジョージーの右手を取り、自分の左手を彼女のウエストにまわす。手のひらの焼けるような熱さがドレス越しに伝わり、まだ数センチの隙間があるにもかかわらず、彼の胸のぬくもりがジョージーの体の正面を洗っていった。

彼女は深く息をつき、うかつにもワイルドのにおいを吸い込んでしまった。清潔で、どこか大地を思わせる男性用のコロンのほのかな香り。最初にあの不快な場所で会ったときの悪臭とは大違いだ。ジョージーの血がふつふつと沸きたちはじめる。

楽団の奏でる音楽がワルツに変わった。運命というのは、ここで元気のいいリールを演奏してくれるほどやさしくはないらしい。ジョージーは、彼の複雑に巻いたクラヴァットを留めている金のピンに意識を集中させた。

「あなたはオーストラリアへ向かう途中のはずよ！ここで何をしているの？」顔をあげ、面白がっているような相手の目をにらみつける。「わたしが出たあとのニューゲート監獄で何があったか知らないけれど、おおかた看守を買収して脱獄したというところかしら。さては、わたしのお金を使ったわね！あなたは指名手配犯なの？逃亡中の？」

彼が首を横に振った。「密輸業者のベン・ワイルドはオーストラリアに向かっているところだよ。誰に惜しまれることもなく孤独にね」左の頬にくぼみをつくって続ける。「一方、モーコット伯爵の弟のベネディクト・ワイルドなら申し分なく元気にここにいて、きみと改めて知り合えて大喜びしているところだ」さりげなく周囲に視線を走らせ、頭を低くしてジョージーの耳に口を寄せる。「どうやらぼくたちのことが話の種になっているらしい、ミス・キャヴァスティード」

彼女は皮肉をこめた表情でワイルドをにらんだ。「いつもお金がないことで有名な男性が、この部屋で最も裕福な女性と踊っているのよ。奇妙だと思う人がいるかどうかは疑わしいわね」

その厳しい反応をワイルドは楽しんでいるらしい。「なるほど、ぼくの評判が先走っているようだ」彼にターンへといざなわれ、急に部屋がぐるりとまわったジョージーはたくましい肩をつかんだ。「きみの評判も同じだよ。社交界はまだきみが結婚市場に残っている上物だと思っている。大金持ちのミス・キャヴァスティードは象牙の塔のお姫さまで、ぼくのようなしがない男には手が出せない存在だとね」

その言葉が嘘なのを示すかのように、彼はジョージーのウエストにまわした手に力をこめた。ワイルドに触れられている。ジョージーはステップを間違えたが、まわりのカップルが恥知らずにもふたりの会話に聞き耳を立てているのを知っていたので、顔に笑みを張りつけたままでいた。

「きみは結婚したことを誰にも話していない」彼がささやく。

ジョージーは身をこわばらせた。今のは脅し？　彼は脅迫しようとしているの？　沈黙の代償にお金を要求するつもり？「わたしたちは話し合う必要があるわ、ミスター・ワイルド。どこかふたりきりになれる場所で」

ワイルドが白い歯を光らせた。「ふたりきりになれる場所？　舞踏会でかい？　それは無理だよ。一緒にいるところを見られたらどうするつもりだ？　どんな醜聞になるか、考えたほうがいい」皮肉もあらわな口調で言う。「結婚しなくてはならなくなるかもしれない。もう一度」

肺を誰かに握られたように感じて、ジョージーは空気を送り込もうとした。「お断りするわ、ミスター・ワイルド。あなたと結婚するのは一度でじゅうぶんよ」

もう一度ターンを成功させ、彼のほうがずっと大きいのに、ふたりの息がぴったり合って体が動くらしいことをジョージーは無視しようとした。ワイルドはどういうわけか、危険な規則正しさで腿を親密な具合に彼女の両脚のあいだに持っていくことができるらしい。ジョージーの体がほてり、むずむずした。ワルツというのは本当に好ましくないダンスだ。

「わたしはあなたの名前だって一部しか知らないのよ」ジョージーはいらだった声でささやいた。「そもそも、わたしたちの結婚は法的に有効なの？」彼はニューゲート監獄で〝ベン・ワイルド〟と署名した。だが、本当の名前はベネディクトらしい。そちらのほうがどこか上流社会の貴族といった感じで似合っている。むしろ〝edict《エディクト》〟という単語が入っているのが当然に思えるほど、よく合っていた。彼が人に命令《エディクト》してまわることに慣れているのは疑いようもない事実なのだろう。でも、彼女を相手にそうさせるわけにはいかない。

「ニューゲートで署名した名前はたしかにフルネームじゃない。だが、ぼくたちの絆を結ぶにはじゅうぶんみたいだ。実はもう確かめた。ぼくたちの結婚は法的には問題ない」

ジョージーはうまく呼吸ができなかった。どうにかして彼の罪深いほど魅惑的な唇から――ひげがなくなった今、以前よりもそう思える――目をそらし、ゆっくりと息を吐き出す。

「あなたが国に残ることをわたしがまるで予想していなかったのは、あなただって知っているはずよ」

「ぼくはそもそも、移送される予定はなかった」

「じゃあ、どうしてあのときにそう言わなかったのよ？」

ジョージーの手を握る彼の指に力がこもった。「その件については、ほとんど何も話さなかったじゃないか。ぼくは手錠をかけられて房から引きずり出され、無理やり祭壇の前に連れていかれたんだぞ」

罪悪感でジョージーの首がほてった。彼の言うことにも一理ある。いわば、彼の頭に銃を突きつけて選択を迫ったも同然なのだ。

「ここで話すわけにはいかない」ワイルドがささやいた。「明日、会いに来てくれ」

ジョージーは周囲を見まわした。舞踏場の脇では母がジュリエットのところに戻っていて、ふたりとも興味津々といった表情を浮かべている。ジョージーは舌先まで出かかった非難の言葉をのみ込み、ワイルドへ視線を戻す前に、ふたりに向かって明るく自信に満ちた笑みを浮かべてみせた。「あなたに会いに行くって、どういう意味?」

「ぼくがきみのもとを訪れるわけにもいかないんじゃないか? きみが醜聞を避けたいと思うならね。ぼくたちの結婚を社交界に隠すくらいだから、そういうことなんだろう?」彼女と目を合わせ、ワイルドが言う。「人目を忍んでニューゲート監獄を訪れることができる女性だ、誰にも見られずにパルマルの〈トライコーン〉へ裏口から入るくらいは造作もないだろうと思ってね。時間は明日の午前一〇時にしよう」

ジョージーは挑戦されればそれとわかる人間だった。そして、この挑戦に関しては受ける以外の選択肢は存在しない。「わかりました。行くわ」

ワルツが終わり、ふたりも最後に体を回転させ、息を切らして動きを止めた。ジョージーを放す直前にワイルドがウエストにまわした腕に力をこめ、続けて彼女の手を取って唇へと持っていく。ジョージーは激しく打つ心臓を落ち着かせようとした。手袋越しの口づけでも、指の背がぴりぴりする。さっと手を引っ込め、そのまま背後に持っていった。

彼女が逃げたのをからかうように、ワイルドは目だけで笑った。「では、また明日、ミセス・ワイルド」

9

ふたりきりになるとすぐ、アレックスがさりげなさを装ってベネディクトを部屋の隅に連れていき、突然キャヴァスティード姉妹に関心を持った理由を説明するよう求めた。それに対して、ベネディクトは〈トライコーン〉に戻るまでは話せないと答えた。あとでセブのために説明を繰り返させられるのを避けるためというのが、その主な理由だ。暗紅色のダマスク織りのカーテンを引いた私的な広間で、ベネディクトは三人組の最後のひとりがやってくるのを待ち、人数分の酒を注いでから、暖炉の正面に置いた三つある大きな肘掛け椅子のひとつに腰をおろした。

「ぼくは結婚した」ベネディクトはそっけなく告げた。「相手はジョージアナ・キャヴァスティードだ」

アレックスがブランデーを噴き出しそうになった。「あの貿易商の跡継ぎ娘か？」早口でまくしたてる。「神経質なあの女？　あのジョージアナ・キャヴァスティード？」

「そうだ」

「なんてこった。いつそんなことになった？」

「何週間か前、ニューゲート監獄で」

「そんなばかな、ベン！　監獄で捕まっているあいだに大金持ちの跡継ぎ娘を――それもあんな美人の女性をものにするなんて、きみ以外にはありえない話だ」

「永久に続く話じゃないよ」ベネディクトはうなるように応じた。

アレックスが驚嘆と称賛のまじった表情で頭を振る。「今すぐカードをやりに行くべきだ。きみには悪魔じみたつきがある」

セブがグラスを掲げ、皮肉をこめた乾杯をした。「まあ、おめでとうだな。なんだかすべてがいい感じに普通じゃない。普通は金のない美人が、金を持っているが性根の悪い英雄さまとの結婚を画策するものだ」眉をあげておどけた表情をつくる。「ところがここにいるわれらが貧しい色男のベネディクトはみずからを犠牲にして、ぼくたち三人を合わせたよりも金を持っている魅力的なおてんば娘と結婚することを余儀なくされたわけだ」彼はからかう表情でベネディクトを見た。「なんともかわいそうな話じゃないか。運命とは残酷なものだな」

「よせよ、地獄へ落ちろ」ベネディクトは仏頂面で言った。「今だけの話だ。明日、彼女がここへ来たら目的を聞き出して、この道化芝居も終わりにする」

アレックスが眉をあげる。その目にはいたずらっぽい輝きが宿っていた。「彼女がここに来るのか？」

「きみはいなくていいからな」アレックスとセブの横槍《よこやり》だけは必要ない。ベネディクトはそう言うとブランデーの残りを飲み干し、喉が熱く灼《や》ける感覚を味わった。

「彼女をどうするつもりなんだ？」アレックスがグラスをまわして琥珀《こはく》色の液体をかきまぜる。

「わかっていたら苦労しないよ。ただ、結婚したままでいられないのははっきりしている。ありがたいことに、ぼくの正体を知った向こうもこのままの状態を望むとは思えない。彼女は移送されるか、絞首刑になる相手が欲しかったんだ。喜んで誤りを正そうとするに違いないさ」

「妻と別れるのはそんなに簡単じゃないぞ」セブが言う。「あれは服にくっついてちくちくするイガみたいなものだ。いったんついてしまえば、なかなか取り除けるものじゃない。誰にきいたって、そう答えるよ」

ベネディクトはセブにしかめっ面を向けた。「しつこい奥方にずいぶんと詳しいじゃないか。きみはそんなに経験豊富なのか？」

「まさか。疫病のように避けているさ。世の中には積極的な未亡人や独身女性がたくさんいるというのに、なんだって他人の奥方なんぞを気にかける必要がある？」

「妻と別れる方法ならたくさんあるよ」アレックスが言った。「婚姻無効だって、離婚だってある」

「追いはぎに金を払って襲わせるという手もあるな」セブがおどけて言う。「足に重しをつけてテムズ川に放り込むとか、どこか外国に――」

アレックスがセブを無視して続けた。「離婚で名が泥まみれになるのは彼女も望まないだろう。キャヴァスティード家は代々続く裕福な家系というわけじゃないが、今の社会的な地位は高い」

「きみが国外に逃げるという手もあるぞ」セブが陽気に言い放つ。明らかに難癖をつける役割を楽しんでいるようだ。「ヨーロッパに長逗留してくればいい。パリで幾晩か、陽気でその方面の手管にたけたレディたちの相手をしていれば、妻がいることなんて忘れるさ」

「ぼくはどこにも逃げない」ベネディクトは顔をしかめた。「ぼくたちはヨーロッパから戻ったばかりじゃないか。忘れたのか？　フランスとスペインなら、もう一生分以上も見てきたよ」悩みの種のミス・キャヴァスティードから話題をそらそうと決め、アレックスに顔を向ける。「きみの調査のほうはどうなっている？」

アレックスは、イタリア人外交官が疑わしい死を遂げた件を調べるよう、コナントに依頼されていた。

「ゆっくりだが進んでいる」アレックスがため息をついて答える。「事件のあとで国外に逃げた使用人が殺したようだ。しかし、動機がまだはっきりしない」彼はセブに向かって言った。「伯爵がクラヴァットを完璧な滝の形に結ばせようとして、八回繰り返させたもののまだ納得せず、ついに使用人が切れたとか？」

ベネディクトは鼻で笑った。セブの服の着こなしに対するこだわりは、三人のあいだで常に冗談の種になっている。「口達者なイタリア人がどんなふうなのかは、きみたちも知っているだろう。いつだって情熱的で、極端に短気だ」

アレックスが小ばかにしたような笑みを向け、セブが眉をあげて餌には食いつかないぞという意思を示す。それを見たベネディクトは顔がほころぶのを抑えきれなかった。セブには半分イタリア人の血が流れており、アレックスはふだんから彼の〝外国人気質〟をからかっては喜んでいる。というのも、実際のセブが短気で口達者なイタリア人とは正反対の人物だからだ。彼は地中海風の端整な容貌にもかかわらず、ベネディクトがこれまでに出会った誰よりも冷静な頭脳を持っており、危機に際してこれほど頼りになる者はほかにいない。たとえ、カフスボタンを完璧にするために二〇分もかけるような男であっても。

ベネディクトは同情をこめた視線をアレックスに向けた。「じきに突破口が見つかるさ。間違いない」

アレックスが空のグラスを置いて立ちあがった。「最後に賭場を見てくるよ」

彼が言っているのはクラブの主役とも言える部屋のことで、ほとんどの賭け事がそこで行われている。賭場の奥の壁には高い位置に天井桟敷のような小さなバルコニーがあり、透かし彫りを施した板で囲まれていた。クラブの所有者である三人は小さな階段でそこへあがって室内の様子を眺め、下で行われている賭け事を見て、クラブの顧客たちに目を光らせることができる。かつて狙撃手でもあった彼らはそろって、高いところに陣取るのが好きだった。

ベネディクトも立ちあがった。「ぼくは少し眠る」

セブがくすくす笑い、グラスに残ったブランデーを飲み干す。「明日、妻の相手をするのに知恵を総動員しないといけない。そんなふうに聞こえるぞ。彼女は賭場を見たことがあるのか？　下を案内して、ルーレットでも教えてやればいいじゃないか。ぼくも喜んで――」

「彼女を賭場に近づけるつもりはない」ベネディクトはきっぱりと告げた。「きみが彼女に何かを教えることもない」

セブがからからと笑う。「興ざめだな。では、おやすみ。それに幸運を祈る」

10

セント・ジェームズにある〈トライコーン〉は新しくできた紳士用クラブだが、ピーターによると開業後わずか数カ月のあいだに、真剣なカードの勝負ができること、それから贅沢《ぜいたく》な食べ物と〝男性向けの娯楽〟で高い評判を築いたらしい。娯楽に関しては、ジョージーは〝魅力的でお手軽な女性たち〟がそろっていることを遠まわしに表現したものだと思っている。

しかしながら、午前一〇時という時間にあっては、この優雅な堕落の国も驚くほど静かだった。ピーターが馬車を堂々とした石張りの建物の裏にある厩舎《きゅうしゃ》へと向かわせる。

「ジョージアナ・キャヴァスティード、これは――」

「ひどい考えだというのでしょう」ジョージーは苦々しげな顔で言った。「そんなことはわかっているわ」

もちろん、ピーターにはワイルドと再会したことを話した。話を聞いたオランダ人の秘書は太い眉をあげ、初めにばかげた計画だと警告したはずだと言っただけだった。その彼がさらに何か言おうと口を開きかけたが、今のジョージーは説教を聞く気分ではない。外套の裾を持ちあげて砂利の上におり立ち、胃のあたりのざわつきを無視しようと試みた。

ゆうべは頭の中で、この話し合いで考えられる結果にあれこれと思いをめぐらせ、ほとんど一睡もできなかった。ワイルドは何を要求してくるだろう？　毎月の小遣い？　それとも、まとまった金だろうか？　この失敗の代償にいくら支払うことになる？

「あなたはここで待っていて。そんなに長くはかからないはずだから」

クラブの裏口のドアが開き、黒と金色のお仕着せに身を包んだ山のような大男がジョージーの前に姿を現した。これだけの体格だ、ボクサーかレスラーだと言われても驚きはない。当然のように彼の鼻は曲がり、耳はつぶれていて、これまで送ってきた面白そうな人生を物語っていた。

ピーターが彼女を守ろうと前に足を踏み出したが、ほぼ同時に大男のうしろからワイルドが出てきて、歓迎の笑みを浮かべた。

「さがってくれ、ミッキー。そのレディはぼくに会いに来たんだ」

大男が丁重にうなずいて脇にどき、ジョージーが通れる隙間を空けた。

「おはよう、ミス・キャヴァスティード」ワイルドが言う。一瞬、ジョージーは自分が邪悪な城――ミセス・ラドクリフの『ユードルフォの秘密』に出てくるような城の入り口に立っているところを想像した。中でとても不快な何かを発見することになる、愚かで何も疑っていない旅人になった心境だ。ジュリエットのゴシック・ロマンス小説をこっそり読むのをやめなくてはならない。想像力がたくましくなりすぎつつある気がする。

「わたしはここにいます」ピーターがぶっきらぼうに言った。「三〇分経ってあなたが出てこなかったら、中へ迎えに行きます」

ジョージーはうなずいた。階段をのぼって戸口をまたぎ、ライオンの巣に足を踏み入れる。そのままワイルドの幅広の肩を追って大理石のタイルを張った廊下を進むと、曲がった階段をのぼり、驚くほど明るくて広々とした居間へ入っていった。紳士の住まいの内部がどうなっているのかずっと気になっていたにもかかわらず、ジョージーは家具に目を留めもしなかった。彼が示した椅子に腰をおろし、両手を腿の上に置く。「さっそく本題に入らせてもらうわ、ミスター・ワイルド。どんなゲームをしているつもりなの?」

彼の唇の端がぴくりと動いた。「まわりくどい話し方はしない主義なのかな?」ワイルドは優美なフランス製の肘掛け椅子まで歩き、腰をおろした。片方の足首を反対の脚の膝にのせた姿は、落ち着いた男らしさの象徴そのものに見える。「ぼくはゲームなどしていないさ、ミス・キャヴァスティード。きみがニューゲート監獄でぼくを見つけたんだ。あの遭遇はまったくの偶然によるものだよ」

ジョージーは眉をあげ、ワイルドにあそこで何をしていたかの説明を促した。

彼が頭を傾け、責めるような表情を向けてくる。「まず、ぼくはあの監獄に入ったとき、結婚する羽目になるとは夢にも思っていなかった」

罪悪感でジョージーの頬がほてった。

「きみの発想は称賛するよ」ワイルドがそっけなく言う。「あそこなら候補者に逃げ道はない。それは確実だ」

ジョージーは居心地が悪そうにもぞもぞと体を動かした。彼には説明を要求する権利がある。「たしかに普通じゃない行動だったわ。それはわかっています――」

ワイルドが眉をあげ、彼女の控えめな物言いを無言でからかってみせた。顔を伏せて自分の手を見つめ、ジョージーは続けた。「何週間か前まで、わたしは誰とも結婚する気はなかった。まったくね。結局のところ、わたしはお金を必要としていないし、爵位に対する強いあこがれもないもの」

「それを口にして、しかも本気でそう思っているのは、ぼくの知る女性たちの中できみが初めてだ」ワイルドが楽しげに応じる。「いつの日か〝マイ・レディ〟とか〝奥方さま〟と呼ばれたいという欲望を否定できる女性はほとんどいない」

「わたしはできるわ」

彼の視線がジョージーの腹部のあたりにさがった。「では、なぜ急に夫が必要になった？　ひょっとして、九カ月後に幸せな出来事が控えているのかい？　別の男とのあいだにできた子どものために名前が必要になったのか？」

ジョージーは驚きに思わず息をのんだ。「なんですって？　違うわ！　わたしはまだ……つまり……」自分が示唆してしまったことに恥を募らせて言葉を途切れさせ、落ち着こうと深呼吸する。この程度の誤解は予測しておくべきだったのだ。「とにかく違います。全然違うわ。問題なのは、わたしのいとこなの。ジョサイアという名前よ」

「ふむ」

ワイルドの相づちはまったくの中立だ。どう言えばジョサイアの日常的ないやがらせをいちばんうまく説明できるか、ジョージーは考えた。「ジョサイアはもう何年も、わたしとの結婚を画策しているの。わたしが成年になる日が近づいて、そのやり方が悪質になってきたのよ。結婚するしかなくなるほど名誉を傷つける状況をつくろうとしかねないくらいに」

ジョージーがちらりと見ると、ワイルドの顎の筋肉がぴくぴくと動いた。

「自分と会社の将来をジョサイアの手にゆだねるなんて、わたしにはできない。でも結婚してもいいと思えるほど信用できる男性は、社交界の中にはいなかったの。わたしも必死だったのよ。そんなとき、死刑囚と結婚すれば運命を自分で操れることに気づいた。ジョサイアにはわたしが結婚したと告げ、未亡人になったのを言い忘れたことにすればいいんだってね」

みずからの無邪気さに顔をしかめ、ジョージーは続けた。「不運なことに、ニューゲート監獄に死刑囚はいなくなっていた。あなたが代わりだと言われたとき、生きていても不在の夫ならいいんじゃないかと思ったの。ジョサイアは、わたしが今は海に出ている自分の船団の船員と恋に落ちたと思っているわ」

「ロマンティックな話だ、たくましい船乗りに惚《ほ》れるとはね。きみのいとこはその話をどう受け取った？　おとなしく納得するようにも思えないが」

「ピーターがジョサイアに結婚の許可証を見せたけれど、まだ何かあると疑っているわ。今こうして話しているあいだにも、結婚をなかったことにする方法を探しているかもしれない」

ワイルドが長い人差し指で椅子の肘掛けを叩く。「きみのごつい付き添いの男とニューゲートにいたふたりの目撃者、それから愛すべきジョサイア以外は、ぼくたちの結婚を知る者はいないのかい?」

「あとはわたしの母と妹だけよ。ふたりには相手が犯罪者だとしか言っていないわ。それがあなたであることは知らない」

「そして、きみはそれをふたりに話すつもりは当面ない」ワイルドは不服そうに言った。「ぼくが犯罪者よりもたちが悪いからだ。いったい誰がぼくみたいな男とくっつきたがる？」

目尻にしわを寄せ、自虐的な笑みを浮かべる。

ジョージーは彼をにらんだ。「わたしを責められるの? あなたの評判は真っ黒なのよ」

まるで褒め言葉をかけられたみたいに、ワイルドが頭を傾けた。どこまでもひねくれた男性らしい。「それはどうも。今後も全力を尽くすとするよ。それでも、ぼくはまだあちこちの客間で歓迎される。まったく不公平だな。男はひどい行いをしても軽く手首にしっぺを食らうくらいなのに、女性が同じ行いをすれば、社交界がすぐに団結して彼女を追い出してしまう」

ジョージーはうなずいた。「それがまさに、わたしたちの関係を切らないといけない理由なの。この結婚の事情が明らかになったら、その醜聞のせいで妹がよい結婚をする機会がだいなしになってしまうわ。妹も母も拒絶されて、恥にまみれることになる」

「きみ自身もね」彼は穏やかにつけ加えた。

「ええ、まあ、そうね。そのとおりだわ」

ワイルドが脅迫するつもりなら、たった今、ジョージーは絶好のきっかけを与えたことになる。この一件について沈黙を守る代わりに、大金を要求してくるのは避けられないだろう。彼女は苦々しい思いで待った。

「ふむ」彼が静かに考え込む。「きみの葛藤は理解した。それで、これからどうする？」

ジョージーは驚きに眉をひそめそうになるのをこらえた。まさか、本当に金を要求するつもりがない？　厳しい交渉には慣れているけれど、彼の本心を読むのはほぼ不可能なようだ。持っているカードをすべてテーブルに並べるときが来たらしい。商売の交渉においては正直さも大切だ。たとえ痛みを伴うものであっても。

咳払いをして、彼女はきっぱりした口調で切り出した。「分別のある大人同士として話ができると思っていたわ。あなたがわたしとの結婚を望んでいるはずはないし、わたしもあなたとの結婚を望んでいない。すぐに婚姻無効にするのがふたりのためよ」

「何を理由にする？　ぼくたちはどちらも精神に異常をきたしたりしていない」

ジョージーは鼻で笑いたい衝動を抑えた。ここ何週間か、毎日自分の正気を疑いつづけているのだ。「船員と結婚したと話したとき、ジョサイアには頭がどうかしたと言われたけれどね」顔をしかめて認める。

ジョージーはワイルドの彫りの深い顔をちらりと見た。ひげに覆われていない今、本当にすばらしい顎の線がはっきりとわかる。そして彼の唇を見ていると、自分自身の唇がじんじんしてくるのだった。信じられないという思いが波のように全身へ広がっていく。わたし、ジョージアナ・キャヴァスティードが、このアドニスと結婚しているだなんて！　なんと考えられない組み合わせだろう。ギリシアの神がオリュンポス山からおりてきて、まるで疑うことを知らない人間と戯れているみたいな話だ。彼女はもう一度、ワイルドの腹立たしいほど魅惑的な唇をちらりと見た。ただし、そうした神話がよい結末で終わるのはまれで、人間たちはみな石になったり木になったり、狩猟犬にずたずたにされたりする。

それでも、ひょっとしたらその価値があるのかも。何しろ彼は、心をしびれさせるほどすぐれた容貌の持ち主なのだ。

ジョージーは頭を振り、間近に迫った大惨事に集中しようと試みた。「わたしとしては、肉体関係の欠如を理由に結婚をなかったことにできないかと思っていたのだけれど、調べてみたらそれだけでは婚姻無効にはじゅうぶんでないらしいわ」頬が熱くほてる。「無効を勝ち取るには夫が――その、あなたのことだけれど、性的不能であると宣言しないといけないらしいの」

長く、息が詰まりそうな沈黙が続いた。ジョージーはワイルドの顔を見ようとはせず、代わりにオービュソン織りの敷物の薄緑色の渦巻き模様に意識を集中させた。人は恥ずかしさで燃えあがって死んだりすることがあるのだろうか？　首が下からゆっくりと真っ赤に染まっていくのを無視して、言葉を続ける。

「それを実現させるには夫が三年間、妻とベッドを分け合ったあとで、妻がまだ純潔のままであることを証明する必要があるの。婚姻の無効が認められるには、そのうえであとふたりの女性……つまり……その……そういうことを商売にしている女性ふたりによっても興奮しないことを証明しなくてはならないわ」

そこでジョージーの息が切れた。ワイルドの返答がないので、反応を見ようと視線をあげる。彼の熱いまなざしがジョージーの唇のじんじんする感覚を全身のほてりへと変えていき、彼女は靴の中でつま先を丸めた。

「そういうことなら、ぼくたちは問題を抱えていることになる、ミス・キャヴァスティード」

ワイルドの視線がジョージーの目を見つめ、呼吸が速くなっているのを彼女に自覚させる。

「もし三年間ベッドをともにして、そのあいだずっと互いに触れ合わずにいられたとしても――」彼の真剣な表情は、その可能性がなさそうなことを示していた。「ぼくは肉体的に結婚を成立させられると判断されるだろうね」あからさまな挑発をこめて眉をあげる。「もし疑うのなら、喜んで男としてのぼくの能力を証明してみせるよ。お望みとあらばいつでも」

11

ジョージーは〝それならやってみなさいよ〟と口走りたくなるほどの怒りといらだちを募らせたが、舌を嚙んでこらえた。

　ワイルドがまたしてもしばらく黙り込んで気まずい沈黙が流れ、やがて口を開いた。「だからノーだ。ぼくの性的不能が原因の婚姻無効は論外だよ」

　自分を落ち着かせようと、ジョージーは息を吸い込んだ。まるで野性の獣との遭遇を生き延びた心境だ。「では、それ以外に無効の理由として認められるのは詐欺だけね。でも署名したあなたの名で法的に問題はないとあなたも言っていたし、だとしたら、その点について申し立てることもできないわ。それに、わたしたちはどちらも成人だし」

　暖炉の上にある陶製の時計が、不自然なほど大きい、ふたりを責めるような音を発して時を刻んでいる。罪と恥の意識が全身を駆けめぐり、ジョージーは唇が震えてしまわないかと不安になった。わざとではなかったにせよ、ニューゲート監獄に乗り込んで結婚を無理強いしたことで、この男性の人生を傷つけてしまったのだ。いきなり、最悪の考えが彼女の頭に浮かんだ。「ああ、なんてこと！　まさか、ほかに結婚を考えている女性がいるの？　いるんでしょう？」

ワイルドがかすかに微笑んだ。「いないよ。社交界のレディたちは、ぼくが結婚したと知ったら嘆き悲しむだろうがね」その口調には皮肉がこもっている。

「結婚を考えたことはないの？」

「正直に答えてほしいのかい？　考えたことはない。その決断を下さないといけない状況になる前に、フランスかスペインで死ぬものだとばかり思っていた」

彼の言葉にこめられた露骨な真実に、ジョージーは心臓をねじあげられたような気がした。この男性はどんな恐怖と直面してきたのだろう？　ゆうべ、ジュリエットが収集したワイルドに関する記事の切り抜きにざっと目を通してみた。彼はイベリア半島とワーテルローで戦った。グラハム将軍の指揮のもと、第九五歩兵連隊で三年間を過ごしている。世界を舞台に培ってきたワイルドの経験はとても深く、自分のそれとは比較にならないと知ったとき、ジョージーは当惑した。彼は手ごわい強敵になるかもしれないし、味方になればとても心強い存在になるだろう。

「どうしてニューゲート監獄に入れられたの？」

「公式には、ぼくがあそこに収監された記録はない。社交界の人々が知るかぎりにおいては、ぼくは賭けの借金に苦しみながら海軍にいたことになっている」

「じゃあ、いったいなぜ――」

「軍を去ってからは、ボウ・ストリートの主任判事を務めているナサニエル・コナント卿の

ジョージーの驚きは顔に出てしまったらしい。

ワイルドが笑みを浮かべたところを見ると、ジョージーの驚きは顔に出てしまったらしい。

「ボウ・ストリートは普通、下級、中級の階層の犯罪者を扱っている。だから社交界が関わる事件が起きると、正規のランナーではじゅうぶんに対処できないんだ。そういうときにぼくが出ていく。ぼくは社会のあらゆる層に顔がきくからね。貴族と接触しなくてはならない事件を手伝っている」

ジョージーは頭がくらくらした。社交界の半分がそうしているように、どこか田舎の領地で派手なクジャクみたいに日向ぼっこをしたり、借金と家名を頼りに生活したりして、友人や親戚から金を巻きあげながら生きていけるというのに、なぜ彼のような男性が犯罪と戦うことを選んだりするのだろう？

「今は上流階級の何人かとケントの密輸業者たちが、ナポレオン・ボナパルトを流刑から救い出そうとする計画とつながっていないかどうかを調査中なんだ」

彼女は椅子の背に寄りかかった。ワイルドが口走るであろう話も事前にいろいろと予想していたけれど、これはそのどれよりもはるかに突飛な話だ。彼の言葉が本当なら、とても危険な仕事だと思う。「なぜ？」

彼は皮肉のこもった視線でジョージーを見た。「愛国心が燃えたぎっているわけじゃない、それはたしかだよ。愛国心のせいでスペインでは撃たれたし、ベルギーでは危うくばらばらに吹き飛ばされるところだった。金が必要なんだ」

失望でジョージーの胃がおなかの底へと沈んでいく。なるほど、お金を要求する前に時間を稼いでいるだけなのね。「結婚したとき、わたしが誰だか知っていたの？」

「名前は知っていた。ジョージアナ・キャヴァスティード、貿易商の跡継ぎ娘だ」

彼女は手さげ袋《レティキュール》を持つ手に力をこめた。「わたしと結婚したらお金持ちになれると思ったの？」

「きみが用意した権利の放棄書を読んで署名するまではね。そういえば、きみの書類はよくできていたよ。うまくこちらの権利を骨抜きにしていた。もっとも、いちばん感心したのは五〇〇ポンドだったが」それ以外の彼女の財産が手に入らないことはまったく重要でないと思っているかのように、ワイルドは肩をすくめた。

どう考えたらいいのか見当もつかない。こんな簡単にジョージーの金を諦めた者は、かつていなかった。誰と話しても、あらゆる会話の背景には彼女の富が見え隠れしていたのだ。それは目に見えず、耳にも聞こえない障壁となって、真の友情と信頼関係を築くのを妨げている。ジョージーは頭を振った。誰もが何かを必要としていて、ワイルドとて例外ではない。やるべきことは、彼が何を必要としているのかを暴くことだ。

「では、婚姻無効も無理だな。離婚は？」ワイルドが尋ねる。

「わたしが不貞を働いたと申し立てないといけないわ」

彼はそうすればほかの男性がジョージーに触れたことがあるかどうかを確かめられるかのように、問いかける視線を彼女の頭のてっぺんから胸、つま先へと走らせ、もう一度上へと戻していった。「それは事実じゃないのか？」

体がほてり、ジョージーは座ったまま、もぞもぞと体を動かした。「違うわ」消え入るような声で否定する。「わたしは誓いを破ってはいない」同じ質問を彼に投げかけたいという衝動がこみあげてくるのを、なんとかこらえた。しょせん、彼女には関係のない話だ。「第一、離婚は論外よ。議会制定法が必要になるし、それはまさにわたしが避けようとしている醜聞をつくり出すことになるわ」

実のところ、ジュリエットはたぶん醜聞を歓迎するはずだった。母が爵位への夢を諦めることを余儀なくされれば、妹はシメオンと結婚できる。ただし、その場合は母が傷つくことになるわけだ。母は本当に社交界の意見を大切にしているし、ロンドンのにぎやかさを愛している。リンカーンシャーの自然の中へ引きこもることを望まないだろう。父が死んだとき、母はじゅうぶんに苦しんだ。ジョージーは、さらなる苦しみを母に味わわせるつもりはなかった。

ワイルドが椅子の肘掛けを指で叩く。「では、結婚を解消するのは難しいわけだ」

彼女は顔をゆがめた。「ええ。ごめんなさい。わたしはこんなつもりじゃ――」

彼はいらだたしげに長い指を鳴らし、ジョージーの謝罪を受け流した。「すんだことはしかたがない。そこから最良の結果を引き出すだけだよ」

その言い方は、戦場の軍医が運命と諦めた感じで〝では、片脚を切断するしかない〟と告げるときと同じだった。

矛盾した怒りがこみあげ、ジョージーはその感情に抗った。彼女との結婚は、そこまで悪い話ではないはずだ。「あなたがわたしと会うことはほとんどないわ」あえて明るい口調で言う。「社交シーズンが終わったら、わたしはすぐリンカーンシャーへ戻るし、あなたはこのロンドンで、その……紳士の追いかけっこを続ければいい。完全に別々な人生を送れるわ」

そう、今のは状況に即した、俗っぽくも洗練された意見に聞こえた。ワイルドのような者には魅力的に思える取り引きだろう。

ただし、その取り引きにはジョージーを憂鬱にさせる何かが感じられた。両親の結婚生活にあった親密なつながりや、分かち合う笑い、愛情といったものはどこにあるのだろう？彼女自身が夢見た幸せな結びつきは？ジョージーはため息を抑え込んだ。失敗に終わった六回の社交シーズンで、紳士たちがレディらしからぬ商才を持つ、舌鋒《ぜっぽう》鋭く教養豊かな女性を望んでいないことは証明されている。その現実と向き合わなくてはいけない。

それでもわずかに感じる不満は消えなかった。すべてが味気なく、論理的で、退屈だ。ジョージーは、人生が過ぎていくのを他人事みたいに傍観しているのではなく、冒険をし、自分の人生を生きていきたかった。便宜のための秘密の結婚はジョサイアを遠ざけてくれるかもしれない。でも、ほかの財産目当ての厄介な連中に苦しめられることになるだろう。これからの二〇年、そうした男性たちを拒絶しつづけ、選り好《え》《ごの》みが激しくひとりの夫を決められない独身女として見られなくてはならない。やがて壁の花や未亡人たちが居並ぶ部屋の端へと追いやられ、同情と嘲笑の対象になっていく。

だめだ。そんな状況には耐えられそうもない。わが人生を自分で切り開いていくときがやってきたのだ。

「待って」ジョージーは言った。「結婚を秘密にするのをやめたらどうかしら?」

12

ワイルドの濃い眉があがった。「どういう意味だ?」

ジョージーは急いで考えた。「そうね、もう結婚していると公表するわけにはいかないわ。それだとあまりに不品行な印象になってしまう。でも、ゆっくりとそこへ持っていけばどう? あなたがわたしを誘うのよ。礼節を持ってね。そのうえで、このシーズンの終わりにわたしに〝求婚〟したら? それならわたしたちはもう一度、今度は公に結婚できるし、ふたりの関係を世間に明かすこともできるわ」

ワイルドが何も言わないので、ジョージーは自分の大胆さに驚きつつ、勢い込んで先を続けた。「いったん関係を明かしてしまえば、あとはそれぞれ別の道を進んでいけばいいのよ。この方法なら、わたしは未婚女性を続ける代わりに妻の地位を手に入れられる。社交界では若い独身女性は大英博物館のお宝以上に保護されるけれど、結婚さえしてしまえば、わたしはずっと自由に動けるようになるわ」

何気ない身ぶりに見えるよう願いつつ、ジョージーは手をひらひらとさせた。「あなたのほうで目立った動きをする必要はないと思う。パーティーがあるたびに一回か二回、わたしと話してくれればいいの。あとは舞踏場越しに熱っぽい視線を送るとか、公園で馬車を走らせるとか、午後の紅茶を一緒に飲むとか、普通のことをしてくれればじゅうぶんよ」

ベネディクト・ワイルドのように魅力的な男性に強い関心を寄せられると思うと、ジョージーのみぞおちがざわついた。それがたとえ見せかけであっても。この男性は、彼女の人生経験の守備範囲から完全に外れたところにいる。それでも、彼と一緒にいた時間で得た気持ちの高ぶりは、それ以外の人生をすべて合わせたよりも大きかった。こんなにすばらしい男性との関わりを楽しむ絶好の機会を利用しない手はないのでは？　たとえ、このシーズンが終わるまでの話であったとしても。

ワイルドの表情は変わらないものの、考えをめぐらせるその瞳はかすかに悪魔じみた輝きを放っていた。唇は例のごとくからかうような、挑戦的な曲線を描いている。「ぼくは狂おしいほどきみに恋しているというふりをするのか？」

それは違うとあからさまに訴える目つきで、ジョージーは彼を見た。「もちろんそんな必要はないわ。第一、誰ひとりとして信じないでしょうしね。でも、わたしの預金残高に決して消えない愛情を示すというのは、ありかもしれないわよ」

抗議の声をあげようとワイルドが口を開きかけたが、ジョージーは彼にしゃべらせなかった。「社交界はあなたを財産目当ての男だと思うでしょうね。それはそのとおりよ。そしてわたしはあなたのハンサムな顔に目がくらんだ、だまされやすい愚かな女だと思われる。でも、どうでもいいことではなくって？　わたしたちふたりさえ、真実を知っていれば」

彼女の明るい口ぶりの皮肉を聞いて、ワイルドがくすくす笑った。「ハンサムな顔だって?」

ジョージーは彼に辛辣な視線を浴びせた。「知らないふりをしてとぼけるのはやめて。ことあるごとにあなたの足元に身を投げ出す女性たちが大勢いるというのに、気づかないわけがないわ」

「そいつがお世辞でないのはお互いさまじゃないか? きみは自分の魅力を過小評価しているよ」ワイルドの視線が彼女の体をなぞっていき、その部分からほてりが広がっていく。「ぼくは、能力があって冷静な女性を魅力的だと感じるたちでね」

火がついたようになってしまう彼の視線の効果を、ジョージーは全力で無視した。「結婚した直後に別居しても、誰も驚きはしないわ。一文なしの貴族と金持ちの跡継ぎ娘、正反対のふたりが結婚した以上は当然予想された結末だと、みんな言うはずよ」

ワイルドが長い両脚の位置を変え、彼の座っている椅子がきしんだ。「きみのいとこはどうする? きみが新婚の身でぼくと仲よくしていたら、おかしいと思うんじゃないか? きみはもう船員と結婚したことになっている。それがぼくと婚約などできるのかい?」

ああ、もう、それを忘れていた。

「かわいそうなわたしの夫は、海で死んだことにすればいいわ」

ジョージーは顎に手をやったワイルドを見て息を詰め、彼が提案に賛成してくれることを願った。

「きみのあとを追いかけまわすのは、ぼくが社交界に復帰する格好の理由になるかもしれないな」彼は楽しげに言った。

「そうよ！」

しばらくのあいだ、ワイルドはじっと窓の外を見つめた。「それにぼくたちが公に結婚すれば、きみはぼくの名前がもたらすあいまいな恩恵を受けられるかもしれない」彼の顔に皮肉のこもった表情が浮かぶ。「もっとも、ぼく自身にはなんの恩恵もなかったがね。家の紋章が戦場で銃弾を防いでくれるわけでもないし、それはぼくの肩に開いた穴が証明している。それでも、きみは家名による保護を気に入るかもしれない」

ジョージーは彼の言葉がもたらすあたたかな感情を無視しようとした。悪党を自称するワイルドだが、彼なりの、少しばかりゆがんだ誇りを持っている。彼女に金を要求しないあたりはじゅうぶんに紳士だ。でも、ワイルドのような男性に良心からの協力は期待できないだろう。何しろ、彼はボウ・ストリートのためにこうした危険な任務を引き受けるのは金がないからだと認めている。ならば、このあたりで条件の魅力を引きあげたほうがいいのかもしれない。

ワイルドがふだん相手にしている女性たちがみな美しく、洗練されているのは疑いようもなかった。彼の女性を選ぶ基準が貿易の取り引きを仲介する能力でないのはたしかだ。ジョージーは妹ほど魅力的ではないかもしれない。ならば、持っている武器、たとえば財産を使うまでだった。

「提案をのんでくれれば悪いようにはしないわ、ミスター・ワイルド」

彼の視線がジョージーの目に戻る。「というと?」

「あなたの問題を解決するためのお金を出すわ」

ワイルドはぴくりとも動かず、彼女は自分が思い違いをしていないことを祈った。男性というのは、雄々しい自尊心と金が絡んだときには予想外の反応を見せるものだ。「あなたはボウ・ストリートのためにボナパルトの脱出計画をくじいたときに出る報償金に期待しているのでしょう? それはいくらなの?」

彼が目をすっと細めた。「五〇〇ポンドだ」

「それなら、わたしはその二倍出すわ。一〇〇〇ポンドよ」

またしても重苦しい沈黙が流れる。ジョージーは願望をこめてドアに目をやった。いったい自分は何をしているのだろう?

「少し頭を整理させてくれ」ワイルドがゆっくりと言った。「きみは、ぼくがきみを口説くのに金を払うというのか?」

その声には危険な切迫感がこめられている。彼は侮辱されたと感じているのだろうか? そのせいで怒っている? それとも興味をそそられている?

「わたしとおつきあいをするのに、よ」ジョージーは言い直し、あまりにもばからしい自分の言葉の響きに顔をしかめた。とはいえ、もうここまで来てしまったのだ。今さら少しばかりの恥が加わったところで、どうということはない。「それも、人目につくところでだけね」

何度か心臓が打つあいだ、ふたりは見つめ合った。ジョージーはむくむくと頭をもたげる警戒心を抑え込んだ。彼は借金を減らす好機に飛びつくはずだった。適切な金額の金で解決できない問題など、お目にかかったこともない。

「わたしは互いの利益になる取り引きを提案しているだけよ」彼女はまくしたてた。「あなたがそばにいて、いとことのあいだの緩衝材の役目を果たしてくれると助かるの。ほかの財産目当ての男性たちも遠ざけられるし」

「なるほど」

ジョージーは目をすっと細めた。彼女が女性だからというだけで、高い料金をふっかけてくる商人たちに対するときの目つきだ。そうした愚か者たちは、彼女が両脚のあいだに何かをぶらさげる代わりに、胸に柔らかなかたまりをくっつけているという理由で、精神的な弱者だと思い込んでいる。

「あなたが女性と取り引きをするのに抵抗を感じる男たちのひとりでないことを祈るわ。わたしにとって、これは船をつくる船大工や靴をつくる靴職人と交渉するのと同じなの。あなたは社会的に人と触れ合うのが得意なことで有名よ、ミスター・ワイルド。社交シーズンが終わるまで、その技術を提供してほしいの」

内心でいらだちと楽しみが争う中、ベネディクトは無表情を保つのに苦心した。彼女に求婚するのに、彼女が金を払う？　いったいどんな女性がそんなまねをするというのだろう？

同情すべきなのか、笑うべきなのか、あるいは恐れるべきなのかわからない。

ベネディクトの自尊心が、金を出すという彼女の提案に逆らっている。しかし断れるほど恵まれた立場にないというのが、残酷な現実だった。個人としていかなる恥に耐えねばならないとしても、モーコット家の存続のほうがずっと大切だ。

彼の人生をひっくり返しつつある女性に意識を戻す。完全な太陽の光の中で彼女を見るのは、これが初めてだった。窓から入ってくる午前の陽光が髪の銅色を目立たせ、肌のきめの細かさを際立たせている。彼女は、外見をよく見せるためにちらつくろうそくの光が必要な女性たちとは違っていた。小柄で、強烈な気性と並外れた魅力の持ち主だ。

ベネディクトは椅子に座ったまま、控えめに姿勢を直した。彼女の言葉に集中するのは至難のわざで、美しいピンク色の唇や濃いまつげの動き、そして魅惑的な瞳に注意をそらされっぱなしだった。彼女にまっすぐ見つめられるたび、心臓がどきどきして血流が激しくなる。彼女の自信に満ちた聡明《そうめい》な精神が、説明のつかない方法でベネディクトを魅了していた。

今まで生きてきた中で、これほど自立した女性にはお目にかかったことがない。彼女の知性ときたら、むしろ恐ろしさを感じさせるほどだ。もし男性で軍にいたならば、ウェリントン公爵に並ぶ戦術家となっていただろう。ミス・キャヴァスティードは恐るべき相手だ。それとも、ミセス・ワイルドと呼ぶべきか。ベネディクトがどれだけ魅せられているか、彼女がまるで気づいていないのはありがたい。なぜなら、彼女は自分の望みのためならあらゆる武器を使う心の準備ができているように見えるからだ。

それなのに、彼女は長々と見つめるベネディクトの視線にそわそわしている。これはいいことだ。その無垢《むく》さにもかかわらず、彼女は間違いなくベネディクトを男として意識している。ゆうべ、ふたりで破廉恥な状況になるところを生々しく説明したときには、これ以上ないほど官能的なピンク色に肌を染めていた。そのことを利用するのもいいだろう。

期待で顔がほころびそうになるのを、ベネディクトはこらえた。彼女と親しくするのは喜びであって、仕事ではない。あと押しされなくともまったくかまわないことをするのに、彼女から金を受け取るのだ。卑怯《ひきょう》には違いないだろう。だが社交界の人々に秘密をかぎまわっていると思われるより、彼女を誘惑するのに集中していると思わせたほうがよほど害はない。そしてボウ・ストリートの五〇〇ポンドに加えて、彼女からも一〇〇〇ポンド入ってくるのだから大歓迎だ。

この女性とつきあうのに彼女が金を払うなんて笑い話でしかないし、報酬など必要ない。これまで行き合った女性たちと同じように、彼女に対する欲望もじきに冷めるだろう。しかし、それが続いているあいだ、ふたりでこの状況を楽しんではいけない理由はどこにもなかった。

明らかに、彼女はすべて商売だと思いたがっている。だが脳が半分でもあれば誰でも、彼女が情熱的な女性であることは見て取れる。どこぞの愚か者が財産を受け取る権利を放棄するのを拒否するたび、彼女は人間に対する——とりわけ無責任に財産だけを求めてくる男たちに対する——信頼を失ったのだ。そして今、自分がキャヴァスティード姉妹のうち、魅力のないほうだと思い込んでいる。ベネディクトは、彼女がどれだけ情熱的になれるのかを示してやるのが待ちきれない心境だった。彼女は無意識のうちに、ベネディクトにじっくりと誘惑を進める絶好の機会を与えた。あとは向こうが崩れるまで包囲攻撃を続ければいい。きっと挑戦と喜びに満ちた日々になるだろう。

彼女がこちらに恋してしまう危険はない。金のない放蕩者を好きになるには分別がありすぎるし、体の関係が自然消滅したあとは、彼女の言ったとおり友好的に別れて、それぞれの道へと進んでいけばいいだけの話だ。

もちろん、ふたりはベネディクトの両親が耐えたのと似た、愛のない空虚な結婚にとらわれることになる。それは彼が全力で避けてきたものだった。しかし軍隊での生活から、ベネディクトは変えられないものを受け入れて、与えられたものから最善を引き出すすべを学んだ。

そしてどうやら、運命は彼にジョージアナ・キャヴァスティード・ワイルドを与えたようだった。

彼が愛を信じていないというわけではない。反対に、別のどこかにいる一部の人々には愛が存在すると確信している。だが、くぐり抜けてきた経験が、それがどれだけ希少で珍しいものなのかを示していた。予想もできないし、しばしば不快なものですらある。そう、だからこそ彼は、古きよき欲望に専念していた。この一〇年かそこら、それで完璧にうまくいっている。

ベネディクトは咳払いをすると、彼女と目を合わせて身を震わせた。囚人を演じるときの、傲慢で後悔知らずの笑みを浮かべる。「ぼくは完璧な夫向きであるというふりをする気はないよ、ミセス・ワイルド。だがニューゲート監獄の汚らわしい人殺しか何かよりは、はるかにましだ」

彼女が安堵の息をもらし、ベネディクトの意識はドレスの下の完璧な曲線を描く胸へと引き寄せられた。ああ、こいつは楽しくなりそうだ。

「支払いはどうやって？」

今度は彼女が座ったままで姿勢を直す。「そうね、手当という形になるかしら。向こう三カ月、毎月三〇〇ポンドでどう？　残りは結婚の日に払うわ。それでいい？」

ベネディクトは勝ち誇った笑みが浮かびそうになるのを抑えた。「じゅうぶんだ。よし、取り引きしよう」

ワイルドが立ちあがり、ジョージーは目をしばたたいた。彼がたった二歩で部屋を横切るのを見て、自分の小さな体を恨みつつ立ちあがる。まったく、ワイルドがどれだけ背が高いか、どれだけがっしりしているかを忘れていた。

彼が上から微笑みを向けてくる。「握手をしようか？」瞳の奥のいたずらっぽい輝きが戻っていた。「それとも、結婚式でそうしたように取り引きを結ぶかい？　キスで？」

ジョージーは、視線が彼の魅惑的な口へとおりていくのを止められなかった。まったくいらいらせずにキスをしたら、どんな感じがするのだろう？　彼の唇は本当に記憶の中にあるほど柔らかいのかしら？「わたしは……その……」

彼が身をかがめて日の光をさえぎり、ジョージーは迷いと欲望のあいだで板ばさみになった。身を引くべきなのはわかっている。それでも、その場にとどまりつづけた。

ワイルドの胸がかすかに彼女に触れ、あたたかな息が唇を撫でた。

そのとき廊下で物音がして、その瞬間をぶち壊した。

彼があとずさりして冷たい空気がふたりのあいだに入り込み、ジョージーはピーターの間の悪さに内心で悪態をついた。ノックの音がして、まず大男が入ってくる。そのすぐあとにオランダ人の秘書が続いた。

「終わりましたか、お嬢さま？」

頰が赤くなっているのを自覚しながら、ジョージーは咳払いをした。まったく、いつもの機転はどこへ行ってしまったのだろう？「ええ、ありがとう、ピーター。今、出ようと思っていたところよ」

彼女は危険を冒してワイルドをちらりと見た。彼はたった今ジョージーにキスしようとしていた男性には見えず、むしろ学生のように無垢な顔をしている。たとえ失望していたとしても、表情には表れていなかった。ひょっとすると、彼はからかっていただけなのかもしれない。この男性がすべての女性を今のジョージーと同じ、落ち着かない気分にさせられるのは疑いようもなかった。

「またお会いしましょう、ミスター・ワイルド」

ワイルドは彼女に向かって礼節どおりのお辞儀をし、海賊の笑みを浮かべた。「もちろんだとも、ミス・キャヴァスティード」

13

「ジョージー、公園の散歩につきあってくれる？」

ジョージーは本から顔をあげ、張り出し窓の向こうに見える灰色の空に目をやった。「もうすぐ雨になると思うわよ」

ジュリエットがリボンを持ってボンネットをくるくるとまわし、満面の笑みを浮かべた。

「まさか、午後までは平気よ。ねえ、行きましょう。お母さまはミセス・コックスのところへ行ってしまったから、頼めないの」

なんとも怪しいことに、妹が頬を赤く染めた。ジュリエットのほうから体を動かしたいと言ってきたことは、いまだかつてない。「何かあるの、ジュリエット？」

ジュリエットが興奮もあらわな様子で、長椅子に腰をおろした。「シメオンよ！　ここに、ロンドンに来ているの。ついさっき、会いたいっていう伝言を受け取ったわ」ジョージーに向かって懇願する子犬のような視線を送る。

「ほかの求婚者たちみたいに、ここにあなたを訪ねては来ないの？」

「それができないのはお姉さまもわかっているでしょう？　お母さまに追い返されてしまう

だろうし、わたしもそのあとで隠れてこそこそ動きたくないのよ。お母さまがどれだけ反対しているかも知っているわよね？　ねえ、お願いだから、イエスと言って。そんなに時間はかからないと約束するから。彼に会いたくてしかたないの」

「ああ、もう、わかったわ。でも、ちゃんとショールはかけるのよ」

ジュリエットがいそいそと着替えに向かい、ジョージーは嫉妬で胸が痛くなるのを抑え込んだ。少なくとも、妹は恋人からの連絡をもらっている。それに引き換え、彼女はもう三日もワイルドから音沙汰のない状況が続いていた。もしかすると、彼は奇抜な取り引きを考え直したのかもしれない。だとしたら、それがいちばんいいような気もする。

ジョージーは彼に事情を話したとき、冷静で論理的に説明できたのを誇らしく思っていた。ベネディクト・ワイルドが絡んでくると、彼女の感情はまったく論理的でなくなるからだ。不安と不信、そして胸を高鳴らせる引力が入りまじって混乱してしまう。頭を振ってボンネットを探しに行き、先ほどの雨の予測が当たったときのために傘も用意した。

グローヴナー・スクエアからアッパー・ブルック・ストリートを通ってハイド・パークまでは、歩いてすぐの距離だ。そして灰色の雲が天候を脅かしているものの、三月としては驚くほどあたたかかった。ジョージーたちが公園にいたのはほんの数分で、大惨事に行き当たったときはジュリエットの忍耐強いメイド、シャーロットを従えて長い通りを歩いているところだった。

ジュリエットが早咲きのスイセンのにおいをかごうと身をかがめ、息をのんだ。

「見て、シメオンだわ！　あそこよ。池の反対側」

ジュリエットが線の細い人影に向かってレティキュールを振り、花のあいだを好き勝手に飛びまわっていたハチを無意識に刺激してしまった。

「きゃあ！　ハチよ！　あっちへ行って！」

ジョージーは妹が振りまわしている腕をつかもうとした。「じっとして。ハチはあなたを気にしていないわ。あなたが花じゃないとわかれば、すぐにどこかへ行くはずよ」

ところが理性の声はジュリエットに届かない。彼女はニワトリのように腕をばたつかせ、罪のないハチがショールの中に入り込んでしまった。

ジュリエットが平手で首の横を叩く。「嚙まれたわ！」彼女は息をのんだ。「刺されたのよ」ジョージーは訂正した。「ハチに歯はないもの」

「どっちでもいいわよ！」ジュリエットが叫ぶ。「ああ、神さま、息ができない！」

ジョージーは呆れた顔をした。妹がハチによって、本人の言うところの〝悪意をもって故意に暗殺の対象に選ばれた〟のはこれが初めてではない。リトル・ギディングの果樹園にはハチがあふれ返っていた。

シャーロットが肉づきのいい、いかにも人がよさそうな顔に心配げな表情を浮かべ、ジュリエットのもとに急いだ。「お嬢さま、もう大丈夫ですよ。さあ、お屋敷に戻りましょう」

ジュリエットが首をまわして目を細め、期待をこめた視線でシメオンが立っていた池の向こう側を見る。「ああ、完璧よ！　シメオンはどこ？　ここに来て助けてくれれば、お母さまにも彼のやさしさと勇ましさが伝わるわ。彼に対する態度も穏やかになるかもしれない。

シメオンの姿は見えて、お姉さま?」

ジョージーが池の向こう側を見ると、シメオンの細い体がこちらへ向かってきていた。

「こっちへ来るわ」

ジュリエットがわずかに体を揺すった。「早く来ないかしら。本当に気を失いそう」

妹の顔からは、かなり血の気が引いている。ジョージーはジュリエットを落ち着かせようと手を差し伸べた。

「何か手伝いましょうか、お嬢さま方?」

シメオンかと思いつつ、ジョージーは男性の声がしたほうに向き直った。ところが彼女たちの隣に現れたのは、ワイルドのハンサムな顔だった。「ミスター・ワイルド!」

「ミス・キャヴァスティード」彼は愉快そうに同情をこめた目でジョージーを見て、それから焦るジュリエットに向き直って腕を差し出した。「ミス・ジュリエット、家までお送りしましょうか?」

まるで沈没船のただひとりの生存者のように、ジュリエットがワイルドの腕につかまる。公衆の面前で気を失うことへの恐れのほうが、シメオンの助けを待ちたいという思いよりも明らかに大きいようだ。「ああ、ミスター・ワイルド。助かりますわ。ぜひ、お願いします。お力を貸していただけるなんて、ありがたいかぎりです」

ジョージーは池の向こう側に目をやった。シメオンはことのなりゆきをずっと見ているけれど、恋人を助けにやってくるには距離が離れすぎている。今は小さな雑木林の端をうろついているところだ。ドン・キホーテのまねごとをする好機を別の者に奪われ、どうしたらいいかわからずに悶々《もんもん》としているのだろう。ジョージーはひそかに手を振って彼をとどめ、ジュリエットのほうを向いた。

「どこかへいらっしゃる途中でしたの、ミスター・ワイルド？」ジュリエットを連れて公園のゲートに向かいはじめたとき、ジョージーは尋ねた。

「実はそうなんです、ミス・キャヴァスティード」やりすぎなほど丁寧にワイルドが答える。「あなたに会いに行く途中でした」

ジュリエットが小さく息をのみ、ジョージーはそれを無視した。「でしたら運がよかったですわね。もちろん歓迎しますわ」

屋敷までの道を半分ほど歩いたあたりで、ジュリエットがふらつき、片方の手を額にやった。「ああ！　本当に気を失ってしまいそう」

妹が優雅にワイルドにしなだれかかり、ジョージーは内心でうなり声をあげた。

観念したようなため息をつき、ワイルドが地面に倒れそうなジュリエットの体をつかまえた。かがんで片方の腕を膝の裏にまわし、もう一方の腕を肩のうしろにやって抱きかかえる。

シャーロットが非難するように息をのんだ。

ワイルドは身ぎれいな海賊か何かみたいに、アッパー・ブルック・ストリートを歩いて進んでいった。腕に抱いたジュリエットの重さなど、まったく気にしていないかのようだ。彼の立派な体格からして、実際そうなのかもしれない。ジョージーはまったく理不尽な嫉妬を抑え込み、その力強く頼もしい両腕で抱かれ、広い胸で揺すられるところを想像しないようにした。ふたりの前に飛び出して屋敷の正面の階段を駆けあがり、ドアを開けて玄関広間へといざなう。

まだジュリエットを抱えていたワイルドがきょろきょろとあたりを見まわし、問いかけるような視線をジョージーに向けた。「どこへ運ぶ？」

彼女は上のほうをちらりと見た。「客間が上の階にあるわ、でも、そこまでしていただかなくても――」

ワイルドはジョージーが言い終えるまで待たなかった。階段を一段飛ばしでのぼっていき、ジュリエットを家の正面に面した客間の長椅子にやさしくおろした。

彼は泰然としていて、息ひとつ乱していない。

ジュリエットが片方の手を額に当てて芝居じみた格好をつくり、悲劇の主人公のように長い腕と脚を落ち着ける。ジョージーが妹の頬に手を当てようとしたまさにそのとき、母親が部屋に飛び込んできて、興奮した鳩みたいにうろうろしはじめた。母の意識は完全にジュリエットに向いており、気を遣って部屋の隅にさがっていたワイルドには気づきもしない。

「ジュリエット！　わたしのかわいい娘！　いったいどうしたの？」母が脈を取ろうと、ジュリエットの手首をつかんだ。

「公園でハチに刺されたのよ」ジョージーは答えた。

「急いで気つけ薬を！　いいえ！　羽根よ。羽根を探してこないと！」

「羽根をどうするの？」

「決まっているでしょう、燃やすのよ。きっと意識がはっきりするわ！」

ジョージーは顔をしかめた。「お願いだからやめて。燃えた羽根がひどいにおいを出すわよ。ジュリエットの意識ならひとりでに戻るわ。ほら」

ジュリエットが片方の目を開け、ジョージーに信じられないという視線を向けた。「わたし、本当に気を失っていたの？　ああ、なんて恐ろしい！　そういえば、シメ――」

母が娘ふたりを無視して言った。「羽根はどこにあるのかしら？　枕のを使う？　ジョージアナ、そんなところで突っ立っていないで。待って！　帽子よ！　わたしの帽子に羽根がついているじゃない」頭にかぶったボンネットを外す。

常にファッションに敏感なジュリエットが抗議の声をあげた。「だめよ！　帽子をだいなしにしないで！　すてきな帽子なんだから」

一瞬にして、母の気が晴れた。「そう思う？　今朝、鏡を見たとき、この帽子に対する評価を改めたところだったのよ。〝藤色を提案するなんて、マダム・セリーズは何かに取りつかれていたのかしら〟と思ったの」頭を傾け、批評家じみた目で問題の帽子をじっと見つめる。「気に入ったのならあげるわよ。わたしより、あなたのほうがずっと似合うわ」

ジュリエットが鼻にしわを寄せた。「結構よ。ラベンダー色を身につけると病人みたいに見えるの。ジョージーなら気に入るかもしれないわ」

ジョージーは呆れて上を見あげた。ファッションについて話せるようになったのなら、ジュリエットも順調に回復しているということだ。「みんなで上等な紅茶でも飲まない？」ジョージーは恥じ入った表情で、ワイルドのほうをちらりと見た。このばかばかしい家族を見て、彼がどう思っているのか気になったからだ。その表情からして、彼は大いに楽しんでいるらしい。

母が眉をひそめた。「紅茶ですって？　高ぶった神経をやわらげるにはアヘンチンキが必要よ」

ワイルドが前に進み出る。「腫れを抑えるのに冷たい包帯と、カラミン入りのローションが必要かもしれません」

母がまるで銃で撃たれたかのように飛びあがった。片方の手を胸に当てて言う。「まあ、なんてこと！」

「お母さま、こちらはミスター・ベネディクト・ワイルドよ。ジュリエットを公園から運んでくださったの」

彼がお辞儀をする。「なんなりとお申しつけを、奥さま」

太陽の光を浴びた氷河のように、母が溶けていった。「ミスター・ワイルド！　ジュリエットを助けていただいて、どうお礼を申しあげればいいか」

「お力になれただけで、うれしく思っております」

母は抑えきれない笑みの下で、自分を取りつくろった。「とてもロマンティックな行いですわ」意味ありげに彼からジュリエットへと視線を移していく。それを見たジョージーは内心でうなった。「あなたが近くにいて幸運でした」

「そのとおりね」ジョージーはそっけなく言った。「とても幸運だったわ」

公平に見れば、大惨事を引き起こしたとワイルドを責めることはできない。でもジュリエットのような美しい女性を相手に雄々しい英雄を演じられたことに、いささか喜びすぎているのは間違いないだろう。噂話の好きな人々は、この一件を徹底的に味わい尽くすあいだ、すばらしいひとときを送れるはずだ。ワイルドは中世の花婿が花嫁を抱えて戸口を越えるように、妹を屋敷に運び入れた。その様子を見ていた者が誰もいなかったことを期待するのは無理がある。

「ミセス・ポッターに紅茶を運ばせるわ」母が陽気に言った。「包帯とカラミンもね」ワイルドをちらりと見て、言葉を続ける。「しばらくのあいだ、ジュリエットのそばについていてくださるかしら、ミスター・ワイルド？」

母は返事も待たず、そのまま部屋をあとにした。

14

母親が去ってすぐ、ジュリエットが枕から弱々しく上体を起こした。「シメオンはどうしたの？　何が起きたか見ていたのかしら？」

「見ていたわよ」ジョージーは答えた。「あなたがほかの男性の腕に抱かれて気を失ったのを見て、驚いていたみたいだったけれど」

ジュリエットが顔を伏せる。「なんてこと。そんなつもりはなかったのに。彼は嫉妬したりしないわよね、どう思う？　妬《や》く理由なんてないもの」ワイルドに視線を送り、彼女は続けた。「お気を悪くしないでくださいませ、ミスター・ワイルド。助けてもらったことには感謝していますわ。でも、わたしにはもう心に決めた方がいるのです」

ワイルドが微笑む。「気を悪くしたりしませんよ、ミス・ジュリエット」

「彼はここまでついてきてくれたかしら？　外を見てみて！」

ジョージーは窓に歩み寄った。むろん、グローヴナー・スクエアの中心にある小さな庭園との境界をつくっている鉄の柵の向こう側に、シメオン・ペティグリューがひとりぽつんと立っていた。

「ええ、来ているわよ」

シメオンはジュリエットよりひとつ年上の一九歳で、ジョージーは彼を見て、愛とは本当に人を盲目にするものなのだと確信した。それどころか、耳も聞こえなくして、頭を愚かにするものなのかもしれない。ジュリエットの不可思議な惹かれようを見ていると、それ以外には説明がつかない。

シメオンは顔が細長く、目は垂れていて、常にしょぼくれた子犬みたいに見える。鼻の上には丸い眼鏡をかけているが、それは必要だからではなく——レンズはただのガラスだ——より学者っぽく見えるという、事実とは違う印象を与えるからにすぎない。立派なひげを生やすこともできず、顎先あたりにまばらに毛が生えている程度で、口ひげを伸ばそうという虚しい試みも、唇の上にモモのような薄毛が頼りなく影をつくる結果に終わっている。ウエーブのかかった黒髪を顎まで伸ばしていて、いつも髪が口にかかっており、集中すると無意識に毛先を吸うのが彼の癖になっていた。

無意識のうちに、ジョージーはワイルドに視線をやった。年齢にして一〇歳ほど上で、人生経験という点では一生分ほど上まわっている彼とシメオンでは、大人と子どもみたいなものだ。シメオンの青白い顔とは違って、ワイルドの顔は外国で過ごしたせいで日焼けしている。いたずらっぽい茶色の目の両端にある何本かのしわは、神聖とは対極にある彼の魅力をさらに高めているだけだった。まだ午前中だというのにかすかに黒ずんできている顎ひげを見ていると、そのざらついた感触を確かめたくて指がうずうずしてくる。

ジョージーは手を胸に持っていき、ドレスの下に忍ばせてある結婚指輪に生地の上から触れた。みずからの運命を自分で選ぶということを思い出させてくれるものとして、チェーンを通して首にさげているのだ。その指輪が秘密そのもののように肌の上、心臓の上にある。これを知ったらワイルドはどう思うだろう？　彼女のことを感傷的だと思うだろうか？　彼を切望している証《あかし》だと思われる？　そう考えると膝から少し力が抜け、胃のあたりがざわつきはじめた。

不意に雨が窓を叩きはじめ、ジョージーを物思いから引き戻した。

「ぼくはそろそろ行かないと」

ワイルドを見て、ジョージーは眉間にしわを寄せた。「雨が降っていますわ。馬車は公園にあるのではなくて？」

「ぼくは馬車は持っていない」彼が自虐的な笑みを浮かべる。「高すぎるからね。だが、セント・ジェームズまではそう遠くない。歩いて二〇分くらいだし、馬車でも一五分くらいだよ。ほとんど変わらないさ」

「でも、雨が降るとは思っていなかったはずですわ」ジョージーはなおも言った。ワイルドは白いシャツにズボンを身につけ、きちんとクラヴァットを結び、ぴったりした濃紺の上着を着ている。雨に濡れてもよさそうなものは何もなかった。

彼が肩をすくめる。これだけぴったりした上着でそんな仕草ができるとはたいしたものだ。

「雨に降られるのは初めてじゃない。ボナパルトのおかげで、いくつかの国で経験ずみなんだ。なに、溶けるわけではないよ」

「まあ、あそこにいるシメオンよりは、あなたのほうが丈夫そうですわね」

ワイルドが近寄ってきて彼女のうしろに立ち、肩越しに窓の外をうかがう。あまりにも近くにいる彼の体のぬくもりや、肌のかすかなにおいを、ジョージーはありありと感じ取った。おなかの奥のほうで、ゆっくりとほてりが広がっていく。

シメオンは、まだ窓を見あげていた。ジュリエットの部屋だと思っているのだろうけれど、間違いだ。妹の部屋は建物の裏手に面している。

「恋の病にかかった愚か者さ。間違いなく風邪を引くな」ワイルドがささやいた。その口調からは彼の真意がうかがえる。〝ぼくだったら、ひとりの女のためにあんなばかなまねは絶対にしない〟

霧雨に打たれて身を縮めているシメオンは、まさに惨めそのものに見えた。ジョージーたちが見ている中、彼は空に目をやり、天の意思がもたらしたこの情け容赦ない仕打ちも予想の範囲内だと思っているように、肩を上下させてため息をついた。それに応じるかのごとく、霧雨がたちまち聖書に出てくる大洪水さながらの激しい雨へと変わった。馬車が走る音は、雨が舗装された道を叩いて側溝に流れ込み、排水口へと吸い込まれていく音にかき消されている。

ジュリエットが長椅子にもたれかかるのも忘れ、姿勢を正した。「ああ、かわいそうなシメオン！　ひどく濡れているのではなくて？」

「残念ながら、濡れているわね」

ワイルドがジョージーと視線を合わせ、ふたりはそろって楽しげな表情を浮かべた。

「よく続くものだ。そこは買ってもいい」彼がささやく。「ああ、忘れるところだった。明日の夜は何か予定があるかい？　ぼくはヴォクスホール・ガーデンズで人と会うんだ。あそこでふたり一緒にいれば、人目を引くことができるし、そうなれば噂も飛ばせる」

ジョージーが答えるより先に、母が部屋に戻ってきてしまった。大きなトレイを持った家政婦のミセス・ポッターも一緒だ。

「よろしければお茶をいかがですか、ミスター・ワイルド？」

「残念ですが、もうおいとましなくては、ミセス・キャヴァスティード。ですが、明日の夜、ヴォクスホール・ガーデンズでみなさんとお会いできればと思っています。マダム・サッキが綱渡りを披露すると聞いておりますし、一〇時には花火もある」

母がにこやかな顔でジュリエットのほうを見た。「それはすてきですわね！　ジュリエットはずっと花火を見たがっておりましたの。そうよね？　お天気がよければ、必ず行きますわ」

ワイルドが小さくお辞儀をする。「では九時に、円形の建物《ロトンダ》のあたりではいかがですか？」

「結構ですわ」

「では、わたしがミスター・ワイルドをお見送りします」ジョージーはそう言って、彼をドアのほうへといざなった。

玄関広間は珍しく、人が誰もいなかった。ピーターは地下にいて、ジュリエットのために包帯を冷やしているに違いない。ジョージーは玄関のドアを開け、階段の下に立っているびしょ濡れのシメオンと向き合った。ノックする勇気をかき集めているところだったのだろう。黒い髪はぴったりと頭に張りつき、片方の手にはハイド・パークとの境界あたりで摘んできたと思われる、しおれた花束を持っている。

ジョージーはいらだちまじりのため息をついた。「ああ、もう、しかたないわね。入りなさい、ミスター・ペティグリュー」

シメオンが水を飛ばしながら階段をのぼって玄関広間に入ってきたので、ジョージーはびしょ濡れの彼を避けようとあとずさりした。

「あなたは天使です、ミス・キャヴァスティード」シメオンが息を乱して言う。「天使だ」ジョージーの手を握ろうとし、思い直してはなをすすった。「お邪魔してすみません。ですが、放ってはおけなかったのです。公園での出来事をずっと見ていました」彼はワイルドを見て眉をひそめ、改めてジョージーを見た。「ジュリエットは大丈夫ですか？　ハチに刺された傷はばかにできません。それに彼女はとても繊細な女性だし――」

ジュリエットの美点が長々と続くに違いないシメオンの話を、ジョージーはさえぎった。「あの子なら大丈夫よ。約束するわ、ミスター・ペティグリュー。でも、お願いよ。母があなたの声を聞きつける前に帰ってちょうだい。母がふたりのつきあいに反対しているのは、あなたも知っているでしょう？」

シメオンが顔をしかめる。「ぼくのジュリエットへの愛は何にも負けません！　どれだけ恐ろしい方法で反対されても――」

「ええ、わかっているわ」ジョージーはいらだちもあらわに割って入った。「それはとても結構なことだと思うけれど、あなた、敷物を濡らしているわよ」

シメオンが下を見る。「これは失礼」あわてて格子縞《じま》のタイルの上に移動すると、帽子から水がぽたぽたと落ちつづけ、彼の足元に光を反射する水たまりができていった。男同士であることを訴えるかのように、ワイルドに懇願の目つきを向ける。「ぼくといとしの人は残酷に引き離されているのです。『ロミオとジュリエット』のように。ぼくの心臓はふたつに裂かれている！」

「それは『ロミオとジュリエット』ではなく『ハムレット』だ」ワイルドがなだめるように言った。

ジョージーは驚きの視線をワイルドに向け――彼がシェイクスピアに詳しいなんて誰が思うだろう？――それからシメオンに向き直った。「今は気分もすぐれないでしょう、ミスター・ペティグリュー。いったん……滞在しているところへ戻って……ひとまず体を乾かしたらどうかしら？」

シメオンが蹴られた子犬のような目で彼女を見る。「心、いや、魂の痛みのほうがはるかにひどいというときに、体が少々不快だからといって、それがなんでしょう、ミス・キャヴァスティード」

「肺炎になったらそんなことは言っていられないわよ」ジョージーは辛辣に告げた。「あなたが亡くなったら、ジュリエットは誰と結婚するの？」

ほんのわずかにシメオンの表情が明るくなる。「つまり、ぼくたちの交際をあと押ししてもらえるんですか？」彼が濡れた細い指でジョージーの手を握った。彼女は手を引こうとしたが、濡れた花束と一緒に握っているにもかかわらず、シメオンの力はびっくりするほど強くてうまくいかない。

ジョージーはうなずいた。「ええ、するわ。あなたはわたしの妹を本気で思ってくれているみたいだし、今のこの状況もそれを証明しているもの。でも、風雨の中を立ちっぱなしはよくないわ。熱病になってしまったら、ロマンティックどころではないわよ。それは断言できる」

シメオンが口を開いて反論しようとする。「でも、ぼくは――」

彼女は救いを求める目でワイルドを見た。「彼を送っていってあげてくれる？」

「喜んで」ワイルドが暗い視線でシメオンをじろりと見た。「彼女の手を放すんだ」

下を見たシメオンは、自分がまだジョージーの手を握っていることに驚いたようだ。すぐに手を放して謝罪する。「すみません」

ワイルドはうなずいてドアを開け、彼を連れて雨の中へと出ていった。

「傘を貸しましょうか？」ジョージーはきいた。

ワイルドが首を横に振る。「ぼくなら大丈夫だ。では、また明日」

「ええ、今日は助けてくれて本当にありがとう」

頭を傾けて感謝の言葉を受け取った彼は、魅力的な笑みで顔を輝かせた。「正直に言って、これほど楽しかった午前中はめったにないよ、ミス・キャヴァスティード。ごきげんよう」

15

数シリングの入場料を支払い、ヴォクスホール・ガーデンズのロトンダへ向かいはじめたとき、ジュリエットがジョージーの腕をつかんだ。人々の話し声と明るい音楽が妹のせっぱつまったささやき声を隠してはいるものの、それでもジュリエットは、幅の広い並木道を先に歩く母の様子をうかがった。

「ジョージー、力を貸してほしいの」

何も言わずに眉をあげ、ジョージーは問いかける表情をつくった。

「シメオンと会っているあいだ、お母さまの気をそらしてちょうだい。一五分後に人工滝で落ち合うことになっているの」

ジョージーはうなり声をあげた。「ジュリエット！」

「わたしが完全によくなったところを、彼に見せてあげないといけないのよ。わたしを心配しているの。とてもやさしいでしょう。それに昨日びしょ濡れになってしまったあとで、彼が風邪を引いてないかどうかも確かめたいし」

「わかったわ。その代わり、数分だけよ」

母親が明るい笑顔で振り返った。「すごいわ、今夜は大変な混雑だこと。あなたの新しい崇拝者が早くこちらを見つけてくれるといいわね、ジュリエット」

ジュリエットが聞こえるほど大きなため息をつく。「あの方はわたしの崇拝者ではないわ、お母さま。実際、わたしよりもジョージーを見ている時間のほうが長かったじゃない」

母の眉間にしわが寄る。「あの方がジョージーを見ていたって、なんの意味もないわよ。そうじゃない？　分別をかなぐり捨てて、誰にも言わずにどこかの追いはぎと結婚してしまったんだから」母はもう慣れっこになった不満そうな顔をジョージーに向けた。

「船員よ」ジョージーは気のない口ぶりで訂正した。「追いはぎじゃないわ」

母が手をひらひらと振って受け流す。「同じでしょう。わたしが言いたいのは、あなたはもう人のものだということよ」

「お母さまはジュリエットに爵位を望んでいたのではなかったの？」ジョージーは言わずにはいられなかった。「ミスター・ワイルドは次男よ。伯爵なのは彼のお兄さま」

母はふふんと鼻で笑った。「モーコット家は歴史ある一族よ。とても広い人脈もある。ミスター・ワイルドはたしかに人がうらやむ強固な財力は持っていないかもしれない。でも、彼の血筋はノルマン征服にまでさかのぼれるわ」

ジュリエットがおびえた目でジョージーをちらりと見た。母が英国貴族名鑑《ディブレット》で勉強してきたのは明らかだ。

「それに、あの方がジュリエットに関心を示すのは不都合なことではないわ」母が続ける。

「そのおかげで、アップトンのようなほかの求婚者たちが、いっそうやる気を燃やしてくださるもの」

ジュリエットが顔をしかめ、ジョージーは同情をこめて妹の腕を握った。「あら、ご覧になって」あえて明るい声で言う。「あれはお母さまのお友達のレディ・カウパーではなくて？」

母はくるりと体の向きを変えた。「まあ、本当！　キャロラインとはもう何年も会っていないのよ。あのクジャクの羽根を見て。とても大きいわ！」陽気に手を振って続ける。「ふたりで先にロトンダへ行って、ミスター・ワイルドを探しておいてくれる？　わたしもあとですぐに行くから」

ジュリエットが勝ち誇った視線でジョージーを見た。「わかったわ、お母さま」


ベネディクトはヴォクスホール・ガーデンズの陰の多い片隅で木の下に立ち、情報屋を待っていた。上着のポケットのあたりにかすかな違和感を覚え、振り返って犯罪者の細い手首を乱暴につかむ。掏摸《すり》が未遂に終わった盗人を明るいところへと引きずり出し、見慣れた少年のあかで汚れた顔を見てにやりとした。

「もっと早く動かないとだめじゃないか、ジェム」ベネディクトは小さく笑った。「仕事は密輸と情報屋に絞ったほうがいい。掏摸はおまえの特技にならないよ」

ジェム・バーンズが血のめぐりを回復させようとつかまれた手首をさすりながら、歯の隙間を見せてにかっと笑った。

「落ち着きなよ、旦那。練習してただけさ」彼はベネディクトの服と銀細工が柄を飾る杖を見て、感心したように口笛を吹いた。「おいおい、自分の格好を見てみなよ。ずいぶんとめかし込んでるじゃないか」声を落として尋ねる。「何をしたんだい？　銀行強盗？　それとも追いはぎ？」

「射撃のコンテストで勝ったんだよ」ベネディクトは気だるそうに答えた。

少年の視線が鋭くなる。「どうやら、おいらの知ってることにいくらか払うくらいの金は持っていそうな感じだね。そうだろ？」

ベネディクトは笑いを噛み殺した。ジェムは勘が鋭い。グレーヴゼンドの手入れのときに脱出した数少ないハモンドの手下たちのひとりであり、ウナギみたいにつかまえどころのない少年だ。「金なら払う」淡々とした口調で答える。「おれに伝えるだけの価値がある情報ならな」

ジェムが汚れた袖で鼻をぬぐう。「ピータースとフライもかわいそうに。ヴァン・ディーメンズ・ランドに送られたと聞いたぜ」

「ハモンドみたいに吊るされたり、シラスみたいに監獄で死んだりしなかっただけましさ」

少年が地面につばを吐いた。冷酷無比な首領に対する明らかな縁切りの仕草だ。「ハモンドが死んで悲しんでるやつなんていないさ。そいつは間違いないね。それはそうと、あんたはどうして監獄船に乗らずにすんだんだい？」

「ニューゲートの看守を金で買ったんだ」

人の移り気に驚いた様子もなく、少年が肩をすくめる。ベネディクトはベストのポケットからギニー金貨を一枚出し、指を使ってくるくるとまわした。腹を空かせた犬が肉屋の窓を見つめるように、ジェムが金貨を凝視する。

「で、何を知っている？」ベネディクトは穏やかに尋ねた。

少年がにんまりした。「おいらは商魂たくましい野郎でね。ドアにへばりついて話を聞くのが金になると気づいたんだ」得意げに胸を張る。「いつだって、何が起きているかを知ってるぜ。ハモンドの話だって、ずっと聞いてた」

もっともだというふうにベネディクトはうなずいた。「それで？」

「グレーヴゼンドでの仕事の直前、やつはジョンストーンと呼ばれる男に会っていた」

「続けろ」

「で、このジョンストーンが船員を集めようとしていたんだ。おいらたち全員が法王並みの金持ちになれる仕事があるって言ってたぜ。ハモンドのやつには、どんな船でも動かせる船員を見つけろとか、余計な質問はするなとか、そんなことを話してた」

「人ならいくらでもいる。最近じゃ海軍の兵隊の半分は仕事を探しているからな。やつはどんな仕事か言っていたか？」

「ああ。そいつがお笑いぐさなんだ。ジョンストーンはフランス人じゃない——生粋のイングランド人さ。なのに、ボニーのおっさんをどこかの島から連れ出すとかぬかしてやがった」ジェムが鼻の上にしわを寄せる。「おいらたちは、あのおっさんを始末するのに一〇年もかけたんだろう？　いったい誰がやつを連れ戻したいなんて思うんだ？」

ベネディクトは肩をすくめた「あれにもまだ支持者はいるんだ。この国にも、よその国にもな。そのジョンストーンはボナパルトを救うのにどんな計画を立てているのか、話していなかったか？　船の数は一隻なのか？　ほかに合流してくる者たちは？　島を攻撃するつもりなのか？」

ジェムが首を横に振る。「それは聞いてないよ。悪いね」

ベネディクトがギニー金貨を投げると、少年は手品師のように空中でつかみ取り、すっかり型が崩れた上着のひだにしまい込んだ。

「ジョンストーンは、誰が救出計画に金を出すのか話していなかったか？　あるいは、ほかに名前を口にしたことは？」

ジェムが顔をしかめる。「医者の話が出てたっけ。アイルランド系の名前だ。オマリーだかオブライエンだか、そんな感じ」

「ジョンストーンはいつ出航すると言っていた？」

少年が汚れた指で頭をぼりぼりとかいた。居ついているノミを何匹か追い払えたのは間違いない。「すぐだよ。おいらはそれしか知らない」

ベネディクトは悪態をついた。

ジェムが肩をすくめる。「旦那は、どうせおいらがジョンストーンを探すと思ってるんだろう？」歯を見せてにかっと笑う。「喜んで探すさ、ギニー金貨をもう一枚稼ぐためならね」

「まるで強盗だな！」

まったく悪びれたふうもなく、ジェムが肩をすくめた。「おいらだって、食わなきゃいけないのさ」

ベネディクトはもう一枚、金貨を投げ与えた。「いいだろう。ジョンストーンを探し出せるか、やってみてくれ。何かわかったら、まっすぐおれのところに来るんだぞ」

ジェムはかぶってもいない帽子に手をやる仕草をし、気取った敬礼をしてみせた。「了解、船長殿」それを最後に、彼は陰の中へと姿を消した。

懐中時計で時間を確かめ、ベネディクトは悪態をついた。ジョージーと会う時間をもう過ぎている。


ジョージーは陰になっている通路を急ぎながら、妹に呪いの言葉を吐いた。ジュリエットが人工滝の近くから姿を消してしまったのだ。恋人と一緒に、どこか人目につきにくいところへ行った可能性が高い。

そのせいで、ジョージーはこうしてヴォクスホール・ガーデンズの明らかに人通りの少ない区域をこそこそと歩いていた。ふしだらな行いを邪魔してしまった恋人たちの数はすでに三組にものぼり――ありがたいことに、暗いせいで最も過激な行いは見ずにすんでいる――謝罪の言葉を口にしてそそくさとその場を離れはしたものの、彼女の頬は屈辱で赤くほてったままだった。

「ジョージアナ?」

男性の声がして、装飾庭園のやぶの中からずんぐりとした人影が現れた。その正体がいとこだと気づき、ジョージーは胃が沈んでいくような気がした。

「ジョサイア! こんなところで何をしているの?」

会えてうれしいと言える相手ではないし、むしろうれしくない。ジョージーは左右を見て、レディらしからぬ罰当たりな言葉が口をついて出そうになるのを抑え込んだ。彼にあとをつけられていたのだろうか?

ジョサイアが近づいてくるにつれ、ジョージーの不安は大きくなっていった。彼は唇をゆがめ、不快にしか見えない笑みを浮かべている。

「同じことをききたいね、わがいとこよ。誰かと約束でも?」

彼女は怒りのため息をついた。「もちろん違うわ。ジュリエットを探しているの」

「おいおい、嘘はよしてくれ。愛人に会いに来たんだろう?」

相手の息にまじるアルコールのにおいをかぎつけ、ジョージーの嫌悪感に恐怖が加わった。

「ばかなことを言わないで」

「何がばかなことなんだ? 結婚したばかりの夫は、海に出る前にほとんど何も教えてくれなかったんじゃないのか。だから欲求不満を解消しにここへ来た」

ジョージーは息をのんだ。ジョサイアはいつだって不快な人だったけれど、ここまで酒に酔ったのは見たことがないし、こんなひどい言葉を浴びせられたのも初めてだ。あとずさりしたものの、すぐに花壇の端にさえぎられる。彼が敵意もあらわな表情を浮かべてさらに近づき、ジョージーのかかとが柔らかい土にめり込んだ。

「もう何年も、ぼくはきみに距離を置いてきた。きみを尊重してのことだ。それなのに、きみは周囲のぼくたち全員をだましていた。違うか？」ジョサイアが頭を振る。「きみの卑しい嘘をみなにも知ってもらうべきだろうな。きみがここ数年、やたらと選り好みをしていた理由を知ったら、社交界は大喜びだぞ。お高くとまっていたわけではないんだろう、ジョージー？　きみは荒っぽいのが好きなだけだ」彼は痛いほどの力で、ジョージーの腕をつかんだ。「こうしてほしかったのなら、そう言えばよかったんだ。そのために汚らわしい船員なんぞと結婚する必要はなかった」

「よくもそんなことを！」身をよじって逃れようとするが、ジョサイアの手に力がこもって前方へと引っ張られる。その手がよろめいたジョージーの胸に乱暴に触れ、彼女は憤りに息をのんだ。レースの肩掛け《フィシュー》が破れる音が夜の空気に響く。

「会うはずだった男が来なかった、違うか？」ジョサイアが息をつき、濡れた唇を彼女の首の横に押しつけた。「それなら、ぼくがきみの欲求を満たしてやろう」

怒りと憎悪が血管を伝って全身に広がっていく。ジョージーは手のひらでいとこの胸を強く突いた。「離れなさい、ジョサイア！」

彼はジョージーの抵抗を無視した。

「さがって。でないと、痛い目を見てもらうしかなくなるわ」

ジョサイアはまるで信じていないふうに笑うばかりだ。彼女は悪態をついた。それならしかたがない。歓迎できないキスを強いてきたのはジョサイアが初めてではないし、そうした腹立たしい状況でどうしたらよいのかはピーターに教わっていた。抵抗をやめ、いとこの胸に引き寄せられるのに任せ、興奮を誘う甘い声をあげてみせる。胃のむかつきをこらえて手をジョサイアのヒップに当て、愛撫を装って上に走らせると、彼がジョージーの肩に向かってうめいた。

「いいぞ、このあばずれめ」ジョサイアが息をつく。「このままきみの――うっ！」

ジョージーは彼の両脚のあいだにめり込ませた膝をさげた。ジョサイアが丸くなって横向きに倒れ、股間を押さえて苦しみに顔をゆがませるのを見ながらあとずさりする。

「警告はしたはずよ」彼女は不服そうにため息をついた。

16

残念ながら、ジョサイアはそう長く倒れたままではいなかった。彼が歯をむいてうなりながら立ちあがるまでのかぎられた時間で、ジョージーはどうにかブーツの中に隠した細いナイフを手にした。

「このあばずれが！」

ナイフをあげて光を反射させる。「もしわたしがこれの使い方を知っているかどうかわからないというなら――」彼女は冷静な口調で言った。「教えてあげるわ。一緒に港へ出入りするのを許してくれる前に、父が使い方を覚えておけと言ったのよ。何か困ったことに巻き込まれたときのためにね」

その言葉が冗談ではないと悟り、ジョサイアが動きを止めた。ふたりはしばらくのあいだ息もせずに互いをにらみつけ、ジョージーは彼が愚かなまねをしないように祈った。いとこを刺すというのは、たとえ相手の自業自得であったとしても、まったく本意ではない。

刃《やいば》を鞘《さや》から抜く音が聞こえ、ふたりは同時に音がしたほうを振り返った。ワイルドが陰から進み出てきたのを見て、ジョージーは驚きの息をもらした。彼は片方の手に仕込み杖の鋭い刃を持ち、もう一方にその刃を隠していた漆黒の杖を握っている。

ワイルドがジョサイアと対峙した。「レディにお別れの挨拶をしているところであることを願うよ」やさしげなのが、かえって恐ろしい口調で告げる。「ぼくの目には、彼女がきみにいてほしいと思っているようには見えないのでね」

ジョサイアはワイルドをにらんだが、両手を肩の高さまであげて降参の意思を示した。

「ああ、まさにそうしていたところだ」

ジョージーはいとこから目を離さないまま、彼女のそばまで近づいてきて足を止めたワイルドに声をかけた。「こんばんは、ミスター・ワイルド。助けてくれたことに感謝はするけれど、自分でどうにかできたわ」

「そうだろうとも」彼が陽気に言う。「こちらの紳士が無駄なあがきをしたときに、少しばかり力を貸すだけだよ」ワイルドは蔑みもあらわに、ジョサイアに向かって形ばかりのお辞儀をした。「会うのはこれが初めてだな。ぼくはベネディクト・ワイルド、元第九五歩兵連隊の軍人だ。本当は剣より拳銃のほうが得意なんだが、きみが引きさがらないとなれば、こいつを使わせてもらうよ。さあ、ここから去れ。今すぐにだ」

ジョサイアは唇をゆがめて笑ったが、言われたとおりにした。「また話そう、いとこよ」陰険な口調でジョージーに約束し、向きを変えて去っていく。

いとこが足を引きずっているのに気づき、ジョージーは少なからぬ満足感を覚えた。ジョサイアが去ったと確信してから肩の緊張を解き、ナイフを握った手をスカートの上におろす。

それからワイルドに向き直り、ゆっくりと安堵の息をもらした。

「なんというか、今のは――」

「愚かなまねだった？」ワイルドが続きを口にした。「いったいなんだったんだ？」

彼は顔をしかめ、さらなる危険が潜んでいないかを確かめるように、陰になった空き地を見まわした。「何を考えていた！　どこであんな技を覚えたんだ？　それにブーツに隠してナイフを持ち歩いているなんて、どういうことだ？」

「ピーターが護身術を教えてくれたのよ」自分の声が震えていないのに内心で驚きながら、ジョージーは言った。危険が去った今になって手は震え、吐き気がこみあげている。ワイルドに助けてもらったという安堵感は、彼にこんなところを見られたという恥ずかしさと、自分がどれだけ大惨事に近づいていたのかという驚きに取って代わりつつあった。

血のつながった親戚が襲いかかってきたのだ。ジョサイアはいったい何を考えていたのだろう？　それに彼の怒りの激しさを軽く見ていたとは、自分はどれほど愚かだったのか？ジョージーはスカートの正面のしわを伸ばし、激しく打つ心臓をなだめようとした。

「きわめて常識的なことだと思うわ。わたしはブラックウォールにある自分の船と倉庫を定期的に訪れるから。あなたが波止場周辺のことに詳しいかどうかは知らないわ、ミスター・ワイルド。でも、ロンドンで最も健全な場所とは言えないもの。注意しすぎるということはないのよ」

ワイルドが手慣れたふうに刃を仕込み杖の鞘におさめ、ジョージーをにらんだ。「ここでいったい何をしている？　ロトンダの近くで会う約束をしたじゃないか」

「あなたこそ、こんなところで何をしていたの？」彼女は言い返した。「やぶの中をうろついたりして」

「情報屋と会っていたんだ。あの男はどこにいる、ピーターといったか？」

「今日はお休みよ。ブルームスベリーの妹のところにいるわ」

「きみはひとりでこんなところをうろつくべきじゃない」

ジョージーはナイフの刃を傾けた。「まったくの無防備というわけではないわ」

薄明かりの中、ワイルドの目が危険もあらわにすっと細くなった。彼がいきなり気さくな紳士ではなく、ニューゲート監獄でジョージーが思っていたような残忍な人殺しのように見えてきた。

「いいや、無防備だよ」

ベネディクトは落ち着こうと深く息を吸い込んだ。木々のあいだから出て、ジョージーがほかの男の腕の中にいるのを発見してから、ずっと彼の心をとらえている原始的な所有欲がもたらす動揺を打ち消さなくてはならない。

その次の瞬間、ジョージーが襲われていると気づいたとき、ベネディクトの怒りは嫉妬心を圧倒した。現にライフルをつかもうと、手を背中にまわしたほどだ。それは彼自身、考えもしなかった本能的な動きで、ベイカー銃を持ち運んでいないことに気づいたときには、悪態が口をついて出た。何年かずっと手元から離さずにいたため、その慣れ親しんだ銃の重さがないと、今でも裸でいるような気分になってくる。

だが完全武装でうろつけば眉をひそめられてしまうのが、この警察社会だ。そこでベネディクトは銃の代わりに、きざったらしい仕込み杖を持ち歩くことにした。杖でジョージーの好色ないとこをきわめて効果的に刺すこともできただろう。しかしベネディクトとしては単純に、あのろくでなしの腕と脚を一本ずつもぎ取ってやりたいという衝動に駆られていた。誰であろうと、女性がひどい目に遭わされていたら彼は激怒するはずだ。だがどういうわけか、それがジョージーだったことで、その怒りは一〇倍にもふくれあがっていた。あのろくでなしめ、よくも彼女に触れてくれたな。

ジョージーの乱れた外見が、さらにベネディクトの怒りをあおった。いとこの攻撃によって髪飾りは外れ、髪はでたらめに両肩に落ちかかっている。フィシューも胴着《ボディス》から引っ張られたところが破れていた。ベネディクトは、まだナイフを握っている彼女の小さな手に批判的な視線を向けた。

「その小さな刃物は、きみのいとこを追い払うのにはじゅうぶんかもしれない。だが、刃物を相手にした経験豊富な者を食い止めることはできないぞ」

自分が仕事でしょっちゅう遭遇している人殺したちのひとりと彼女が遭遇するのを想像すると、ベネディクトの胃が締めつけられた。ハモンドやシラスのような男たち。密輸業者や殺し屋、殺人者、盗人。そういった連中はまるで魚を扱うように彼女の内臓を抜き取り、決して手を止めることもない。なんということだ。彼女が裏社会の邪悪な連中と向き合うところを想像しただけで、吐き気がこみあげてくる。

この女性は、そうした醜さすべてから守られなくてはならない。この世界の残酷で汚い部分から。彼女は商売の取り引きでそういう部分を垣間見ているかもしれないが、ベネディクトが直面してきたような人間性の最悪な一面を目にした経験はない。生き残ろうと必死になった人間がどれだけ残忍で野蛮になれるのか、どこまで深く落ちていけるのかを目にした経験はないのだ。人間の命が恐ろしいほど簡単に消えてしまうことも知らない。ベネディクトはジョージーを彼女自身の象牙の塔に、どこか安全で、彼女の金で買えるかぎり優雅で贅沢なところに閉じ込めておきたかった。

ジョージーが不服そうに肩をすくめたので、ベネディクトのいらだちはさらに大きくなった。この女性は本当に、自分がどんなに危ない状況にあったかわからないのだろうか？　長年の戦争が彼に、人間がどれほど邪悪で堕落した存在になれるかを見せてくれた。このロンドンの裏路地でも、殺人と強姦《ごうかん》は日常的に繰り返されているのだ。

手の甲で口をぬぐい、彼女は言った。「ああ、気持ち悪い。ジョサイアがわたしにキスしようとするなんて、信じられないわ」

ベネディクトのこめかみが血流でずきずきする。「なんだってきみは、そんなに初心《うぶ》なんだ？」

ジョージーが眉をひそめ、彼は続いて出かかった言葉をのみ込んだ。いとこがきみと寝たがるのは当然だ。目のある男なら誰だって同じだよ。

ぼくだってそうだ。

ベネディクトは彼女に向かって足を踏み出し、手首をつかんだ。慣れた動きで腕をジョージーのうしろにまわし、上に持ちあげてひねりあげる。うろたえた彼女が柔らかな悲鳴をあげてナイフを落としたので、ベネディクトは手を離した。彼女がにらんでくるのを無視して言う。「わかったか？　きみにとっては幸運なことに、ぼくはきみのいとこよりも名誉を重んじる人間だったわけだ」

こんな危険な立場に身を置くとは、なんて愚かな女なんだ。

いとも簡単に武器を奪われたのを屈辱に感じていたのだとしても、ジョージーはそれを表には出さなかった。怒りもあらわな息をついて言う。「ジョサイアはわたしを欲しいなんて思っていないわ。賭けに負けて自分のお金がなくなったから、わたしのお金を狙っているだけよ」悔しそうに唇を噛み、彼女は続けた。「いっそ、まとまったお金を渡したほうがいいかもしれない。そうしたら、もうわたしを放っておいてくれるかも」

ベネディクトは歯を食いしばった。「あのゴキブリ野郎には一ペニーだってくれてやる必要はない。わかったかい？　あいつは大人だ。この世界で自分の生きる道を見つけられるよ。ほかのみんながそうしているようにな。まったく、ぼくは戦争で腕や脚を失った連中を大勢見てきたんだ。そいつらだって、もう国に戻ってきて、自分の力で生活している」静かな怒りを胸に頭を振る。「きみのいとこは自分がどれだけ幸運かわかっていない。彼だって酒や賭け事で日々を無駄にする代わりに、きみのように働くことはできるのに」

ベネディクトは険しい目で彼女を見おろした。「それにきみはなぜ毎度、問題が起きるたびに金で解決しようとするんだ？」

ジョージーが顎をさげて目を伏せ、彼の胸を見つめる。「わたしはその方法しか知らないからよ」

その打ちのめされた口調が、ベネディクトの胸の中の何かを不快な感じに締めつけた。

「父はわたしが自分みたいな男性と結婚することを望んでいたわ」彼女はため息をついた。「活力があって、自分のお金を持っている男性よ。だから、わたしに求婚者が現れるたび、父はわたしの夫が受け取るのは年に一〇〇〇ポンドだけだとはっきり伝えたわ。残りはすべてわたしが管理するってね」小さく顔をゆがませて笑う。「どれだけわたしを愛していると言っていた男たちでも、単刀直入にその話を切り出すと、誰ひとりとして同意しなかった。お金がわたしのいちばんの魅力なのよ」

彼女は間違っている。財産以上の魅力なら、たくさんあるではないか。そう伝えようとしたとき、ジョージーがベネディクトの顔を見あげた。薄明かりの中で見る彼女の目は大きく見開かれ、顔面は蒼白《そうはく》になっている。新兵たちが最初の戦いのあとで浮かべるのと同じ、衝撃が遅れてやってきたときの表情だ。

愚かなまねをしたものだ。慰めと安心を与えてやるべきときに彼女を叱りつけ、力に任せておびえさせてしまった。ベネディクトは両腕を広げて言った。「さあ、こっちへ。もう大丈夫だ」

みずからの弱さにいらだっているかのように、ジョージーは不満げに小さく鼻を鳴らしながら、ふたりのあいだの距離を詰めた。ベネディクトが体を軽く抱いてやると、彼女はわずかなあいだ身を任せてきた。ジョージーの手のひらがシャツの上に置かれ、彼はその手が自分の体をほてらせていくのを無視しようとした。

「助けてくれてありがとう」彼女がささやいて少し身を引き、ベネディクトと目を合わせる。ほんの一瞬のあいだに、ふたりのあいだの空気が変わった。ジョージーの視線が彼の口をとらえ、すぐに懇願の色をたたえて上へと戻る。ベネディクトは身をこわばらせ、何も考えられないまま手をあげて親指を彼女の唇に走らせた。初めてニューゲート監獄で会ったときからずっと夢見ていたとおり、その唇を開かせる。

ジョージーは目を見開いたが、身を離そうとはしなかった。

柔らかい。とても柔らかくて、とても近い。

彼女がさらに身を寄せてきて、ベネディクトは危うくうなり声をあげそうになった。キスがしたくてたまらない。体が痛いほどにこわばる。甘美で切迫した痛みだ。彼女と彼女の香りを感じ、酔ったような心地になる。

どうなろうとかまうものか。

ベネディクトは彼女のうなじに手をやり、頭を完璧な角度に傾けさせて、キスをしようとかがんでいった。

「ジョージー？　そこにいるの？」

突然入った邪魔にベネディクトの全身が悪態をついたが、ともあれその女性のささやき声は彼を間一髪で現実に引き戻した。身を離して、ジョージーの驚いた目を見つめる。自分がしようとしていたことに身震いし、ジョージーの体を放すと、やぶの反対側から彼女の妹の影が現れた。

危なかった。

ベネディクトの心臓は、フランスの騎兵隊の突撃から生き残ったときみたいに暴れていた。だが彼は動じていないのを示すために、ジョージーに向かって不敵な笑みを浮かべてみせた。

昏睡《こんすい》状態から目を覚ましたかのように、彼女はまばたきを繰り返した。地面にかがみ込んで落としたナイフを拾いあげ、スカートの裾を持ちあげて足首に戻す。「ここにいるわ」かすれた声でそう言うと、ふたたび見ることなくベネディクトを追い越していった。「いったいどこへ行っていたの、ジュリエット？　ずっとあなたを探していたのよ」

「ミスター・ワイルドには会えた？」ジュリエットが無邪気に尋ねる。

ベネディクトは鼻で笑いたいのをどうにかこらえた。

ああ、会えたとも。

17

ジョージーが安全な母親のもとへ到着するのを見届けてから、ベネディクトはロトンダへ向かった。そこには半円形の〝広場〟がふたつ設けられていて、吊りさげたランタンで照らされている。セブとアレックスが正面の開いた仕切り席のひとつに陣取り、豪勢なディナーをとっていた。

セブがベネディクトに気づいてワイングラスを掲げた。「ああ、来たか。こっちへ来て一緒に飲もう。情報屋と会ってきたんだろう？」

「ジェムのことか？　ああ、あいつは相変わらずの逃げ上手だよ。あのちびめ、ぼくに掏摸を仕掛けてきた」ベネディクトが長いひと口でワインを流し込むと、セブがおかわりを注ぎ、友人の手が震えているのを見て、どこか楽しげな表情を浮かべた。こんな顔をされるのも、あのいまいましい女性のせいだ。

セブがテーブルに置かれた贅沢なごちそうを示す。「このディナーはアレックスのおごりだ。彼はチャールズ・ジェームズ・フォックス将軍のために古代の硬貨を回収して、三〇〇ポンド受け取ったばかりでね」

ベネディクトはグラスを掲げ、乾杯の仕草をした。「よくやった」

アレックスが気だるそうにうなずき、称賛の言葉に応える。彼は椅子の背に寄りかかり、仕切り席の開いた正面の前を通り過ぎる人々をのんびりと眺めていた。繊細なレディたちは扇のうしろから三人を恥ずかしそうにのぞくだけで満足し、より大胆な女性たちはあからさまに思わせぶりで挑発的な視線を送ってくる。

そんな中、高価な装いをした女性たちの一団が通っていった。日傘や扇、ショールで着飾った彼女たちは、まるで色彩豊かな異国のオウムの群れのようだ。発音からしてアメリカ人で、少なくとも一団の中で若いほうに入る三人が関心を隠そうともせずに仕切り席をのぞき込んだ。

アレックスが傲慢な笑みを浮かべて無言の乾杯を捧げると、女性たちは顔を赤らめて互いにしーっと伝え合い、はしゃいだ笑い声をあげた。「世界じゅうを敵にまわした戦いが一段落してよかったな」彼は熱っぽく言った。「ぼくたちはもう何年も、フランス人とアメリカ人のレディたちから引き離されている」

「きみは別に引き離されていないじゃないか」セブがゆっくりと反論する。「サラマンカの近くにいたスペイン人の美しい未亡人はどうなった？　ロイヤル劇場で会っていた小柄なフランス人の女優は？」

アレックスが眉をあげた。「誰だって？　クローデットのことか？　彼女はフランス人じゃないぞ。あれがフランス人なら、きみだってフランス人になれる。彼女の本名はサリー・

タフィンというんだ。コヴェントリー・ガーデンよりも遠くには行ったこともないよ」

いつだってあらゆる人のあらゆることについて知ろうとするセブが――彼は〝知識は力なり〟を個人的なモットーにしている――頭を傾けて去っていく女性たちを示した。「あれはメリーランドから来たケイトン姉妹だ。父親がたばこ王で、金を腐るほど持っているだろう。今は爵位持ちの夫を探しているところだよ。ウェリントンにたいそうかわいがられている」アレックスが鑑賞する視線で女性たちを追う。「大西洋の向こう側からはるばるというわけか。ぼくたちもベネディクトのまねをしてみるかい、セブ？　金持ちの妻をもらうのはどうだ？」

「きみたちは爵位を持っていないじゃないか」ベネディクトは指摘した。

「姉妹のどちらかが、きみの兄上と恋に落ちるかもしれないぞ？」セブが楽しげに言う。「そうなったら、兄上の問題はすべて解決だ。ぼくは社交界に新しい女性を迎えるのは大賛成だよ。動物の交配に詳しい者なら誰でも、近親交配がその集団によからぬ影響を与えるのは知っている。ハプスブルク家を見てみろ。でなければ、われらがジョージ王でもいい。多くが薬の売人並みにいかれている。いとこ同士の結婚を繰り返していると、そうなってしまうのさ」

友人の不遜な言葉に、ベネディクトはかぶりを振った。「ジョンにその機会は訪れないよ。ケイトン姉妹は貧乏伯爵よりも恵まれた夫を狙っているはずだ」

セブが微笑んだ。「ぼくたちは借金を返すためだけに青白い顔をした老婆と結婚する必要もない。そいつは神に感謝すべきだろうな、アレックス」

友人の熱のこもった言葉にベネディクトは笑ったが、アレックスはまだ終わってはいなかった。

「ぼくは真剣だよ。社交界で妻を選ぶなんて、タッターソールの馬市場で馬を選ぶよりもたちが悪い。少なくともタッターソールでは、馬の歯くらいは見せてくれる」アレックスがそっと頭を傾け、次に通りかかる女性を示した。「ミス・アスキスを笑わせようか？　そうすれば彼女の真っ白な入れ歯が拝めるぞ」

セブがわざとらしく身を震わせてみせた。「頼むからやめてくれ」

ベネディクトは群衆に視線を走らせてジョージーを探し、並木道の一本をこちらへやってくる彼女を見つけた。ふたりについての噂を仕掛ける頃合いだ。飲み物を置き、仕切り席の正面の低い仕切りを軽々と飛び越え、大股で彼女に向かっていく。

近づいていく彼に対して、ジョージーが見えていないふりをする。彼女のそらとぼけた様子に、ベネディクトは顔をほころばせた。ジョサイアの股間に膝蹴りを食らわせたときのジョージーは、そんなに内気には見えなかった。ベネディクトは彼女の前に出て、周囲からの注目に少しばかり得意になっている母親に、それからジョージーと妹に向かって順番にお辞儀をした。

「みなさん、またお会いできて光栄です。楽しい夜をお過ごしですか？」

「ええ、もちろん」ミセス・キャヴァスティードが感激した様子で答えた。「少し風が冷たい気もしますけれど、花火はすばらしかったですわ。それに、マダム・サッキの綱渡りはご覧になりました？　もう最高でしたのよ」

ベネディクトはジョージーと目を合わせつつ応じた。「たしかに、最高に有意義な夜ですね」

その言葉にこめられたもうひとつの意味に気づいたジョージーが頰を赤く染め、母親のうしろから〝余計なことを言ってはだめよ〟とたしなめる表情で彼をにらみつけた。

「少し歩きませんか、ミス・キャヴァスティード？」ベネディクトは曲げた腕を差し出した。彼女が少しためらったあと、その腕を取る。残されたジュリエットと母親は、ジョージーのうしろを歩く格好になった。

ベネディクトは興味津々のセブとアレックスから離れる方向へと女性たちをいざない、商人たちの屋台の列に沿って歩きながら、途中でさまざまな食べ物や装身具を指し示していった。そのあいだ、行き合う噂好きの年配の女性たち全員に明るい笑みを向け、同時に、すっかり魅了されているように頭をジョージーのほうへ傾けつづける。そうしたことは思っていたほど難しくはなかった。焼いた栗や派手な扇といった単純なものに夢中になる彼女の表情豊かな顔を見ているのが、純粋に楽しかったからだ。彼女はあらゆるものに喜びを見出しているように見えた。

一行は立ちどまって人形劇の『パンチとジュディ』を見物し、ジュディが甲高い声でわめきながら哀れな夫の頭を麵棒で殴ったり、いるはずのないところにいるワニが布製のソーセージを盗むのを止めたりするのを見て、声をあげて笑った。

「ミスター・パンチもかわいそうに」ベネディクトは小声で言った。「きみが夫をあんなふうに扱わないよう心から願うよ、ミス・キャヴァスティード」

ジョージーがくすりと笑う。「あら、そうされて当然のときだけよ、ミスター・ワイルド」

彼は笑顔でジョージーを見おろした。「これで、クララ・コックバーンが次のディナー・パーティーのときにおしゃべりする材料を提供できたはずだ。ロンドンで最も人気の高い催しでかなりの時間きみをエスコートしたし、妹と母親というちゃんとした付き添いも一緒にいる。しかも、ぼくは一度もきみを高潔な道から引き離して、生け垣の中に連れ込もうとはしていない。みな、ぼくがどうしたのかといぶかるだろうね」

一行がそろって背を向けると、当然のようにレディ・コックバーンが扇をあげて口を隠し、好奇心に輝く目をジョージーとベネディクトに向けたまま、連れに顔を寄せて話をしはじめた。

ベネディクトは別れ際、火に油を注ぐためだけにジョージーの手を持ちあげ、甲に口づけをした。彼女の頬が愛らしくピンク色に染まる。

「保証するよ、あと一五分もすれば、きみがぼくの次の愛人……あるいは、もっと長く続く何かになるかどうかの予想で〈ホワイツ〉の賭けの台帳がいっぱいになる」

「じゃあ、今夜は成功したと言ってもよさそうね」ジョージーがささやいた。「それこそがまさに目的だったのだから、あなたも仕事をやり遂げたことになるわ、ミスター・ワイルド。

少なくとも今夜のところは、これでお役ごめんというわけね」

「なんなりと仰せのままに、お嬢さん」ベネディクトはかすかな皮肉をこめて挨拶し、お辞儀をしてその場をあとにした。

18

ジョージーは、二日前のジョサイアの暴行とワイルドのキス未遂について、どうするかをまだ決めかねていた。

母親はふさぎ込んだジュリエットに対する態度をようやくやわらげ、シメオンが屋敷を訪れるのを認めた。ただし、母自身は頭痛で二階にこもっているため、ジョージーが妹の付き添い人《シャペロン》に指名された。そして彼女は今、二階の客間に閉じ込められて本を読んでいるふりをし、シメオンが朗々と声に出しながらつくっている最新の傑作『ハチ刺されのバラッド』が耳に入ってくるのを耐えている。

ジョージーが部屋から逃げるために自分のスカートに火をつけようかと真剣に思い悩んでいるところに、ミセス・ポッターが新たな来客を告げに来た。今はどんな邪魔でも心底ありがたい。ジョージーが顔をあげるのと同時にワイルドが部屋に入ってきて、彼女の胸がどきどきしはじめた。彼の髪は風に吹かれて乱れ、黄褐色のズボンと雪のように白いシャツ、そして深緑色の上着に身を包んだその姿はかつてないほど魅力的に見える。

「こんにちは、お嬢さん方」

「あら、こんにちは、ミスター・ワイルド」ジュリエットが心ここにあらずという感じで挨拶し、またすぐ恋人に向き直った。

シメオンが書き物机から顔をあげ、気づいたしるしにうなずいてみせる。「ワイルド」

ワイルドが厳粛に礼を返した。「ペティグリュー」部屋を横切って歩き、ソファのジョージーの隣に腰を落ち着ける。「改めてこんにちは、ミス・キャヴァスティード。ヴォクスホール・ガーデンズでの冒険からは回復できたみたいで何よりだ」

ジョージーは咳払いをし、未遂に終わったキスが頭に浮かぶたびに手足まで広がるほてりを無視しようとした。「ええ、どうもありがとう、ミスター・ワイルド」彼の左手に握られた小さな花束をちらりと見る。濃い紫色のスミレと花が垂れさがったマツユキソウ、どちらも街角で素朴な花売りの少女たちが売っていそうな花だ。彼の大きくてたくましい手に握られたその花束は、どこか滑稽ではかなく見える。その手が自分の手を握ったことを思い出すと、彼女の血が熱くなっていった。

ワイルドが自虐的な表情を浮かべて花を差し出す。「男は、すべてを持っている女性に何を贈ればいいのかな？」

彼女とつきあおうとする男性たちはたいがい、ものすごく立派に咲き誇る花束を贈ってくる。大きな温室育ちの、少しだけ悲しい気分にさせる花だ。みな彼女が安価なものを軽蔑していると思っているが、実際のところ、ジョージーは手摘みの雑草のほうが好きだった。そうした植物には個性がある。

「ありがとう。とてもすてきだわ」彼女は本心のままを口にした。

ワイルドがシメオンとジュリエットのほうを見る。「あれが悲運の恋人たちかい？」

「ミスター・ペティグリューは、母を〝不屈のしつこさ〟で感心させたところなの。爵位とお金を持っている人よりも、自分のほうが夫にふさわしいと母に思わせるのは至難のわざよ。それは彼もこれから思い知るでしょうけれど、とりあえずは母にもう一度機会をもらえたの」

「雨に濡れたのは大丈夫だったようだな」

「ええ」

ジュリエットはシメオンにいちばん近い長椅子で上品に腰かけ、片方の肘を渦巻き形をした肘掛けの上に置き、崇拝の視線を彼に送っていた。午前の日差しが後光となって彼女の黒髪を照らし、完璧な肌を際立たせている。その姿は、暖炉の上にあるマイセン磁器の女の羊飼い人形のように、まぶしく繊細に見えた。女性の外見については目利きであるワイルドが、その光景を楽しんでいたのは疑いようもない。

「シメオンはあなたを、ジュリエットの好意を奪いかねない脅威か何かだと思っているみたい」ジョージーはささやいた。

ワイルドの眉があがる。「そんな脅威はない」

信じられないという目で、ジョージーは彼を見た。「あなたは本気で、わたしの妹を魅力的だと思わないと言っているの？」

彼が肩をすくめた。「まさか、彼女は美しいよ。それは間違いない。最上級の美しさだ。ただ、ぼくの好みとはまるで違う。まず若すぎるし、従順すぎる。ぼくはもう少し威勢のいい女性が好きなんだ」岩をも溶かしてしまいそうな笑顔で続ける。「自分自身の考えを持っていて、自分のために立ちあがることを恐れない女性がいい」

ワイルドのほのめかしに体がほてっていく。彼は金を受け取って親切にしているのだと、ジョージーは自分に言い聞かせた。浮ついた言葉に意味はない。ワイルドにとっては、息をするのと同じくらい自然なことなのだろう。

「シメオンが十四行詩《ソネット》を書いているのよ、ミスター・ワイルド」ジュリエットが柔らかなため息をついた。「ロマンティックだと思わない?」

「もちろん思うとも、ミス・キャヴァスティード」ワイルドが礼儀正しく答える。

ジョージーは鼻で笑いたい衝動と闘った。ロマンスというのは、男性がソネットをつくることではないと思う。ロマンスとは、強い男性が女性の横に立って彼女が自身の戦いをするのを見守り、必要なときにだけ手を貸すことだ。ヴォクスホール・ガーデンズでジョサイアと対峙したのがシメオンだったら、彼はどうしていただろう? 詩の本の角で頭を叩く? ばかばかしい空想に笑いを嚙み殺す。〝ペンは剣よりも強し〟と人は言うけれど、彼女だったら、シメオンの鉛筆よりもワイルドの仕込み杖を選びたいところだ。

「ぼくは出来事を詩という不滅の形にするのです」シメオンが堂々と宣言する。「あなたさえよかったら朗読をしましょうか、ミスター・ワイルド?」

「おいおい、勘弁してくれ」ワイルドが相手に聞こえないようにうなった。

「それはすてきね、ミスター・ペティグリュー」ジョージーはいたずらっぽい目でワイルドを見た。声を落として続ける。「ジュリエットは、ミスター・ペティグリューには特別な才能があると思っているの」

ワイルドがおどけた目を彼女に向けた。「だろうね。だがジュリエットは虹が妖精の魔法の塵《ちり》でできていて、ドラゴンがスコットランドで生きているとも思っている」

「誰があの子にドラゴンのことは間違いだと教えてあげられるというの？」

「常識はどうだ？　存在を実証できる証拠がまったくないんだ。信頼できる目撃証言だって、この数百年出ていない」

「この世界には、まだ人が探検していない野生《ワイルド》の土地がたくさんあるわ」

ワイルドがまつげの下で目をいたずらっぽく輝かせ、眉をあげた。「きみなら、ぼく《ワイルド》をいつでも探検してくれてかまわないよ、ミス・キャヴァスティード」

ジョージーはその言葉を聞いて顔がほころぶのを抑えた。こんなふうに彼とふざけ合うのは恥ずかしいほど不適切なことだ。それを楽しんでいるのだから、なおのこと悪い。

シメオンが咳払いをする。

「ああ、いたずらないけない蜂《フエロン》よ、きみは丸く、その体はまるでメロンのよう」

ワイルドがおびえた、信じがたいものを見たという表情を向けてきて、ジョージーは笑いをこらえた。彼女自身、シメオンの朗読の不幸な餌食になったことがある。

「きみはいたずら好きな小さなやつ《フェロー》、
その縞は黒と黄色《イエロー》。

きみの小さな体を覆うのはふわふわの毛《ファズ》、
飛ぶときの音は〝ぶんぶんぶん《バズバズバズ》〟」

シメオンは自分の外見を、彼にとっての英雄であるジョージ・ゴードン・バイロンに似せようとしている。彼の髪型――これを髪型と呼んでいいものなら――は、風に吹かれてすてきな感じに乱れるべきなのだろうけれど、実際にはただぼさぼさになっているだけだ。対照的にワイルドは、同じ髪型をまったく労せずに自分のものにしている。それにものすごく触り心地がよさそうだ。ジョージーは腿の上に置いた手をきつく握りしめ、強烈な誘惑をやり過ごそうとした。

シメオンは絶好調らしい。部屋じゅうに届きそうな勢いで紙を振りまわしている。

「ぼくが愛しているのは、きみが頬をあげる《チーク・アップ》ところ、
ぼくが愛しているのは、きみがティーカップを持つところ。

ぼくが――」

ワイルドが痛みをこらえるような表情をジョージーに向けた。「誰か彼を止められないのかい？」ささやき声で続ける。「どこかの思春期の愚か者が新たに加えなくとも、この世界にはひどい詩がすでにたくさんあるんだ」

「彼は恋の病にかかった求婚者という役割をいたく気に入っているのよ。リンカーンシャーにいたときは、アーサー王の伝説だとか、トロイラスとクレシダ、ランスロットとグィネヴィアの恋の話だとかに夢中だったわ。去年の夏は丸々一週間、謎の剣か何かを探して、水を飛ばしながら池のあたりをうろついていたの」

「まあ、どこか別の場所に行って詩の聖杯を探してもらいたいものだ。あのため息といい、しょぼくれた顔といい、見ているだけで疲れてくる」

「おしゃれな倦怠《けんたい》感を磨いているんだと思うわ」

「なんてことだ。いったいいつから、家具にだらしなく寄りかかって出来の悪い言葉を吐くのがおしゃれになった？　この国はいったいどうなってしまったんだ？」ワイルドはやれやれと言いたげに頭を振った。「ぼくがワーテルローで敵と鼻を突き合わせて戦ったのは、こんな涙もろい子犬みたいな人々を守るためだったのか？　ぼくがいないあいだ、この国の男らしさに何があったというんだ？」

ジョージーは唇を嚙んだ。「彼みたいなのが〝繊細な魂〟と呼ばれているのよ」

ワイルドが不服そうにシメオンをにらむ。「歩兵連隊に一〇分もいれば、彼も鍛えられるだろうな。もっとも、弾をこめた銃を握らないといけないとなっただけで、気を失ってしまうかもしれないが」

シメオンはまだ朗々と声をあげている。

「もしぼくがハチで、きみがクローバーなら、ぼくはきみの甘さを飲み干し――」彼は口をつぐみ、ちょうどいい韻を踏む言葉を探した。ワイルドがジョージーに顔を寄せてささやく。「〝きみにのしかかる《ベンド・ユー・オーバー》〟で締めるべきだ」

彼女の頬が瞬時に赤くなった。この男性は常軌を逸している。こんなふうに彼の視線を受けるたび、ジョージーは肋骨《ろっこつ》の下あたりが溶けるような、ねじれるような奇妙な感覚に襲われてしまうのだった。完全に好ましいとも、特に心地いいとも言えない、油断ならない感覚だ。

シメオンが何かを書きつけ、すぐに線で消して顔をしかめた。濃い眉のあいだにしわが二本できている。

「お悩みかしら、ミスター・ペティグリュー？」ジョージーは気をそらそうと尋ねた。

「ええ。〝幸運《ラック》〟と韻を踏む言葉を探しているのですが、詩の神に見放されたようです」

「神に感謝だな」ワイルドがつぶやく。

「パックはどう？」ジョージーは提案した。「シェイクスピアの『真夏の夜の夢』に出てくる妖精よ」

シメオンをそそのかした彼女をワイルドがにらみつける。視線をワイルドの口までおろしたとたん、ジョージーの頭に〝吸う《サック》〟という言葉が浮かんだ。彼の下唇を歯ではさむところを想像する。それから――。

やめなさい。

ワイルドがこちらを見ている。ジョージーの思考がよからぬほうへ向かったのを察したかのように、彼の唇がわなないた。ワイルドは穏やかな表情をつくり、シメオンに視線を向けた。「アルファベット順に探してみたらどうだろう？　バック、チャック、ダック、もちろんEで始まるものはない」

　ジョージーは彼の無邪気な表情にだまされはしなかった。次のアルファベットはFだ。そして上流階級育ちの女性にはあるまじきことだが、ワイルドがどんな言葉を考えているのかはわかっている。口の悪い船員たちと一緒にいる時間が長すぎたのだ。彼女が話の聞こえないところまで離れたと思い込んだ船員たちは、その罰当たりな言葉を大声で何度も口にした。とても強い音の、ドイツ語っぽい言葉を。

　ワイルドが唇を噛み、ゆっくりとその言葉を口にしはじめた。目を楽しげに輝かせ、今にも笑いだしそうな顔をしている。「フ――」

「グラック！」ジョージーの口から、いささか大きすぎる声が飛び出した。「わかるでしょう、ドイツの作曲家よ？」

　彼女が言葉の罠に落ちなかったので、ワイルドがおどけて意気消沈してみせた。その顔には〝せっかく楽しいところだったのに〟とはっきり書いてある。

「発音が違う。グルックだよ」彼は言った。「幸運《ラック》とは韻を踏まない。本《ブック》と踏んでいる」

　もちろん、ペティグリューは部屋の中に流れる火傷《やけど》しそうなほど熱い空気に気づいていなかった。ペンを噛んだまま言う。「いいや。ここに作曲家は入れられません。ニワトリなら入るかな？　泣き声のこっこー《クルック》が使える」

ワイルドが手を叩いた。「見事な発想だ、ミスター・ペティグリュー。ニワトリを加えて大幅に出来が向上しない詩にはお目にかかったことがない。続けてくれ」恩赦でも与えるかのように手を振り、それからジョージーの肘をつかんで部屋の反対側にある窓辺の椅子へと連れていく。「きみに話があるんだ、ミス・キャヴァスティード」

誰にも聞かれないところまで離れてすぐ、ジョージーは振り返って無邪気な目を彼に向けた。「まさか、詩がお好きではなかったのかしら、ミスター・ワイルド？」

「あれは詩じゃない」彼がうなるように答える。「ぼくたちの偉大で格調高い言語をずたずたにしているだけだ。セント・ジャイルズでだって、あれよりましな詩を聞いたことがある」

ジョージーは眉をあげた。

「摂政王太子殿下のお気に入り、チャールズ・モリス船長の一編だ。こう始まる、アルジェリアの太守――」

「わたしが聞きたくない内容なのは間違いなさそうね」彼女はすぐにさえぎった。「レディの耳にふさわしい詩だとは思えないわ」

「なぜ？　面白いし、少なくとも韻は踏んでいる。太守を称《たた》える詩だよ。彼のすばらしい――」

「海戦での勝利を？」

「男らしい付属物を」ワイルドがまるで悪びれることなく言い終えた。「だが、きみの〝育ちのよい耳〟は、そんな罰当たりな言葉を聞く準備ができていない」

ジョージーは鼻で笑いたいのをこらえた。ワイルドは、さっき彼女があのひどい言葉のことを考えていたのを知っている。そして、彼女の知るほかのどの男性とも違って、それを非難するのではなく面白がっていた。同じような知性と柔軟な道徳観を持った人と冗談を分かち合えるというのは、こんなにも自由な気分になるものなのだ。

「わかった。では、ロバート・バーンズはどうだ？」ワイルドがさらにひと押しする。

「トムとティムはいたずら好き、

ティンブクトゥの平野に行ったとき、

テントにいる三人の乙女を見かけ、

トムがひとりに突進し――」

「当てましょうか」彼に気持ちを乱されまいと決意し、ジョージーはそっけなく言った。「ティムがふたりに飛びかかるのでしょう？ 独創的だこと。少なくとも……」適切な言葉を懸命に探し、思いきって口にする。「交尾についてじゃないぶんだけ、ミスター・ペティグリューの詩のほうがまだましだわ」

「それは違うな。彼の詩はややこしく遠まわしな言葉で表現されているかもしれない。だが、どの言葉も結局は交尾の一点に集約される。交尾でなければ性交でもなんでも、きみの好きなように呼べばいいさ。あらゆる宮廷ロマンスの英雄は、本人が認めようが認めまいが切望しているものなんだ。気持ちよくて激しい――」

「キスを」ジョージーは語気を強めて彼の言葉を終わらせた。

「いいや、キスではないよ、ミス・キャヴァスティード。率直に言わせてもらえば、血みどろの巨大なドラゴンを殺したり、恐ろしい魔女を打ち破ったりしたあと、頬へのキスだけで満足して立ち去る男はこの世にいない」

「わたしの品格ある恋愛の夢は死んだわけね」ジュリエットの完璧な息遣いに負けじと、ジョージーはため息をついた。

「品格のある恋愛はこの世界には存在しない」ワイルドが静かに続ける。「何が存在しているのか知りたければ、喜んで教えるよ」

彼と目が合い、ジョージーは体に火がついたような気がした。なんてこと。今の言葉にいったいどう応えたらいいのだろう？　「それはとても寛大な申し出ね」弱々しい声で言う。

ワイルドの唇の端があがった。「そうだろう？　正直に言ってくれ。きみが最初に犯罪者と結婚するなんて突飛な計画を思いついたとき、当然、一生このまま男とつきあわないと思っていたわけではなかった。違うかい？」

「実のところ、リンカーンシャーに戻ったらすぐに愛人をつくろうかと考えていたわ。未亡人なら、慎重でいるかぎり好きなことができるから」

ジョージーは自分の大胆さに驚いた。無分別にもほどがある。こんな本心をそのまま口にしてしまうなんて、いったいワイルドの何がそうさせるのだろう？

ワイルドはまるで動じた様子もなくうなずいた。彼を驚かせるものは、この世に存在しないのかしら？

「そしてぼくは絞首刑もオーストラリアへの流刑も拒否して、きみの計画をだいなしにしたわけだ。本当にすまなかった」ワイルドが浮かべた悪人じみた笑みは、とても謝っているようには見えなかった。彼はぐいと身を乗り出して続けた。「きみの法律上の夫として、ぼくはそうしたことをきみに教えるのが自分の義務だと主張することもできる」

ジョージーの幸せな気分が蒸発して消えた。当然だろう。ワイルドにとって、彼女はそういう存在にすぎない。義務なのだ。楽しいものである可能性が高いとはいえ、それでも義務には違いない。しょせんは形だけの結婚であって、感情的なもつれ合い――こうした突飛な申し出を彼女が受ければ自然と生まれるだろう――は、道を分かつときに事態をややこしくするだけだ。

申し出を受け入れたいという誘惑がこれほど強烈でなければ、どれだけよかったか。

「その方面であなたに手伝いを求めるつもりはないわ」ジョージーは言った。

ワイルドはさりげなく肩をすくめ、彼女の決断を受け入れた。「わかった。でも、気が変わったらいつでも知らせてくれ」

話をもっと安全な内容に移す頃合いだとジョージーは判断した。「ヴォクスホール・ガーデンズで何か重要な情報は手に入った？」彼女が手に入れた情報といえば、ワイルドの腕に抱かれるのがどれだけすてきな心地がするものかということと、彼がどれだけ早く彼女の血を煮えたぎらせ、脳をぐしゃぐしゃにしてしまうかということくらいだった。

いいかげん、そのことについて考えるのをやめなさい。

「入ったよ。情報屋が、事件に関わっているかもしれない人物につながる手がかりをくれた」ワイルドはシメオンとジュリエットをちらりと見やったが、ふたりともまるでこちらを気にしていない。あの様子だと、爆弾が爆発しても気づかないのではないだろうか。

「それで――」ジョージーは先を促した。「その人物というのは誰なの？」

ワイルドが眉をひそめる。「きみに話すべきかどうかわからないな。国の安全保障に関わることだし、ほかにもいろいろと問題がある」

ジョージーは鋭い視線で彼をにらんだ。「わたしが秘密を守れないと思っているの、ミスター・ワイルド？」

「いい指摘だ、ミセス・ワイルド」彼がささやきで答える。

「誰が手がかりなの？」

彼女の強い意志を感じたかのように、ワイルドが負けを認めてため息をついた。「バリー・オメーラという名の男だ」

「聞いたことないわね」

「きみが知っている理由がない。ナポレオン・ボナパルトが専属の医者としてセントヘレナ島に残るよう選んだ、海軍の外科医だよ。オメーラは皇帝の大義にすっかり共感して最近こっちへ戻ってきて、それからはボナパルトを自由にするよう、あちこちで精力的に働きかけているんだ」彼の眉間にしわが寄った。「オメーラは島の警備体制に詳しい。もし自分の嘆願が無視されたと感じて、代わりに救出作戦を提案するとしたら、うってつけの立場にある」

「たしかにかなり有力な容疑者ね。あなたはどうするつもりなの？」

「彼が何かを企んでいるという推理を裏づける証拠を見つける」

「どうやって？」

「彼の家を探るのさ」

「彼が外出するのを待つの？」

ジョージーの執拗《しつよう》な問いに、ワイルドは笑みを浮かべた。「いいや。彼が三、四〇人の客と一緒に家にいるときを狙う」彼女が疑わしげに眉をあげるのを見て、くすくすと笑う。

「オメーラは次の木曜の夜、カード・パーティーを開くんだ。真剣な勝負が行われるし、酒がたっぷり用意されて、相手のいない女性たちも大勢集まる。ぼくも自分が招待されるよう手をまわした」

「木曜の晩はウェストン家の仮面舞踏会も開かれるわ」ジョージーは言った。ウェストン家が主催する年に一度の仮面舞踏会は、いつもなら彼女が社交シーズンで最も楽しみにしている催しだ。招待客全員が仮面と外套を身につけて正体を隠すため、ジョージーもその晩だけは普通の女性であるふりができる。嫉妬や企みの対象となる金持ちの跡継ぎ娘だからではなく、単にそうしたいからという理由で、たくさんの人がジョージーと一緒になってふざけたり、彼女に話しかけたりする貴重な機会だ。彼女は名を隠すそのスリルを愛していた。それでもワイルドが過ごす夜のほうが、はるかに面白そうに聞こえる。

唐突な強い決意がジョージーをとらえた。「提案があるの」

今度は彼が眉をあげる番だ。「聞こう」

「わたしもあなたと一緒にオメーラの屋敷に行くべきよ」彼女は決然として告げた。「ウェストン家の舞踏会には参加するわ。途中で抜け出して、あなたの手伝いをしにオメーラの屋敷に向かうの。いないことを母に気づかれる前に戻れるわ」

「ぼくがきみにそんなことを許す理由は？」

ジョージーは勝ちを確信した表情に見えるよう願いつつ、彼に微笑みかけた。「ハウス・パーティーでかぎまわるなら、女性連れのほうがずっと簡単にいくはずよ。考えてみて。男性がひとりでうろついていたら疑わしく見えるでしょうけれど、カップルなら暗がりに消えていくところを見られても、誰も怪しんだりしないわ」

ワイルドが目をいたずらっぽく輝かせる。「紳士と一緒に暗がりに消えていくのがどういうことか、きみは知っているのか？」

顔が赤らんでしまわないよう、ジョージーは抗った。「何も知らないわ。でも、もしオメーラの客たちがあなたの思うとおりのいかがわしい人たちなら、誰も気にしないのは間違いないでしょうね。放蕩者というあなたの評判を考えればなおさらよ」

ワイルドが笑みを浮かべ、彼女の血を沸きたたせる。「つまり、ぼくたちがビリヤード台の上でキスをしているところを見ても、誰も驚かないと？」

ジョージーの息が止まった。キスなどしないし、それにつながることもいっさいしないと彼女が言う前にワイルドが続ける。「真面目な話、きみの言うことにも一理ある。オメーラとウェストンの屋敷は通りを何本か隔てているだけだ。それにきみは仮面をつけているから、気づかれる恐れはない。それほど危険はないはずだな。よし、きみの同行を認めよう」

ジョージーは気持ちの高ぶりを抑え込んだ。彼女にしても、本気でワイルドを説得できるとは思っていなかった。それが今、いきなり冒険の機会が訪れたのだ！

ワイルドの目に挑むような輝きを見て、不意に戦場での彼の姿が脳裏をよぎり、ジョージーの心臓が胸の中で暴れだした。いつもの向こう見ずな笑みを浮かべ、命がけの危険な仕事をしに去っていく姿だ。部下たちは彼の行くところならどこでも、それこそ地獄へでもついていくだろう。この男性の魅力は磁石のようで、決して抵抗できない。

ワイルドが微笑んだ。「ぼくはこれでおいとましよう。一日分の出来の悪い詩は、もう耳にした」

「ウェストン家のどこかで待ち合わせたほうがいいかしら？」

記憶に焼きつけようとしているかのように、彼の視線がジョージーの顔をなぞっていく。

「いいや。ぼくがきみを見つけるよ」

その言葉が約束なのか脅しなのかはわからない。けれどもワイルドが去ったあと、彼女の心臓の鼓動がふだんどおりに戻るまで、長い時間がかかったのだけはたしかだった。

19

顔を半分隠す黒い仮面に開いた穴の奥で、ジョージーの瞳が興奮に輝いた。最後にもう一度、姿見に満足げな視線を送って、床まである長さの外套を肩にかける。それから階段をおり、すでに玄関広間にいる母とジュリエット、御者のお仕着せを着てドアのかたわらで待つピーターのもとへと向かった。

ジュリエットもジョージーと同じく、ウェストン家の屋敷に行くのを楽しみにしているようだった。妹は招待状なしで忍び込むというシメオンと会う約束をしており、この機会を利用して通常認められている二回以上ダンスをするか、あるいはどこか人目につかない場所で隠れてキスをするつもりでいる。

ウェストン家の屋敷の正面階段にたどり着くまでだけでも一五分ほど列に並ばなくてはならず、ジョージーは安堵の笑みを浮かべた。完璧な混み具合だ。これほど大勢の客がいれば、抜け出すのも簡単だろう。あとは母がジュリエットの監視にかかりきりになり、長女がいなくなったことに気づかないよう願うだけだ。

胸がどきどきする。屋敷をこっそり抜け出し、人生のまったく別の一面を体験しに行くのだと思うと、甘美な背徳感がこみあげてきた。ワイルドにとっては、この一件は割り当てられた仕事にすぎないのかもしれない。おそらく彼は、心躍る場所で犯罪の証拠を発見するのに人生の半分を費やしているのだろう。でもジョージーにとっては、比類なき冒険の一夜を約束するものだった。

混雑した玄関広間で母とジュリエットから離れ、ジョージーは舞踏室へと入っていった。人いきれと圧迫感は息苦しくなるほどで、騒々しい会話の音は楽団を上まわりそうなくらい盛りあがっている。会場全体に今夜を最高に楽しもうと決めている人々の熱気が渦巻き、彼女の心も高ぶっていた。

部屋の端を壁に沿って歩きはじめ、人だかりをかき分けるように進んでいくと、追いはぎに扮したひとりの男性がジョージーの前に立ちはだかった。ぴかぴかに光るヘシアンブーツから両目の上の布製の仮面、頭の上に粋な感じにかぶった三角帽子《トライコーン》まで、ほとんど全身黒ずくめの格好だ。

追いはぎに腕をつかまれ、たくましい胸に引き寄せられて、ジョージーは息をのんだ。

「こんばんは、ミセス・ワイルド」彼がささやく。

彼女は半ば本気で、その男性が〝あり金を全部置いていけ〟と言うものだと思っていた。

「どうしてわたしがわかったの？」ジョージーはまだ外套を着てすっぽりとフードをかぶったままで、頭からつま先まで隠されている。

ワイルドが唇を曲げて謎めいた笑みを浮かべ、まるでキスをするかのように指で彼女の顎をあげさせた。「きみならどこにいてもわかるさ、ジョージーお嬢さん。こっちだ」

彼女の胃が体の中でひっくり返った。ジョージーと呼ばれたのはこれが初めてだ。ワイルドの深みのある男らしい声で呼ばれたその名は、奇妙なまでに親密な感じに聞こえた。

ワイルドが彼女の肘を取って人混みの中を進んでいく。彼の前にいる人々は魔法みたいに道を空けた。ジョージーは、いやでも彼を追う女性たちの視線に気づかざるをえなかった。顔が見えなくても、体の磁力に目を引かれてしまうのだ。ワイルドは全身から力強さと謎、そして危険という完璧な組み合わせの雰囲気を醸し出している。

そうした女性すべてに〝彼はわたしのものよ。わたしの夫なの〟と伝えたいというばかげた衝動にとらわれ、ジョージーは頭を振った。彼には愛人がいるかもしれないではないか。しかも大勢。

ふたりで客たちの海の中を渡りきり、こっそりと外へ出る。ワイルドは半円状の車道のいちばん前にいた辻馬車に声をかけ、御者に住所を伝えた。ジョージーが馬車に乗り込むのを手伝おうと、大きな指が彼女の手を握る。手袋をしているにもかかわらず、触れたところが火傷しそうなほど熱かった。

「今夜、話すのはぼくに任せてくれ。いいね？」ワイルドが彼女の向かいの席に座るなり言う。ジョージーはうなずいたものの、不安で胃がむかむかしはじめていた。

オメーラの屋敷にはすぐに到着した。窓からは光がもれていて、開いたままの正面のドアからは騒々しいパーティーの音が流れてくる。ジョージーがワイルドのあとから玄関に続く階段をのぼっていくと、彼は上で待っていた従僕に外套と仮面を手渡した。

今夜はこのときをずっと待っていたのだ。ワイルドが振り返ってこちらを見るのを待ち、ジョージーは外套の首の紐をほどいて肩から滑らせた。彼が驚いてあんぐりと口を開くのを見て、純粋に女性ならではの満足感を覚え、こみあげる笑いをこらえる。

「いったい何を着ているんだ？」ワイルドがうなるようにきいた。

「気に入ったかしら？」無邪気を装って応じる。「今日のわたしの役目はあなたの〝連れのレディ〟よ。きっと疑わしい道徳心の持ち主でしょうから、それに合わせたドレスにすべきだと思ったの」

それはジョージーが持っている中で最も過激なドレスだった。色もデザインも未婚女性にはふさわしくないので、これまで人前で着たことはない。どうしてそんなドレスを持っているかというと、緑がかった青のシルクが船からおろされたのを見たとき、どうしても欲しくなってしまったからだ。控えめで魅力のない淡い色のドレスにうんざりしていた彼女は、マダム・セリーズに何か並外れたものを仕立ててほしいと頼んだ。そして真のフランス女性であるマダム・セリーズは、その挑戦を正面から受けとめた。そうして完成したのがこの大胆で自信に満ちた女性のドレス、向こう見ずな冒険によく似合う勇敢なドレスだった。

ワイルドは、すぐにでも彼女を馬車に戻して押し込めておきたいという顔をしている。あるいは首を絞めてやりたいという顔だろうか。

むさぼりたいという顔かもしれない。

上出来だ。

彼の目はジョージーの胸に釘づけになっているようだった。そうでなければ、ドレスと合うように選んだダイヤモンドとエメラルドのネックレスを凝視しているのだろう。これらの宝石は、革命の嵐が吹き荒れた時期に売り払わざるをえなくなるまで、ヨーロッパのさる王族が所有していたものだ。身につけるといつも社交界の若い女性たちからは物欲しそうな表情を向けられることになるのだけれど、ジョージー自身は王女になったような気分になる。

「何を考えているんだ！」ワイルドがうなるように言った。「きみは強盗に遭いたいのか？」追いはぎに扮した男性がよく言えたものだ。彼こそ、ジョージーの宝石と純潔を一緒くたに盗んでしまえそうに見える。もっとも彼女にしてみれば、どちらも失ったところでさして悲しいとも思わないのだが。

ジョージーは手を振って彼の言葉を受け流した。「たかが愛人が本物を身につけているなんて、誰も思わないわ。ガラスだと思うに決まっているでしょう。心配はいらないわよ」

ワイルドの顎の筋肉がぴくぴくと動き、彼の落ち着きを失わせたことでジョージーの胸に喜びがこみあげた。彼のいつも冷静で自信満々な様子を揺さぶるのには、とても満足できる何かがある。

「まったく困ったものだ。せめて、その仮面はつけておいてくれよ」ワイルドは不満そうにこぼし、ジョージーを二階へといざなった。

屋敷の中はどの部屋も男性と女性で混み合っていた。ジョージーがいつも出会っている人たちより、社会的に低い階層に属していることが見て取れる人々だ。笑い声は大きいし、女性たちのドレスは派手すぎる。彼女たちの多くは唇に色をさしていた。

そしてここにいる人々は、上流階級のパーティーに参加する人たちよりもずっと楽しんでいるように見える。笑いは本物で、会話が引いたり流れたりする様子は自然だ。悪意ある噂話をささやく声や、扇で顔を隠した残酷な笑い声は聞こえない。ある部屋からはカードがリズミカルに叩きつけられる音と、陽気な会話らしいくぐもった声、そしてグラスを重ねる音がもれだしていた。

ワイルドがジョージーの手首を取り、人混みに出たり入ったりしながら、その部屋へと進んでいく。ちょうどあるテーブルで男性がひとり席を立ち、ワイルドはそのベーズ張りのテーブルの前で立ちどまった。

「ぼくがまざってもかまわないかな?」

おそらくゲームに新たな金が加わることを喜んでいるのだろう、彼を拒絶しようという者は誰もいない。ワイルドが席につき、ジョージーはそのうしろ、彼の肘のあたりに控えめに立った。ゲームが始まってほかのプレイヤーたちに目をやり、ワイルドの左に座っているのがかつての自分の求婚者であることに気づいてぞっとする。

仮面をつけていて本当によかった。

スタンリー・ケニルワース卿は、ジョージーが社交界にデビューした年に求婚してきた男性だった。彼の〝都会育ちの庶民という出自を大目に見る〟代わりに多額の借金を返済させるというありがたい申し出をジョージーが断ったときには、心底驚いた様子を見せていたものだ。

　もともと肉づきのよかったケニルワースは、あれからさらに太っていた。酒におぼれていることを示す充血した目やゆるんだ口元、たるんだ赤い下顎を見るにつけ、彼の求婚を受け入れなくてよかったと改めて思う。彼が酒や賭博に浪費しているのは、ジョージーの金だったかもしれないのだ。

　ケニルワースがのけぞり、気安く尻をつねってきたとき、ジョージーは怒りの叫び声をあげそうになるのをどうにか抑え込んだ。

「この美しい女性は何者だ、ワイルド？」酔った彼がたどたどしく言う。「きみは幸運だな。いつだって美しい女を連れている」

　この間抜けな男性は彼女の正体に気づいていない。好色な視線でなめるように見られ、ジョージーはケニルワースの手を逃れてワイルドのほうへすり寄った。ドレスは望みどおりの効果を発揮したけれど、相手の男性が違っている。侮辱されたと思うべきか、警戒すべきか、あるいは異常なやり方で褒められたと受け取るべきか、彼女にはわからなかった。

　ワイルドは気さくな笑みを浮かべ、慣れた手つきでカードを操りながら忠告した。「手を出すなよ、ケニルワース。ぼくは女性を共有する趣味はない」

　口調は楽しげなままだったが、そこには聞き逃しようもない鉄の意志がこめられていた。ケニルワースが両手をあげて降参の仕草をする。「悪気はなかったんだ。ただ、いい女だと言いたかっただけだよ」

ワイルドの唇がぴくりと動いた。「そうだとも。だが、信じてくれていい。きみでは彼女を買えない」

同じテーブルの別の男性が声をあげて笑う。「まあ、わたしでも間違いなく無理だろう。今月はきみのおかげでかなりの損をしてしまったからな、ワイルド。きみがブライトンまでの馬のレースでミリントンに勝ったとき、一頭のポニーを失ったんだ。わたしはきみが三時間以内に到着できないほうに賭けた」

ワイルドが肩をすくめた。「ぼくは射撃と同じくらい乗馬も得意なんでね」

ジョージーは眉をあげた。つまり、それでボウ・ストリートから得る少ない稼ぎを増やしているわけだ。ワイルドはみずからの技を使う賭けに参加している。恥ずべき不名誉な人物で、常に金がないにもかかわらず、取りたてて気にしている様子もない。そんな彼の確信ぶり、貴族の先祖が何代にもわたって磨きあげてきた確固たる自信が、ジョージーはうらやましかった。

社交界を見渡せば、上流階級でもワイルドのように金のない人々は珍しくない。財政の仕組み全体が誓約と借金、未払いの請求書と賭けの信用証書で成り立っているのだ。今この部屋にいる人たちも全員、何かを誰かに借りているに違いなかった。例外は彼女だけだろう。ジョージーはワインのグラスを受け取り、ワイルドが賭け事をしているあいだに室内を観察してみることにした。パーティーの主催者であるオメーラが、客たちのあいだをすいすい動きまわっている。ブルータス風にした黒い巻き毛に重そうなまぶたをした彼は、とても愛想のよさそうな人物に見えた。彼女たちのテーブルまでやってくると、オメーラは男性たちに挨拶し、ジョージーにはたいした関心を示さなかった。彼女の全身に視線を走らせただけで、あとはただの飾りの品であるかのように無視を決め込む。これはこれで好都合だ。

ワイルドの連れという役割を強調するため、ジョージーは手をさりげなく彼の肩に置いた。指先の下の筋肉がこわばったが、ワイルドは一瞬動きを止めただけで、すぐに目の前の小さな賭け金の山に顔を向け、カードを一枚テーブルに投げた。いたずらな衝動にとらわれ、ジョージーは指先を彼の首筋に走らせて、耳のうしろの巻き毛をもてあそんだ。

何か言おうとしたのか、ワイルドが振り向きかけて途中でやめた。

ジョージーは肩越しに彼のカードを眺め、不満のうめき声を嚙み殺した。どうしてクイーンを捨ててしまったのだろう？　本当に、彼は奇妙な決断を繰り返している。数字が得意な彼女はいつだってカードの優劣を簡単に計算できるのだが、この状況に割って入ってもワイルドが喜ぶとは思えなかった。

指先で彼のクラヴァットのすぐ上、うなじのあたりの豊かな髪を撫でていると、ジョージーの胸がふしだらな興奮で高鳴った。ワイルドが咳払いをし、座ったままで姿勢を直す。彼は一〇のカードを捨て、勝っていたかもしれない手をみずからだいなしにした。

彼女はこみあげる笑いをこらえた。自分がワイルドを混乱させているのだろうか？　それはなかなかにすてきな考えだ。

ひと勝負が終了すると、ワイルドは立ってわずかな賭け金を集めた。「申し訳ない。だがもうずいぶん長いことレディを無視しているのでね。屋敷の案内でもして、彼女を喜ばせたい」

その言葉に対して、意味ありげで下品な笑いが返ってくる。「なるほど。ドクターのビリヤード台がとても頑丈だと誰かが言っていたぞ」ケニルワースが笑いながら言う。「立ち寄る価値はある」

仮面の下で、ジョージーは顔を赤らめた。彼らはワイルドが……みだらな目的のために彼女をどこかへ連れ出すのだと思っている。

それが本当だったら。

性的なことを教えるというワイルドのばかげた申し出について、ジョージーは考えるのをやめられなかった。その不届きだけれど魅力的な可能性が、頭に根を張ってしまっている。彼は真剣にあんなことを口にしたのだろうか？　彼女がその申し出を受け入れたら、ワイルドはどうするつもりなのだろう？

ワイルドが彼女にささやきかけようと顔を寄せ、ふたりの頬がかすかに触れ合った。「彼らはぼくたちが五分後にはことに及んでいると思っている。行こう」ジョージーの顔を見てすぐに目をそらし、そこに強烈なほてりを残していく。ワイルドに連れられて部屋を出るまでのあいだ、ジョージーは彼がもたらした熱く罪深い想像を追い払おうと躍起になった。

二階でこそこそしているもうひと組の男女と、グラスをのせたトレイを持った使用人をやり過ごす。ワイルドが肩越しに振り返り、危険を冒すという不埒《ふらち》な興奮に満ちた親密な笑みをジョージーに向けた。彼の目は高揚感で輝き、ジョージーも似たような喜びを感じているせいで、息をするのもやっとの状態だった。

この男性が恐ろしいほど魅力的に見えるのはこれが原因なのだと、ジョージーは気づいた。一緒に冒険しようと誰かを誘うときのワイルドは、どうにも抵抗しがたい魅力を発している。

20

ベネディクトは胸の高鳴りを抑えようとしながら、ジョージーを連れて廊下を歩き、オメーラの書斎に入ってドアをうしろ手にかちりと閉めた。

この女性は彼をおかしくしてしまう。あのドレスを見て熱に浮かされたような気分になってからというもの、呼吸すらままならなかった。ドレスのエメラルド色が彼女のむきだしの肩のなめらかな肌を際立たせ、左右の鎖骨が合わさる首の正面のくぼみにたまらなくキスをしたくなる。危険なほど襟の位置が低いボディスは胸の豊かなふくらみを強調し、そこに顔をうずめるよう彼を誘っていた。

そのドレスだけではじゅうぶんでないと言わんばかりに、このいたずらな女性はベネディクトがピケ（トランプのゲーム）に集中しようと苦心しているあいだ、彼を指で撫でまわしはじめたのだった。その軽い、からかうような手つきは瞬時に彼の首をほてらせ、両脚のあいだをかたくこわばらせた。

髪をもてあそぶジョージーの指に完全に意識を奪われてしまい、自分がどんな手を狙っているのかもわからないありさまだった。彼女を突きあげるあいだに、その指が自分の髪をつかむところを想像してしまって両手も震えていた。香水と肌のにおいが入りまじった独特の芳香がベネディクトの感覚を翻弄し、あまりにも甘美なその香りは、彼女の体を舌で味わいたいという願望を刺激した。何から何まで、彼はすっかり混乱してしまったのだった。

証拠探しに集中しなくてはならない。ジョージーをオメーラの革張りの書き物机に押し倒すところを想像している場合ではないのだ。断固とした決意をかためたベネディクトは、その書き物机に向かってずんずんと歩いていき、ベストから小さなナイフを取り出した。いちばん上の引き出しにかかっていた鍵は、ほんの少し木が欠ける程度の力を入れるだけで開いた。満足の息をついて言う。「さて、善良なお医者さまが何を隠しているのか、見てみようじゃないか」

ベネディクトは引き出しを順番に探っていった。中身のほとんどはどうでもいいものだったが、やがて巻いた状態で青い糸で縛られた大きな紙を発見した。大きさからして、これが地図か設計図のたぐいであることを示している。少し広げて内容を一瞥しただけで、もっとよく見る価値のあるものだとすぐにわかった。本が並ぶ壁に歩み寄っていたジョージーに視線を送り、こちらへ来るよう目で促す。彼女が近づいてくると、ベネディクトはその場に膝をついてスカートの裾をつかんだ。

ジョージーが憤慨したように息を吸う。「何をしているの？」

「ぼくの上着の中にこんなものを隠したら、うまく歩いてここから出られない。そうだろう？　きみのスカートの中に隠すしかないんだ」

ジョージーが小さく声をあげたが、ベネディクトはすでに彼女のストッキングをはいたふくらはぎをあらわにしていた。香水をつけたあたたかい肌のにおいを吸い込んだとたん、頭がくらくらしはじめる。ガーターをつけた膝が見えたと思った瞬間、彼女が両手でスカートの裾をおろしてしまった。

「今さらそんなふうに気取るのはよせ」彼はとがめた。

ジョージーがいらだちの息をつく。あるいは恥ずかしがっているのかもしれない。「どいて！　わたしがやるわ」

ベネディクトは脚を曲げて座り、巻いた紙をしぶしぶ手渡した。彼女が背を向けてスカートをあげ、内側のポケットから出した糸を使って巻物を固定する。それからしゅっと音を立ててスカートを戻し、試しに何歩か歩いてみた。巻物が腿に当たるたびに音がしたが、ほとんど聞き取れない程度だし、スカートのひだがうまくふくらみを隠している。

「ほら、これで――」

廊下で話し声がして、ふたりはその場に凍りついた。ドアのノブががちゃがちゃと鳴る。鍵をかけていなかったベネディクトは、ジョージーが抗議の声をあげる前に腕をつかんでいちばん近い本棚のうしろに押し込み、驚きの声が出かかった口を自分の唇でふさいだ。

頭の中のいくらか働く部分で、ジョージーはそのキスが書斎にいる真の目的を悟られないようにするためだけのものだと気づいていた。けれども唇が重なっているあいだは、ほとんど何も考えられない。発見が生んだ混乱で切迫感がいっそう強まり、彼女は小さくうめいてワイルドの抱擁に熱狂的に応じた。

ドアのあたりから気まずい笑い声がした。「ああ！　これはすまない。邪魔をするつもりはなかったんだ」だが、ワイルドはかまわずに舌を彼女の口に差し入れてくる。罪深い強烈な熱に襲われ、ジョージーはとても何かを考えられる状況ではなくなった。

仮面をつけた彼女が感じられるのは、重ねられたワイルドの唇と、頬をわずかにこする無精ひげくらいのものだ。暗闇の中、ふたつの口が互いにきつく押しつけられている。彼の体はかたく、その重みがやすやすとジョージーを本棚に押さえつけていた。そして彼女はそれ以上を望み、恥知らずにもワイルドに密着した身をくねらせている。顔に当てられていた彼の両手が首から胸へとおりていき、ジョージーは驚きで声がもれそうになるのをどうにか抑え込んだ。胸の先端がかたくとがり、全体がワイルドの手の中でふくらんでいくような錯覚にとらわれる。

彼が顔をさげていき、唇がジョージーの首から鎖骨にかけて燃えるような痕跡を残していった。彼女は首を傾け、言葉ではなく仕草で続けてほしいと懇願した。手がウールやリネンの上からワイルドの体をまさぐり、がっしりした胸から腰、そして上着の中へと移っていくのをやめられない。探るような指がベストとシャツの下へと入り込み、彼の熱い背中の素肌に触れる。手のひらの下でたくましい筋肉がびくりと反応し、ぎゅっと引きしまった。

ワイルドがうめき声をあげる。「このドレスが……なんてことだ、ぼくは――」うまく考えをまとめられないような言い方だ。彼の熱い吐息がドレスの襟のすぐ上、胸のふくらみにかかる。彼が舌を出して肌を味わうと、ジョージーの膝が危うく崩れそうになった。海の渦潮にのまれたかのように、彼女は引きずり込まれるのに任せた。救いの望みのないところへと、なすすべもなく流されていく。

突然ガラスの割れる音がして、鋭く不快な衝撃とともに意識がもとの世界に引き戻された。廊下の先で誰かが何かを落としたのだ。

ワイルドがあわててうしろにさがり、ふたりのあいだに冷たい空気が流れ込んだ。ゴムみたいになってしまった両脚を支える本棚があってよかったと思いつつ、ジョージーは息を吸い込んだ。唇がじんじんして、胸が張っている感じがする。その胸の奥で、心臓もずきずきと痛いほどに打っていた。

ワイルドがもう一歩さがり、ベストの下を引っ張って乱れを直した。ジョージーが指を走らせたせいで、彼の髪もすっかり乱れている。

彼が咳払いをした。「さっきはよくやってくれた」視線をまだ動揺で上下しているジョージーの胸へとさげ、その動揺を取り除こうとするかのように頭を振る。「見事に向こうの気をそらしてくれた、ミセス・ワイルド。上出来だよ。さあ、ここから出よう」

ジョージーは寄りかかっていた本棚から身を離し、ワイルドの無造作な態度に合わせようとしながら、彼のあとを追って廊下に出た。

カードの部屋で偶然デカンタが割れてくれたおかげで、みなの意識はそちらへ向いていた。

ふたりはなんの苦労もなく、持ち物をまとめて屋敷を出た。ワイルドが屋根のついた辻馬車に呼びかけ、ジョージーの手を取ってその中に乗せる。

車内の明かりが暗いせいで、彼女にはほとんどワイルドの姿が見えなかった。彼は向かいの座席でただの影となっていたものの、その男らしい存在感は車内を満たしていて、とうてい無視できるものではない。ワイルドのゆっくりと安定した息遣いが聞こえてくる。ほんの数分前にふたりのあいだにあった情熱の炎など存在しなかったかのように、彼の呼吸は完全に落ち着いていた。

自分の情熱的な反応を思い出し、ジョージーの頬が焼けるように熱くなった。ワイルドのキスはあくまでもゲームの一環であって、彼にとってはなんの意味もない。あるいは今夜の締めくくりとして、純情な処女にちょっとした興奮を与えてやろうと思った可能性すらある。ただ、それにしては必要な時間よりもずっと長いキスだったような気もする。

暗さに隠れているのをいいことに、ジョージーは座席の前のほうに腰をずらし、スカートをあげて巻いた紙を取り出した。脚の上のほうに冷たい空気が触れ、みずから脚をさらしていることを意識させられる。紙をワイルドがいるほうに差し出して、彼女は言った。「どうぞ」

彼が正確にジョージーの手をつかんだ。この暗がりでどれだけ見えているのだろう? 彼女が急いでスカートを下に戻すと――間違いない、くすくす笑う声が聞こえてきた。ウェストン家に止まる車列の最後尾に差しかかり、馬車の走る速度が落ちていく。

「あなたも来るの？」ジョージーは尋ねた。

「いいや。いけない手段で手に入れたものを早く確認したいからね」

いらだちの波がジョージーに襲いかかる。彼女にもまた、あの紙を見る権利があるはずだ。でも、まさかワイルドの部屋まで連れていけと要求するわけにもいかない。舞踏会を抜け出してから、もうそれなりの時間が経っているからだ。「何が書いてあるのか、わたしも知りたいわ」

「きみの家を訪ねるよ」

扉が開き、御者が昇降用の踏み台をおろした。いきなり伸びてきた光の筋に半分ほど照らされたワイルドが、ジョージーの手を取って甲にキスをする。彼女の心臓がおかしな具合にどきりとした。

「今夜は手を貸してくれてありがとう」彼がかすれた声で礼を告げた。

「楽しかったわ」ジョージーは息をついた。

たしかに楽しかったのだ。彼女は戸惑いながらも気がついた。それは道に外れた、胸躍る、楽しい行為だった。まさにずっと夢見てきた冒険そのものと言っていい。ベネディクト・ワイルドとの結婚は、ふたを開けてみれば彼女が心に描いていたよりも、はるかに面白いものだった。

ジョージーはウェストン家の屋敷に入り、母親が料理のテーブルのかたわらにいるのを見つけた。

「あら、そこにいたの、ジョージアナ。ずっとあなたを探していたのよ」

ジョージーはドレスの手直しが必要だったとかそんなことを、ぶつぶつと小声で告げた。母が眉をあげて、娘のドレスをじっくりと見る。説教に備えて身構えたジョージーだったが、驚いたことに母は頭を傾けて微笑んだだけだった。

「それは新しいドレスなの？　その色はあなたにとてもよく似合っていると言わざるをえないわね。マダム・セリーズの最高傑作ではないかしら？　それにしたって、やっぱり少しばかり顔が赤いわ。まさか無理をしているんじゃないでしょうね？　やりすぎはいけないわよ」

ジョージーにできるのは、鼻で笑いそうになるのをこらえることくらいだった。やりすぎというなら、ワイルドとのキスこそ甘美すぎる、最も危険な種類の行為だ。そして彼女が何度繰り返してもいいと思う、ただひとつの行為でもあった。

21

ジョージーは次の日の午前中を、期待に身を焼かれながら過ごした。母と妹につきあってボンド・ストリートへ行くのも断った。買い物になど出かけたら、ワイルドと行き違ってしまいかねないからだ。

今や、ふたりは犯罪の共犯者だった。ゆうべの出来事によって、ふたりの関係は変わったと思う。それとも、かすかながらワイルドの目に新たな敬意が宿ったように感じたのは、ただの思い過ごしだったのだろうか？　ふたりは友人になりつつある？

正面玄関のノッカーが鳴らされ、驚いたジョージーは椅子から飛びあがりそうになった。階段をのぼってくる足音が聞こえる。けれども居間に入ってきたのはワイルドではなく、いとこだった。

「ジョサイア」

メイドの手前、ジョージーは小さく歓迎の笑みを浮かべたものの、ティリーが退室するやいなや礼節の仮面を捨て去った。ジョサイアをにらみつけて言う。「ここへ何をしに来たの、ジョサイア？　ヴォクスホール・ガーデンズでわたしにあんなことをしたあとで、よく顔が出せたものね」

いとこが返してきた笑みは、彼女のそれと同じくらい偽物だった。反省していないのが明らかなことが腹立たしい。「きみの母親と妹は買い物に出たとティリーに聞いたよ。好都合だ。ぼくが会いたかったのはきみだからな」

ジョージーは感情のこもっていない目でジョサイアを見た。少なくとも外見上は魅力のない男性ではない。だが目のまわりのくまと黄ばんだ肌が、彼を最もいい状態からほど遠く見せていた。酒を飲みつづけているのか、それとも街に数多くあるアヘン窟を頻繁に訪れているのか、気になるところだ。彼女は唇を不快そうにゆがませた。「いったいなんの用かしら?」

背筋が寒くなるような笑みを浮かべ、ジョサイアが椅子の背に寄りかかる。「簡単な話さ。金だよ」

信じられない思いで、ジョージーは笑った。「わたしがあなたにお金を渡すと思っているの? 正気を失いでもしたのかしら? もしあなたの体に火がついていたとしても、水だってかけてあげないわ」

ジョサイアのふてぶてしい表情は変わらない。「渡すとも、ジョージー。家族の評判を守るためだからな。いいか、ぼくは頭まで借金につかっている。まさに借金の川でおぼれかかっているんだよ」それもすべて自分のせいではないと言わんばかりに、彼は不運を嘆いて肩をすくめた。「昼も夜も借金取りに追いかけられて、中にはひどく不快な連中もいる。借りた金はとうてい返せない。そろそろ返済しないと、決闘に打って出るか、金を返さない者が送られる監獄に入れられるかしかなくなってしまうんだ」いとこの顔つきが悪だくみをする人間のそれになっていく。「一族の名を泥まみれにするわけにはいかないだろう？　ジュリエットが爵位を狙っているうちは、そうなってはまずい」

ジョージーは歯嚙みして、彼女が最も大切にするものに狙いを定めるジョサイアの不気味な才能に内心で悪態をついた。いとこの粘着質な視線が攻撃のように感じられ、腕に鳥肌が立つ。ワイルドに見られているときに感じる喜びとぬくもりとは大違いだ。

ジョサイアが組んでいた脚をおろして立ちあがった。「ぼくに銀行の手形を書いてもらうぞ、ジョージー。金額は五〇〇ポンドだ。断れば、きみが船員と結婚したと社交界の全員に明かしてまわるからな」

冷静を装っていたジョージーだったが、内面では怒りに打ち震えていた。ワイルドはこの男に一ペニーも与えてはならないと言っていたけれど、借金の話が本当なのは間違いない。もちろん、はったりをきかせている可能性はあるだろう。彼女の結婚を社交界に明かせば、ジョサイアが大事にしている自身の評判まで落としてしまうかもしれないのだ。それでもジョージーは、ジュリエットや母親を傷つける恐れのある行動を取るわけにはいかなかった。ジョサイアはたしかに脅しの言葉を実行するほど追いつめられているように見えるからだ。どのみち借金を返せなければ破滅する身なのだから、失うものなど何もないのだろう。

「わかったわ」

きっぱりとした返事にいとこが眉をあげ、ジョージーが部屋の隅にある書き物机に近寄っていくのを目で追った。押し殺した怒りで字を書く手が震えたが、どうにか彼に五〇〇ポンドを渡す手形を書き終える。ジョサイアは手形を彼女の手からひったくると、何か小細工が施されているのではと疑うように検分した。

「問題はないわよ」ジョージーは突き放すように言った。「でも、あなたにお金をあげるのはこれが最後よ、ジョサイア」

彼は銀行手形をたたんで上着の内ポケットに入れ、上からぽんぽんと叩いてジョージーに皮肉をこめたお辞儀をした。「きみといいビジネスができて何よりだ、ジョージアナ。では、ぼくはこれで失礼する」

ジョサイアがいなくなると、ジョージーはため息をついていちばん近くの椅子に沈み込んだ。いとこの大胆な悪事と、彼を拒絶できなかった自分の情けなさに対する怒りと失望で、手足がまだ震えている。ジョサイアは意地悪く彼女を窮地に追いこんだのだ。そして、ジョージーはいいように利用されることを嫌悪していた。唐突に大声をあげ、立ちあがって呼び鈴でメイドを呼ぶ。「ティリー、わたしの帽子と手袋を用意してくれる？　出かけるわ」

メイドが膝を折ってお辞儀をした。「わかりました、お嬢さま。馬車がご入用なら、ピーターがまだ厩舎から戻っていないのですが」

「いいわ、結構よ。公園を歩いてくるだけだから。新鮮な空気を吸いたいの」

ジョージーはシャペロンのシャーロットを待ちもしなかった。ハイド・パークに着いてすぐ辻馬車に呼びかけ、御者にセント・ジェームズの〈トライコーン〉へ向かうように指示する。

ワイルドが来ないのであれば、こちらから出向いていくまでだ。

自室のドアを叩く音に、ベネディクトは机から顔をあげた。「なんだ、ミッキー？　用件は？」

ドアの向こうから、元ボクサーの巨大な頭部がぬっと現れた。「女性が訪ねてきてますが」

ベネディクトは眉をひそめたが、胸はわずかにときめいていた。きっとジョージーだ。こちらから訪ねていくまで彼女が我慢できないであろうことは、わかっていて当然だった。

「どんな女性だ？」

「最後にここへ来たのと同じ女性です」

ベネディクトは椅子の背に寄りかかった。「そうじゃないかと思ったよ。階上《うえ》に案内してくれ」

ジョージーは小さなつむじ風さながらにスカートを忙しく揺らし、髪を風で乱してベネディクトの客間に入ってきた。あらゆる種類のしゃれたリボンとひだ飾りを縫いつけた異様に凝ったつくりのボンネットの下で、頬はほてってピンク色になり、瞳は一風変わった挑むような輝きを宿している。

脳がすぐに、自分が彼女の頬をあそこまでピンク色にするためにはどうしたらいいのかを考えはじめた。椅子に座っているおかげで、腰のあたりが机のうしろに隠れたままになっていることをベネディクトは感謝した。

「ミセス・ワイルド、いったいどんな用向きで、ぼくはこの光栄にあずかれたのかな？」

「あなたはよくわかっているはずよ」ジョージーは耳の横のリボンを引っ張ってボンネットを取り、椅子の上に放り投げた。外套はミッキーに渡してきたに違いない。繊細な小枝模様が施されたモスリン地のドレスは、見る者の自制心を失わせるほど体の線にぴったりと沿っている。ベネディクトは自分が強さを保っていられるよう祈った。

「ゆうべ、わたしたちが盗んだ巻物の内容を教えてくれる約束でしょう。午前中ずっと待っていたのに」

ジョージーが責めるような表情を向けてくる。ベネディクトは明らかに、これからすぐ彼女の屋敷を訪れるという服装ではなかった。白いシャツとズボンを身につけ、その上にお気に入りの深紅のゆったりしたローブをまとっただけの姿だ。

彼は椅子に座ったままで姿勢を正した。「実はコックバーン提督に会ってきて、戻ったばかりなんだ」

その言葉にジョージーは食いついた。「海軍本部へ行ったの？　どうして？　わたしたちが盗んだものはなんだったの？」こらえきれずに机まで歩き、彼が開いて見ていた巻物をよく見ようとする。

「計画書だよ」

「なんの？」

彼女がぐっと近づいてくる。ベネディクトは自分を酔わせる香水の芳香を無視しようとした。「潜水艇の計画書だ」急に喉がからからに渇いたように感じられる。

ジョージーが大きく目を見開いた。「本当に？　わたしにも見せて」

さらによく見ようと、彼女が手のひらを机について身を乗り出し、無意識のうちに胸の谷間のすばらしい景色をベネディクトに提供した。

紳士であれば、礼儀正しく視線をそらすところだ。だがベネディクトはここ数日、ほとんど紳士らしい行いはしていない。うめき声を押し殺し、オメーラの書斎での狂おしきひとときを忘れようとした。あのとき、彼は口をその胸に押しつけ、あと少しで――。

ジョージーが正しい方向から見ようと紙をまわし、鼻にしわを寄せて集中する。ベネディクトは椅子の背に身を預け、そんな彼女をじっと見つめた。

戦争以来、彼はこうした単純な喜びに対して、新たな認識を持つようになっている。ワーテルローの戦いのあと、ベルギーから戻る船で、ベネディクトはできるかぎり多くの幸せをつかむと自分自身に約束した。もう二度と幸せを当然だとは思わない。奇妙なやり方かもしれないが、それが彼なりのすべての戦死者たちに対する手向けだった。彼らのために、彼らのできなかったことをすべてしなければならないのだ。その中でいちばん大事なのが人生を楽しみ、きちんと味わって生きることだった。

顔に当たる陽光の感触は、激しい戦いの末に勝ち取ったものである今、より甘美に感じられる。何しろ、あと少しでもう二度と日の出が見られないところだったのだ。灰色の霧雨や平野の鮮やかな緑色、大都会の絶えず活気に満ちている楽観主義、それぞれの人生に集中する人々、商業の進歩、屋台の主たちのしつこい叫び声、そうしたすべてをベネディクトはありがたく思っている。朝のコーヒーの最初のひと口、焼きたてのパンのイーストの味も、じっくりと堪能するようになった。

そして、目の前の女性も同じように堪能した。

ベネディクトは戦争中、何カ月もの禁欲に耐えた経験がある。女性の柔らかな感触とは無縁の、永遠にも思えるひとときだ。軍に同行する民間人が向けてくる本音のわからない関心を受け入れることは、めったになかった。一瞬の解放感への切望よりも、感染症への恐怖のほうが大きかったからで、彼はもっぱら自分の手と想像力で欲望を解消していた。イングランドへ戻ってからは何度か女性とベッドをともにしたが、彼女たちは肉体的な要求を満たしてくれる一方で、ベネディクトの心と魂に触れることはなかった。

しかし今になって、彼の部屋、彼の人生にひとりの美しく、腹立たしい女性が現れた。季節は春、希望と新たな出発の時期であり、世界はふたたび生き生きとしつつある。そして、それは彼も同じだった。まるで戦争のあいだ死んでいた感情が、彼女の存在によって前へと導かれているかのようだ。

深い感謝の気持ちがベネディクトの中に広がっていった。この場に膝をつき、ここまで生き延びてきた奇跡を喜びたい心境だ。ジョージーを寝室まで運んでベッドに放り投げ、元気で健康に生きるのがどれだけすばらしいことかを示したかった。体がその考えに同意しようずき、気がつけば頭が寝室までの歩数を計算している。心の中では、すでに彼女のドレスのボタンや留め具を外しにかかっていた。

しかしながら、ジョージアナ・キャヴァスティード・ワイルドは、彼の思考が熱っぽい方向へ流れていることにまるで気づいていなかった。目の前にある手書きの図面にすっかり意識を奪われている。ベネディクトは皮肉めいた笑みが浮かぶのをこらえた。彼よりもジョージーのほうが技術的な面に詳しいのは間違いない。みずからの航海経路を持っているだけあって、おそらくはあらゆる種類の船に精通しているのだろう。

ベネディクトはため息が出そうになるのをこらえ、下腹部のうずきをやり過ごそうとした。快楽よりもまず仕事。それが彼のモットーでもある。

「海軍本部は、ボナパルトがセントヘレナ島へ流されてから、数件の救出計画を防いできた。そのうちのいくつかは、ほかのものよりもいっそう向こう見ずな計画で、その中には〝トゥルー・ブラッデッド・ヤンキー〟と呼ばれた悪名高い私掠《しりやく》船団の一味がブラジルから島に侵入しようとした例もある。救出作戦が成功したあかつきには、ボナパルトは弟のジョセフが現在暮らしているアメリカへ向かうつもりだと、コックバーンは信じているようだ」

ジョージーの魅惑的な灰色の瞳に見つめられ、ベネディクトは彼女のまつげの長さに注意を引かれる事態に直面しながら、会話を続けようと試みた。この距離からだと、彼女の鼻《び》梁《りょう》の上に小さなそばかすがふたつあるのがわかる。

「すごい話だわ」彼女が言った。

集中しろ、ワイルド。ベネディクトはそう自分に言い聞かせ、ジョージーの眼前の計画書を叩いた。「こいつを持っているということは、われらが友人のオメーラも似たような何かに関係しているに違いない」

22

ジョージーは自分の前にある図面にじっくりと目を通し、驚嘆して頭を振った。「これはすごいわ」

オメーラから盗んだ計画書には、潜水装置を搭載したおよそ六メートルの船の設計図も含まれていた。船体は三つの区画に分かれていて、真ん中が操舵《そうだ》、操船のための区画、その両端のふたつが浮沈を決定するバラストとなる水か空気を入れる区画になっている。船に関する知識が豊富なジョージーでさえ、このようなものは見たことがなかった。図面に記された革命的な概念が彼女の胸を高鳴らせる。

「誰がこれを設計したの？　それに、これを見せたとき、コックバーン提督はなんと言っていた？」

ワイルドが彼女のあからさまな熱意に笑みを浮かべた。「前にもこの計画書は目にしていたからね。大はしゃぎはしていなかったよ。一年ほど前に海軍本部から盗まれたんだ」

ジョージーは目をぱちくりさせた。「海軍本部が潜水艇を開発しているの？」

「していた、だ。過去形だよ。フランスと戦争をしていたときにね」

彼に背後の椅子を示され、ジョージーは腰をおろした。すぐに身を乗り出し、話を聞く体勢になる。

「一五年くらい前に、フランスがロバート・フルトンという名のアメリカ人を雇って、ぼくたちに対して使うための潜水艇の開発を依頼したんだ。彼は開発を進めたが、一八〇二年のアミアンの和約で戦争が終わってしまった。まあ、一年後には戦闘が再開するんだが、そのときフランスがもうやる気を失っていたこの計画に、ぼくたちの海軍が気づいたんだ。ボナパルトの侵攻におびえていた政府は、フルトンの発明がそれをくじく力になるかもしれないと考え、彼をこちら側に引き込んだ」

ジョージーは眉をあげた。「ずいぶん卑劣なまねをするのね」

「戦争と恋においては、すべてが許されるのさ。フルトンはロンドンに越してきて、ピット首相と海軍卿だったメルヴィル卿と契約を結び、艦隊が彼の〝潜水爆弾〟を使うことになったんだ。一八〇五年の一〇月には、この〝水雷〟システムを使って帆船を爆破することにも成功した」ワイルドは皮肉をこめて口をゆがませ、さらに続けた。「フルトンにとって不運だったのは、その同じ月にネルソンがトラファルガー海戦でフランス艦隊を粉砕したことだ。脅威がなくなったと判断した海軍本部は、彼に計画の中止を命じた。自分の発明品が使われなかったにもかかわらず、彼は契約にもとづく全額の支払いを求めてね。苦々しい交渉が続いたあげく、船は破壊され、フルトンは失意のうちに一八〇六年に故国へ戻っていった」

「なんてひどい話なの！」

「ところが、話はこれで終わらない。四年前、またしてもフランスとの戦争が始まったとき、海軍本部はふたたびこの計画に注目した。その頃、フルトンはアメリカ政府のために働いていたから、最初の船の建造に協力していた彼の知人に接触したんだ。トム・ジョンストーンという男だよ」

ジョージーは椅子に座ったまま飛びあがった。「すごいわ！　ダニエル・デフォーの冒険小説みたい！　そのジョンストーンというのは何者なの？」

「密輸業者で職業探検家だ。しかし海軍本部はそこに目をつむり、フルトンの当初の設計に従って新しい船をつくらせることにした」ワイルドが机に広げた紙を示す。「これがそのときの設計書だ。海軍本部は建造開始のときに彼にじゅうぶんな資金を与え、テムズ川沿いのブラックウォール・リーチにある造船所を使わせた」

「わたしもブラックウォールに倉庫を持っているわ！」ジョージーは叫んだ。「わたしの目と鼻の先でそんなことが起こっていたなんて！　ジョンストーンは船をつくりあげたの？」

「いいや。またしても建造が終わる前に戦争が終わってしまったんだ。ジョンストーンはフルトンと同じように中止を命じられ、ケント沿岸での密輸商売に戻っていった。それが数カ月前、謎の航海のために優秀な船員を集めようとしている密輸業者がいるという噂を調べるため、ボウ・ストリートがぼくをそこに送り込んだ」

「それがジョンストーンだと？」

ワイルドが椅子の肘掛けに腕を置いてうなずく。「そう思うね。彼とオメーラは仲間だ。

海軍本部の計画書が紛失したとき、当時計画の記録係をしていたジョン・フィンレイソンという男に疑惑の目が向けられたが、何も証明できなかった。だがあとで判明したところによると、フィンレイソンとオメーラはよき友人同士で、オメーラがセントヘレナ島に常駐していたときもずっと、定期的に連絡を取り合っていたんだ」

「そうなの！　じゃあ、オメーラが計画書を持っていて、新しい潜水艇をつくる話をジョンストーンに持ちかけたのね？」

「そのとおり」

ジョージーは頭を傾けて紙を示し、眉をひそめた。「でも、この設計はとんでもなく難しいわよ。熟練の船大工にとってもね。建造には何カ月もかかるわ。あなたの容疑者を見つける時間はたっぷりある」

ワイルドが首を横に振る。「シェイクスピアに出てきそうな台詞だが、そこが問題なんだ。ジョンストーンは一から船をつくらなくてもいいんだよ。何年か前に始めた仕事を終わらせればいいだけだ」

彼女は目をしばたたいた。「なんですって？」

「海軍本部はジョンストーンがつくっていた二番目の船を破壊していないんだ。海軍の倉庫にある乾ドックに入れてあったんだが――なくなった」

「なくなった？　いったいどうやったら潜水艇がなくなるというの？」

ワイルドがくすくす笑う。「たしかコックバーン提督は〝一時的な行方不明〟と言っていたが、同じ意味だよ。計画書が盗まれたときに人を送って確認させたんだが、あるべき場所になかった」

ジョージーはゆっくりと息を吐き出した。「ジョンストーンとオメーラが盗んだと思っているのね？」

「それがぼくの仮説だ」

スカートがこすれる音を立てながら椅子の背に寄りかかる。「でも、そんなの信じられないわ！」

彼はいたずらっぽい笑みを浮かべた。「だろう？」

ふたりはしばらくのあいだ気まずさのない沈黙を共有し、座ったままでこの異常な状況について考えた。先に口を開いたのはジョージーだ。「むしろ皮肉な話だと思わない？　アメリカ人が設計してイングランドがつくった潜水艇で、フランスの皇帝を救出するなんて」

ワイルドがうんざりしたように肩をすくめる。「戦争というのはそんなものさ。理にかなったことなどひとつもない。いつだって何かをすれば、あとで自分の身に降りかかる」

その冷笑的な見解に、彼女は微笑んだ。「それで、これからどうするの？　ボウ・ストリートはあなたに救出計画を防いでほしがっているんでしょう？」

彼がうなずく。「そうだ。残念なことに、密輸業者のジョンストーンは当局から逃れる専門家だ。ぼくはこの数カ月やつを追っているが、運にも見放されてね。それでニューゲート監獄に入ることになった」

ジョージーは彼にからかうような笑みを向けた。「それなら、わたしたちを引き合わせてくれた点については感謝しないといけないかしら?」

ワイルドの目尻にしわができた。「たぶんね。実際、あれが出会いと呼べるものだったのなら、ぼくもやつに感謝するよ。ボウ・ストリートが人を配置してオメーラを尾行させているが、彼もぼくたちをジョンストーンのところへ導くことには用心するだろう」彼がゆっくりとため息をもらすのを見て、ジョージーはキスでハンサムな顔からしかめっ面を追い払いたいという衝動を抑え込んだ。ワイルドはいらだっている様子も愛らしく見える。

「潜水艇を見つけて、出航を止めなくてはならない。だが、このロンドンにあると当たりをつけていても、無数にある倉庫を捜索するだけの人員はボウ・ストリートにも海軍本部にもない」彼が手を髪に走らせると、かきあげた髪がはらりと前に落ちた。「いったいどこから手をつけたらいいと思う?」

本気で答えを期待しているわけではなく、あくまでも言葉だけの問いだったが、ジョージーは答えた。「捜索の対象を絞るべきね。この計画書からジョンストーンを追えるかもしれないとは考えなかったの?」

「どうやって?」

「そうね、まず第一に、潜水艇が最初の保管場所から遠く離れたところへ運ばれたとは考えにくいわ。ブラックウォールは船が昼夜関係なく、一日じゅう荷おろしをしている忙しい場所よ。こんな普通じゃない船はすごく人目を引いてしまう。つまり、つくる側は公衆の目にさらされる時間はできるだけ短くしようとしたはずよ。もうひとつ、試験をする必要があると考えると、建造場所は川の近くでないといけない。それで捜索場所はさらに絞り込めるわ」

彼女の姿勢をまねるように、ワイルドが肘を机の上に置いた。「完全に筋は通っているな、キャヴァスティード隊長」おふざけのあだ名に彼の唇が震える。「しかし潜水艇がブラックウォールの近くにあったとしても、なお捜索すべき埠頭《ふとう》や倉庫は数百箇所にのぼる」

ジョージーは紙を自分のほうに寄せ、船を指差した。「ジョンストーンひとりでは、これはつくれないわ。この複雑な構造を見てちょうだい。いかだみたいに単純なものだって、何人ものチームを組んでつくるのよ。大工に材木の加工業者、継ぎ目をふさぐ職人、ロープの製造業者、マストや帆を設置する艤装《ぎそう》職人、錨鍛冶《いかりかじ》に鎖や真鍮《しんちゅう》製の部品一般をつくる鍛冶師なども必要だわ。それも、こんな普通でない特殊な部品を調達する以前にね」指を動かし、いかにも複雑そうに見えるさまざまな舷窓やパイプ、機械部品の詳細な図の上に持っていく。「これをつくるには、あらゆる種類の計器と弁が必要よ」

視線をあげると、ワイルドがいかにも楽しそうな顔でじっと彼女を見つめていた。たちまち顔に血がのぼる。彼が浮かべているのは、動物園を訪れた人々がこれまで見たことのない、自分たちの理解の外にある新しい生き物に向けるのと似た表情だった。

上等じゃない。若い女性は『ジュルナル・デ・ドモワゼル』誌にあるような最新のファッションの絵を見てうっとりしていればいいのであって、技術が関わる図面などに関心を示すべきではないというわけね。ひょっとしたら、彼にまったくの変人だと思われてしまったかもしれない。

それでもジョージーは好奇心を隠すつもりはなかった。ワイルドのほうが、あるがままの彼女を受け入れるべきなのだ。

咳払いをして続ける。「造船所に資材を供給している業者ならたくさん知っているわ。そのわたしだから言えるけれど、これだけ複雑な機械をつくる技術を持っている業者は、ほんのひと握りしかいないわよ」

ワイルドがゆっくりと微笑み、彼女のみぞおちをざわつかせた。「何か心当たりがあるようだな。続けてくれないか、ミセス・ワイルド」

ジョージーは彼の感謝のこもった視線がもたらす感情を無視しようとした。ワイルドに認めてもらえたことで、あたたかい光を浴びたような気分になっている。彼女の知識に驚いたり、気を悪くしたりしない男性と出会うのはきわめて珍しいことだ。

「わたしの船の部品をつくっている人は、その数少ない専門家のひとりなの。ミスター・ハリソンという人よ。彼なら何か役に立つ話を聞かせてくれるかもしれないわ。この潜水艇の部品をつくった当の本人だという可能性もあるし、そうじゃないとしてもつくれる人の名前を教えてくれるかも」

「それはいい考えだ」ワイルドが手のひらで膝を打って立ちあがる。彼女が去る頃合いだと判断したのは明らかだ。ジョージーはかすかな憤りをのみ込んで、同じように立ちあがった。

この話し合いを心から楽しんでいたのだ。

彼は机をまわり込んでボンネットを手にすると、ジョージーに手渡した。「きみはその男を知っていて、仕事をしている場所もわかっている。つまり、ぼくを連れていって紹介するのにうってつけの人物ということだ。明日の朝一〇時ではどうだろう？」

彼女はボンネットのリボンを結んでいた手を止め、心の中が興奮で沸きたつのを顔に出すまいとした。「わたしに、あなたと一緒にこの事件を調べてほしいと言っているの？」

ワイルドが両手を腰に当て、少しばかり挑戦的にも見える姿勢を取る。「だとしたらどうする？ 運命か、幸運か、好きなように呼べばいい。もしかすると、ユーモア感覚に富んだ特別な力かもしれないな。とにかくそれが働いて、きみという海事に精通した人間を、まさにそれが必要とされる捜査の渦中に放り込んだ。そんな助けを無視することなどできると思うかい？」

なんと答えればよいか、ジョージーはまったくわからなかった。

「だがジョンストーンをつかまえたとしても、報奨金を半分よこせとか言いださないでくれよ」ワイルドが釘を刺す。「これはまだぼくの事件だ。きみには手伝いだけを頼みたい」

「報奨金のことなんて考えもしなかったわ」彼女は本心から抗議した。

「それならいい。きみは金ならじゅうぶん持っているからな」

驚きのあまり笑いだしそうになるのを、ジョージーはどうにかこらえた。こんなに軽い調子で彼女の財産を切り捨てた者は、今まで誰ひとりとしていない。

ワイルドが首を傾け、彼女の頭のてっぺんから足のつま先まで、全身に視線を走らせた。

「まさか、きみが使える存在になるとは思ってもみなかったよ、ミセス・ワイルド。お飾りにはなると思っていたし、いらいらさせられるのも間違いないと思っていた。でも、役に立つ存在だって？　まさかね」

言い返そうと口を開いたジョージーだったが、ワイルドに人差し指を唇に当てられると、驚きに小さく息をのんだ。馬車が急に揺れたときのように、あるいは馬に乗って障害を越えたときのように、胃が体の中ですとんと落ちる。彼のあたたかな肌に触れ、唇がじんじんとしはじめた。

「今回の件がうまくいったら、ぼくがボウ・ストリートをやめて、一緒に商売敵になる組織を立ちあげるのもいいな。〈ワイルド・アンド・ワイルド〉、独立調査員だ。小さな仕事でも報酬しだいで引き受ける」

もちろんワイルドは冗談を言っている。社交シーズンが終わってしまえば、こうして近いつながりを持つこともできなくなってしまうのだ。それでも彼のゆがんだ笑みは、ジョージーの中に奇妙な効果をもたらした。ワイルドが指をあげて、からかうように彼女の鼻をとんとんと叩く。ジョージーは混乱を隠そうと笑ってみせたものの、内心では彼がキスをするつもりであることをひそかに望んでいた。

「明日は母上と離れられるのかい？」

「ええ。わたしは毎月倉庫を訪れることにしているから、埠頭に出かけても母はなんとも思わないわ。もちろんピーターは連れていかないといけないでしょうけれどね。途中であなたを拾ってあげる」

ワイルドにドアまで案内され、ジョージーはもれそうになるため息を抑え込んだ。彼女はここにいる。シャペロンもいない若い娘が、悪党の部屋の中にいるわけだ。そのうえ、この悪党は彼女が正式に結婚した相手であり、かなり本格的なキスを何度か交わした相手でもあった。ところが、彼のほうには明らかにこれ以上、ふたりの関係を進めるつもりはないらしい。

性的なことを教えると言っていたのは、からかっていただけなのだろうか？　それともキスをして物足りなさを感じ、気が変わった？　もしかすると、ワイルドはときおり彼女に向けてくる飢えた視線を、すべての女性に対して送っているのかもしれない。そう考えると、なんだかがっかりしてしまう。

それでも、ジョージーは明日を楽しみにしていた。

23

波止場を訪れるため、ジョージーは自分の持っている中でいちばん実用的なドレスを身につけていた。毎月ブラックウォールへ行くためだけに購入した目立たない馬車の前の座席に座るピーターは、ワイルドのような〝いかがわしい男〟と親しくすることについて、雄弁な鼻をふふんと鳴らし、あからさまに反対の意思を示していた。

馬車が〈トライコーン〉の正面につけたとき、ワイルドはすでに外で待ち構えていて、ピーターが御者席からおりるよりも先に飛び乗ってくると、ジョージーの向かいのすり切れた座席に腰をおろした。

「おはよう、ジョージーお嬢さん」

ジョージーは仕返しに彼を〝ベニー坊ちゃん〟と呼びたい衝動を抑え、商売上の口調で言った。「おはよう、ミスター・ワイルド」

彼がつつましやかなドレスをじっくり眺めまわすと、不思議なことに、ジョージーはありふれた青いウーステッドのドレスよりも、ずっと魅力的なものを着ているかのような気分になってきた。あるいは何も身につけていない気分に。

肌がむずむずしてくる。こんなふうにさせられる男性には、これまで出会ったことがなかった。それは明らかに動物的な惹かれ方であって、ジュリエットが持っているゴシック・ロマンス小説の中に劇的な散文で描写されているたぐいのものだった。シメオンの叙事詩の中で賢明な人々に愚かなまねをさせるのも、同じような引力なのだろう。

黄褐色の膝丈ズボン《ブリーチズ》にブーツ、濃紺の上着を身につけたワイルドもまた、ジョージーと同じく平凡な装いなのだが、それで彼の罪深い魅力が損なわれているわけではない。商人とか、学校の先生とか、退屈で目立たない誰かに見えるはずなのに、彼の場合はむしろ服の高級な仕立てで目を引いたりしないほうが、ずっと有利になるらしい。ニューゲート監獄でもそうだったように、その自然な自信が光り輝いて見える。

ワイルドは痩せているが筋肉質という、肉体労働者のようなたくましい体の持ち主だ。外見をよくしようとする多くの紳士たちみたいに、パッドやおがくずの詰め物、男性用のコルセットなどを使う必要もない。今日は力強い喉のまわりにクラヴァットではなく、ネッカチーフを気楽な感じに巻いていて、ジョージーはシャツの薄いリネンが胸にぴったり張りついているのに気づかないふりをするので必死だった。

馬車に揺られてストランド街を進み、サマセット・ハウスと王立美術院の年に一度の展覧会が行われる会場を通過していくあいだ、彼女は椅子に座ってもじもじしていた。ワイルドが座席の上に置いた厚紙の筒を指差して尋ねる。「それは例の計画書?」

「そうだよ。きみの知人のハリソンに見せないといけないからね」

馬車はフリート・ストリートを順調に抜けて〈ドクターズ・コモンズ〉のある地区を過ぎ、川を右手にテムズ・ストリートを進んでいった。ロンドン橋を過ぎてすぐ、ジョージーは外出の際のお気に入りの光景のひとつを見ようと身を乗り出した。ビリングズゲートの広大な屋外魚市場だ。

窓が閉まっているというのに、市場のすさまじいにおい——ローチにプレイス、カレイといった魚とウナギがまじった強烈なにおい——が馬車に入ってきて、ジョージーは顔をしかめた。

活気に満ちたこの光景は、いつでも彼女を魅了する。波止場のそこかしこにしつらえられた台のひとつの隣に箱が置かれていて、その上にせりを仕切る男性が立っているのが見えた。男性が魚ひと箱分の売値を叫び、粗野な感じの女たちのひとりが手をあげて応じるまで、その金額をさげていく。かごの上に座った灰色の髪の老人が粘土でつくったパイプを吸い、別の老人が濃い緑色の瓶から何かを飲んでいて、二匹の猫がおねだりをするように彼らの脚にまとわりついていた。

続けて、見る者の安心感を呼び起こす強固なロンドン塔の壁が見えてきた。ピーターと一緒に少なくとも月に一度は通る道なので慣れているとはいえ、繰り広げられる光景は実に多様で、決して飽きることはない。

東へ向かうにしたがって、住居の数が増えてきた。その多くには二階があり、一階よりも大きいつくりになっている。上の階同士は接触しそうなほど近く、その下にある細い路地に日の光が当たるのをさえぎっていた。教会が店や食堂と壁を接するように詰め込まれ、路上は船員や商人の妻、御者や馬、聖職者や娼婦でごった返している。ぼろをまとった少年が操る脚の長い犬が引く台車を追い越し、ジョージーは微笑んだ。少年と犬が、使いに出ていたお仕着せ姿の従僕と、服を入れたかごを頭の上にのせて危うくバランスを取っている洗濯女にぶつかりそうになる。

ライムハウスとチープサイドの端に当たる荒れた地域を通っていく途中、ジョージーはこうした不潔な場所での惨めな生活ではなく、快適な生活を送れる環境に生まれたことに感謝の祈りを口ずさんだ。

自分がワイルドを気にしていることを考えると、この道行きも気まずいものになるのではないかとジョージーは恐れていた。ところが実際、ふたりは居心地のいい沈黙に包まれておとなしく座っている。母やジュリエットはすべての時間を会話で埋めなくてはいけないと思っているらしいのに、ワイルドは窓の外を眺めて光景を味わうことで満足しているようだ。彼がときおり何かを指差しては――異様なほど大きなボンネットをかぶった女性が風を相手に悪戦苦闘しているところなど――ふたりは笑いを分かち合った。震えるような緊張感は今も常にあるものの、気安い満足感と重なり合うように存在している。ワイルドのことはほとんど知らないというのに、ジョージーは彼と友人同士になったような気がした。

「あなたの家族について教えて」彼女は唐突に切り出した。

ワイルドが身をこわばらせたので、ジョージーは親しい雰囲気を壊してしまった自分に悪態をついた。だが、彼はひょいと肩をすくめただけだった。

「話すほどのことはないよ。両親は昔ながらの便宜重視の結婚をした。ジョンという一八カ月年上の兄がいる。母はぼくが生まれてそう間を置かずに田舎嫌いを宣言してロンドンの屋敷へ移り住み、数年前に亡くなるまで父とは別々に暮らしていた。ジョンとぼくは父の領地で育ったんだ。父はそれなりにカードができる年齢になるまでぼくたちには無関心だったから、乳母や子守り、家庭教師たちの手にゆだねられていたよ」

顔をあげたワイルドは、ジョージーの顔に同情が浮かんでいたのを見て取ったに違いない。安心させるような笑みを向けてきた。「牧歌的な少年時代だった。本当だ。乳母も家庭教師も簡単に出し抜けたしね。ジョンとぼくはずいぶん多くの時間を領地の平野や森で跳ねまわって過ごしたものさ。馬に乗ったり、魚を釣ったり、泳いだりして」

ジョージーは眉をひそめ、うつむいて自分の手を見つめた。「わたしとはずいぶん違うのね。あなたのご両親は何ひとつ共通点がなかったみたい。互いに我慢ならない存在だったようにも聞こえたわ。わたしの両親は恋愛結婚よ。突然父が亡くなってしまったとき、母は絶望に打ちのめされていた」

ジョージーは悲しげに小さく微笑んでしまいそうになるのをこらえた。どうやらお互い、両親の結婚は注意が必要な話題らしい。彼女自身の両親の結婚は、愛する危険性に逆らうことと喪失の可能性の話であり、ワイルドの両親の結婚は愛のないふたりが結ばれる話だった。

彼がうなずく。「ぼくの両親だって、本質的には憎み合っていたわけじゃない。ただ関心が違うほうを向いていて、異なる人生を歩んでいただけだ。ずっと仲はよかったんだ――少なくとも、父の賭け事での損失が明らかになるまでは」ワイルドの表情が陰りを帯びた。「いよいよすべてが危機的な状況になったとき、ぼくはポルトガルにいた。母は父がホイストに負けてロンドンの屋敷を失う直前に亡くなった。それから事態は悪くなる一方だったよ。父は賭け事をやめようとせず、たったの一年後に他界して、相続人が限定されているもの以外は何もなくなった」

「だから、あなたにはお金が必要なの？」ジョージーは静かにきいた。「お父さまの借金を返すお兄さまを助けるために？」

ワイルドがうなずいた。「ジョンがひとりで背負うべきものではないからね。ぼくたちはふたり一緒にモーコット・ホールで育った。実際には、あそこの使用人や住民たちに育てられたようなものなんだ。ぼくにとってはみんな、血肉と同様の家族だよ。ぼくたちは彼らを支えなくてはならない。彼らの子どもたちがよりよい人間になるためには、村の学校だって続けていく必要がある。足し算も教わらなかったせいで、どれだけの才能がつぶされてきたか考えてもみてくれ。みな自分の能力に気づくこともなく、人生を追求する機会すらなかったんだ」

話しているうちにワイルドの目が輝きを増していき、表情も生き生きしてきた。彼がこの件に情熱を燃やしているのは明らかだ。

「そうした子どもたちの中には、シェイクスピアやクリストファー・レン卿みたいになれた子だっていたかもしれない」ワイルドは馬車の窓から外に目をやり、混雑する細い道を手を振って示した。「ぼくはこのロンドンで、戦争中にはフランスとスペインでも、教育と機会の欠如がどんな結果につながるかを見てきた。悲惨なものだよ。子どもたちが物乞いや泥棒を強制され、はした金のためにひどい環境で働かされるんだ。年端もいかない少女たちが、パンのかけらのために体を売っていたりもする。領地の子どもたちに機会を与えるのは、ぼくたちの義務だ。新しい地主を入れても、そこまで面倒を見る人物かどうかはわからない」

この問題に関するワイルドの考えが自分の信念ときわめて近いことに喜びを感じ、ジョージーはうなずいた。この男性は彼女のいとことは対極にある。ジョサイアは身分の低い人々はそのままでいて、ひたすら感謝しているべきだと確信している。

場の雰囲気を明るくしようと、ジョージーはワイルドに向かって輝くばかりの笑みを浮かべた。「でも、そんな冒険ができて、そんなお兄さまのいるあなたは幸運よ。白状すると、少しばかりあなたがうらやましいわ。ジュリエットはそこまでわたしになついてくれなかったし、いくら誘っても、木にのぼるのも、池で船を走らせるのも一緒にやってくれなかったもの。いつも友達がいてくれたらいいわよね。自分ひとりがやったことを一方的に話す代わりに、一緒にしたことを思い出して話し合える誰かが。そう思わない？」

その言葉を聞いたワイルドが微笑む。異性を意識したというより、友人としての笑顔だったが、それでもジョージーの心は幸福な光に照らされてあたたかくなった。

「きみもいつか自分の冒険をするときが来るよ、ミセス・ワイルド。間違いない」

ジョージーは、その冒険に彼が含まれるよう願いたい心境だった。

じきに馬車はワッピングとウエスト・インディア・ドックスを過ぎ、ようやくジョージーの船が〈キャヴァスティード通商〉の倉庫に直接荷をおろしているブラックウォールに入った。

ちょうど干潮時で、テムズ川の肥沃な土のにおいがここではいっそう強く、ぼろをまとった子どもたちが泥に沈んでいるものや川岸のがらくたを求めて水辺を駆けまわり、何か売れるものはないかと探しているのが見えた。

埠頭を囲む路地は当然ながら、造船業の需要に応える商売ばかりでなく、毎日荷おろしされる商品を売る膨大な種類の商売でいっぱいになっている。とても活気があって騒々しく、メイフェアの落ち着いた雰囲気とは大違いだ。ジョージーはここへ来るたび、自分に活力が注入されるのを感じていた。

紅茶やコーヒーの店、食堂、シルク商人、そして香辛料の売り子たちが靴職人や製帆業者、時計職人たちと一緒になり、場所を求めて競い合っている。馬車がポプラ・ストリートを進み、〈ウナギパイ横丁《イール・パイ・レーン》〉と〈メイフラワー・パブ〉という独創的な名の店を通り過ぎたところで、ジョージーは馬車の屋根をこんこんとこぶしで叩き、ピーターに止まるよう合図を送った。

前面に弓形に張り出した部分のある店のドアの上に看板がぶらさがっており、そこには〝T・ハリソン　精密航海機器〟と記されていた。

「着いたわ」

ピーターの手を借りて馬車をおりたジョージーは店に入っていき、そのすぐうしろにワイルドが続いた。ここに来るのは大好きだ。彼女のささやかな意見では、ミスター・ハリソンは工業技術の天才で、この店内は彼の混沌《こんとん》とし、それでいてすばらしく優秀な頭の中を反映している。どこを向いても手に取って眺めたくなる新しい不思議な品があり、カウンターや棚は完成した売り物から未完成品や分解途中のものまで、科学技術を駆使した品であふれ返りそうになっていた。真鍮と革でつくられた三段式の望遠鏡が、真鍮製の六分儀と空気中の圧力をはかる湿度計の隣に危うい均衡を保って並んでおり、一方で機械仕掛けのサルと手まわしオルガン奏者はばらばらに分解され、その反対側に置かれているといった具合だ。

ワイルドが息を吸い込み、低い天井からさがっているさまざまな気圧計やそのほかの計器を避けようと頭を低くする。その様子を見たジョージーの唇が笑みの形になった。今の彼はジョナサン・スウィフトの物語に出てくる小人の国の巨人、ガリヴァーにそっくりだ。

「すばらしいでしょう、そう思わない?」ジョージーはばねや歯車、木の削りくずや用途ごとに分けられた道具などに埋もれてほとんど見えないカウンターに近づいていき、小さな呼び鈴を鳴らした。「ミスター・ハリソン?」奥の部屋をのぞき込み、ワイルドに説明する。「裏手に小さな鋳造場があるの。大声で歌っているせいで、声がよく聞こえないことがたまにあるのよ」

ワイルドが肘の近くにある複雑な機械を眺めまわして尋ねる。「これはなんだい? 時計かな？」

「マリン・クロノメーター、経度をはかるための精巧な時計ね。見て、どんなに荒れた海でも水平を保てるよう、回転台が取りつけてあるの。正確な時間を知ることは、航海にとってものすごく重要なのよ。ミスター・ハリソンはこの国で最もすぐれたクロノメーターをつくっているわ。わたしの船団にも一隻残らず搭載したばかりよ」

彼が眉をあげる。「ずいぶん金がかかりそうだな」

ジョージーは肩をすくめた。「かかったわ。でも、海では正確に機能する計器が生死を決めることだってある。去年起きた〈アーミストン号〉の事故の話は読んでいないの？」

「ああ、たぶん」

「〈アーミストン号〉は南アフリカの沿岸で難破したインディアマン（東インド会社と関係のある貿易船）で、犠牲者は三五〇人にものぼったわ。全部新聞に書いてあった。船長が六〇ギニーのクロノメーターを買えなくて、船主も購入をしぶったの。船主はクロノメーターなしでの出港を拒否するなら、別の船長と交代させると脅しまでかけたらしいわ」

思い出したことで新たな怒りがこみあげ、ジョージーは顔をしかめた。「天気が悪かったせいで自分たちの位置を知るための天測航法も使えずに、乗組員たちは古くて信頼性に劣る方法を使って荒波の中を航行しなくてはならなかったのよ。もうケープ・ポイントを越えていると思って船を北に向けたんだけど、計算が違っていて、沿岸で難破してしまったの。乗っていた人たちは六人を除いて、全員が亡くなったわ」

彼女は愚かな損失を悲しみ、憤りに唇をとがらせた。「船主たちが過去最低の出来のクロノメーターでもいいから供給していたら、彼らは船を失わずにすんだし、近視眼的な経済観念のせいでたくさんの人たちが犠牲にならずにすんだのに」

ワイルドの食い入るような視線を受けてわれに返り、ジョージーは居心地が悪そうに身じろぎをした。いささか議論に夢中になりすぎることがよくあるのだ。母にはいつも、魚売りの女たちみたいにべらべらしゃべるのはやめなさいとたしなめられている。けれど、これは彼女が大事にしていることについての話なのだ。

「きみの父上も海で亡くなった、そうだね？」

「ええ、ただし科学的な機器がなかったせいではないわよ。それでも〈キャヴァスティード通商〉は働いている人たちのために、わたしができる範囲で最高の準備を整えているの。それでたったひとつの家族だけでも似たような損失をこうむらずにすむなら、安いものよ」

「きみはすごい女性だな、ミセス・ワイルド」彼が穏やかな声で言った。

その言葉の真摯な響きに、ジョージーは喜びで顔が紅潮していくのを感じた。これまで彼女が労働者たちにしていることを感謝したのは、自身も船員であるピーターだけだ。たぶん兵士だったがゆえに、ワイルドも信頼できる設備が命を救うことに感謝できるのだろう。

彼女はそわそわと顔をそむけた。「まあ、あなたもお友達のコックバーン提督に、海軍のすべての船にクロノメーターを配備するよう提案したらどうかしら。当然ながら、今のところはそうしていないから」

そのときミスター・ハリソンが現れ、ジョージーはそれ以上気まずい思いをせずにすんだ。老人はシャツとよれよれの上着の上に前掛けを結んだいつもの格好で、暗い奥の部屋から飛び出してきた。禿《は》げあがってしみのある頭部を囲うように、縮れた真っ白な髪が円をつくって生えている。細いメタルフレームの眼鏡の下には、楽しげな笑みが浮かんでいた。

「ミス・キャヴァスティード！　また会えてうれしいよ。元気かね？　このあいだ卸したクロノメーターはちゃんと働いているかな？」

ジョージーは笑顔を返した。「こんにちは。わたしは元気よ。それに計器の方も期待どおり、すばらしく正確に働いてくれているわ。一週間前に受け取った〈ジュリアナ号〉の船長からの報告によると、コンスタンティノープルに予定よりも二日も早く到着できたんですって」

「それはすばらしい！　で、今日はどんな用件で？」彼が好奇心もあらわにワイルドを見る。

「わたしの知人を紹介するわ。ミスター・ベネディクト・ワイルドよ」

ハリソンがうなずいた。「おはよう。あなたは船員かな？」

「残念ながら違う。実は元ライフルズなんだ。今はボウ・ストリートのために働いている」ワイルドが筒から計画書を出し、老人に手渡した。「これについて、少しご教授願おうと思ってね」

ハリソンは前腕をカウンターの上に滑らせて場所をつくり、紙を広げた。目を通すうちに、白くて濃い眉があがっていく。「おいおい、こいつはいったいなんなんだ？」

「潜水可能な乗り物の計画書よ」ジョージーは答えた。ワイルドがカウンターに向かう彼女の隣に立つと肩が触れ合い、ありありと伝わってくるその感触に彼女の体は震えた。「ミスター・ハリソン、この船に見覚えはない？　一部でもかまわないんだけれど」

老人は身をかがめて紙に顔を寄せた。「すごいな」ぼそりと言う。

畏敬の念がこもったハリソンの反応が、前日に自分が示したのと同じだと気づき、ジョージョージーはにっこりした。潜水艇の機械仕掛けの部分を指差して尋ねる。「この部品の中に見覚えのあるものはある？　誰かがあなたにつくってくれと依頼しに来なかった？」

記憶をたどるうち、ハリソンのしわだらけの顔が曇っていった。「考えてみれば……来たな。ああ、来た」より詳細に書かれた部品の拡大図を指し示す。「ひと月かふた月前、紳士に頼まれてこの栓と計器をつくったよ」

ほとんど喜びを隠しきれずにジョージーはワイルドを見たが、ハリソンの話はまだ続いていた。

「そのときも、こいつは普通の注文じゃないと思ったんだ。そういえば、最高機密の海軍本部の計画か何かだと言っていたな。天候を計測する装置だとかなんとか。そいつが潜水艇だったわけだ。そういうことだろう？」ハリソンがうれしそうにくすくすと笑う。「面白い」

ワイルドが身を乗り出す。「その部品を注文した人物の名前を覚えているか？」

ハリソンがしぶしぶ計画書から顔をあげた。「調べてみよう。領収証の台帳にあるはずだ」彼が奥の部屋に戻っていき、ジョージーは少しばかり興奮を覚えながら、ワイルドのほ

う を向いた。彼が首を横に振り、あまり期待しすぎないよう静かに警告する。「あったぞ」ハリソンが革装の大きな台帳を手に戻ってきた。「発注者はミスター・ジョンストーン。支払いは現金だな」

ジョージーは勝ち誇った表情を浮かべまいとした。「ミスター・ジョンストーンとぜひ話がしてみたいわ。まさか住所を残しているとも思えないけれど」

老人が指で手書きの台帳をなぞる。「ところが残っているんだな、これが。追加の蝶番《ちょうつがい》を届けに、うちの者を行かせたんだよ。住所は……」目を細め、自分で書いた字を読む。「ライムハウスのオーア・ストリートから外れたところにある倉庫、〈ホワイト・ライオン・ヤード〉だ」

ジョージーは輝かんばかりの笑みを浮かべた。「とても助かったわ、ミスター・ハリソン。どうもありがとう」

ハリソンがカウンターの上の計画書を示す。「力になれてうれしいよ。一日か二日、こいつを預かって調べたいんだが、無理かな？」

「悪いが、それはちょっと」ワイルドがすまなそうに告げた。「海軍本部から、できるかぎり早く戻すようにと言われているので」

「まったく残念だ。どんな犠牲を払ってでも、これほど奇抜な仕掛けを設計した者と会ってみたいものだよ」

「設計したのはロバート・フルトンという名のアメリカ人よ」ジョージーは言った。「今はもう国に戻ってしまったの」

ハリソンの口からため息がもれる。「そうか。もしわしにできることがあれば、なんでも言ってくれ。あんたの死んだ親父さんと一緒に働くのは楽しかった——神よ、どうか彼に安らかな眠りを。彼の跡を継いだあんたがうまくやってくれていて、わしもうれしく思っているよ」

彼女は頬を赤らめた。「ありがとう、ミスター・ハリソン。そう言ってもらえるとわたしもうれしいわ。じきにまた寄らせてもらいます。では、ごきげんよう」

ワイルドが計画書を丸めて筒に戻し、ジョージーと一緒に店の外へ出る。彼女は満足げに大きく息をついた。「ずいぶんとついていたわね。こんなにうまくいくなんて、夢にも思わなかったわ」

彼が居丈高な表情をつくってジョージーを見る。「素人のまぐれ《ビギナーズ・ラック》だな」

彼女はふざけてワイルドの腕にこぶしをぶつけた。「ひどいわ、ミスター・ワイルド! 〝功績があれば当然認めてやれ〟と言うでしょう」

ワイルドが芝居がかったため息をつく。「わかったよ。きみはとても力になってくれている。どうもありがとう」

陽気な笑みを浮かべ、ジョージーは感謝の言葉を受け入れた。「どういたしまして。これからの話だけれど、せっかく〈キャヴァスティード通商〉の近くまで来たことだし、わたしの倉庫を見ていく?」

馬車のそばに立って先頭の馬の頭を押さえていたピーターが、外出を延ばそうとする主人の恥知らずな試みに呆れた表情を浮かべる。ジョージーはそんな秘書を無視した。

ワイルドが曲げた腕を差し出してくる。「喜んで」

ジョージーはピーターに勝ち誇った笑みを向けた。「わたしたちは歩くわ、ピーター。あなた、馬をただ立たせておくのは嫌いだったわね。わたしたちの用事がすむまで、ゆっくりと歩かせていたらどうかしら？　こちらは三〇分とかからないから」

ピーターが顔をしかめてワイルドをにらみつける。紳士的な振る舞いをしないと深刻な結果につながるぞと無言の警告を送った秘書は、しぶしぶ馬車の御者席に乗り込んだ。「仰せのままに、お嬢さま」

ジョージーはワイルドに向かってにっこりした。「こっちよ」

24

ピーターが馬車で去るとすぐに、ジョージーはワイルドに向き直った。「じゃあ、次に向かうのはライムハウス？」

彼が大きな笑い声をあげる。「無理だ。ボウ・ストリートの仲間のアレックスとセブ、それにぼくはここからが勝負だと考えている。くれぐれも注意しないといけない。やみくもにどこかへ入り込んだり、唐突に質問したり、人々を驚かせたりしてはいけないんだ」

「そんなことはしないわ」

ワイルドの疑わしげな一瞥に、ジョージーは彼の足を踏みつけてやりたくなった。

「ぼくを信じてくれ。こういう状況は前に何度も経験したことがある。まずは相手の人数がどれくらいか知る必要があるんだ。きみもジョンストーンひとりではできないと言っていたじゃないか。彼らが武装している可能性もある。きみを危険な目に遭わせるつもりはない。だから、どうにかしてぼくを説き伏せようなどという考えは忘れてくれ」

まさに説き伏せようとしていたものの、ジョージーは口を閉ざした。ワイルドの言うことには一理ある。こういう状況での経験は、彼のほうがはるかに多いはずだ。それに危険からジョージーを守りたいという彼の気持ちもうれしい。もちろん見当違いもはなはだしいけれど、それでもうれしいのは本当だった。

通りを曲がると港が見えてきた。ジョージーは水面に船が浮かんでいる見慣れた光景に微笑み、ワイルドを引っ張って波止場へ向かった。ここではいつだって何かが起きている。起重機や巻きあげ機が品物の入った木箱をひっきりなしにおろす一方、あたりには灰褐色の川の水から漂う廃物のにおいが漂っている。ふくれたネズミの死体が浮かびあがっているのが見え、彼女はぶるりと身震いした。かつて幼い頃、男の子たちが爆発寸前のミサイルを扱うかのように、ぱんぱんにふくらんだネズミの死体を投げつけ合っているのを見たことがある。どうしてそんな不衛生なことをするのか、理解できなかった。世間の人たちが〝港はレディの行く場所じゃない〟と言うのはもっともだ。

それでも父はいつもジョージーを港へ連れていき、船の出入りを見せてくれた。ずっと見ていても、全然見飽きることはなかった。積み荷がどこからやってきたのか頭の中で想像し、見たこともないすばらしい異国をあれこれ思い描いていた。

ワイルドが彼女の腕を取り、肘にそっと指先をかける。ふたりはおさげ髪をした船乗りたち数人、さらに手押し車を引いたカキの行商人をすばやくよけた。ジョージーは誇らしげな笑みを浮かべ、波止場のはるか向こうに停泊している大型船を指差した。「あれがわたしの船よ」

彼は目の上に手をかざして弱々しい陽光をさえぎると、船首に掲げられた船名を読みあげた。「〈レディ・アリス号〉」

「母の名前にちなんでつけられたの」彼女がほろ苦い笑みを浮かべた。「父はたくさんお金を持っていたけれど、母に本物の貴族の称号を与えられないことをいつも意識していたわ。母が貴族たちから〝商人ごときに汚された存在〟として見下されていたのを知っていたの」

「貴族の称号は、持っていればある程度安心だからな」ワイルドが同意する。「富と一緒だ」

ジョージーはうなずいた。彼がわかってくれてうれしい。「だからこそ、母は妹を貴族と結婚させようと躍起になっているのよ。自分が手にできなかった特権を、ジュリエットにはすべて与えたいと考えているの」ため息をついて半笑いを浮かべる。「そんな母を見ていると頭がどうかなりそう。でも、だからって母を責められないわ」

ワイルドが顎をしゃくって大型船を指し示した。「あれはどんな船なんだ？」

「横帆の二本マストの帆船《ブリッグ》よ。海賊たちのあいだでは、ブリッグは速度の速さと機動性の高さで有名だけれど、うちではあれを一般的な貨物船として使っているの。これからボストンへ旅立つところよ」

ふたりが見守る中、男たちが船の甲板へオレンジが入った箱を次々に積み込んでいる。

「あのオレンジはどうするんだ？」

「船員たちの健康維持に使うの。ボナパルトと戦っている最中、海軍はオレンジのような柑《かん》橘《きつ》系の果実が壊血病の予防に効果があることを発見した。うちの船員たちがフランスの船員たちに比べて健康でいられるのは、レモンジュースと果実のおかげよ。今ではアメリカ人たちがイングランド人の船員たちをライムの人って呼ぶのは、そのせいなの」顔をあげてワイルドを見る。「ドクター・リンドの『壊血病論《ライミーズ》』を読んですぐに、船員たちの健康維持のために柑橘系の果実を食べさせようと決めたわ。おかげでこの三年、壊血病で亡くなった者はひとりもいないのよ」

「寝る前に読む本にしては、ぞっとする内容のようだな」ワイルドがからかうように言う。「船員たちの体を気遣うきみに拍手を送るよ。だが正直に言えば、壊血病にまつわる医学書よりも、ミスター・ペティグリューの詩を全部読むほうがまだましだ」

ベネディクトはかぶりを振りながら、隣にいる女性に対する第一印象を書き換えようとしていた。なんとさまざまな顔を持つ、力強い女性だろう。出会ったときは、高価なドレスや次のダンス相手の爵位にしか関心がない、傲慢でお高くとまった心の冷たい王女さまだと思った。しかし、間違いだったと認めざるをえない。実に驚くべき女性だ。科学と数学に関する知識が驚くほど豊富で、それがまた喜ばしい。実務的な考え方といい、鋭い機知といい、恐るべき知性といい、多くの面で刺激になる。生き馬の目を抜く貿易業界で、ジョージーは見事に本領を発揮しているのだ。

別に働く必要などないだろう。彼女には手に入らないものなどない。金はうなるほどあるのだから、じゅうぶん暮らしていける。グローヴナー・スクエアにある安全な豪邸で、贅沢ざんまいの生活を楽しんでいればいい。それなのに貿易会社を経営し、圧倒的な男社会で自分の存在意義を証明しようとしている。そんなジョージーを尊敬せずにはいられない。

とはいえ、驚きはしない。戦争で、人が思いもかけない一面を見せる姿を何度も目の当たりにしてきた。それまで武勇伝を吹聴《ふいちょう》していた筋骨たくましい男たちが、戦いが激化するとすぐに、子犬のように泣きべそをかきはじめたこともある。一方で、痩せっぽちで恐怖に真っ青になっていた少年が、敵に直面して果敢な抵抗を見せたこともあった。男というのは――いや、女もだ――真価が問われたときに、嘘偽りのないありのままの姿を見せるものなのだ。

ベネディクト自身、戦争中にそれを証明してきた。胃がねじれるような恐怖に襲われ、幾度となく惨めで恐ろしい戦いを強いられても、男として精一杯困難に向き合おうとしてきた。ジョージーは、自分が父親から受け継いだ財産にふさわしい存在であることを証明したいのだろう。そして今、彼女はその仕事を見事にやり遂げつつある。

彼女は自分の家族だけでなく、〈キャヴァスティード通商〉の従業員たちの幸せと健康まで気にかけている。しかも、その責任を両肩に背負っても動じることがない。

ジョージーの並々ならぬ能力を見せつけられ、ベネディクトはこれ以上ないほど興味をかきたてられていた。彼女のすべてを知りたい。表情豊かな灰色の瞳から、面白いことを考えているときにいたずらっぽく端があがるあの唇まで、実に興味深い。こうしてそばにいるだけで、抑えきれないほどの興奮を感じる。

どうにか彼女の魅力を無視しようと、ベネディクトはテムズ川の向こう側にある薄暗い対岸をにらみつけた。ドッグ島として知られる地域だ。霧が立ち込める中、雲のあいだから弱々しい光が差し込んでいる。三月のイングランドがこれほど肌寒いことをすっかり忘れていた。太陽が容赦なく照りつけていたスペインと比べると、なんと対照的なのだろう。かの地のあたたかさが恋しいが、こちらめがけて発射される銃弾は恋しくない。肌寒かろうとそうでなかろうと、この女性を腕に抱いてここに立っているほうがずっと好ましい。

ジョージーの体をあたためる方法なら、いくらでも思いつく。服を着る必要がない方法ばかりだが。

彼女がベネディクトの腕を引っ張った。「ほら、あの倉庫の上にある建物がわたしの事務室よ。さあ、行きましょう」

ジョージーのあとから巨大な赤いれんが造りの建物へと向かう。早足で先を行く彼女を見て、ベネディクトは思わず微笑んだ。

「毎月ここにやってきて台帳の確認をして、倉庫の責任者のエドモンド・ショーと仕事のあれこれを話し合うようにしているの」

「彼に台帳を持ってこさせることはできないのか？」

彼女がこちらを見あげて無邪気な笑顔を向ける。そのとたん、下腹部になじみのあるこわばりを感じた。くそっ、なぜもっと醜くて、一緒にいても退屈で、お高くとまった女じゃないんだ？

「できるでしょうね。でも、ここに来るのが好きなの。父を近くに感じられるから。それにここだと貴族の中にいるときと違って、数字に強いことを隠さずにすむから」ジョージーがため息をついて頭を振る。「母とジュリエットには理解できないでしょうね。ふたりとも、仕事にはまるで興味がないんだもの。あのふたりの望みはパーティーや催し物に出かけることだけよ」

「それで、きみは何を望んでいるんだ?」

彼女は鼻にしわを寄せた。「もっと若い頃は、とにかく船に乗って世界じゅうを旅してみたかった。地中海沿岸やインド、アメリカ大陸に行ってみたかったの。いつも密航をくわだてようとして、父やピーターにつかまっていたものよ」笑いながら言葉を継ぐ。「未亡人になったらすぐ、男性と同じように欧州大陸周遊旅行へ出かけようと心に誓っていたの。ヴェニスやマドリッド、ウィーンにね」そこでジョージーは不意に顔を曇らせた。「だけどロンドンを離れるよう、母やジュリエットを説得できるかどうか疑わしいわ。冒険旅行は誰かが一緒にいてくれないと楽しくないのに」

〝ぼくとの新婚旅行があるじゃないか〟とっさにそう言いそうになり、ベネディクトは言葉をのみ込んだ。ありえない。ふたりはまるで違う。彼はみすぼらしい路地裏にいる盗人や酔っ払い、殺人者、娼婦たちの中で暮らしている。汗とビール、おがくず、つば、嘔吐《おうと》、血にまみれた世界だ。かたや彼女は高級住宅地のグローヴナー・スクエアに住んでいる。輝く銀器やひとつも欠けたところのない陶器、色あせたりすり切れたりしていない敷物、蜜ろうで磨き込まれたあたたかな木製の床に囲まれて。

新婚旅行などあるはずがない。結婚しても、ふたりは別々の道を歩むのだ。

ベネディクトはどうにか肩をすくめた。「正式に結婚したあとも旅行ならできる。同行者《コンパニオン》を見つければいい」

〝女性のコンパニオンを〟心の中でつけ足した。ほかの男とジョージーが旅行すると考えただけで、全身の血がたぎってしまう。こちらを振り向いて美しい笑みを浮かべ、倒れそうな古い建物を指し示す彼女を見ながら、思わずにはいられない。彼女と一緒に旅行する男が自分ならいいのに、と。

ベネディクトの物思いには気づかない様子で、ジョージーがうなずいた。「ええ、それこそわたしが必要としているものよ。一緒に旅を楽しんでくれる共犯者ね。軍にいた頃、あなたは欧州をたくさん見たんでしょう?」

彼はしかめっ面をあわてて隠した。見たといっても、ほとんど戦場だ。シウダ・ロドリーゴやバダホスの包囲、サラマンカ、パンプローナ、ヴァレンシアの戦場など、とにかくスペイン全土で戦った。さらに昨年はカトル・ブラとワーテルローで、フランスとベルギー軍を相手に長く厳しい戦闘を経験した。

そんな場所へ戻る必要がないのは、自分にとってはいいことなのだろう。死んだ兵士や馬たちで埋め尽くされていた戦場を、ふたたび目にしなくてすむ。それにあの戦場がどれだけ様変わりしたかも。戦いの記憶はあまりにつらすぎる。二度と思い出したくない。今でも悪夢にうなされるのだ。それに思いがけない瞬間に、戦場での音やにおいがよみがえってくることもある。

ベネディクトは頭を振った。仮にあの地をふたたび訪れるとしたら、いまわしい記憶をいい記憶に変えなければ。ジョージーはサラマンカが気に入るだろう。丘の上にある要塞も、大聖堂も。太陽の熱であたたまった壁に彼女の体を押しつけ、この腕の中でぐったりするまでキスをしたい。ホテルの窓辺で愛を交わしたい。そうすれば、彼女も窓の下に広がる壮大な景色を堪能できるだろう。ただし、彼の愛撫ですぐに興奮をあおられることになるけれど……。

あらぬ妄想に体が反応していた。低いうめきを押し殺しつつ、目の端でどうしてもジョージーのうなじや顎の曲線を追ってしまう。今すぐ手を伸ばして、あの髪をほどきたい。高まる欲望に視界がかすみ、下腹部がゆっくりと熱くなっていく。なんだか息苦しい。豊かな髪を波のように垂らして、自分の下で一糸まとわぬ体を弓なりにした彼女の姿を想像してみる。欲望の証を突き入れた瞬間、彼女がもらす小さな吐息も。

「ベネディクト?」

彼女は何を尋ねていたんだったかな? そう、旅行についてだ。

「ああ。フランスとスペインはよく見た」ありがたいことに、それ以上は答えなくてすんだ。ジョージーが倉庫の入り口に立つ警備員に挨拶をしたのだ。その男はすぐに彼女だと気づき、帽子を取った。

「こんにちは、ジョージ。ミスター・ショーはいる?」

「昼食をとりに〈ロイヤル・アンサイン〉に出かけてます」男が波止場のはるか先にあるパブを指差す。「すぐに戻ってきますよ」

ジョージーはうなずくと、ベネディクトを従えて巨大な建物の中へ入っていった。

25

広大な倉庫の中を感心したように眺めているワイルドを見て、ジョージーは誇らしい気分だった。彼女自身、目の前に広がるこの光景はいつ見ても見飽きない。

「すごいな、きみはどれだけ金持ちなんだ？」彼は息を吸い込み、ずらりと並んだ棚の列を眺めた。

単刀直入な物言いに、思わず笑みを浮かべずにはいられなかった。誰もこんなふうにずけずけときいたりしない。みんな、ききたがっているはずなのに。率直なワイルドに合わせて、ジョージーも正直に答えることにした。「そう、わたしはとてもお金持ちなの。下品なくらいにね」

ワイルドがゆっくりと、とろけるような笑みを浮かべる。「下品なのも悪くない」彼は最初の通路に足を踏み入れ、体をかがめて開けたばかりの茶葉の木箱を見つめた。その隙に、ジョージーは彼のブリーチズを盗み見た。長い腿から引きしまったヒップへと視線を走らせる。彼の言うとおりだ。下品なのも悪くない。

深呼吸をして、あたりに漂う香りを楽しむ。この倉庫にはいつも刺激的なにおいが漂っている。香辛料や香水、材木や紅茶。どのにおいも蠱惑《こわく》的で、それらがまざり合うと、なんとも言えずロマンティックで抗《あらが》いがたい香りになる。彼女は紅茶の入った木箱に片手を突っ込み、指のあいだからひと握りの乾燥した黒い茶葉を落とした。

「この香り、わかる? ベルガモットオイルで香りづけした特別な紅茶なの。紅茶専門店〈ジャクソンズ・オブ・ピカデリー〉でしか販売していないのよ」手のひらを掲げ、紅茶の残り香を楽しんだ。「オイルの原料はイタリアで栽培したベルガモット・オレンジ」

不意にジョージーの心が痛んだ。父はいつも紅茶の茶葉やサンダルウッドの香りを漂わせていたものだ。鉛筆の削りくずのように、さりげない香りだった。彼女は前かがみになり、ワイルドの香りをこっそりかいでみた。なんていいにおい。海と太陽と大地のにおいだ。きっと地中海に吹き渡る風はこんなにおいをしているに違いない。清潔で男らしい香り。ローズマリーとマツ、それにかすかに刺激的な塩の香りもする。その場でくずおれそうになり、彼女は心の中でひそかにうめいた。

「ここに来ると、いつも子どもの頃に覚えた歌を思い出すの。知ってる? 〝お砂糖にスパイスにすてきな何もかも　女の子ってそんなものでできてるよ〟」

ワイルドがうなずく。「ああ、知っている。男の子はカエルにカタツムリに子犬のしっぽでできてる、っていう歌だな。男のほうはあまりすてきじゃないがね。二番もある。〝リボンとレース、かわいい顔　若いお嬢さんってそんなものでできてるよ〟」

彼にじっと見つめられ、ジョージーの心臓がとくんと跳ねた。「もう少し異国情緒を感じさせるもののほうがいいわ」どうにかそう言い、手をひらひらさせて周囲にある棚を指し示す。「アンバーグリスやサンダルウッド、ジャスミン、コールみたいなね」どれも五感を刺激する官能的な香りだ。男性をくらくらさせるような女性になりたい。特にワイルドみたいな男性をひざまずかせるような女性に。

そう考えて、思わず鼻を鳴らしそうになった。そんな願望を抱くなんて。

咳払いをして言葉を継ぐ。「茶葉の輸入はわが社に最大の利益をもたらしているの。イングランドの毛織物とインドの綿と引き換えに、中国の茶葉と陶器、シルクを輸入しているのよ」

「アヘンは輸入しているのか？」

「いいえ。でも、東インド会社はしているわ」ジョージーは眉をひそめた。「バイロンのような詩人たちがひらめきを得るためにアヘンを利用するという話をミスター・ペティグリューから聞いたけれど、やっぱり納得できない。いとこが借金を背負ったのはアヘンのせいではないかと疑っているの。あなたはアヘンを試したことがある？」

「いや、一度もない。だが肩を負傷したとき、アヘンチンキを処方されたことがある。痛みをやわらげる助けにはなったが、悪夢までは消してくれなかった。むしろ、さらに鮮やかで最悪な夢を見てしまったんだ」ワイルドが急に口を閉ざした。首のあたりが赤くなっている。弱さを見せたことに決まり悪さを感じているようだ。

「戦争のいやな記憶を思い出したりするの？」ジョージーは慎重に尋ねた。

「ああ、ときどきは」彼は咳払いをした。「戦争のことばかり考えたりはしないが、寝ていたり、ひどく疲れていたりすると記憶がよみがえるときがあるんだ。戦地に戻ったみたいに鮮やかに」肩をすくめる。「薬物を使って何もかも忘れようとする男たちの気持ちがわかる気がするよ。とはいえ、それが最善の方法だとは思わない。半分寝たような状態の人生なんて、生きていることにならない。きみがアヘンを売っていないと聞いてうれしいよ」

「人々の健康を危険にさらさずに、アヘンと同じくらいの利益を生み出すものはほかにもたくさんあるもの」ジョージーは両脇にある品々を手で指し示した。「たとえばシルクやベルベット、ガラスみたいに」

潤沢な財産があるせいで、いつも複雑な思いをかきたてられる。一六歳になって社交界にデビューしたとき、ジョージーはたちまち紳士たちの人気者になった。けれどもすぐに、彼らがちやほやしてくれるのは彼女のお金目当てだと気づいた。一方で、女友達もなかなかできない。同じ身分の女性たちはみな、高価な宝石やドレスを買えるジョージーを腹立たしく思い、悪意ある噂話を広めようとする。

どうすれば、その男性が本気で自分を愛してくれているとわかるのだろう？　もう何年もそう思い悩んできた。

いちばんいいのは財産をすべて放棄することだ。でも、それはありえない。ふとした瞬間、この場所から逃げ出してどこかへ行き、身分を隠して新しい生活を始めたら、心から愛してくれる男性とめぐり会えるかもしれないと考えることもある。けれど正直に言えば、ジョージーは裕福であることをありがたく感じていた。次の食事にいつありつけるかと不安になったり、母や妹が病気になっても治療費を心配したりする必要がないのがうれしい。だからこそ匿名で、数々の慈善事業に気前よく寄付をしている。少しでも、貧しさという重荷を背負った人たちの役に立てるように。

ニューゲート監獄でワイルドと結婚契約を交わしたのは、財産目当ての男たちを排除するためだ。あれが考えられる最高の解決法だった。

ワイルドがからかうような笑みを向けてきた。「今、きみのあの契約書に署名したことを死ぬほど後悔している」

こちらの心を読んだかのような言葉を聞いて、ジョージーは思わず目をしばたたいたが、彼の率直な感想に笑みを浮かべた。「それでも、わたしがあなたに一〇〇〇ポンド支払うことに変わりないわ。階上にあるわたしの事務室へ行ったら、最初の一回分の報酬を手にできるわよ」

らせん階段をあがりながらも、うしろからついてくるワイルドの近さを意識せずにはいられない。ジョージーは階上にある自分専用の事務室に入った。上部が革張りの机には隠し引き出しがついている。下にあるレバーを押すと引き出しが開き、中にある台帳と紙幣を取り出せるのだ。彼女は三〇〇ポンド数えると机をまわり込み、紙幣の束をワイルドに差し出して机の端に体をもたせかけた。

彼が首を横に振った。「この報酬に値する仕事をしていない。ぼくがきみに求婚していると貴族たちに思わせるには、ヴォクスホール・ガーデンズをそぞろ歩き、一度自宅を訪問したくらいでは足りないだろう。ぼくたちがウェストン家の仮面舞踏会で一緒にいたのだって、誰にも気づかれていないんだ」主人の命令を実行しようとする使用人のように、ワイルドが両腕を体の脇にぴたりとつける。「きみのためにほかにできることはないのか、マイ・レディ？ せっかくここにいるのに。なんなりとお申しつけを」

皮肉めかした声だった。どこか嘲るような調子も感じられる。だが、その皮肉が向けられているのがジョージーなのか、ワイルド自身に対してなのかわからない。彼が〝きみのためにほかにできること〟なら、いくらでも思い浮かぶ。頭をよぎるのは、みだらで不適切な想像だ。そのとき、ふたりのあいだの空気が微妙に変わった。彼の顔に浮かんだ表情を見て、みぞおちにうずきが走る。ワイルドは彼女の野性的で大胆な部分をいやおうなくかきたてるのだ。

彼が視線を落とし、ジョージーの唇を見つめる。「ぼくはこの結婚に金をもたらすことはできないが、経験なら与えられる」燃えるような瞳に浮かんでいるのは紛れもない欲望だ。

「ぼくの申し出を考え直すつもりはないのか？」

たちまち心臓が高鳴りはじめた。なんの話をしているのか尋ねる必要すらない。ここ数日、そのことばかり考えていたのだから。

道徳面から言えば、ワイルドを愛人にするのは非難すべき行為だろう。でも、ジョージーは一緒にいることを条件に彼に報酬を支払っている。とすると、彼女にとってワイルドはどういう存在になる？　性の奴隷？　なんだか頭がぼうっとしてきた。

　けれど、自分が求めていたのは愛人のはずでは？　そしてここに法的に結婚した相手がいる。しかも信じられないほど魅力的で、この役割をやけに積極的に受け入れている男性だ。ワイルドは彼女を愛するふりさえしていない。ただなすすべもなく惹かれ合っているのを感じ、肉体的な快楽を提供すると申し出ているだけ。

　もし彼を愛人にした場合、最悪な結果としてどんなことが考えられるだろう？　妊娠する危険性がある。でもティリーによれば、それを避ける方法がいくつかあるらしい。自分はそういうことに疎いし、ティリーもそれ以上詳しく話さなかったけれど、世慣れたワイルドならそういう方法を絶対に知っているはずだ。

　彼が一歩踏み出した瞬間、心臓が口から飛び出しそうになった。

「ええ、あなたから言われたことは真剣に考えているわ」息を切らして答える。

「本当に？　それで結論は？」

　ジョージーは机の端を握りしめた。「あなたの申し出を受けるべきだと思うの」

　ワイルドは微動だにしない。だが、その瞳に一瞬勝利の色が浮かんだ。それから彼はジョージーの背後にある机を一瞥した。今この場で、すぐに自分の申し出を実行しようとするかのように。脚に力が入らない。ワイルドがさらに一歩近づいてくる。彼のかたい体と机のあいだに、わざと彼女をはさもうとしているのだ。高まる期待にジョージーは息をのんだ。こんなふうにじりじりと追いつめられるのは恐ろしい。と同時に、胸がわくわくする。

彼女は笑いとあえぎがまじった吐息をもらした。「わたしは――」

無言のまま、ワイルドが彼女のウエストをつかんで持ちあげ、机の上に座らせる。ジョージーが両手を彼の胸に滑らせると、シャツのポケットに入っている札束がこすれる音がした。無意識のうちに両脚を開き、彼がそのあいだに進み出る。手のひらを通じて、ワイルドが全身に欲望をたぎらせているのが伝わってきた。彼の胸の高鳴りも。ふたりを隔てているのは、ほんのわずかな衣類だけだ。ブリーチズとスカートだけ。ワイルドの体の熱がありありと感じられる。


目が合った瞬間、彼がスカートの裾に手をかけ、片手を膝に滑らせた。ウールとキャンブリック生地がこすれ合う音がする。どうにも我慢できなくなり、ジョージーは片手を伸ばして彼のうなじにかけ、頭を引き寄せて唇を開いた。ワイルドの唇を味わいたい。どうしても。

そのとき階下から、エドモンド・ショーの陽気な大声が聞こえた。

「そこにいるんですか、ミス・キャヴァスティード？　本当にすみません、昼食をとりに出ていたんです。まさかいらっしゃるとは思わなくて。何かお手伝いしましょうか？」

ふたりはぱっと体を離した。ひどく気まずい空気が流れる。ワイルドは欲求不満な体をもてあましているような表情だ。きっと今の自分も同じ表情を浮かべているのだろう。とりあえず咳払いをすると、ジョージーは階下に向けて叫んだ。

「いいの、気にしないで、エドモンド。思いつきで立ち寄っただけだから。ミスター・ワイルドを案内しようと思ったのよ。もうそろそろ帰らないと」ありがたいことに、声はほんのわずかしか震えなかった。

　ワイルドがにやりとするのを見て、たちまち脈拍が跳ねあがる。彼は身ぶりで先に階下へおりるよう促した。「まったくそのとおりだ。やらなければならない大切なことがあるからね」前を通り過ぎるジョージーに、意味ありげにささやく。

　それからどうやっていとまを告げたのか、ほとんど覚えていない。ふと気づくと、彼女はピーターが止めていた馬車に乗り込んでいた。反対側の席にワイルドが座っても、彼のほうをほとんど見ることができない。なんだか吐きそうだ。どうしてあんな恥知らずなことをしたのだろう？　自分から彼に誘いをかけたも同然ではないか！

　馬車が動きだしても、ジョージーは両手をじっと見おろしたままだった。車内に漂う沈黙がどうにも耐えがたい。

「いつにする？」ワイルドの低い声に、彼女は身を震わせた。

　彼をまともに見られない。ワイルドが今まで相手にしてきたほかの女性たちは、きっとこういうゲームの仕方を心得ていたのだろう。異性に気のあるそぶりを見せる、大胆で自信たっぷりな女たち。胸に複雑な感情が渦巻き、心は千々に乱れていた。うまく息ができない。

「〈トライコーン〉に来るかい？」

　その声はやさしく、どこかのんびりした調子すら感じられた。でも、その質問にこめられた意味は計り知れない。ジョージーは鼓動も脈拍も速くなるのを感じながら、衝撃に大きく息をのんだ。「なんですって？　今？　こんな昼日中なのに？　もしピーターが――」

「ぼくを見るんだ、ジョージー」どこかからかうような口調だ。彼はこの状況を楽しんでいるように見える。

彼女は命じられたとおりにした。ワイルドは信じられないほど魅力的だ。その事実にまたしても衝撃を覚えてしまう。彼はまるで堕天使のよう。なぜこんな厄介な事態になったのだろう？　どうすればこういう男性と上手につきあっていけるの？

「息をしてごらん」

ジョージーは息を大きく吐き出した。

「心配しなくていい。ぼくを信じてくれ」ワイルドが笑みを浮かべる。「きみはぼくと一緒にいる一分一秒を楽しむことになる。約束するよ」

人は高まる期待のあまり、死んだりすることはあるのだろうか？

「今夜、抜け出せるかい？　馬車でミッキーを迎えに行かせる。屋敷からこっそり出て、通りの角でミッキーと落ち合えばいい」

「エヴァンス家の舞踏会に出席しなければいけないけれど、頭痛がするからという理由で抜け出せるわ。そのまま寝ると言えば、母は明日の朝までわたしの様子を確認しないはずよ」

「完璧だ」ワイルドが彼女の顔と唇に視線を這わせた。すでに唇を味わっているみたいに。そうだ、もう少し欲張ってみよう。ジョージーは心を決め、前かがみになると馬車の屋根を叩いた。

「なんでしょう、お嬢さま？」ピーターが大声で応える。

「家へ戻る途中に寄りたい場所があるの」ワイルドに話す隙を与えず、ピーターに向かって声をあげた。「ライムハウスのオーア・ストリートよ」

いらだちの視線を向けてきたワイルドに、ジョージーは両眉をあげてみせた。自信が突然よみがえってくる。

「これからの数時間、何か気晴らしが必要だと思わない？」

ワイルドはしぶしぶといった様子でため息をついた。「わかったよ。きみが冒険したいのならつきあおう。だが、これだけは警告しておく。もし少しでも問題の兆しがあれば、すぐにその場を離れるぞ。いいな？」

ジョージーは彼に向かって上機嫌でうなずいた。

26

ピーターが運転する馬車でオーア・ストリートの角までやってくると、ジョージーとワイルドは馬車からおりて、弓形の張り出し窓があるコーヒーハウスへ入った。ちょうど〈ホワイト・ライオン・ヤード〉の入り口の真向かいにある店だ。ジョージーは薄暗い店内を見渡した。今までコーヒーハウスに足を踏み入れたことは一度もないけれど、この店は明らかに薄汚れている。入ったとたんに鼻をついたのは、たばことコーヒー、汗、生ぬるいビールのにおいだ。すり切れた木製のテーブルを囲み、常連客やかつらをつけた聖職者たちが今日の新聞の内容について声高に議論を戦わせている。

ワイルドはジョージーを窓際の空いたボックス席へ連れていくと、退屈そうな顔のメイドにコーヒーを二杯注文した。すぐに運ばれてきたコーヒーを、ジョージーはじっと見おろした。嫌悪感と喜びが入りまじった複雑な気持ちだ。

「トルコの古いことわざで〝地獄のように黒く、死のように強烈で、愛のように甘い〟と言われている飲み物だ」ワイルドがそっけなく言った。「さあ、飲んで」自分のマグカップを掲げ、音を立てて乾杯する。

おそるおそるすすってみると、すぐに不安は消えた。極上の味だ。ジョージーは無意識のうちにうめき、ワイルドがこちらを熱心に見つめているのに気づいて頰を染めた。挑発するようにわざと唇についたコーヒーを舌でなめた瞬間、ふたりのあいだの緊張がにわかに高まった。ワイルドが顎に力をこめる様子を見てうれしくなる。彼はジョージーを求めているのだ。

自分にも女として男性を惹きつける魅力がある。その新たな発見に、彼女はくらくらするような高揚感を覚えた。ワイルドの手や唇で体に触れてほしい。そう考えただけで全身がかっと熱くなる。その熱がみぞおちから下にゆっくりとたまっていく。あと数時間で、この男性は彼女を女にしてくれる。もはや処女ではなくなるのだ。その瞬間が待ち遠しくてたまらない。

「よすんだ」ワイルドがうなるように言う。

まつげの下から、無邪気を装ったまなざしを彼に投げかける。公の場所にいることで、ジョージーはさらに大胆になっていた。ここでなら、安心してワイルドをからかうことができる。「それで、これからどうするの?」

彼は頭を傾け、反対側にある建物群を指し示した。「ひたすら待つ。見張りは密偵活動の中でも退屈きわまりない仕事だよ。今までセブとアレックスとこうして座りながら、相手が姿を現すのを何時間待ったかわからない」

ワイルドの言うとおりだった。それから三〇分以上、目を細めてほこりで覆われた建物を見張っていたが、倉庫にはなんの動きもない。何かが届けられることもなければ、誰かが出入りすることもなかった。ジョージーは下唇を突き出し、額にかかる前髪に息を吹きかけてぼやいた。「つまらないわ」

コーヒーのしみがついた新聞を無言で読んでいたワイルドは、少しだけ前かがみになって彼女を見つめた。「そう言っただろう?」それからため息をつき、長い指を振って、火のそばにいる粗末な身なりの少年たちのひとりを呼びつけた。

「何かご用ですか、旦那?」

ワイルドは頭を傾けて道の反対側を指し示した。「あそこに建物があるだろう? 前まで行ってドアをノックしてくれ。誰かが出てきたら〝ミスター・キーティングはいますか?〟と尋ねるんだ。もちろんキーティングなんてやつはいない。〝住所を間違えました〟と言って、ここに戻ってきてくれ」

「いくらで?」少年がはなをすする。

「一シリング」

少年は前髪に触れながら答えた。「了解」ジョージーは通りへ駆けだしていく少年の姿を目で追った。急ぎ足で道路を渡ろうとしたとき、あわや積み荷を満載した馬に踏みつけにされそうになるのを見て、はっと息をのむ。倉庫の前にたどり着いた少年はドアを叩いて待っているが、応答がない。やがて彼は肩をすくめ、通りを渡って店の中に戻ってきた。

ワイルドが少年に向かって硬貨を指で弾《はじ》く。ジョージーは懇願のまなざしで彼に話しかけた。「誰もいないのは明らかだわ。少しだけ中を見てみない？　のぞくだけでいいから」

彼がため息をついた。「わかったよ」それから少年に向き直る。「名前は？」

「マウスです、旦那」

「それならマウス、あそこの前で見張りをして、誰か来たら口笛で知らせてくれ。そうしたらもう一シリングやる」

「了解」少年が熱心にうなずく。「口笛は得意です」

ワイルドが向かったのは倉庫の正面玄関ではなく、ほこりで覆われた隣の建物とのあいだにある狭い路地だった。路地の突き当たりにある短い階段はテムズ川に通じている。川から漂ってくる悪臭に、ジョージーはたまらず片手で鼻を押さえた。打ち捨てられた造船資材が赤茶け、なんとも言えない強烈なにおいを放っている。今日はお気に入りのドレスを着ていなくてよかった。このドレスなら、あとで燃やしてもいい。

ワイルドは木箱を引きずって倉庫の汚れた窓の下に置き、その上にのった。中をのぞいても窓が汚いから何も見えない――ジョージーがそう言おうとしたとき、彼はポケットナイフを取り出し、慣れた手つきで開き窓を開けた。にやりとして振り返り、彼女に片手を差し出す。

「レディ・ファーストだ」

ジョージーは蔑みと疑いの目で一瞥した。「この窓によじのぼれというの？」

「いいか、中を見ようと言いだしたのはきみだ。もし馬車に戻りたいのなら――」

たしかにワイルドの言うとおりだ。ジョージーは彼の手首をつかみ、体を引きあげてもらった。ウエストに手をかけられ、やすやすと窓枠まで持ちあげられると、スカートをたくしあげて体の向きを変え、誰もいない建物の中へ侵入した。ワイルドもあとに続く。スカートについたクモの巣を振り払い、暗闇に目が慣れるのを待った。屋根から差し込む幾筋かの光のおかげで、床沿いに走る、船を進水させるための鉄製の横木が見えた。室内の突き当たりにある両開きのドアから、大型船と木工細工の道具を積んだ作業台もいくつか見えている。中央に鎮座している船を見まがうはずもない。あの形こそ、計画書で見たのと同じものだ。

畏怖の念とともに、ジョージーは息を吐き出した。「あれよ！　フルトンの船だわ。見て」

船体の片側のざらざらした厚板に片手を滑らせてみる。外からだと、ほかの船と同じように見える。木製のマストと円材《スパー》、はしご、鎖から垂らされた錨がついていた。なじみのある切りたての木材とタール――厚板の防水に使用される――のにおいを胸いっぱいに吸い込んだ。

どの程度、完成しているのだろう？　ジョージーは興味津々で船体横に立てかけられたはしごをのぼり、横木越しにのぞいてみた。一般的な船とは異なり、甲板は完全に覆われている。メイン・マストの正面に煙突みたいな形をした入り口がひとつあるだけだ。そのハッチを開ければ船内へ入ることができる。

「もっとよく見てみたいわ」彼女はワイルドにささやいた。彼がうなずき、はしごを支えてくれる。甲板によじのぼり、下に広がった船内をのぞき込んだ。内部にある船室は二平方メートルほどの大きさで、両側が樽《たる》のように曲線を描くデザインだ。船全体の形に合わせて、そうなったのだろう。薄暗がりの中、ねじれた形のさまざまなパイプやハンドル、レバーがあるのがわかった。

「ほとんど完成しているみたい」頭をハッチの下に突っ込んだまま、ジョージーは大声で叫んだ。そのとき背中をワイルドの体がかすめるのを感じ、驚いて頭をあげると、後頭部が彼にぶつかった。ワイルドがこんなにも近くにいる。全身に震えが走り、みぞおちがうずきはじめた。

「ハンドルも、錨を持ちあげるためのクランクもあるわ。ビルジ・ポンプも。それに海の中でも外でも船を安定させ、浮かせるための道具もすべてそろっている」

ワイルドのざらついた声が、すぐ背後から聞こえた。「船の専門用語には二重の意味があることに気づいているかい？　自慰行為《ハンド・ポンプ》、男性器《コック》、性交相手《スクリュー》。どれも性的なことを想像させる言葉だ」

彼女は思わずレディらしからぬ音で鼻を鳴らした。「そんなこと、これまで考えもしなかったわ」頭をあげてうしろを見ると、ワイルドが意味ありげに眉を動かしている。

「ビルジ・ポンプだって？　どういう意味か知らないが、なんだかものすごく卑猥《ひわい》な響きだな」

ジョージーは目をぐるりとまわしてみせた。「まったく――」

そのとき、外から甲高い口笛が聞こえた。

「しいっ」ワイルドが言った。「誰か来る」ハッチに向かってうなずく。「早くその中へ隠れろ」

27

ジョージーは言い返さなかった。そんな暇はない。すでに正面玄関から何かを引っかくような音が聞こえている。誰かが鍵を錠に差し込もうとしているのだ。ジョージーはうろたえながら、両腕を頭の上にあげ、暗いハッチの中へ飛びおりた。

尻もちをつくように着地したすぐ横に、ワイルドが飛びおりてくる。ハッチを閉めた彼の肘が頭にぶつかったと思ったら、あたりは完全な暗闇に包まれた。かすかな明かりも入ってこない。ワイルドは無言のまま、ジョージーの体をひっくり返し、うつ伏せにした。いきおい、瓶に詰め込まれた二匹のイワシみたいに体が重なり合う。

ジョージーは息をするのもままならなかった。自分の激しい鼓動の音とともに、男たちのくぐもった声と荒々しい足音が近づいてくるのが聞こえる。ああ、どうしよう？　このままでは見つかってしまう。

しだいに暗がりに目が慣れてきた。横並びの厚板のいくつかの隙間と、煙突みたいな形の入り口にひとつだけある小さなのぞき窓から、かすかな光がもれている。光と闇の縞模様の中、ワイルドの横顔が見えた。驚くほどの至近距離だ。彼は自分の唇に人差し指を当て、声を出さないようにと伝えてきた。そんなことは言われなくてもわかっている。

ジョージーが仰向けになると、ワイルドが彼女の横に片肘をついて自身の体を支え、狭い場所に大きな体をどうにかおさめようとした。脚に彼の長い片脚の一部が重ねられる。なんてみだらな体勢だろう。いやおうなく五感を刺激され、彼女はなすすべもなく目を閉じた。

「これをどこに置けばいい？」ハッチの外から男の怒鳴り声がした。

「あそこに置いてくれ」誰かが答える。

それから重たいものがどさりと落とされる音が聞こえた。足音が聞こえなくなったと思ったら、すぐにがたがたという音や不満げなうめき、さらにどさりという音が聞こえはじめた。木材を運び込んでいるのだろう。運んでいるのが誰であれ、彼らにはすみやかに仕事を終え、一刻も早くここから立ち去ってほしい。ジョージーは祈るような気持ちだった。潜水艇の中はあたたかい。まるで巨大なドラゴンに、体ごとのみ込まれたかのようだ。今のふたりはさしずめ、ドラゴンの弧を描く肋骨の中に閉じ込められた状態と言えるだろう。

ワイルドの長身な体が押しつけられ、息と息がまざり合う。あたりの暗闇が突然迫ってくるように思えて、ジョージーの浅い呼吸はさらに速くなった。ワイルドはハッチを完全に閉めたのだろうか？　もしそうなら、ふたりとも窒息してしまうのでは？

ジョージーの不安を感じ取ったのだろう、ワイルドが手のひらを彼女の胸骨にそっと置いた。「ぼくと一緒に息をするんだ」耳元でささやく。「ゆっくりと。大丈夫。ただ呼吸すればいい」

衣服を通じて、彼の手のぬくもりが伝わってくる。手のひらの重みが心地いい。ジョージーは胸を上下させ、ワイルドの息に合わせて呼吸しはじめた。吐いて、吸って。ゆっくりと落ち着いて。しだいに動揺はおさまったが、今度は彼を強く意識せずにはいられなくなった。ほとんど何も見えないせいで、視覚以外の感覚がふだんより研ぎ澄まされている。ワイルドの服の生地の感触や、体の脇に押しつけられた上着のボタン、重なり合った部分の体のしなやかさが感じられる。コーヒーとたばこのにおいのほかに、彼自身の男らしい香りもする。なじみのある刺激的な香りに心臓が跳ねた。

無言のまま、ジョージーはワイルドをにらみつけた。今のこの苦境が彼のせいであるかのように。するとワイルドが〝だから警告しただろう？〟と言いたげに彼女を一瞥した。

荷物の運び込みはまだ続いている。厚板のちょうど反対側、ほんの数メートル先で木材が重ねられていく、くぐもった音が聞こえている。それなのに、外の動きに意識を集中させることができない。ワイルドがこれほど近くにいる。今はそのことしか考えられなかった。

ワイルドは落ち着きなく身じろぎをし、ジョージーに体を押しつけて目をきつく閉じた。彼女の体に触れたことで、肉体的に痛みを感じているみたいな表情だ。彼が大きく息を吸い込むと、喉が上下するのが見えた。

彼の片手はまだジョージーの胸に軽く置かれたままだ。もう少し楽な姿勢になろうと彼女が両肩を動かすと、その手が横へずれ、手のひらがちょうど胸の頂に重なった。衝撃のあまり、彼女は息を吸い込んでワイルドを見た。彼もこちらを見つめている。視線が絡まったとき、不意に官能的な緊張が高まり、みぞおちにうずきが走った。

「ジョージー――」ワイルドが低くうなって、胸の頂に置いた指先に力をこめる。だが、自分のしていることに気づいたのだろう。火傷を負ったかのように手のひらを引っ込めた。

ジョージーはうめきそうになった。もっと触れてほしかったのに。ワイルドは全速力で走ったあとのように、ふだんより荒い呼吸をしている。彼がまた身じろぎをすると、脚に何かかたいものが押し当てられた。はっと気づいて、ジョージーは目を大きく見開いた。彼はわたしを求めている！

ワイルドが頭をがくりと垂れ、抑えつけたような低い声をもらして、彼女の耳元でささやいた。「きみのせいだ」どこか絶望的な口調だ。「どんなときも、きみはぼくの正気を失わせる」

彼が頭をあげ、視線を合わせてきた。すぐそこに顔がある。息が触れ合うほど近くに。そのときジョージーの体の奥底から激しい渇望がわき起こり、無意識のうちに指先で彼の唇の線をたどっていた。

ワイルドは体をこわばらせ、震える吐息をつくと〝いったい何をしている？〟と言いたげな一瞥をくれた。「だめだ」頭を傾け、物音が聞こえてくるほうを指し示す。

ここがどこだろうと、誰に聞かれようとかまわない。ジョージーは片手を彼の首筋に滑らせ、木製の厚板から頭を起こして、唇を探し求めた。

「ジョージー――」ワイルドがまたしてもうめく。ひどく苦しげだ。彼は顔をそむけるだろう。そんな予想とは裏腹に唇が近づいてきて、彼女の心臓が口から飛び出しそうになった。ワイルドが舌先をからかうように動かして、キスをしてくる。舌を差し入れられて、ジョージーは喜びにわれを失いそうになった。

ワイルドはコーヒーと罪の味がする。ジョージーは指先を彼の髪に差し入れ、さらに強く引き寄せた。もっと、もっと欲しい。物憂い気分が飢えたような欲望に取って代わる。そのとき、ワイルドの手がふたたび胸の頂に置かれた。今度は意識的に。手のひらで胸をもみしだかれ、思わず体を弓なりにする。両手を彼の首や両肩、それ以外にもあらゆる場所に這わせて、もっと触れてほしいと暗に伝えた。

ジョージーがワイルドの下で身をよじると、彼は小さく叫び声のようなものをあげ、彼女の手をつかんで引きおろしていった。自分の胸から腹部、そしてブリーチズのふくらみへと。ワイルドがどこへ導こうとしているのかに気づいて手を引っ込めそうになったものの、好奇心に負けて、ついに彼の欲望の証に指を巻きつけた。なんてかたいのだろう。

「そうだ」彼が荒々しい息を吐く。「触ってくれ」

興味を引かれ、指先にさらに力をこめてみた。手のひらから伝わってきたのは、そのこわばりのしなやかな動きだ。ワイルドは恍惚《こうこつ》とした表情で目を閉じ、背中を弓なりにして下腹部をジョージーの手に押しつけてから、彼女の手首を取って手を離させた。

「もういい」

彼はジョージーの顎に鼻をこすりつけ、それから耳のうしろの感じやすい部分に唇を押し当ててきた。ありえない禁断の歓びを感じ、彼女は思わず目を閉じて大きくあえいだ。手足の末端にまで熱がじわじわと広がっていく。こんなことをするなんて、不道徳なのは百も承知だ。でもワイルドの両手で全身を愛撫され、唇にあの罪深い唇を押しつけてほしい。外に物音が聞こえてもかまわない。彼が導いてくれる場所なら、このままどこまでも連れていってもらいたい。

ワイルドがすばやく体を持ちあげ、覆いかぶさってきた。両方の前腕で自分の体重を支え、ジョージーの脚のあいだに割り込んでくる。彼女はたちまち身をかたくした。この物音が外に聞こえているかもしれない。だが、荷物を運び込む音はまだ続いている。

胸と胸はほとんど触れ合っていないけれど、下半身はぴたりと重なっていた。腿に感じるのは、紛れもない彼の興奮の証だ。衣服の生地を通してでも、その燃えるような熱さが伝わってくる。

高鳴る鼓動が伝わったかのように、ジョージーの脚の付け根がずきずきとうずきだした。甘やかなのに、どこか切迫した感覚だ。魂の奥底で直感が告げている。今うずいている部分にこそ、このどうしようもない渇望に対する答えがあると。その答えの鍵を握っているのがワイルドなのだ。それなのに、どうすれば答えが得られるかわからない。方法がわかればいいのに。じっとしていられず、ジョージーは彼の下で身をよじった。

ワイルドがゆっくりとじらすようにキスをする。「この先に何が待っているのか、見せてほしいのか？」音というよりは振動に近い、ごく低い声だ。胸を通じてその振動が伝わってくる。暗闇の中、ふたりしか知らないみだらな秘密のやりとりだ。

ジョージーは胸を高鳴らせてうなずいた。そう、見せてほしい。見せてほしくてたまらない。キスや巧みな指使いの愛撫以上のものが欲しい。全身をとろけさせるような何かが。

暗がりの中、ワイルドはしばらく彼女を見つめたままだったが、やがて心を決めたように腰を動かしはじめた。熱くかたいものに脚のあいだを容赦なく刺激され、このうえない快感がジョージーの体を駆け抜ける。鋭く息をのむと、彼は唇をゆがめ、共犯者めいた笑みを浮かべた。なじみのある、とびきり魅力的な笑みだ。

「しいっ！」ワイルドがやさしい声でたしなめる。「誰にも聞かれたくないだろう？」

ぼんやりした意識の中、外で荷物を運び込む音がまだ続いているのが聞こえ、ジョージーは唇を噛んでうめきを抑えようとした。彼がふたたび腰を動かしはじめる。ゆっくりとした動きなのに、どういうわけか脚のあいだにある欲望の芯を刺激されてしまう。まさに甘美な拷問だ。身をくねらせているうちに、髪の生え際に汗をかいていた。体の奥底で何かが生まれつつある。ワイルドに体をこすりつけながら、その何かをつかもうとする。でも、どうしてもつかめない。水面に浮かんだものをつかもうとするみたいに、じれったさだけが募っていく。

ワイルドの愛撫に夢中になっていたせいで、ジョージーは倉庫のドアが閉められる大きな音にも気づかなかった。突然動きを止めた彼に対して、欲求不満のうめきをもらさずにはいられない。

「作業員たちが出ていった」ワイルドが言う。「ぼくたちもすぐに――」

「だめよ！　ここでやめないで！　ベネディクト！」ジョージーは体を揺らして反論した。

ワイルドが始めたこの行為をきちんと終えてほしい。

彼が半分笑い、半分うめきながら、ふたたびキスを始める。舌を深く差し入れられ、ジョージーの手足から力が一気に抜けた。ワイルドの手がドレスのスカートの下、ストッキングの下、さらに腿へと滑っていく。気づくと彼女は両脚を大きく開いていた。脚のあいだのうずいている部分に早く触れてほしい。指先でひだをかき分けられ、敏感な芯を探り当てられてそっと弧を描かれた瞬間、抗いがたい歓喜になすすべもなくのみ込まれた。

ああ、こんな感じは初めて。

今やふたりとも息を弾ませている。口の中に舌を差し入れるように、体の奥深くにワイルドの指先を差し入れられて、ジョージーは大きくあえいだ。驚きと快感に引き裂かれそうだ。彼が指の抜き差しを繰り返すうちに体の中心が引きしぼられ、興奮がいっそう高まりはじめた。何かが近づいている。これ以上ないほどの歓びが次々と押し寄せ、もう耐えられそうにない。

自分がどういうことをしているのか、ワイルドはわかっている様子だ。彼の迷いのない巧みな指使いに、ジョージーは背中をのけぞらせて深く息を吸い込んだ。そのとき、体の感覚がなくなったと思ったら、終わりのない悦楽の波に襲われた。視界がかすむ中、燃えるような余波に身を任せる。

ぐったりして手足に力が入らない。ようやく息ができるようになったとき、暗闇の中で片肘をついたワイルドが満足げな笑みを浮かべ、こちらを見ていることに気づいた。

「これでわかっただろう」彼は低い声で言うと手を伸ばし、指の背でジョージーのほてった頬を撫でた。「あれが本当の歓びなんだ、ミセス・ワイルド」

28

ベネディクトは自分でも信じられなかった。両手が震え、心臓が早鐘を打っているにもかかわらず、ふだんどおりの声が出せたとは。今まで生きてきた中で最も強烈で官能的な行為だった。しかも、彼自身は絶頂にさえ到達していないというのに。ブリーチズの中のものはまだ岩のようにかたいままだが、このうえない勝利感に笑いだしたい気分だ。こんなに喜ばしいことがあるだろうか。

体の下にいる女性をじっと見おろしてみる。薄闇の中、彼女は目を大きく見開き、髪はほどよく乱れていた。息を吸い込むと、ジョージーのにおいがした。そのとたん、下腹部がさらにこわばる。欲望で全身の血がたぎっていた。彼女の中に入りたい。今すぐに。前戯などいっさいなしに、ジョージーの体を厚板に押しつけ、一気に貫きたい。一ミリの隙間もないほど、深く彼女を満たしたい。ジョージーが彼の名前を叫び、ふたりして至福の極致にのぼりつめ、完全にわれを忘れるまで。

ベネディクトは深呼吸でどうにか自制心を取り戻すと、ジョージーから離れ、もう少し楽な姿勢になろうと体を動かした——そんなことが可能ならの話だが。彼女に初めて情熱の味わいを教えられたのが自分だったというのが、ことのほかうれしい。できるなら、絶頂に達したときの彼女の表情をすべて見ていたかった。とはいえ、薄闇の中でもジョージーの美しさはわかったし、敏感に反応しているのもわかった。眉根を寄せてベネディクトの愛撫に意識を集中させ、彼を信じて最後まで導かせてくれた。そんな彼女が、これ以上ないほどいとおしい。

ベネディクトは頭を傾け、耳を澄ませてみた。倉庫からはなんの物音も聞こえてこない。狭い空間でぎこちなく上半身を起こし、遮断壁から突き出したパイプや計測機器類に頭をぶつけないよう注意しながら、ハッチの外へ出る。それからハッチの中にいるジョージーを見おろし、片手を差し出して、遅ればせながら騎士道精神を発揮した自分に気づいて心の中で笑みを浮かべた。

礼儀正しい求婚も、詩的なロマンスもない。ただ汗まみれで熱っぽい、すばらしい交わりだった。暗闇の中、ありったけの情熱をこめて手足を絡め合ったのだ。ベネディクトは大きく息を吸い込み、狂ったような脈拍をどうにか落ち着かせようとした。これはほんの始まりだ。ジョージーに教えるべきことはまだたくさんある。

たった今ふたりのあいだに起きたことを、ジョージーはどう感じているのだろう？　決まり悪さを覚えているだろうか？　それとも、ただ信じられない気分でいるのか？　自分自身、驚きを禁じえないが。

ジョージーは彼の助けを借りてハッチから出ると息を大きく吸い、衣服の乱れをどうにか直そうとした。「なんだか……とても……」言葉を失っている様子だ。その姿を目の当たりにして、ベネディクトは深い満足感を覚えた。

「興奮したかい？」皮肉っぽく笑いながら尋ねる。「〝驚いたわ、ベネディクト、今までで最高の体験だった〟――そう言いたいのか？」

「一生忘れないと思うわ」ジョージーがようやく答えた。

彼女がレディらしい慎み深さを取り戻したのに気づき、ベネディクトは小さく微笑んだ。とはいえ、頰は赤く染まったままだし、唇もキスのせいで腫れぼったくなっている。そんなジョージーのなまめかしい姿から目をそらし、彼は厳かな声で言った。「こんな栄誉を与えられて光栄だ」

「義務感からではないの？」彼女に見あげられ、ベネディクトは穏やかな笑みを返した。ジョージーに気まずさを感じさせたくはない。ふたりの行為を恥じるのではなく、誇りに感じてほしい。

「まさか。髪に木くずがついているよ」

彼女が両手をあげたが、ベネディクトはそれを制して、ほつれた巻き毛から木くずを取ってあげた。それからはしごをおり、彼女のためにはしごの両脇を手で支える。ジョージーが下までおりたときもさがらずに、胸とはしごのあいだでその体を抱きとめた。

「まだほんの始まりだ、ジョージー。数多くあるレッスンのひとつにすぎない。残りのやり方をきみに教えるのが待ちきれないよ」ベネディクトは彼女の体を放し、しぶしぶながらあとずさりして仕事に戻った。「それで、きみはそれ《イット》をどうすべきだと思う？」潜水艇を指し示して尋ねる。「動かないようにするか？　それとも壊してしまうか？」

「〝それ〟じゃないわ」ジョージーがささやく。「彼女《ハー》よ。船はみんな女性形なの」

「では、彼女をどうする？」そっけなく言い直した。

ジョージーは首を横に振った。「海軍が取り戻したがっているんでしょう？　この船を破壊するのはもったいなさすぎるわ。驚くべき技術の結晶だもの」まだ仕上がっていない厚板を手で軽く叩きながら続ける。「彼女はまだ航海する準備さえできていない。防水のためには船体にタールを塗る必要があるの。ジョンストーンの一味の者を捕まえる時間の余裕はまだあるわ」

ベネディクトは念のために倉庫をすばやく見まわし、片隅にあった油布をめくって低く口笛を吹いた。布の下には木製の樽がきれいに積み重ねられている。

「それは何かしら？」

においをかいだ瞬間、彼の疑念が確信に変わった。「火薬だ」このぴりっとしたにおいを間違えるはずもない。戦争のあいだ何年も、このにおいとともに戦ってきた。戦地ではベイカー銃にすばやく装塡《そうてん》するために、歯で火薬の入った小さな短冊を嚙み切ったものだ。あのとき舌に感じた味わいは忘れもしない。

「フルトンは水中爆弾を仕掛けようとしているに違いないわ」ジョージーが言った。

ベネディクトはあたりに視線を走らせ、灰色の川水がいっぱい入ったバケツを探し出すと、すべての樽の栓を抜き、そこから川水を注ぎ込んで中身を湿らせた。「その計画もこれでだめになる」満足げに言う。「濡れた火薬ほど最悪なものはないからな」彼は油布をもとに戻し、顎をしゃくって窓を指し示した。「さあ、行こう。さらなるレッスンのために」

グローヴナー・スクエアへ戻る馬車の中、ジョージーが感じていたのは驚きと一抹の悔しさ、そして次に何が待っているのかという恥知らずな期待だった。あの潜水艇の中でベネディクトにされたことが、いまだに信じられない。男性に触れられただけで、自分の体があんな反応を示すとは想像もしていなかった。

今まで母と男女間の親密な行為について話したことは一度もない。けれども郊外で暮らしていたので、生き物の繁殖の基本的な仕組みについてはなんとなくわかっている。きっと、男性のものを女性の体の中に差し入れるのだろう。前に牡馬《ぼば》が牝馬《ひんば》にのしかかっているのを見たことがある。ただし具体的にはどうするのか想像もつかない。潜水艇の中でベネディクトの指先が触れていた部分こそ、男性のものを入れる場所なのだろう。でもブリーチズ越しに感じた大きさからいって、そんなことが可能だろうか？　そう考えると、ジョージーの頬は真っ赤に染まった。体がかっと熱くなり、うずいている。それに少し不安だ。

男性は馬みたいに、背後から女性にのしかからなくてはいけないのだろうか？　それはありえないように思えるけれど、その答えは今夜わかるだろう。ベネディクトは、彼女が一分一秒楽しむことになると約束してくれた。そんな彼を信じている。

馬車が〈トライコーン〉の前に止まると、ベネディクトはおりて馬車の扉に腕を置いた。顔にはいたずらっぽい表情を浮かべている。彼はジョージーの手首の内側に唇を押し当てた。

「ではまたあとで、ミセス・ワイルド」

29

その晩、ジョージーはエヴァンス家の舞踏会に出席した。ただ、その目的は一刻も早くその場から去ることだった。すでに母には、頭が痛くなってきたとほのめかしてある。彼女は目の端でベネディクトの姿をとらえた。濃い色の礼装に身を包み、部屋の反対側で友人たちと会話している。息が止まりそうなほどハンサムだ。たちまち肌がほてりはじめた。彼はここで何をしているのだろう？

客の到着を告げるためにジョージーの名が呼ばれると、ベネディクトが顔をあげて視線を合わせ、にっこりした。その心からの笑みを見て、みぞおちがうずきはじめる。彼はなんのゲームをしているの？

ベネディクトを無視するふりをしながら二〇分ほど過ごしたとき、彼がゆったりとした足取りで部屋の向こう側から近づいてきた。母の前で深々とお辞儀をし、目尻にしわを寄せてにこやかに話しかける。「ミセス・キャヴァスティード」

母は穏やかな笑みを浮かべた。「こんばんは、ミスター・ワイルド。お会いできてうれしいですわ。残念ながら、ジュリエットは今バーケンヘッド卿と踊っていますの。でも――」

「年上のミス・キャヴァスティードと踊りたいのですが」

母がジョージーをちらりと見る。うれしさと驚きが半々といった表情だ。「まあ、もちろんです。この娘《こ》も喜びますわ。さあ、踊ってらっしゃい」

にやりとしたベネディクトに、ジョージーは舞踏場へといざなわれた。

「ここで何をしているの？　まさか会えるとは思っていなかったわ」

「あの契約を守ろうとしているんだ。きみはぼくが公の場で求婚することに対して報酬を支払っている。だからここへやってきた。みんなが見ている前で、きみにアピールしようとね」ベネディクトは熱っぽいまなざしでこちらを見つめている。その目つきを見れば、誰もがジョージーにぞっこんなのだと思うだろう。あの愚かな契約を言いだした自分に、悪態をつかずにはいられない。そう、結婚の宣言をするためには貴族たちの前でそれなりに振る舞う必要がある。けれど社交界の詮索好きな目が集まる中、他人のふりをするのがこれほど難しいとは想像もしていなかった。

特に今日の午後あんなことがあり、もはや他人ではないからなおさらだ。どう考えても友人でもない。だったら、彼とのこの奇妙な関係をなんと表現すればいいのだろう？　共謀者？

ベネディクトに手を取られたとき、ほんの数時間前、彼の長くてしなやかな指で何をされたか思い浮かべそうになり、ジョージーはあわててその記憶を振り払った。

ダンスの最中は会話をするのが難しい。とはいえ、お辞儀をして踊りだしたとたん、彼女は驚くべき事実に気づかされた。ベネディクトの誘惑はすでに始まっているのだ。彼に何気なく触れられるたびに、緊張が高まっていく。礼儀作法にのっとった適切な距離で踊っているにもかかわらず、さりげなくウエストに指先をかけられたり、腿に彼の腿の感触を少しだけ感じたりする。この男性は本当に危険だ。

「すてきなドレスだ」ベネディクトが礼儀正しくささやく。

「ありがとう」

「脱がせるのが待ちきれないよ」

ジョージーはつまずいたが、彼の助けですぐに正常なステップに戻れた。まったく油断ならない人。ベネディクトはこちらの心をかき乱して楽しんでいる。射るようなまなざしで、すべてを見通しているかのようだ。魂の奥底にある秘密の部分まで。彼に対して抱いている欲求や熱っぽい夢まで、ひとつ残らず。扇を持ってくればよかった。いやおうなく高まる期待に体じゅうがうずいている。ふたりのあいだには、紛れもない情熱が漂っていた。誰もが気づいてしまうだろう。自分でも、募る欲望のせいで全身から光が放たれているのがわかるほどだ。まるでのろしのように。あるいは灯台のように。

ダンスが終わると、ベネディクトは彼女をふたたび母のもとへ連れていった。そしてお辞儀をし、こんな台詞を残して立ち去った。「ありがとう、ミス・キャヴァスティード。またダンスを踊るのを楽しみにしている」

彼が去っていくのを見ながら、母は唇をすぼめた。「ミスター・ワイルドはあなたにたいそう関心があるようね」ラタフィアをすすりながら言う。「たしかにハンサムだけれど、キャロライン・カウパーによれば彼の家族は困窮しているそうよ。彼のお父さまは山のような借金を残して亡くなったんですって。ミスター・ワイルドも、ほかの人たちと同じでお金目当てなのよ、よく覚えておきなさい。とはいえ、もう彼に関して危険はないのよね？」言外に〝あれほど性急に結婚したのだから〟という意味が含まれている。

ジョージーはうめきそうになったが、どうにかこらえた。もし最初からそれを知っていたら。ベネディクト・ワイルドは、彼女が出会った中で最も危険な男性だったのだ。しかも、その威力たるやハリケーン並みときている。

母が奇妙な表情でこちらを見た。「ジョージアナ、あなた、大丈夫？」

この機会を逃す手はない。「それがそうでもないの。頭痛がひどくて。ピーターに頼んで、家に帰ってもいいかしら？　すぐにベッドで休みたいわ」

母は同情のまなざしになり、彼女の手を軽く叩いた。「まあ、かわいそうに。片頭痛がどれだけつらいかは、わたしもよく知っているわ。さあ、屋敷へ戻りなさい。そもそも、ここで注目を浴びる必要があるのはあなたじゃなくて、ジュリエットなんだから」

悪気はないのだろうが、母のひとことで侮辱された気分になり、ジョージーはため息をついた。「馬車はここへ戻すようにするわ」

「ありがとう。ほら、見て！　ジュリエットがポンソンビーと踊っているわ！　彼はミルフォード・ヘイブン公爵の血を引く三男なのよ」

ジョージーは母をそのままにして屋敷の外へ出た。ピーターに馬車で送ってもらい、自宅へ着くとすぐに自分の部屋へあがって、落ち着きなく行ったり来たりしはじめる。ねじれるようなみぞおちに両手を押し当て、鏡に映る自分の姿をちらりと見て、彼女は顔をしかめた。頬があまりに赤いし、目は輝いて潤んでいる。

自分は何をしようとしているのだろう？　ベネディクトとベッドをともにすれば、間違いなくふたりのあいだのすべてが変わる。事態が余計複雑になるだけだ。実際、彼と体を重ねてこの身を捧げると思うと、期待と恐怖の両方を感じてしまう。ベネディクトの存在そのものが、ジョージーを息も絶え絶えにするのだ。彼といると、胃のあたりになんとも言えない感じを覚える。ヴォクスホール・ガーデンズに出演しているマダム・サッキの綱渡りを見ているときみたいに、恐ろしいと同時にどこか興奮してうきうきした気分だ。

ジョージーは眉をひそめた。心の問題は仕事上の契約よりもはるかに複雑だ。仮に今は彼女に興味を抱いていても、ベネディクトがその興味を失ったら？　多くの男性がそうなると聞いている。でも、冒険には危険がつきものでは？　もし未開の地に向けて出港するのを恐れるあまり、コロンブスがスペインから、マルコ・ポーロがイタリアから旅立とうとしなければどうなっただろう？　自分はそんな臆病者ではない。一度約束したことを今になって取り消すつもりもない。これはみずから選んだ冒険の旅なのだ。

母とジュリエットは一一時過ぎに帰宅したが、どちらもジョージーの寝室にはやってこなかった。厨房へおりて裏口から外へ出たとき、屋敷全体がしんと寝静まっていた。それだけに厩舎から大柄なピーターがぬっと現れたときは、ほとんど飛びあがりそうになった。

「どこへ出かけるおつもりです？」

ジョージーは胸に手を当てた。「ピーター！　死ぬほどびっくりしたわ！」

「具合がよくなかったはずでは？」

彼女の頬が染まる。ここは言い訳などできない。恥ずべき真実を告げるしかないと気づいたのだ。顎をあげて言った。「知りたいなら教えてあげる。ベネディクト・ワイルドに会いに行くの」

薄明かりの中でも、ピーターが顔をしかめたのがわかった。

「駆け落ちでないことはわかっています」彼が皮肉めかして言う。「あなた方はすでに獄中で結婚されていますからね。だったら、何をしに行くんです？」

ジョージーは思わずもじもじした。これほど気まずいことはない。彼女にとってピーターは父親のような存在だ。彼の目に映るジョージーはまだいたいけで強情な、小さな女の子のままに違いない。本音を言えば、自分でもよくわからない。どうして大胆にもベネディクトに会いに出かけようとしているのだろう？　そばにいるだけで、あれほど大きな影響を及ぼす男性なのに。それでもジョージーは肩を怒らせて答えた。「あの人はわたしの夫よ。だから彼を訪ねようと決めたの」

「こんな真夜中に」ピーターが言葉を補った。それから不意にがくりとうなだれ、首のうしろを撫でる。まるで彼自身が決まり悪がっているかのようだ。「ああ、ジョージー。あなたもう大人の女性だ。それはわかっています。そして、あなたが一度こうと決めたら絶対に決心を変えないことも。そういう点は本当にお父上にそっくりですよ。ただ、今からあなたが彼とやろうとしていることの意味を、ちゃんと理解していることを願っています」

ええ、ちゃんと理解しているわ。

ピーターが脇へどいたのを見て、ジョージーは安堵のため息をもらし、早口で告げた。

「彼の馬車が角で待っているはずなの」

ピーターがうなずく。「使用人たちが目を覚ます前に、必ず戻ってきてください」

ジョージーが抱きつくと、彼は額に軽くキスをしてきた。

「自分が手にしたものの大切さを、彼が気づいていればいいんですが」ピーターが不満そうに言う。

通りの角に特徴のない黒い馬車が止められていた。その上で待機しているミッキーの巨体は見てすぐにわかった。馬車に乗り込み、セント・ジェームズを目指す。興奮しているせいか、あっという間に到着したように思えた。今から冒険に出かけるような、ひどく大胆な気分だ。こうして生きているのがうれしいとしみじみ感じられる。馬車は速度をゆるめ、後方にある厩舎の中庭でゆっくりと方向転換をしたが、〈トライコーン〉の正面玄関の前に到着したとき、ちょうど中から襟首をつかまれて激しく抵抗している男が現れた。クラブからつまみ出されようとしている男は、怒ったように下品な言葉を連発している。

「ここに近寄るな」従僕が男に向かって叫ぶ。「〈トライコーン〉は借金を支払えない客は受けつけないんだよ、旦那《サー》」最後の言葉は、ねじ曲げられた唇から冷笑とともに発せられた。明らかな侮辱だ。

男は正面の階段をよろめきながらおりてきた。明らかに酔っ払っている。しかも困ったことに、男は千鳥足でジョージーが乗った馬車に近づいてきた。大きな音がして車体の横に男の体がぶつかり、彼女は小さな叫び声をあげた。男が馬車の扉で体を支え、体をぐるりと回転させている。その顔を見て、ジョージーはわが目を疑った。

ジョサイアだ。頬は怒りのせいで真っ赤になり、目はうつろで焦点が合っていない。彼が目を細めて馬車の中をちらりと見た瞬間、ジョージーはあわてて座席のうしろに背中をつけた。馬車に乗っているのが彼女だと知られたくない。ジョサイアは驚くほど口汚い悪態をつくと、手のひらを車体に叩きつけて夜の闇に消えた。

ほっとして、彼女は震える息をついた。ジョサイアはなんてひどいありさまだったのだろう。まるで悪魔みたいに見えた。彼は〈トライコーン〉へ足しげく通っているのだろうか？　しかもあんな惨めな追い出され方をするなんて、いったい何をやらかしたの？　従僕が〝借金を支払えない〟というようなことを言っていたのを思い出し、怒りがこみあげてくる。ジョサイアには五〇〇ポンドあげたばかりなのに！　もうあのお金を使い果たしてしまったのかしら？

馬車が厩舎の中庭に入ると、ベネディクトが待っていて馬車の扉を開けてくれた。ジョージーは彼の腕の中へ飛び込んだ。「今さっき、いとこを見たの！　あなたのところの従僕がクラブからジョサイアを追い出していたわ」

ベネディクトが眉をひそめる。「セブも我慢の限界だったに違いない。いとこに姿を見られなかったか？」

「ええ、見られていないと思う」

彼はジョージーの手を取り、建物の中へといざなった。「だったら心配することはない。今夜きみにいちばん考えてほしくないのは、まさに不愉快なあの男のことだからな」ベネディクトの笑みを見て不安がやわらぎ、彼女の体がほてりだした。「今夜きみが考えなければならないのはただひとり、ぼくのことだけだ」

ジョージーはベネディクトのあとから階上へあがり、彼の部屋に入った。かちりという鍵のかかる音がやけに大きく聞こえる。あたりを見まわし、彼女はまた不安に駆られた。今からすべてが始まる。ここはこちらから誘惑すべきところだろう。でも、どうやって始めればいいのかさっぱりわからない。

「外套を脱いだらどうだ？」ベネディクトが促す。彼女は言われたとおりにし、椅子の背に重たい外套をかけて、レティキュールも置いた。彼はシャツとブリーチズしか身につけていない。とてもゆったりとくつろいでいるように見える。ベネディクトは食器棚の前へ行き、カットガラスのデカンタを手に取った。「ブランデーでも飲まないか？」

ジョージーは無言でうなずいた。強いお酒を飲めば自信を高められるだろう。タンブラーを手渡されたとき、ベネディクトの手に触れた。たちまちみぞおちに震えが走り、それを抑えようとためらいがちにブランデーをする。これから自分は本当の意味でベネディクトの妻になろうとしている。今夜、体を重ねたら、ふたりの結婚は完全なものになるだろう。法律面だけでなく、肉体面でも結ばれることになるのだ。

彼が手を伸ばして頰に触れてきた瞬間、ジョージーは体を引かずにはいられなかった。弾みで手首にブランデーの飛沫《ひまつ》がかかる。

ベネディクトが唇をゆがめて微笑んだ。「考えるのをやめるんだ、ジョージーお嬢さん」彼女の手を取り、手首についたブランデーを舌先でなめる。舌が這った部分が燃えるように熱い。ジョージーは期待に身震いしたが、驚いたことに彼は体を離して机の引き出しを開けた。

「まず大切なことをすませたい」紙幣を取り出し、五〇ポンド数えて机の上に置く。「さあ、これを受け取ってくれ。できるだけ早く、ニューゲート監獄で受け取った五〇〇ポンドを含めて全額をきみに返すつもりだ。この金を受け取ったままで、きみとベッドをともにする気はない」

それを聞いてジョージーはがっかりした。「なんですって？　だめよ！　あなたにはそのお金が必要なはずでしょう」

ベネディクトが首を横に振る。目には決然とした光が宿っていた。ノーという返事は受けつけないつもりなのだろう。紙幣を机の上に置いたまま、彼は机をまわり込んでジョージーの近くへ戻ってきた。「ひとつはっきりさせておきたい」ベネディクトの燃えるようなまなざしにさらされ、彼女はへなへなとくずおれそうになった。「これからきみとベッドをともにする理由はただひとつ、ぼくがどうしてもそうしたいからだ」

ジョージーは低くうめきそうになったが、どうにかのみ込んだ。心の奥底では、まだベネディクトを疑っている。何か魂胆があるのではという不信感をぬぐえない。だって、あまりに話ができすぎではないか。ベネディクトのような男性が、彼女みたいな女に欲望を抱くはずがない。とはいえ、彼のかすれ声には明らかな渇望が感じられる。

まるで古代の探検家になった気分だ。これから大海原に乗り出そうとするマルコ・ポーロかヴァスコ・ダ・ガマのような。先々にどんな危険や謎が待っているかわからないのに、彼らは地平線の向こう側に必ず何かがあると信じていた。今夜のジョージーにとって、ベネディクトは地図に載っていない未開の地。そんな彼の秘密を発見するのが待ち遠しくてしかたがない。

ジョージーはタンブラーを置いた。「さあ、ミスター・ワイルド、わたしに〝残りのやり方〟を教えて」

30

ベネディクトが進み出た瞬間、ジョージーは息をのんだ。ふたりのあいだは数センチしか離れていない。

「まず、きみに思い出させないといけない。ぼくが貴族のほかの男たちとは違うということを」

ごく控えめな表現に、彼女は眉を吊りあげた。この人は自分がこれまで出会った男たちの誰とも違う。

ベネディクトは手を伸ばすと彼女の髪からピンを一本引き抜き、頭のてっぺんに結いあげていた髪型を崩した。「今日の午後にぼくがしたことは、あくまで貴族たちの目を意識した行動だ。だがぼくは断じて、きみの礼儀正しい求婚者のひとりなどではない。会話だけ楽しんで行動は起こさないなんてごめんだ」

彼がもう一本ピンを引き抜くと、髪型がさらに崩れて巻き毛が首のあたりまで落ちてきた。ベネディクトがごく近くにいる。体が発している熱が感じられ、肌から漂う刺激的なにおいがわかるほど近くに。さらに二本ピンが引き抜かれると髪は完全にほどかれ、巻き毛が肩のまわりで跳ねた。彼が髪に指を差し入れて、先端まで梳《す》く。毛先はちょうど胸の頂と重なっていた。

「礼儀正しい求婚者とぼくの違いを、きみに見せてあげよう」

「そんな必要はないわ」声がかすれた。

「いや、どうしても見せたいんだ」ベネディクトは彼女の胸の頂から腕に指を滑らせ、手を取って自分の唇の前へ持っていった。「たとえば礼儀正しい求婚者は、きみの手に口づける。こんなふうにうやうやしく、そっとね」一本の指で彼女の鎖骨をたどりはじめ、胸のほうへそろそろとおろす。ジョージーが大きく息をのむと、彼はじらすようにボディスの縁で指を止めた。ちょうど胸の谷間の部分だ。「礼儀正しい求婚者は〝きみの肌は花びらのようだ〟と言う。あるいはシルクのようだとか、クリームのようだとか」

ベネディクトは指先を小さく前後に動かしている。羽根のようなごく軽い触れ方に、ジョージーは頭がどうかなりそうだった。「もし本物の騎士なら、こんなことをしているところを想像しただけで卒倒するだろう」そう言いながら、ドレスの胸元のレースの下へ指を差し入れた。「それに本物の騎士ならば、きみの胸の頂をイチゴかサクランボにたとえるだろうな。あるいは、もっとほかのばかげたたとえをするかもしれない」

なんだか胸全体が重たい。彼に触れてほしい。「あなたはたとえないの？」声がさらにかすれた。

「ああ」ベネディクトは指を引っ込めると片手を彼女の胸の脇に当て、ふくらみ全体を手のひらで持ちあげた。大きな手にすっぽりと包み込まれ、ジョージーは大きくあえいだ。ドレスの上からでも、彼の手のぬくもりが伝わってくる。胸の先端がつんととがってきた。

「ぼくならただ、きみの肌をなめたい、その肌に歯を立てたいと言う。きみが欲しくてたまらない、きみを食べてしまいたいと思っていることを認めるだけだ」

彼女はもう息も絶え絶えだった。「そうなの？」

「ああ」ベネディクトが手をさげる。ジョージーは長いため息をつき、どうにか落ち着こうとした。火がついたみたいに全身の感覚が研ぎ澄まされている。彼の次の愛撫を期待している。

「礼儀正しい求婚者は頬に軽くキスをするだろう」ベネディクトが前かがみになり、言葉どおりのことをした。「だが、こんなのは味気ないと思わないか？　どうにも退屈だ」両手でジョージーの顔をはさみ、両方の親指で頬をたどる。「むしろここにキスしたい」彼は親指の腹を唇に滑らせた。「きみの唇を夢見ていた」低くささやく。「完璧な形だ」

体を引き寄せられ、唇を重ねられて、ジョージーは小さなうめきをもらした。なんて甘くて弾力のある唇だろう。彼女の唇の形にぴったり合うように思える。頭を傾けたベネディクトから舌を差し入れられ、彼女は夢中でキスを返した。体がかっと熱くなり、衝動的に両腕をベネディクトの広い肩に巻きつけて、しっかりと自分を彼につなぎとめる。嵐のさなかの港であるかのように。

彼が欲しくてたまらない。彼を味わい、感じ尽くしたい。

ベネディクトが彼女の下唇を軽く噛み、そっと引っ張った。官能的な愛撫にみぞおちが熱くなる。それから彼はまた飢えたようなキスを始めた。

ようやく体を引いた彼の瞳はきらきらと輝いていた。それを見て、ジョージーは息を吸い込んだ。

「ミセス・ワイルド、きみが求めているのは礼儀正しい求婚者？　それともぼくかい？」

「あなたよ、あなたを求めているの」

「うしろを向いて」

命じられたとおりにすると、ベネディクトは背中に並んだ小さなボタンの列を手際よく外し、やがて足元にドレスが落ちた。両肩に彼の手が置かれ、体の向きを戻される。彼が器用な手つきでコルセットの結び目をほどくのを、ジョージーはぼんやりと眺めた。コルセットも脱がされ、もはや身につけているのは靴とストッキング、それにシュミーズだけだ。

ベネディクトに手を取られて寝室へ連れていかれたが、巨大な四柱式ベッドとワイン色の寝具を眺める間もなく、すぐにキスが始まった。目がまわり、耳のあたりがどくどくと脈打っている。両膝の裏側にベッドのかたい端を感じたと思ったら、うしろ向きにマットレスの上に倒れ込んでいた。そのままベネディクトが覆いかぶさってくる。ジョージーが小さな驚きの叫びをあげると彼は体を離し、両手でみずからの上体を支えて彼女を見つめた。ベネディクトの髪はくしゃくしゃで、唇は濡れたように光っている。

ジョージーの膝から下は、まだベッドにかけられたままだ。ベネディクトが背筋を伸ばし、飢えたような表情で見おろす。

「ジョージー、きみのすべてが見たい。シュミーズを脱ぐんだ」

高まる期待に身を震わせながら、ありったけの勇気をかき集めて、彼女は両手をシュミーズの裾にかけた。ヒップをずらしてシュミーズを持ちあげていく。腹部から胸があらわになったとき、夜の冷たい空気を素肌に感じた。頭からシュミーズを脱いだ瞬間、ベネディクトがはっと息をのむのがわかった。首のまわりにネックレスのチェーンが引っかかり、結婚指輪のことを思い出して不意に沈んだ気分になる。シュミーズを脇に押しやると、指輪をつけたチェーンは胸の上に戻った。今はもう靴とストッキング、ガーターしかつけていない、あられもない姿だ。ベネディクトの視線にさらされたとたん、かすかに不安になった。彼にはこれまで数多くの愛人がいたのだろう。その女性たちはジョージーよりもはるかに美しかったはず。こんな姿の彼女を見て、ベネディクトはがっかりしていないだろうか？　何かが足りないと思っているのでは？

「ジョージー」ベネディクトがささやく。敬うような声だ。彼の顔に浮かぶ憧憬の表情を見て、先ほどまでの恐れや不安が消え去った。

彼は手を伸ばし、結婚指輪を指に引っかけると眉をあげた。「これを身につけていてくれたんだね」にっこりと微笑む。「外したくなかったのか？」

何も言わずに少し身じろぎをしただけで、そのとおりだと伝わったのだろう。ベネディクトは巻き毛に絡まらないよう気をつけながら、チェーンをジョージーの頭の上に持っていった。外してどこかに置くつもりなのかと思ったら、意外にも彼女の胸の上で、親指と人差し指を使って指輪を転がしはじめた。胸の先端のまわりで弧を描くように指輪を転がされ、そこがいっそうかたくなっていく。

面白がるように、ベネディクトが唇をゆがめた。「礼儀正しい求婚者なら、絶対にこんなまねはしないだろうな」前かがみになり、指輪のあとを唇でたどりはじめる。金属のひんやりした感触と熱い唇。あまりに対照的な感覚に、ジョージーの全身が炎に包まれていった。彼が指輪の穴から舌先を突き出して愛撫を始めると欲望が一気に高まり、体じゅうが業火に焼かれた。

「ベネディクト！」

肌が燃えるように熱い。指先を彼の豊かな髪に差し入れ、体を引き寄せた瞬間、肌の熱さが少しおさまった。それなのにベネディクトは指輪を離し、口で胸をさらに激しく愛撫しはじめた。なめて、吸って、歯を立てる。ジョージーは驚きに目を見開いた。ああ、こんな狂おしい歓びがあったなんて。

「きみの胸はなんておいしいんだ」

その低い声がさざ波のように全身に伝わっていく。ジョージーは目を閉じて、その感覚を思いきり楽しんだ。ベネディクトが体をずらし、彼女の腹部の柔らかな肌に鼻と額をこすりつけ、大きく息を吸い込んでいる。ジョージーはベッドの上で体を弓なりにし、彼をもっと下のほう——前に指を差し入れてくれた脚のあいだの部分——へいざなおうとした。ベネデイクトが与えようとしてくれているものが欲しい。自分でも驚くほど欲しくてたまらない。またあの快感の極致に達したい。今すぐに。

だが、彼はその願いをすぐにはかなえてくれそうにない。実際、また体を引いてしまった。欲求不満のうめきをどうにか押し殺していると、ベネディクトは彼女の片脚を、さらにもう一方の脚もあげさせて靴を脱がせた。敷物の上に靴が落ち、静かな音を立てる。それから彼はすねに片手を滑らせてガーターのリボンをほどくと、少しだけ力を加えて片膝を軽く曲げさせ、ジョージーの体を開かせた。

当惑のあまり、肌はほてっているのに震えが走る。室内には小さなランプがついていた。今、ベネディクトは彼女の一糸まとわぬ姿を見つめている。潜水艇ではできなかったことだ。あのときは暗かったし、ドレスも着ていた。けれども今、彼はジョージーのすべてを見て、求めることができる。慎み深さのかけらもない、完全なる征服だ。

ベネディクトはまだ服を着たままだった。急に恥ずかしくなり、彼女は片手をおろして体を隠そうとした。けれども彼が、膝の内側の感じやすい部分に唇を押し当ててきた。

「ジョージー、隠さないでくれ。きみのすべてを見せてほしい」

ベネディクトは両手を上に滑らせ、彼女の腿に触れてそこにもキスをした。高まる期待に胃がきりきりしている。それなのに、彼はただ見つめているだけだ。そのまなざしの熱っぽさが素肌に伝わってきて、体が燃えるように熱い。ベネディクトは唇をなめながら、彼女の脚のあいだをじっと見ていた。「これこそ、まさに芸術に値する行為だ」指をゆっくりと這わせて言う。身をよじり、今すぐそこに触れてと懇願したい。そんな衝動とジョージーが闘っていると、彼がふたたび口を開いた。「男がこういう行為についてソネットを書きたくなる気持ちがわかるよ」いたずらっぽい表情で続ける。「もちろん、期待が高まるときがいちばん楽しい場合もある。きみはもう熱くなっているだろうか？　濡れているだろうか？」

彼の指先が欲望の芯をとらえた。ゆっくりと弧を描く指の動きに、苦しさと快感の両方をかきたてられる。

ああ、そう、そこよ。

「きみはどんな味わいがするだろう？」ベネディクトが夢見るような調子で言う。ジョージーは思わず眉をひそめた。ぼんやりした頭で、その言葉の意味を必死で考えようとする。味わいですって？

肌に彼のあたたかな息を感じたとき、指だけでなく口の愛撫も始まった。

ああ、神さま。

雷に打たれたかのような歓びに全身を貫かれ、ジョージーは危うくベッドから転げ落ちそうになった。まさに拷問だ。それも巧みな拷問。ベネディクトは敏感な芯をなめあげ、舌先でなぞって味わい尽くしている。身をよじって抵抗しようとしたが、彼の手で腰をがっちり押さえつけられて動けない。このまま愛撫を受け入れるしかない。そのときベネディクトが頭をあげ、頬を紅潮させたまま低くささやいた。「〝お砂糖にスパイスにすてきな何もかも〟ミセス・ワイルドはそんな味わいだ」

彼がまた頭をおろした。すばやい指先の動きと対照的に、舌でゆっくりと敏感な芯をもてあそばれ、ジョージーは両膝で彼の肩をきつく締めつけた。緊張と体の熱がいやおうなく高まっていく。ベネディクトの髪をつかんで、さらに引き寄せようとした。

そう、あともう少し。お願い、もっと。

突然愛撫が中断されて、ジョージーはたまらず叫び声をあげた。ベネディクトは脚のあいだにひざまずき、顎をこわばらせて彼女を見つめている。「ぼくなしではだめだ」大きくあえぎ、あっという間にシャツを脱ぎ捨てた。「今回は許さない」

続いてブリーチズを脱ぐ。ほんの一瞬、引きしまった体が見えたと思ったら、ベネディクトが覆いかぶさってきた。肌の触れ合いが信じられないほど心地いい。彼の全身の熱が感じられる。

「きみの中に入りたい」

彼の胸が胸に押しつけられ、頂がひりひりする。腿が重ねられたとき、ちりちりした体毛とかたい筋肉を感じた。すでに濡れているひだに、かたいこわばりの先端が押しつけられる。彼女はヒップをあげ、ベネディクトの体に少しでも近づけようとした。彼が約束してくれたものが欲しい。どうしても。

もっと、もっと、もっと。

「お願い」あえぎながら、上体を起こしてベネディクトにキスをする。絡めた舌から伝わってきたのは、麝香《じゃこう》と大地が入りまじったような味わい――彼女自身の味わいだ。さらに興奮をあおられてしまう。彼が前腕をおろし、両手でジョージーの顔をはさんで、むさぼるような激しいキスをした。まるでこれが最後の機会であるかのように。彼の魂が彼女の魂そのものであるかのように。

耐えがたいほどの期待にベネディクトの下で身もだえすると、彼がほんの少しだけ先端を押し入れた。燃えるような痛みが走り、初めての行為にジョージーは体をこわばらせた。彼のものは指よりもはるかに太くて長い。もう一度、今度は少しだけ深く差し入れる。彼女がヒップを傾け、どうにかして強烈な痛みをやわらげようとすると、ベネディクトはじっとしたまま額を重ねてきた。「ゆっくりだ」荒い息で言う。「きみに痛い思いをさせたくない」

ジョージーは彼の顔に手を当て、顎にキスをした。ベネディクトは彼女を思いやってくれている。そのやさしさに胸を揺さぶられた。「大丈夫よ、続けて」

突然、彼は低くうなると一気に突き入れた。ジョージーは叫び声をあげた。だが、一瞬の痛みはすぐに驚くべき感覚に取って代わった。完全に満たされているという深い満足感だ。ベネディクトが息を乱したまま腰をいったん引き、ふたたび彼女を貫く。今回はしっとりと潤っていたのでこすれる感じが快感を高め、ジョージーはたまらず体を弓なりにした。すでに視界がかすみはじめている。

「ぼくに触れてくれ」ベネディクトがあえぐように言う。いつしかジョージーの両腕はベッドカバーの上に落ちていた。彼女は指先をベネディクトの肩、引きしまった腕、なめらかな背中へと滑らせた。なんて均整の取れた美しい体つきだろう。全身が流れるような曲線でできている。そのとき、彼がわずかに身を震わせているのを感じた。とてつもない自制心を発揮して、必死でみずからを抑えているのだろう。

だが、ジョージーはそうしたくなかった。自由奔放にこの行為を楽しみたい。ベネディクトを挑発するように背中を弓なりにすると、彼は喉の奥からしぼり出すような低いうめき声を発した。獣じみた、純粋な快感のうめき声だ。ひとつになったまま、彼が体を動かしはじめる。片手でジョージーのヒップを持ちあげ、角度を変えながら突き入れて、彼女の歓びをさらに高めていく。ジョージーもかかとをマットレスに沈め、彼に合わせようと体を動かした。すぐに呼吸が合い、ともに完璧なリズムを刻みはじめる。まばゆい光が差す場所を目指して、ふたりは高みへとのぼりつめていった。

「ジョージー、いくんだ」耳元でそうささやかれた瞬間、彼女の全身が震え、果てしない歓喜の波が襲いかかってきた。まぶたの奥で光が炸裂《さくれつ》し、このうえない快感に包まれる。

ベネディクトは最後にひと突きして腰を引くと、彼女に覆いかぶさって両腕できつく抱きしめながら低いうめき声をもらした。腹部に生あたたかいものがかかったあと、ジョージーは彼の筋肉がゆるむのを感じた。ベネディクトがぐったりと体を預けてくる。そのまま彼女は目を閉じて、心地いい疲労感に身をゆだねた。

これが〝残りのやり方〟の正体だったのね。

思わず笑みが浮かぶ。待っただけのかいがあった。

31

あたかもフランス軍に直面したかのような胸の高鳴りを感じつつも、ベネディクトはようやく現実の世界に戻ってきた。全身を満たしているのは、このうえない満足感だ。

意識がよりはっきりすると、自分がジョージーの体を押しつぶしていることに気づいた。謝罪の言葉をささやきながら重たい体を横にずらし、ジョージーを楽にしてあげたものの、片方の腕は彼女に巻きつけたままだった。完全には離れたくない。ふたりの交わりのにおいに鼻腔《びこう》を刺激され、なんとも言えない勝利感を覚える。

ベネディクトは悲しげに笑ってみせた。「もっとゆっくりやるつもりだったんだ。初めてのきみに配慮しようと思っていた。だが途中から……自分でもわけがわからなくなってしまった」

みずからを律して、ジョージーにもっとやさしくするはずだったのに。欲望をむきだしにして、彼女を怖がらせたくなかった。けれどもジョージーからぎこちなく愛撫を返され、時間をかけて誘惑しようという最初の考えをすっかり忘れてしまい、本能に突き動かされてわれを失った。彼女の驚くべき魅力に夢中になったのだ。

ジョージーが満足げなため息をもらす。「そうかしら？　完璧だったと思うわ」

その言葉がうれしくて、ベネディクトはもう少しで喉を鳴らすところだった。彼女をからかわずにはいられない。「なぜそうだとわかるんだ？　きみは一度しかこういう経験がないのに。少なくとも一〇回は試さないと、そんな意見を言う資格はないよ。イチゴのボンボン菓子を食べて、レモンやシャーベット、サクランボ味を試してもいないのに、これが世界一おいしい味だと宣言するようなものだ」

「たしかに」ジョージーが眠たげにささやく。「結論を急いではだめね。特にこんな重大なことはなおさら」

「そうだな。これから発見すべきことが山ほどある。まだレッスンは二回しか終わっていない」

彼女には自分が知るすべてを教えよう。ベネディクトはぼんやりした頭で考えた。ある程度の知識を授ければ、ジョージーも彼女なりのやり方ができるようになるはずだ。なんと名誉な役割だろう。これ以上の喜びがあるだろうか。

ベネディクトの腕は、まだジョージーの肋骨のあたりにかけたままだった。その腕を彼女が指先でゆっくりとなぞる。じらすような感覚に興奮をあおられ、彼の体に震えが走った。たまらず片肘をついて身を起こし、脱ぎ捨てた自分のシャツで彼女の腹部をぬぐってあげた。そうされて緊張したのか、ジョージーの喉から胸のあたりに赤みが広がる。彼は小さく笑った。「今さら恥ずかしいだなんて言わないでくれよ、ミセス・ワイルド？」

顔をちらりと見ると、ジョージーは眉根を寄せていた。彼女が身ぶりで自分の腹部を示して尋ねる。「どうしてあなたは……？」

「最後に引き抜いたのか？」ベネディクトは言葉を引き取り、彼女の純真さにかぶりを振った。「九カ月後にもうひとり、小さなワイルドを授かりたくないだろう？　そんなことが起きないためには、ああするのがいちばんなんだ」そう言って、ジョージーの表情を観察する。彼女はどう考えているのだろう？　わずかに眉をひそめている以外、その表情からは感情が読み取れない。外に精を放つだけの理性がベネディクトに残っていたことを知り、ほっとしているのか？　それともがっかりしているのだろうか？

奇妙にも、ジョージーが彼の子どもを身ごもると考えても恐れは感じない。それどころか、切望と憧憬が入りまじったような不思議な気分に胸を締めつけられる。ジョージーなら、きっとすばらしい母親になるだろう。ベネディクトの母とは正反対の、公平さと深い愛情を兼ね備えた母親になるはずだ。

彼は頭を振って、ばかげた考えを振り払おうとした。先ほどの驚くべき交わりのせいで、頭がどうかなっているのだろう。ふたりに未来はない。子どもをつくるなど言語道断だ。彼女とは社交シーズンが終わるまで一緒に楽しみ、そのあとは友人として別々の道を歩むことになる。

ベネディクトはベッドカバーを引っ張りあげてふたりの体を覆い、ジョージーを背後から抱きしめた。顔は見えないが、近くに引き寄せて両腕の中にすっぽりと包み込む。彼女は柔らかな吐息をもらすと、ヒップをベネディクトの脚のあいだにすりつけてきた。なんと、早くもまたかたくなりはじめている。ジョージーが及ぼす影響たるや、本当に衝撃的だ。

彼女は熱心な好奇心を隠そうとしない。それが実にありがたかった。ジョージーは彼を信頼し、初めての行為の道案内役を任せてくれたのだ。そんな彼女を傷つけたり、自分自身が横暴になったりすることなく、その信頼を裏切らずにすんだことが本当にうれしい。

ジョージーが眠たそうにあくびをした。「あまり長居はできないの。使用人たちが起きだす前に屋敷へ戻らないと」

ベネディクトは炉棚の上の時計をちらりと見た。夜明けまで、まだ数時間ある。そのあいだずっと交わっていたい。だが、ジョージーの言うとおりだ。噂にでもなったら取り返しがつかない。今の時点で彼女が最も避けなければいけないのは醜聞なのだから。今夜ここに来ているだけでも危険なのだ。

大きな落胆とともにベネディクトは彼女から離れ、ベッドから起きだした。ジョージーが頬を染める中、ブリーチズを身につけ、コットンのシュミーズを手に取る。「さあ、こっちへおいで」眠たげな彼女の腕を引っ張り起こし、しぶしぶながら言った。「服を着せてあげよう」シュミーズを頭からかぶせたあと、彼はドレスを取りに居間へ移った。ジョージーに自分を取り戻すための時間を与えてあげたい。

この部屋に今まで女性を連れてきたことは一度もない。ジョージーが初めてだ。その事実に気づいて、ベネディクトはしばし愕然《がくぜん》とした。放蕩者という評判にもかかわらず、フランスから帰国して以来、つきあった愛人はふたりしかいない。どちらも控えめな寡婦で、逢瀬《おうせ》は数週間しか続かなかった。常に彼のほうからレディたちの自宅を訪ね、夜には必ず立ち去り、自分のベッドで寝るようにしていた。いつまでも彼女たちとぐずぐずしていたくなかったのだ。

だが、ジョージーにはここに残ってほしい。この腕の中で眠りにつき、夜が明ける頃、キスで彼女を目覚めさせて、もう一度愛を交わしたい。

いや、ありえないことだ。

寝室に戻ると、ジョージーがベッドの上で脚を組んで座っていた。くしゃくしゃになったシーツの上に降臨した女神さながらだ。その姿を目の当たりにして、ベネディクトの心臓が一瞬止まった。彼のベッドにああやって座っている彼女は、くらくらするほど蠱惑的だ。思わず体の脇でこぶしを握りしめる。そうしないと今すぐジョージーを押し倒し、全身にキスの雨を降らせてしまいそうだ。下腹部が熱を帯びてくる。

ジョージーは微笑むだけで船員たちを惑わし、彼らを悲運に導く海の魔女セイレーンのようだ。不意にベネディクトはオデュッセウスに親近感を覚えた。ギリシア神話によれば、哀れなオデュッセウスはみずからを帆柱に縛りつけたにもかかわらず、セイレーンの歌声を聞いたとたんに彼女のもとへ行こうと暴れだしたという。目の前にいるジョージーの肌は紅潮し、唇は腫れたようにぽってりとしている。彼女の頬をピンク色に染めさせ、瞳を輝かせたのは、ほかならぬベネディクト自身だ。そう考えたとたん、深い満足感がどっと押し寄せてきた。

上半身裸のベネディクトがドアのところにふたたび現れたとき、ジョージーは感嘆のあまり息をのんだ。ありえないほどハンサムだ。彼の肌はつやつやと健康そうに輝き、ブリーチズが引きしまった腰を包んでいる。

先ほど体を重ねたときは興奮していたせいで、ベネディクトの姿をほとんど見ていなかった。でも、今はこうして全身を眺めている。ナイトテーブルの上に置かれたオイルランプの淡い輝きが、彼の美しい体を照らし出していた。できることなら、今すぐそこに指を滑らせたい。盛りあがった胸と引きしまった腹部を見つめた瞬間、ジョージーの心臓がとくんと跳ねた。

ベネディクトの体はしなやかでかたく、筋肉質だがごつごつした感じはしない。全身のあらゆる部分が、これ以上ないほど完璧に仕上げられているように思える。肌は太陽の下で働く船乗りのように浅黒い。太鼓腹で青白い肌をした貴族の紳士たちとはまるで違う。

彼の姿を見るだけで胸がうずいてしまう。ほどよく乱れた茶色の髪に視線を走らせ、ジョージーはふと不思議な感慨にとらわれた。ベネディクトは彼女に驚くべきレッスン——ふたりとも深い満足を覚えられるようなレッスン——を施してくれた。まるで地図上で、今まで海しかないと思っていた場所に新大陸を発見したような気分だ。少し前までそんなものが存在するとは思ってもいなかったのに、今は目の前にまったく異なる光景が広がっている。

男性と愛を交わすのがあれほどすばらしいものだとは想像していなかった。ティリーに肩をもんでもらったり、舌でボンボンを溶かしたりするのと同じ程度の喜びだろうと考えていたのだ。でも、まるで違った。強烈な嵐に巻き込まれたみたいだった。その力に圧倒され、恐れをなし、しかも刺激的で、これ以上ないほどの歓びをかきたてられた。けれど今、その嵐をどうにか切り抜け、安全な場所へたどり着けたことがうれしい。なんだか生まれ変わった感じもする。こうして生きていられることのすばらしさに感謝したい気分だ。

ジョージーは彼に静かな笑みを向けた。できれば彼のほかの愛人たちのように、冷静で知性的に振る舞いたい。「それで、明日はキャヴェンディッシュ家のガーデン・パーティーで会えるのかしら？　今夜のエヴァンス邸でのあなたの様子を見て、〈ホワイツ〉ではわたしたちが婚約発表するというほうへ賭ける人ががぜん増えたはずよ」

ベネディクトがくすくす笑う。「前回確認したときは、五〇対一できみが断るという予想だった。きみの評判のせいだよ、マイ・レディ。きみは扱いにくい女性だと、もっぱらの評判だからな」

「今ではその倍率の差も縮まっているでしょう」顔をしかめてそう言ったとき、ジョージーの頭にある考えが思い浮かんだ。「ねえ、わたしがあなたと結婚するというほうへ、あなたのお金を全額賭けることができるわ」

わざと傷ついたような顔で、ベネディクトが彼女を見る。「きみがぼくをどう思っていようが、ぼくにも多少は罪の意識というものがある。内部事情を知っていながら賭けに参加して大金をもうけるのは、どう考えても紳士的とは言えない。そんなことはしないつもりだ」

ジョージーはうなずいた。金銭的な苦境にあるなら、その解決のために卑劣な手を使ってもおかしくはない。なのに、そんな誘惑に屈しようとしないベネディクトがなんだか誇らしく思えた。彼は人としての高潔さと道義心を持ち合わせている。実際、ジョサイアとは対極にある人物と言っていい。ジョサイアは道徳を重んじているふりをしながら、人目のないところでは平気でルールをねじ曲げようとする男だ。

父だったらベネディクト・ワイルドを認めてくれただろう。彼は、父が娘の相手として望んでいた男性そのものだ。誠実で、強く、心根のまっすぐな人。もちろんベネディクトがいつも信頼できるとはかぎらない。びっくりするほど高圧的なときもある。でも、彼はみずから選んだ数少ない友人たちに対しては本当に誠実だ。

ジョージーは自嘲気味に頭を振った。よほど注意していないと、自分の夫にすっかりのぼせてしまいそう。あるいは最悪な感情を抱いてしまうかも。「それで、明日は会えるの?」

「ああ、行こうと思っている。ただ、ジョンストーンしだいだな」

ジョージーは彼から手渡されたドレスを受け取り、コルセットはつけないまま袖を通した。

「彼のあとを追うつもり?」

「その予定だ。アレックスやセブと一緒に、今日訪ねたコーヒーハウスで張り込むよ。彼があの建物にやってきたら、その機会に乗じる」

彼女はため息をついた。「わたしもそこにいられたらいいのに」

「きみはじゅうぶんよくやったよ」ベネディクトは励ますような笑みを向け、彼女を引き寄せてキスをした。

彼の腕の中でとろけそうになる。脚に力が入らない。

体を離したのはベネディクトのほうだった。彼はジョージーをうしろ向きにさせ、無言のままドレスのボタンをかけはじめた。どんなメイドよりも器用な手つきだ。むきだしのうなじに唇を押し当てられ、彼女がぶるりと身震いすると、ベネディクトがそっとささやいた。

「ミッキーに家まで送らせよう」

ピーターが裏口の鍵をかけずにいてくれたので、ジョージーは誰にも気づかれずに屋敷の中へ戻ることができた。忍び足で自室へ入り、ベッドに倒れ込む。くたびれているものの、喜びも感じていた。もはや処女ではない。そのことで、何か違う感じを覚えているだろうか？　心の中で自分の体の調子をすばやく確認してみる。すばらしい気分だ。少しひりひりするし、痛いし、生地がこすれるのに敏感になってはいるけれど、ものすごく気分がいい。

愛人を持つという長年の目標をようやく達成できた。それなのに、すでにまたベネディクトと体を重ねたくなっている。一度と言わず、二度、三度と。

彼と一緒にベッドに横たわっていたとき、信じられないほどの穏やかさとぬくもりを感じた。今でもありありと思い出せる。ベネディクトの体にくるまれ、両腕でしっかりと抱きしめられたとき、自分が大切にされ、守られ……愛されていると感じた。いや、そんなことは考えないほうがいい。きっとベネディクトは、どんな女性もそんなふうに感じさせることができるのだろう。まるで自分が彼の世界の中心であるかのように。

どうしても彼のことを考えずにはいられない。心の一部では、そんな状態が早く終わるよう願っている。ふたりは別々の道を歩まざるをえない。そうなったとき、苦しい思いをするのは目に見えているからだ。ベネディクトはいずれ、経験のない未熟な彼女に飽きるはず。そうなれば、彼があの情熱的なまなざしやからかうような笑みをほかのレディに向けるのを黙って見ていなければならない。しかも、全然気にしていないふりをしながら。

ジョージーは鬱々とした物思いを振り払おうとした。ベネディクトの忠告を受け入れよう。今この瞬間を、ふたりでいられる時間を楽しもう。たとえそれが、どれだけ短い期間だったとしても。

でも、まずは眠るのが先決だ。

32

ジョージーはドアを引っかくようなノックの音で目覚めた。起きあがると、ジュリエットが寝室へ入ってきて、じゃれつく子犬のようにベッドの上に飛びのってきた。笑いながら、ジョージーの顔を間近でじろじろと見る。「ゆうべはどこに行っていたの?」

罪悪感で頬が染まるのを感じつつ、ジョージーは眉をひそめた。目にかかる前髪を振り払いながら答える。「どういう意味?」

「おしゃべりしたくてここに来たら、ベッドがもぬけの殻だったの。エヴァンス家の温室でシメオンにキスされた話をしたかったのに、お姉さまはいなかったわ」

ジョージーはうめき声をのみ込んだ。

「ねえ、どこにいたの? 誰といたの?」

答えを促すように眉を動かすジュリエットを見て、笑みを浮かべずにはいられない。妹はとにかく好奇心旺盛だ。もしベネディクトにこれほど心を奪われていなければ、ジョージーも思い出していただろう。噂話のにおいをかぎつけるジュリエットの嗅覚が猟犬並みに鋭いことを。わずかでも不適切なことがあれば、五〇歩進むごとに察知することができる。もちろんすべてジュリエットのたくましい想像力によるものだけれど、今回は見事に真実を言い当てた。

「わかったわ。実は、打ち明けないといけないことがあるの。あなたやお母さまには船員だと言ったけれど、本当は違うのよ。わたしが結婚したのはベネディクト・ワイルドなの」

ジュリエットが目を皿のように丸くし、片手で口を覆って、小さな喜びの叫びをあげた。

「やっぱり！　ふたりが一緒にいるところを見たときから、何かあるとわかっていたわ。特に彼がお姉さまを見る目つきときたら！」得意げに言う。「ねえ、ジョージー、すべて話して。今すぐに！」

ジョージーは言われたとおりにした。ニューゲート監獄を訪れたところから話しはじめたが、ボウ・ストリートやジョンストーン、潜水艇のくだりは省略した。〈トライコーン〉で行われていることについてもうまく言いつくろい、不本意ながらこんな言葉で締めくくった。

「――だからわたしたち、結婚することにしたの。結婚生活は……とても楽しいわ」

ジュリエットがうれしそうに手を叩く。「ああ、本当にすてき！　まるでミセス・ラドクリフの小説みたい。ふたりとも、お互いの気持ちに気づいたのね！」

ジョージーはため息をついた。「自分の身に何が降りかかってきたのか、われながらよくわからないの。ただジョサイアを遠ざけておきたいのと、わたし自身がある程度の独立を手に入れたい一心だった。だけど今は、思っていたよりもはるかに複雑な状況になってしまったわ」

ジュリエットが真面目な顔になる。「彼のことが好きなの？」

「誰のこと？　ジョサイア？　まさか」

「違うわ、ワイルドよ」

「わからない。もちろん、ええ、彼のことは好きよ。でも――」

「彼のことを愛しているの？」

ジョージーはじっとしたまま、しぶしぶ妹の質問の答えを考えようとした。ベネディクトは彼女の体を愛撫してくれる。彼の愛撫は大好きだ。だが、肉体的な魅力はいつしか消えてしまうだろう。愛情や結婚を持続させるためには、それ以上の何かがいる。きっと必要なのはお互いに対する興味。それに、ふたりのあいだの相性や敬意、信頼も。

「その気になれば、彼のことは愛せると思う」ジョージーはついに認めた。「でも、それはどう考えても愚かなことだわ。だって、わたしたちは契約結婚だもの。ひとたび貴族たちの前で結婚すれば、それぞれ別々の道を行くことになる。彼には、この結婚を長期的なものにするつもりがないから」

妹は急にがっかりした様子になった。明らかに、おとぎばなしの結末とは違うからだろう。

「もし彼の気が変わったら？　もし彼がお姉さまを手放したくないという自分の気持ちに気づいたら？　シメオンなら絶対に――」

ジョージーはベッドカバーに折り目をつけた。「そんなことは起こらないわ。ベネディクトはシメオンとは違う。シメオンはあなたが歩いた地面さえ崇拝するような男性だもの。彼はあなたのことを全身全霊で愛しているわ」ふたたびため息をつく。今度はさらに重々しいため息だ。「ベネディクトとわたしの関係は違うの。彼みたいな男性は、ひとりの女性では満足できないものなのよ」

一瞬沈黙が落ちたが、ジョージーはわざと明るい声で言った。「さあ、エヴァンス家の温室で何が起きたのか聞かせて！　さっき、シメオンからキスされたと言っていたわね」

ジュリエットは目を閉じて、その瞬間を思い出している。「ええ、そうなの。キスしてくれたの。すごくすばらしかった！　わたしの予想どおりにね。それだけじゃないわ。何があったと思う？　シメオンが求婚してくれたのよ！　彼ったら、わたしにミセス・ジュリエット・ペティグリューになってほしいと言ってくれたの」

妹の口調は、まるで〝インドの皇后およびこの宇宙の女王〟になってくれと言われたかのようだ。ジョージーはうめきをこらえた。「お母さまはまだ、シメオンを信じきれていないわ。あなたは一文なしの詩人よりも、もっといい条件の男性と結婚できると思っているのよ」

妹が唇をとがらせる。「わたしは爵位のある男性との結婚なんて望んでいない。あの人たちが、シメオンほどわたしを心から愛してくれるとは思えないもの。シメオンはわたしの資産にどれだけ価値があるのかなんて、おかまいなしなのよ」ジュリエットは立ちあがり、思案するような表情でベッドカバーのしわを伸ばした。「きっと、お姉さまたちを見習うべきなのかもしれないわね。お母さまに既成事実を突きつけるべきなのかも」

「あわてはだめよ」ジョージーは早口で警告した。「お母さまもいずれ意見を変えるでしょう。結局は、あなたにとっていちばんいい結婚を望んでいるだけなんだもの。そのときが来るまで、もう少し時間が必要なんだわ」

「ええ、わかってる。ただ、わたしが求めているのはシメオンだけなのに、ほかの人たちのことも考えているふりをするのがいやなの」ジュリエットが身をかがめ、不意にジョージーをぎゅっと抱きしめる。「いつも態度で示しているわけじゃないけれど、お姉さまがいてくれることに感謝しているわ。今朝はお母さまと一緒にハッチャーズ書店へ行く予定なの。何か欲しいものはある？」

気分がころころ変わる妹を目の当たりにして、ジョージーは首を横に振った。「いいえ、ありがとう。昼食のときにまた会いましょう」

着替えたとき、ジョージーはすぐにネックレスのチェーンと結婚指輪がないことに気づいた。ベネディクトの寝室に置き忘れたに違いない。指輪にチェーンをつけたあのネックレスがないと、やけに無防備に感じられる。まるで、あのネックレスが自分と彼を結びつける幸運のお守りであるかのように。さらに腹立たしいことに、レティキュールの中に五〇ポンドが入っているのを見つけた。返さなくていいと断ったのに、ベネディクトがこっそり入れたのだ。なんて頑固な人だろう。今度、気づかれないように彼のポケットへ滑り込ませてやろう。

ジュリエットと母はドレスと香水を買いに店へ出かけた。ジョージーが朝食をとるために居間へ入ると、ティリーがやってきて折りたたんだ紙を手渡した。

「お嬢さま宛にお手紙です」

ジョージーは胸の高鳴りを覚えながら受け取った。「ありがとう、ティリー」

ちらりと時計を確認する。もしかしてベネディクトの気が変わり、彼女をジョンストーンの追跡メンバーに加えてくれるのでは？ 震える手で手紙を開き、目を細めて、殴り書きの文字を見つめる。意味を理解するのに少し時間がかかった。〝公園で会おう。タイバーン川近くの雑木林で。 Bより〟

ジョージーは眉をひそめた。ベネディクトの手書き文字は見たことがない。結婚許可証に書かれた署名を見ただけだ。でも、あの署名はこんなに汚くて読みにくくはなかった。彼はよほどあわててこの手紙を書いたに違いない。

ジョージーは外套とボンネットを身につけ、新鮮な空気を吸いに行くというメイドのシャーロットと一緒に外出することにした。だがハイド・パークに入るなり、年長のシャーロットには長椅子に座って湖でも眺めているよう命じると、北へ向かった。指示された雑木林がある場所だ。ベネディクトの姿を探しながら、楽しげに息をつく。公園での謎めいた密会なんて、ジュリエットみたいなやり方だ。

まだかなり早い時間なので、ほとんど人がいない。貴族たちが姿を現すのは午後四時をまわる頃だろう。遅い午後の公園をそぞろ歩いたり、二頭立て二輪馬車で乗馬用道路《ロットン・ロウ》をゆっくりとまわりながら、自分たちの最新ファッションを見せびらかし合ったりするのだ。

木々のあいだから外套を着た男性の姿がちらりと見えたため、ジョージーは砂利敷きの歩道を離れ、そちらの方角へ向かった。すると相手は木の幹の背後に姿を消した。露で湿った芝生に革のブーツをめり込ませながら、早足で追いかける。雑木林に入り、あたりの様子をうかがった瞬間、木の向こうから手がぬっと出てきて手首をつかまれた。

「何——?」ジョージーは恐怖にあとずさりしてあえいだ。「ジョサイア! ここで何をしているの?」

いとこの冷笑を見て、胃がきりきりした。だまされたのだ。あの手紙を書いたのはベネディクトではなかった。

「やあ、いとしのいとこよ。少しやつれて見えるが、昨夜は遅かったのか?」

ジョージーは手首を強く引いた。「ええ、でも、あなたには関係ないわ」

ジョサイアが唇をゆがめる。「いや、それは違う。ぼくに大いに関係があることなんだ」

近すぎる。彼の息や服が酒くさいのがわかるほどの至近距離だ。

無情にも、ジョサイアは手首を握る指先に力をこめた。「きみを見たんだ。〈トライコーン〉で。酔っ払っていたが、いくら泥酔していても自分のいとこを見間違えるはずがない」

目をぎらつかせて言う。「このふしだら女め! ワイルドのところへ行ったんだろう?」

ジョージーは唇を引き結んだ。

彼が頭を振った。「最初は、ヴォクスホール・ガーデンズで助けられたから、きみはあの男を好きになったんだと思った。感謝の気持ちから、やつの腕の中に飛び込んだのだとね」冷笑を浮かべる。「だが、もっとそれ以上の事情があるんだろう?」

心臓が止まりそうになりながら、彼女はもう一度手首を強く引いた。だが、ジョサイアは放そうとしない。「何が言いたいのか、さっぱりわからないわ」

「わかっているくせに。今朝、ぼくの前に予期せぬ訪問者が現れた。ノリスという名前に聞き覚えはあるかな?」

全身の血が凍りついた。

「顔が真っ青じゃないか」ジョサイアが嘲るように言う。「しゃべれなくなったのか? ならば教えてやろう。ミスター・ノリスはニューゲート監獄の看守だ。きわめて不快な人物だが、記憶力はすこぶるいい。運のいいことに、ミスター・ノリスは最近ぼくも参加していたブラックヒースの闘鶏を見に来ていて、会場で誰かがぼくの名前を叫ぶのを聞き、もうひとりのキャヴァスティードという人物と最近取り引きをしたのを思い出したんだ。そこで彼は、ぼくを訪ねることにしたそうだよ。彼からきみについての興味深い情報を聞かされたときの、ぼくの驚きを想像してみてくれ」彼のぞっとするような含み笑いを見て、ジョージーは吐きそうになった。「ミスター・ノリスが何を教えてくれたと思う?」

「想像もつかないわ」

「あろうことか、彼はきみとワイルドが夫婦だと言い張った」ジョサイアはわざと恐ろしそうに目をむいた。「もちろん信じなかったさ。だが、彼はぼくに書類を見せたんだ。そこにはきみとワイルドの署名がはっきりと書かれていた。結婚した日付は今から五週間ほど前だった」信じられないと言いたげに頭を振り、急に怒りの表情を浮かべる。「このあばずれめ、ぼくを困らせるためにそうしたんだろう？」

すでに真っ赤だったジョサイアの頬が、さらにまだらに赤黒くなっていた。これほど激しい憤りをあらわにした彼を見たのは初めてだ。恐ろしくて心臓が口から飛び出しそうだが、ジョージーはあえて否定しなかった。「ええ、そうよ。だって、あなたよりもニューゲート監獄の犯罪者と結婚したほうがまだましだもの」

ジョサイアが醜い笑い声をあげる。「あいつがきみの金目当てだと思わなかったのか？もちろんそうさ。賭けてもいい。きみは自分の計画に協力させるために、あの男にかなりの額を支払った。そうだろう？」嫌悪感たっぷりに鼻を鳴らす。「くそっ、やつは腹の中でほくそ笑んでるに違いない。きみのおかげで監獄から出られたうえに、きみの脚のあいだにまでもぐり込めたんだからな」

容赦ない言葉を聞き、ジョージーは顔をしかめた。「何が望みなの？もっとお金が欲しいの？あなたには、もう一シリングたりとも渡すつもりはないわ。ベネディクトの言うとおりよ。あなたはみずからの行動に責任を取らなければならない。ジョサイア、あなたはもう立派な大人でしょう？だったら大人らしく振る舞って。さあ、わたしの手を放してちょうだい」

「いや、もう金は欲しくない」

ジョージーはヒステリックな笑い声をあげそうになった。ジョサイアがお金を必要としていない？　もしそうなら、いつ世の中がひっくり返ってもおかしくない。

「ぼくが今欲しいのはきみだ」

「そんなことを言われても、わたしがあなたのものになるなんてありえないわ」ぴしゃりと言う。

ジョサイアが頭を傾けた。目には計算高い光が宿っている。ジョージーが思わず身震いすると、彼は猫撫で声を出した。「ああ、ジョージー、それが単なる契約上でのことなら、ぼくにも理解できただろう。だが、きみがあいつのものになるのをみすみす見逃せというのか？　いや、そんなのは耐えられない」

もうジョサイアのたわごとなんて聞きたくない。ジョージーは滑りやすい地面にブーツのヒールをめり込ませ、両膝を曲げて彼の手から逃れようとした。全体重をかけて手首を引く。ジョサイアが悪態をついた瞬間、視界の隅に白いものが見えた。彼がポケットから取り出したハンカチーフだ。抵抗する間もなく鼻と口にそれを押し当てられ、呼吸をさえぎられる。彼女は動転して大声をあげ、ジョサイアを蹴ろうとしたが、肋骨のあたりを彼にがっちりと押さえつけられ、身動きもままならなかった。どうにか息をしようと、彼に嚙みつこうとしたが、それもできない。目がどんどんかすみ、トンネルの中に入っていくみたいに視野が狭くなりはじめる。意識が遠のいていく中、ジョサイアの笑い声が聞こえた。

「しいっ、叫んでも無駄だ、かわいい人」

ああ、わたしはなんて愚かだったのだろう。

両膝に力が入らなくなると同時に、肺が燃えるように熱くなった。ハンカチーフを押さえつけているジョサイアの手を引っかき、なんとか息をしようとする。彼の指先が首筋の、ちょうど脈打っている部分に強く押し当てられたと思った瞬間、すべてが真っ暗になった。

33

ジョージーは移動中の馬車の中で目覚めた。頭がひどく重いし、喉がひりひりしている。枕か水面の下にいるみたいに、音がぼんやりとしか聞こえない。馬たちに鞭《むち》を当てる音、途切れることのないひづめの音。ネズミをひいたのだろう、馬車が突然がくんと揺れたのがわかった。

目を開けたくない。これは彼女が所有している馬車のにおいと違う。かびくささのほかに、奇妙な煙たさが感じられた。このにおいはブラックウォールでかいだことがある。多くの船員、特に東洋からやってくる船員たちがたばこをふかしているとき、このにおいがしていた。アヘンのにおいだ。

どうか自分ひとりきりでありますように。祈るような気持ちで薄目を開けたとたん、ジョージーはうめきそうになったが必死でこらえた。反対側の席にジョサイアがだらしなく手足を伸ばして座り、満足げな表情でこちらを見ている。彼の隣にある木箱の上には、小さなオイルランプが灯されていた。ジョサイアは長いパイプの球状になった先端を炎にかざして火をつけると、深々と吸い込み、青い色をした細長い煙を彼女に向けて吐き出した。

ジョージーは目を開けて起きあがろうとしたが、腹立たしいことに手首と足首が縛られている。たまらず咳《せ》き込み、拘束された両手を顔の前にあげて煙を払おうとした。激しい怒りに全身が熱くなる。誘拐されたのだ！ 昼日中に、怠け者のいとこによって。まさかジョサイアがこれほど愚かだとは思いもしなかった。

彼がゆったりとした至福の笑みを向けてくる。「ああ、起きたのか、よかった。少し手荒にしすぎたかと心配していたんだよ」ジョサイアは咳をしたと思ったら、耳ざわりなくすくす笑いを始めた。たがが外れている様子だ。正気を失っているのではないだろうか？ もし彼がゆっくりとしか動けないなら、逃げ出せるかもしれない。ただ手足が拘束されているのが問題だ。ブーツに隠してあるナイフにジョサイアが気づいていなければ、逃げる機会もあるかもしれない。

ジョージーは背筋をまっすぐにしようと身をよじり、いとこをにらみつけた。「こんなの、ばかげているわ。ジョサイア、いったいどこへ行くつもり？」

彼は夢見るような笑みを向け、最後にもう一度パイプをふかすとそれを脇へ置いて、小さなランプの炎を消した。「完全にふたりきりになれる場所だ」ジョージーの全身に視線を這わせる。彼女は心底ぞっとした。「いつもきみのことをかわいいと思っていた」彼が低くささやいた。「もちろんジュリエットみたいに美人じゃない。でも、きみの傲慢なところが気に入ったよ。挑戦のしがいがある」何か不快なことを思い出したように唇をゆがめる。「ワイルドはその挑戦に応じた、そうだろう？ きみはもう本物の女になった。脚のあいだに男を迎え入れるのがどんな感じか、知っているはずだ」ジョサイアは唇をなめた。「その感じをすぐにまた味わえるさ」

身震いしそうになったが、ジョージーはどうにかこらえた。

「あの男はきみを求めているから関係を持ったと思っているんだろう？」彼が低い声で続ける。「やつが喉から手が出るほど金を欲しがっていることは、貴族全員が知っている。領地はすっかり抵当に入っているからな。父親が浪費家で莫大な借金を残したせいだ。それ以来、あいつの兄が経済的に破綻しないよう、かろうじて維持している状態だ」

ジョージーが激しい怒りの表情を浮かべているのを見て、ジョサイアは笑みを浮かべた。

「ああ、そうさ。ぼくはきみのミスター・ワイルドに関して調べた。知ってのとおり、やつはあらゆる手段を使って金を得ようとした。カードや競馬、それに射撃の競技会。だが、長続きしなかった。あいつはなんでもうますぎたんだよ。今ではあいつからの挑戦を受けて立とうという愚か者はひとりもいない」頭を振り、わざと同情するような表情で彼女を一瞥する。「あいつが今までつきあってきたのは、経験も知性も豊かな美人ばかりだ。そんな男がどうして処女の相手なんかしたいと思う？　そんなはずはない」

「何も知らないくせに」痛いところを突かれ、ジョージーはぴしゃりと言った。「わたしのお金に手がつけられないことは、彼も承知のうえよ。彼はわたしが作成した書類に署名したんだもの。それに――」

ジョサイアがせせら笑う。「あいつはきみに詐欺まがいのことをしようとしているんだ。

時間をかけて好きにならせて、きみを心変わりさせ、きみの金を自由にできる権利をくれと説き伏せるつもりなんだよ」

彼女は反論した。怒りのせいで声が震えている。「そんなの嘘だわ！」

だが、ジョサイアの言葉が毒のように心の中でじわじわと広がっていく。ベネディクトとの関係にまつわる否定的な考えや不安を、ずばりと言い当てられてしまった。ベネディクトはこちらにつけ込んでいるだけなのだろうか？　積極的に純潔を捧げたわたしを陰であざ笑っている？　わたしの経験の少なさを？　ベネディクトはわたしを哀れんでいるの？　そうだとしたら耐えられない。

ジョージーはずきずきする額を馬車の窓枠にもたせかけた。揺れはひどいものの、ひんやりとした感触が心地いい。彼女は車窓を流れる単調な景色をぼんやりと見つめた。ロンドンの郊外のようだが、どこなのかさっぱりわからない。

ジョサイアは間違っている。ベネディクトが彼女をだまして金を巻きあげようとしているはずがない。ふたりのあいだには肉体的な欲望以上の何かがある。彼とは友達だ。一緒にいると楽しいし、お互いによく笑っている。ユーモアの感覚が似ているという以上に、もっと何か深い結びつきが感じられるのだ。ふたりとも、たとえ何があろうと自分の家族を守ろうと考えている。ジョージーは母親と妹、ピーターのためならどんなことだってするだろう。ベネディクトも兄や戦争でともに戦った同志たち、〈トライコーン〉の仲間のためなら、なんだってするはずだ。

ベネディクトとジョサイアの違いは自尊心の持ちようにある。たとえ自分の目的を達成するためであっても、ベネディクトは自尊心を捨てたりはしない。斜に構えた放蕩者に見せかけてはいるけれど、本当の彼はとてもきちんとした男性だ。そんな彼を尊敬している。そのとき突然すべてに気づき、ジョージーは思わず目をしばたたいた。ベネディクトが彼女に抱かせたのは尊敬の念だけではない。

愛情もそうだ。彼はわたしの心を奪った。

ジョージーの胸が高鳴った。こんな恐ろしい状況にもかかわらず、笑いだしそうになる。しごく簡単なことだ。わたしはベネディクト・ワイルドを愛している。自分の夫を。

ジョサイアはまだ話しつづけていた。「賭けてもいい。あいつのことだ、きみに売春婦が使うような技をすべて教え込んだんだろう？　ぼくは今までずっと、きみが冷たい女だと思っていた」耳ざわりな笑い声をあげる。「でも、〝血は争えない〟っていうのは本当だったんだな。きみは高貴な生まれじゃない。氷水みたいな冷たい血が流れている名門のレディとは違う。そうだろう、ジョージー？　きみには父親から受け継いだ商人の血が流れている。酒場にいる売春婦と同じだ」

馬車が一対の墓碑のあいだを急に曲がったため、ジョージーは何も言わずにすんだ。思えばもうずっと住居らしき建物を見ていない。細い道の脇には耕された畑が延々と広がっているだけだ。彼女はさらに不安をかきたてられた。

「もうすぐそこだ」ジョサイアがうれしそうに言う。「ぼくが売らずに所有しているのはもうここしかない。大おじのルパートの狩猟小屋だよ。ここなら誰にも邪魔されない」

やはり心配していたとおりだ。

馬車が止まると、ジョサイアはすぐにおりて御者に何か短く指示を出した。それからジョージーの側の扉を開けて手を伸ばし、彼女の手首をつかむ。今ここで馬車から転げ落ちたくはない。その一心で彼女はジョサイアに触れられるのを我慢して、雑草だらけの砂利道におりた。ロープのゆるみを利用して縛られたままの足首をなんとか動かし、ジョサイアから少し離れる。正面に立つ崩れかけた建物を見あげたとたん、さらに沈んだ気分になった。

〝狩猟小屋〟とは大げさすぎる表現だ。単なる掘っ建て小屋にしか見えない。屋根は今にも落ちてきそうだし、正面にあるガラス窓の枠もいくつか壊れている。

ジョージーはよろめきながらも馬車の御者に向き直った。「ねえ、お願い。彼の三倍支払うから助けて」

痩せたネズミみたいな顔の男は濁った目で彼女をちらりと見たが、何も聞こえないふりをした。馬の背中に鞭を当て、あっという間に走り去っていく。金切り声をあげそうになったものの、ジョージーは必死で声をのみ込んだ。

「一〇〇ポンド払うわ！」絶望的な声で叫ぶ。

御者は馬車を止めさえしなかった。

苦境にある乙女を救ってくれるかもしれない——そんな淡い期待もこれまでだ。

ジョサイアがくすくす笑い、正面玄関を開けた。蝶番が外れているため、ドアを強く押さなければ開かない。だが敷石にこすれてきしりながらも木製のドアが開き、彼は中へ入った。

「さあ、こっちへ」

ほかに選択肢はない。ジョージーは彼のあとから右手にある最初の部屋に入った。暖炉のついた小さな居間だが、暖炉は灰と枯れ葉でいっぱいだ。みすぼらしい長椅子と肘掛け椅子があり、詰め物がされた肘掛け椅子は最近ネズミたちによって使われているようだった。取り除かれた臓物みたいに、椅子の中身の麦わらが床にだらしなく飛び出している。

ジョサイアが長椅子を指し示した。肘掛け椅子よりも虫食いの跡が若干少ない。「さあ、かけて。火をおこせるかどうか確かめてくる」

彼が部屋から出ていくとすぐに、ジョージーはブーツに忍ばせていたナイフを探った。でも、悔しいことにナイフがない。意識を失っているあいだに、ジョサイアに奪われたのだろう。彼に触られたと考えるだけで、吐き気がこみあげてくる。

彼女は室内をすばやく見まわした。手足の拘束を解くために使えるものか、武器として利用できるものはないだろうか？　だが、小さな鏡がうしろについた壁掛け燭台《しょくだい》以外何もない。もしあの鏡を壊せたら、その破片でロープを切れるだろう。本棚には分厚いほこりがたまった重そうな革表紙の本が数冊あるけれど、縛られた両手であの本を持ちあげられるとは思えない。

ジョサイアはいったい何を企んでいるの？　その答えを考えているうちに、さらに気分が悪くなってきた。彼は強姦するつもり？　もしそうなら徹底的に抵抗しよう。戦わずして、彼の意のままになってたまるものですか。

ジョサイアは薪《まき》を抱えて戻ってくると、火をおこしはじめた。

「それで、これからどうするの？」ジョージーはそっけなくきいた。

「待つんだ」

「待つって何を？」

「きみの夫だよ」ジョサイアが吐き捨てるように答えた。「スコットランドとの国境まで行くための金を、あいつに持ってこさせる。そして殺す」ぞっとするような笑みを浮かべる。

「今日が終わる前に、きみは未亡人になるんだ。それから一緒にグレトナ・グリーンへ行って、きみはぼくと結婚する。きみの財産に関する夫の権利を制限するなどという、ばかげた条件はなしでね」

できるだけ冷静な声で言った。「どうしてベネディクトがここに来ると思うの？」

「指示を書いた手紙を〈トライコーン〉宛に送ったんだ」

ジョージーはがっかりした。「彼はあのクラブにいないわ」すでにオーア・ストリートのコーヒーハウスで、ジョンストーンの動きを見張っているはずだ。

「それなら、ここに到着するまで時間がかかるだろうな。そのあいだ、ふたりで楽しいことをしようじゃないか」

34

ベネディクトとセブ、アレックスは一〇時きっかりに〈トライコーン〉の格子模様の通路に集合した。三人のあいだには緊迫した雰囲気が漂っている。なじみのある緊張感だ。戦争のあいだ、任務に取りかかろうとする直前はいつもこんな感じだった。

アレックスが革手袋を引っ張りながら、にやりとしてベネディクトを見た。「タラベラの山あいで奇襲攻撃のために待ち伏せしたときを覚えているか？　ごつごつした山腹で、暑くてたまらず汗だくのまま、六時間も敵を待ちつづけた。少なくとも、今回は快適な店の中で相手がやってくるのを待っていられるな」

セブがうなずく。「それで、どんな計画だ？　ジョンストーンが現れるまで待って、あの倉庫へ押し入り、彼を逮捕するのか？」

「そうだな」ベネディクトは答えた。「彼が現れることを願おう。コックバーン提督からは、潜水艇を破壊するのではなく奪い取るよう命じられている。その潜水艇をウーリッジにある海軍の造船所まで移動させるのが提督のご希望だ。だがあいにく、ぼくは船の操縦法を知らない。きみたちのどちらか知らないか？」

アレックスが顔をしかめる。「ぼくを見ないでくれ。ベルギーから帰国する船の中、ずっと胃の中のものを吐きつづけていたのを覚えているだろう？　水たまりを見ただけでも気分が悪くなるんだ」

セブが首を横に振った。「ぼくは船を手で漕《こ》いだことしかない」

「ボウ・ストリートが求めているのはジョンストーンの身柄だけだ」ベネディクトは言った。「提督が潜水艇を手に入れたがっているなら、操縦できる海軍の誰かを送ってよこすはずだろう。ジョンストーンを捕まえたら、海軍が到着するまでのあいだ、ぼくたちのうちの誰かが倉庫を見張っていればいい」

ジョージーなら、あの潜水艇を操縦できるだろう。ベネディクトはそう考えた。彼女はこの計画を知っているし、複雑きわまりない船舶機器の動かし方も知っている。たとえ海軍が誰をよこしても、彼女のほうがはるかにうまくあの潜水艇を操縦できるに違いない。コックバーン提督にそう提案したほうがいい。ジョンストーンを逮捕さえできれば、彼女が危険にさらされることもないのだから。

ジョージーは今頃どこにいるのだろう？　きっと、まだベッドの中だ。睡眠をたっぷり取る必要があるはずだから――そう考えて笑みを浮かべた瞬間、ベネディクトは自分の気持ちに気づかされた。彼女にまた会いたい。会いたくてたまらない。いつもとは違う。これまでの彼なら誰かとベッドをともにしても、好奇心と欲望がひとたび満たされると、すぐにその女性のことを頭から追い出そうとしていた。だが、ジョージーの場合は明らかに異なる。彼女と体を重ね、親密になるにつれ、ふたりのあいだの絆が強まっていくように思える。好奇心もかきたてられる一方だ。もう一度、ジョージーが欲しい。たぶん今夜――。

鼻先でセブの手が振られているのに気づいて、ベネディクトは顔を赤らめた。なんてことだ。一瞬われを忘れるなんて、女にのぼせあがった男子学生みたいな振る舞いではないか。

「いとしのレディのことを考えていたんだな？」すかさずセブがからかう。ずばりと言い当てられた。

ベネディクトはしかめっ面をした。「さあ、行こう」

ドアの真鍮製の取っ手に手を伸ばしたのと同時に、反対側からあわただしい物音が聞こえてきた。階段から息を切らしながらやってきたのは、みすぼらしい身なりの少年だ。「あんたがベネディクト・ワイルド？」

「ああ」

少年が折りたたんだ手紙を突き出す。「これを渡すように言われた」

ベネディクトは封を破り、文面に目を走らせると悪態をついた。「あのろくでなしめ。あのとき殺しておくべきだった」

「どうしたんだ？」

彼はアレックスに手紙を渡した。

アレックスが声に出して読みあげる。「〝きみの妻を預かっている。彼女の妹、ジュリエットに屋敷にあるだけの現金と宝石類をかき集めさせ、ハウンズローにあるルパートの小屋へきみが届けろ。場所はジュリエットが教えてくれるだろう。言うとおりにしなければ、昨夜きみがしたのと同じ方法でぼくがいとこの体を楽しむ。武器を持たずに必ずひとりで来い。そうしないと彼女を傷つけてやる。ジョサイア・キャヴァスティード〞」

ベネディクトは体の向きを変え、ただちに自室へ向かった。どんなときでも頼りになるベイカー銃はすでに携帯しているが――ジョンストーンの逮捕に備え、革のストラップを体に斜めがけしていた――階段を一段抜かしであがり、部屋に入ると机の引き出しから決闘用の拳銃一対を取り出す。慣れた手つきで楽々と装塡し、ベルトに拳銃を差して早足で階下へ戻った。

アレックスとセブは先ほどと同じく、戸口に突っ立ったままだ。ベネディクトが階段を飛びおり、厩舎に向かって馬に鞍《くら》をつけるよう大声で命じていると、友人たちが背後から近づいてきた。

顔をしかめていたセブが、突然何かに気づいたように言う。「キャヴァスティードだって？まさか、ゆうべぼくが店の外へ放り出した、あの下劣な男じゃないよな？」

「いや、まさにそいつだ」

セブが口笛を吹く。「彼女のいとこなのか？　あいつはたちが悪い」

ベネディクトは鹿毛の牡馬にまたがると、身ぶりで友人たちに道を空けるよう促した。

「じゃあ、きみは苦境にある乙女を救出しに行くんだな？」アレックスが言う。

「ああ、もちろん。彼女はぼくの妻なんだ」ベネディクトは眉根を寄せた。「誓ってもいい、もしあの男が彼女の髪一本でも傷つけたら、生まれてきたことを後悔させてやる」馬の脇腹をかかとで蹴り、騒々しい音を立てながら中庭から飛び出す。

一〇分もしないうちに、ベネディクトはグローヴナー・スクエアに到着した。道中はずっと、のろのろした荷馬車や野良犬、歩行者が前を通り過ぎるたびに悪態をついていた。敷地に入ると、屋敷の正面に旅行用の四つの車輪付きの密閉型馬車《ポスト・シェーズ》が止められている。その馬車の踏み台に足をかけているのはジュリエットだ。足元に旅行かばんひとつと帽子用の紙箱がいくつか置かれていた。

ベネディクトは馬車の背後で馬を止めた。「これはどういうことだ?」鋭い口調で尋ねる。

「きみの母上は？　ピーターはどこにいる?」

ジュリエットが顔面蒼白になり、両手を胸の前で重ねる。

「気絶しようなどと考えるな」ベネディクトはうなった。

彼女は大きく息を吸い込んだ。「ピーターは妹さんを訪ねているわ。お、お母さまはレディ・カウパーと昼食に出かけているの」

ベネディクトは目を細め、荷物を見つめた。「それで、きみは何をしようとしている?」

ジュリエットが困惑と罪悪感が入りまじった表情を浮かべる。「ああ、何も言わないで！　シメオンとわたしは駆け落ちしようとしているの。お願いだから止めないでちょうだい、ミスター・ワイルド、お願いよ」まるでギリシア悲劇のヒロインのように、彼女は眉根を寄せて涙を浮かべながら懇願した。

ベネディクトはあぶみを蹴るように足を抜き、ひらりと馬からおりた。「きみが何をしようと、ぼくは露ほども気にしない。きみのいとこがジョージーを連れ去ったんだ」

彼女が目を大きく見開く。「連れ去ったですって？　どういう意味？」

「身代金欲しさに誘拐したという意味だ。さあ、屋敷の中へ戻って、彼女の宝石類と家にあるだけの現金を持ってきてくれ。今すぐに」呆然《ぼうぜん》と立ち尽くしているジュリエットに向かって叫ぶ。「早く！」

彼女は屋敷に入っていった。

「ぼくの婚約者にそんな口のきき方をするな！」

馬車の中から、シメオンがぼさぼさの頭を突き出している。ベネディクトは深呼吸をし、自分に言い聞かせた。この男の顔をこぶしで殴ってはいけない。眼鏡をかけている男を殴るのはまずい。「黙れ、ペティグリュー。今、きみと言い争っている暇はない」

ジュリエットが息を切らして戻ってきた。丸々とふくらんだレティキュールを両手で掲げている。外にはみ出したネックレスの一部を見て、ベネディクトの胸は痛んだ。オメーラの屋敷に出向いたとき、仮面姿のジョージーがつけていたダイヤモンドとエメラルドのネックレスだ。胃がよじれる。なんとしても彼女を助け出さなければ。

「これをどこへ持っていくつもり？」ジュリエットが尋ねた。

「ハウンズローにあるルパートの小屋だ。きみのいとこは、場所ならきみが知っていると手紙に書いていた」

ジュリエットの眉間のしわがいっそう深まった。「ルパートおじさまがそこに狩猟小屋を持っていたわ。わたしたちが小さい頃、お父さまに何度か連れていってもらったの」顔をくしゃくしゃにして続ける。「だけど、もう何年も前の話よ。あの場所へどうやって行くかなんて覚えていない。一度も気にしたことがなかったの。覚えているのは、ロンドンから数キロ離れていて、〈犬とアヒル〉という酒場を通り過ぎたところにあるってことだけ」彼女はレティキュールを手渡しながら、悲しげな目をした。「まさか本気で、彼にこれを渡すつもりじゃないわよね？」

「ああ。あいつを徹底的に叩きのめすつもりだ」ベネディクトは答えた。「そして銃で撃つ」

ジュリエットが顔をあげ、青い瞳を輝かせる。レディらしからぬ暴力的な光だ。「それがいいわ。もしジョージーを恐ろしい目に遭わせたら、彼はあなたから罰を受けて当然だもの」

ベネディクトはふたたび馬に乗った。ジュリエットが彼のブーツを履いた片足に手をかける。「お願い、ミスター・ワイルド、姉を無事に連れ戻して」

「ああ、必ずそうする」馬の向きを変えると、馬に乗ったアレックスとセブが行く手をさえぎっていた。彼らに向かって眉をひそめる。「なぜ倉庫に向かわないんだ？」

アレックスが肩をすくめた。「ボウ・ストリートには伝言を送っておいた。あの倉庫はウイリスが見張ってくれる。ぼくたちも一緒に行くよ。きみにとって大切な女性なら、ぼくたちにとっても大切だからな」

喉にこみあげてきた熱いかたまりを、ベネディクトはのみ下した。友とはなんとありがたい存在だろう。アレックスとセブとの絆は血よりも濃くて強い。惨めなときも、絶好調なときも、汗と涙を共有することで培われてきた絆だ。しかも彼らとは、これ以上ないほど最悪な状況で、幾度となくユーモアを発揮して支え合ってきた仲なのだ。「これはきみたちの戦いじゃない」

セブがにやりとする。「ばかを言うな。もちろんぼくたちの戦いだ。バダホスの近くで、狙撃兵に狙われたぼくの命を助けてくれたのを忘れたのか？　きみには借りがある。きみの戦いはぼくたちの戦いなんだ」

アレックスが小さく笑った。「それにここ何カ月も、まともな殴り合いのけんかがしたいと思っていたんだよ。ロンドンは本物の戦いとは縁遠い、退屈な街だからな」

「わかったよ」ベネディクトはしぶしぶながら応えた。「だったら行くぞ」

三人は西へ向かいはじめた。ケンジントンの料金徴収所で止められ、それぞれ四ペンス支払う段になると、アレックスがぽつりと言った。「ぼくたちが任務よりも女を優先したのは、これが初めてだな」

ベネディクトは彼をにらみつけた。「きみたちふたりとも、いつかぼくと同じことをするようになるさ」

アレックスとセブが疑わしげな顔で見つめ合う。「女のために？」セブが言った。「いや、それはない。女の財産のためならありうるかもしれないが……」

いる。絶対に傷つけたくないんだ」

「彼女の財産のためじゃない。なぜ誰も信じてくれないんだ？　ぼくは彼女を大切に思って

ベネディクトはしかめっ面をして、ふたたび全速力で馬を走らせはじめた。もっと速くと馬をせかしたい衝動をどうにか抑える。馬が疲労困憊《こんぱい》しては、どこへも行くことができない。心配のあまり、胃がずきずきと痛んだ。それに手に負えないほど強烈な怒りも感じている。

ベネディクトが大切に思う人は、片手で数えられるだけしかいなかった。絶対に失ってはならない存在は。兄のジョン、アレックスとセブ。そして今はジョージーもその中に含まれている。どういうわけか、この数週間で彼女はその選ばれた小さな集団の中に入り込んできた。ベネディクトの心の中に。ジョージーはもはや単なる知り合い以上の存在だ。ただの友人でもない。挑戦しがいのある相手であり、肉体的な興味をそそられる相手でもあるが、それだけではない。自分には彼女が必要だ。ジョージーに一緒にいてほしい。からかったり、これまでの体験を共有したり、秘話を明かしたりして、彼女がどんな反応を示すか見てみたい。彼女をしっかりと抱きしめ、この世にはびこるジョサイアのような悪人から守ってやりたい。今はもう、彼女とのあいだに偶然の結びつき以上のものを感じている。今まで抱いたことのない新しい感情――それがなんなのか認めるのが恐ろしい。これは紛れもない愛情だ。

うっかり手綱を強く引っ張ってしまい、馬がいやがるように頭を大きく振った。くそっ、ぼくは彼女を愛している。

フランス軍の狙撃兵が放った銃弾さながらにジョージーから速攻を仕掛けられたせいで、

こうなるまでまったく気づかなかった。

ベネディクトは手綱をゆるめ、心の中で謝りながら馬の背中をやさしく叩いた。みぞおちのあたりにねじれるような痛みを感じる。こんな厄介な事態があるだろうか。悲惨な結果になるのは火を見るよりも明らかだ。ふたりに将来はない。一緒になることはできないのだ。自分がジョージーに何を与えられるというのだろう？　すでにすべてを手にしている女性に？　こちらにあるのは山のような借金と、引き出しいっぱいの勲章だけ。しかも、それらの勲章がみずからにふさわしいとは思えない。

ベネディクトは目を細めた。もしジョージーの愚かないとこが彼女に指一本でも触れたら、その代償を支払わせてやる。男の腕力を利用して女性を脅したり、自分よりも弱い者をいじめたりするやつに、生きている価値などない。

耳の奥がどくどくと脈打っている。戦いの前と同じだった。これからひと騒動起こす前の武者震いのようなものだ。

セブが馬を速歩《はやあし》にして隣にやってきた。アレックスも反対側から来て、ベネディクトの肩に手を置いた。「彼女を必ず取り戻そう」

ベネディクトは低くうなった。ハマースミス橋では馬の速度を落として歩かせなければならず、欲求不満がいや増すばかりだ。時間はのろのろと過ぎ、まったく先へ進んでいないように思える。正面に一羽のカササギがおり立った瞬間、彼は子どもの頃の歌を思い出した。

〝一羽は悲しみ、二羽は喜び〟もしかして、これは悪い兆しなのか？　不吉な考えを振り払い、そんなことがないようにと祈る。ほっとしたことに、すぐにカササギがもう一羽やってきて騒々しい声で鳴くと、白と黒の羽をはばたかせて二羽とも飛んでいった。

〝二羽は喜び〟ジョージーを失うわけにはいかない。

三人はとうとうハウンズローの村に到着した。村のすぐ向こう側には荒れ地が広がっている。荒涼たる大地は、追いはぎたちにとって格好の稼ぎ場所となるに違いない。目じるしの酒場〈犬とアヒル〉はすぐに見つかった。

ベネディクトは村から出ると、連れのふたりに目をやった。「見えないところに離れていてくれ。ぼくがひとりで行く」

彼らは同時にうなずいた。それ以上、何も説明する必要はない。こうしてアレックスとセブが待機してくれている――そのことが何よりありがたかった。

なんとか持ちこたえてくれ、ジョージーお嬢さん、今行くぞ。

35

砂利敷きの道から馬のひづめの音が近づいてきた瞬間、ジョージーは不意に強い恐怖に襲われ、ほこりだらけの窓をちらりと見た。安堵感と恐れが同時に胸に渦巻いている。馬に乗っているのはひとりだけ。ということは、ベネディクトは単身でここへやってきたのだ。まんまと罠にはまるだけなのに。なんとかして彼にそう警告したい。だが、彼女にできるのはくぐもったうめき声をあげることだけだった。あれからジョサイアに猿ぐつわをされてしまったのだ。拉致したときに口に押し当てられたのと同じハンカチーフで。

ジョサイアは台所から運んできた高い背もたれの椅子に腰かけ、正面ドアのほうを向いて膝に装塡済みの拳銃を置いている。馬のひづめの音が近づいてくると、椅子の木製の背もたれをぐいっと引き寄せ、衝動的にその脚を片足のかかとで蹴った。彼が武器を持っている姿を見るのはこれが初めてだ。拳銃の使い方を知っているのだろうか？　そうでないことを願いたい。とはいえ、ベネディクトは軍隊にいた。しかもライフル銃を扱う歩兵連隊の所属。ジョサイアと比べると、はるかに武器の扱いには慣れているはずだ。ベネディクトにとって、それはとても有利なことなのでは？

ブーツの足音がして、懐かしいベネディクトの声が聞こえた。大声で叫んでいる。「キャヴァスティード？　姿を見せろ」

「ここにいる、ワイルド」ジョサイアが叫び返す。

とめどない恐怖を覚え、ジョージーの目はたちまち涙でかすみはじめた。必死の思いで、木製の床に勢いよく片足を踏みおろす。できるだけ大きな音を立ててベネディクトに警告したい。だが、無駄な努力だった。ジョサイアが嘲りの目でこちらを見ている。そうするうちにベネディクトが戸口に姿を現した。その姿を見たとたん、ジョージーは心臓が止まりそうになった。背が高くて力強い彼の姿が風に吹きさらされている。ベネディクトがすばやく室内に視線を走らせた。まずジョサイアを、次に彼の武器をちらりと見て、すぐにジョージーを見つめた。わたしは大丈夫——そう励ますようにうなずいてみせると、ベネディクトは安堵のため息をついたように見えた。幸い、ジョサイアからはまだ汚らわしいことはされていない。

ベネディクトが注意をジョサイアに戻す。銃口が向けられていることなどまるで気にしていない様子だ。

「宝石は持ってきたか？」ジョサイアが言う。緊張で声がうわずっていた。

ベネディクトが小さなレティキュールを見おろす。ジョージーは、それがいちばんのお気に入りのビーズ飾りのバッグだとすぐに気づいた。

「ここだ」ベネディクトがレティキュールを無造作に床へ放り投げる。ほこりがもうもうとあがり、レティキュールの中から汚れた床板に宝石がずるずるとこぼれ落ちる。薄暗がりの中でも、ダイヤモンドは燦然《さんぜん》とまたたいていた。

「よし」ジョサイアが笑みを浮かべて拳銃をおろす。

その瞬間、耳をつんざくような銃声が室内に響き渡った。ジョージーは猿ぐつわの下で叫び声をあげ、とっさにベネディクトを見つめた。胸から血を流しているのでは？　そんな恐れとは裏腹に彼が勝ち誇ったような笑みを浮かべているのがわかり、心臓が跳ねる。煙が出ている銃を手にしているのはベネディクトのほうで、ジョサイアは椅子に前かがみになっていた。いとこは撃たれたほうの手を伸ばし、痛みに泣き叫んでいる。体の下にあるほこりだらけの床に血がしたたっていた。

「よくも撃ったな！」ジョサイアが金切り声をあげる。

ベネディクトは前に進み出ると、椅子の片側に落ちたジョサイアの拳銃をブーツのつま先で蹴り飛ばした。「泣きごとはやめろ」厳しい口調で言う。「ぼくはライフル銃を扱う歩兵連隊に所属していた。七〇〇メートル以上離れた場所から、馬に乗った敵を仕留めたこともあるんだ。額に穴を開けられなかっただけでも運がいいと思え、このろくでなし。よくもぼくの妻を傷つけようとしてくれたな？」

ジョサイアがすくみあがる。ベネディクトは彼の襟首をつかむと軽々と持ちあげ、顎に一発鋭いパンチを見舞った。ジョサイアはのけぞり、気絶して床にだらしなく伸びた。

ベネディクトがうしろにさがり、侮蔑の表情を浮かべる。それから彼は大股でジョージーのところへ来ると、猿ぐつわを外して腕の中に引き寄せた。彼女は安堵の泣き声をもらし、ベネディクトのシャツに鼻をこすりつけた。きつく抱きしめられ、息をするのもままならない。

「あいつがきみを傷つけたんじゃないかと心配だった」ベネディクトはうなり、彼女の頭のてっぺんにキスをした。

ジョージーは首を横に振ろうとしたが、力いっぱい抱きしめられているせいで身動きができない。体をよじると、ようやく彼は腕の力をゆるめた。「平気よ。わたしなら大丈夫」

ベネディクトは両手でジョージーの両頬を包み、険しい表情で彼女の全身に視線を走らせたあと唇を重ねてきた。むさぼるようなキスだ。

ジョージーの胸の中に無数の感情がわきあがる。安堵感と絶望、激しい怒りと欲望。それらのすべてを無条件に受け入れ、ベネディクトに身を任せた。髪を撫でてくれるごつごつした手の感触も、鼻や頬、目のまわりにキスの雨を降らせる唇の感触も、どれも心地いい。まだ縛られたままなので、両手を彼の首に巻きつけることができない。本当はそうしたくてたまらないのに。それでも、こうしてベネディクトに体を預けられるのがうれしい。

ふたたび唇が重ねられると、ジョージーも負けじと激しいキスを返した。もう少しでベネディクトを失うところだったかもしれない。人生とはなんて危険に満ちた、はかないものなのだろう。胸が締めつけられ、涙があふれそうになったがどうにかこらえて、彼の燃えるようなキスにわれを忘れた。

永遠にも思えるひとときのあと、ベネディクトが体を引いた。それからしばらく、ふたりは体を揺らしながらその場に立ち尽くしていた。額をベネディクトの胸に押し当て、目を閉じて彼の力強さに酔いしれる。ベネディクトはピーターと同じくらい大柄だけれど、ピーターからこんなふうに抱きしめられたことは一度もない。今こうしてベネディクトに抱かれていると、世界全体から守られているような気分になる。

〝この男性よ〟心がそう告げていた。

ジョージーは頭をあげた。「てっきりジョンストーンを捕まえに行ったと思っていたわ」

「ああ、そのつもりだった。出かけようとしたときに、きみのいとこから脅迫状が届いたんだ」

驚きに彼女の心臓が止まりそうになる。ベネディクトは敵の逮捕よりも彼女の救出を優先してくれたのだ。彼には感謝しつづけることになるだろう。これからもずっと。

外から足音が聞こえ、ジョージーは飛びあがった。けれどもベネディクトは笑みを浮かべ、彼女の体を離しながら説明した。「心配いらない。セブとアレックスだ」

「彼らも来てくれたの？」

ベネディクトがうなずくのを見て、ジョージーはさらに驚いた。まったく面識のないふたりまで任務をあとまわしにして、彼女の救出に駆けつけてくれた――なんだか申し訳ない気分だ。でも、驚くことではないのだろう。ベネディクトは出会う人々をことごとく〝死がふたりを分かつまで忠誠を誓う〟という気にさせる、圧倒的な魅力の持ち主なのだ。

彼はナイフを取り出し、手際よくジョージーの手首の拘束を解くと、ほこりだらけの床にかがんで足首のロープも切った。目の前でひざまずいているベネディクトの姿を見て、ふと切ない気分になる。まるで今から結婚を申し込もうとしているみたい。彼女は頭を振って、愚かな物思いを追い払おうとした。こうして助けに来てくれたのは、ベネディクトが善良で高潔な男性だから。母やジュリエットが同じ目に遭ったとしても、きっと駆けつけてくれたはずだ。

ジョサイアをちらりと見ると、まだ気絶したまま床に倒れ込んでいる。口の端にわずかな血がにじみ、顎はすでに紫色のあざができていた。当然の報いだろう。

「彼をどうしようかしら?」

ベネディクトがため息をつく。「このまま置き去りにはしたくない。またしても愚かなことをやらかすかもしれないからな。」どうすれば彼を止められるだろう?」

そのとき外から警告の鋭い口笛が聞こえ、すぐにものものしい騒音が続いた。明らかに、馬のひづめの音と馬車がきしる音だ。ジョージーがひび割れた窓ガラスから外を見ると、外に黒と黄色の旅行用のポスト・シェーズが止まった。小屋のドアにたどり着く頃には馬車の踏み台がおろされ、中から人が出てきた。ジュリエットだ。妹が一目散に走ってきて、ジョージーの首に両腕をしっかりと巻きつける。

「ああ、よかった、無事だったのね!」ジュリエットがすすり泣いた。「ジョサイアがお姉さまを誘拐したと聞いて、わたしたち、本当に心配したんだから」

ジョージーは体を離し、いぶかしげに妹を見た。「わたしたち？　お母さまもここに来ているということ？」

ジュリエットが頬を染める。「あら、違うの。わたしが言いたいのは――」

「こんにちは、ミス・キャヴァスティード」シメオンが挨拶をした。

彼がここにいる意味を完全に理解したとたん、ジョージーは低いうめきを押し殺した。

「お願いだから、シャーロットかティリーが一緒にいると言って」

ジュリエットが唇を噛む。「いいえ、いないの。ミスター・ワイルドが脅迫状を持って屋敷にやってきたとき、わたしとシメオンは駆け落ちするところだったのよ」

「駆け落ちですって？　ああ、ジュリエット」

「ええ、そうなの。でも、結局はしなかった」妹が不機嫌そうに答える。「だって、わたしがどうしてもお姉さまのところに行きたいと言い張ったから。むしろ喜んでほしいわ」

ジョージーはシメオンを一瞥して声を落とした。「あなたは駆け落ちしたも同然よ、ジュリエット。この噂が一気に広まることになる。そうしたら、あなたの評判は地に堕《お》ちてしまうわ」

「そんなの気にしない」ジュリエットが強情に言い張った。「わたしはシメオンと結婚したいし、彼もわたしとの結婚を望んでいるわ。それがすべてよ」あたりを見まわす。「ところでジョサイアはどこ？」

「小屋の中にいるわ。ベネディクトが彼の腕を狙い撃ちして、顔にパンチをお見舞いしたの。

今は完全に気を失っている」

「よかった」

シメオンが馬車から飛びおり、足元をぐらつかせながら着地した。「中に入って、ぼくにできることがあるかどうか確かめてくるよ」

ジュリエットが輝かんばかりの笑みを向ける。「ええ、そうね、シメオン、完璧だわ」

ジョージーはため息をついた。「少なくとも、あなたは問題をひとつ解決してくれたわ。ジョサイアは自分の馬車を追い返してしまったの。でも、ベネディクトはここから馬で戻れる」外に止められた旅行用の馬車を身ぶりで指し示す。「だからあの馬車にジョサイアを乗せて、ロンドンへ連れ戻すことができるわ」

「彼はテムズ川に放り込むべきよ」ジュリエットが言った。

「いいえ、わたしにもっといい考えがあるの」

36

ロンドンへ戻る道行きは楽しいものになった。馬車に乗り込んだのはジョージーとジュリエット、シメオン、そしてジョサイアの四人だ。

ジョサイアは手足を縛られ、猿ぐつわをされている。彼にされたのと同じ仕打ちを味わわせることができて、ジョージーは溜飲《りゅういん》をさげた。やがてジョサイアが意識を取り戻し、激怒しながら自由になろうともがく様子を見て、ほかの三人が楽しんだのは言うまでもない。

ベネディクトとふたりの友人は馬車に並んで馬を走らせている。ひとりはアレクサンダー・ハーランド。ジョージーがレディ・ラングトンの屋敷で見かけた男性だ。もうひとり、同じくハンサムな男性はセバスチャン・ウルフと名乗った。その名前を聞いたとたん、ジョージーはあることを思い出した。彼こそ、ニューゲート監獄でベネディクトが五〇〇ポンドを送ると話していた〝ミスター・ウルフ〟に違いない。ミスター・ウルフの浅黒い肌と不機嫌そうな顔をじっと見つめてみる。そのとき、ジュリエットが〝彼はウィンウィック公爵の庶子なのよ〟とささやいた。

シメオンが上着から鉛筆と帳面を取り出した。「この偉大なる勝利を祝う詩を書くべきだと思うんだ。弱強五歩格はどうだろう？」

ジョージーが開いた窓の外をちらりと見ると、馬で馬車に並走しているベネディクトと目が合った。彼がわざとぞっとした表情を浮かべているのを見て、小さく笑う。

考えずにはいられない。もし誘拐されたのがジュリエットなら、シメオンはどうしただろう？　ベネディクトに比べると、シメオンはあまり強そうには見えない。けれども彼は明らかに、ジュリエットに対して強い想いを抱いている。愛に突き動かされると、人は途方もない力を発揮できるものだ。シメオンもジュリエットを見事に救い出し、周囲を驚かせたかもしれない。

馬車の向かい側に座るジュリエットを愛情たっぷりの表情で見つめているシメオンを目の当たりにして、ジョージーは嫉妬を覚えた。ジュリエットが自分の呼吸している空気であるかのように、そして大地に自分をつなぎとめている重力であるかのように、いかにも大切そうに眺めている。年齢を重ねて老夫婦になっても、このふたりなら今と同じようなまなざしを交わすだろう。たとえ歳月のせいで、つないだ手が節くれ立ち、目は涙でかすんでいたとしても。ベネディクトもわたしのことを、こんなふうに愛情をこめて見つめてくれたらいいのに。

窓の外にいる彼をちらりと見る。馬の手綱を操る大きな手や引きしまった腿に、ついうっとりしてしまう。体を重ねたあの夜のことが、不意に鮮やかによみがえってきた。ベネディクトは重たい体を押しつけ、ジョージーの首筋や胸に唇を押し当てて、全身に両手を滑らせ

――官能的な記憶に思わず頬が赤らむ。

ベネディクトがわけ知り顔で、ジョージーの視線を受けとめた。彼女が何を考えていたのか、ちゃんとわかっているのだ。あのいたずらっぽい目つきがいい証拠だろう。今度ふたりきりになったら、またあの歓びの瞬間を繰り返そう――そんな無言の約束が感じられるまなざし。次の機会はあるのだろうか？　ぜひあってほしい。心からそう願わずにはいられない。

ハイド・パークに到着した時点で、ベネディクトの友人ふたりはいとまを告げ、去っていった。ジュリエットと離ればなれになるのが不満げなシメオンに、ジョージーは歩いて家に戻るよう告げた。ただしジュリエットには、今回の事件の顚末《てんまつ》を母の前で打ち明けて、妹には適切な結婚をさせるよう、姉として援護すると請け合った。馬車の御者にはグローヴナー・スクエアの屋敷へ戻る前に、ブラックウォールへ行くよう命じた。

波止場には、まだ〈レディ・アリス号〉が停泊している。総重量三〇〇トンもある、堂々たる大型船だ。埠頭におり、ぐらぐらする渡り板を進みながら、船長に近づいていく。彼はすぐに気づいて驚いた様子を見せたが、すぐにジョージーを歓迎した。

「ミス・キャヴァスティード！　お会いできて光栄です。何か問題でも？」

「こんにちは、ムーア船長。いいえ、問題は何もないの。予定どおり、今日は満潮時にボストンへ出航するの？」

「はい。荷物の積み込みはすべて完了しています」

「よかったわ。ちょっと相談があるのだけれど、もうひとり乗客が増えても大丈夫かしら？」ジョージーは身ぶりでジョサイアを指し示した。馬車からおろされて波止場のそばに立っているが、ベネディクトにがっちりと体をつかまれ、身をよじって抵抗している。「わたしのいとこのジョサイアよ。どういうわけか、ここロンドンで厄介な状況に追い込まれてしまって」

船長はジョサイアの猿ぐつわと顔のあざ、拘束された両手に気づき、ぼさぼさの眉毛の下から面白がるような一瞥をくれた。「あなたが言うとおりのようですね」

ジョージーは微笑んだ。「大西洋のこちら側で悲惨な運命に直面するよりも、いとこはわたしの助言を受け入れ、新大陸アメリカでやり直すことにしたの」

「なるほど」船長が言う。「もうひと部屋、船室を用意できます。彼はわたしに迷惑をかけたりしませんよね？」

「ええ、もちろん。でも、この港から遠く離れるまで拘束は解かないほうがいいわ。最初は気落ちしているかもしれないけれど、あなたが仕事を与えれば態度を変えるはずよ。彼はこの航海の費用を自分で稼がなければいけないんだものね？」

船長が含み笑いをして、身ぶりで船に積載された大型ボートを指し示した。家畜が騒々しい声をあげている。いちばん下には囲いに入れられた羊と豚、船べり沿いの空間にはアヒルとガチョウ、いちばん上にはニワトリが入れられた木箱が積まれていた。「そうですとも。彼にはあの動物たちの世話をしてもらいましょう」

彼女も含み笑いをした。「完璧だわ、ムーア船長。ボストンの港にはどれくらいで着く予定なの？」

「天候にもよりますが、早くて一九日か二〇日で到着するはずです。今回から、針路を決定するための新しいクロノメーターを搭載しているんですよ。ミスター・ハリソンにクロノメーターはすばらしい働きをしていると伝えてください」

「そう、よかった。そう聞いたら彼も喜ぶわ」

ジョージーは手すりにもたれ、いとこを乗船させるよう身ぶりでベネディクトに伝えた。

ジョサイアは猿ぐつわをされたまま、彼女をにらみつけている。抵抗したいのだろう。あるいは許しを請いたいのかもしれない。でも、ジョサイアの言葉に耳を貸す気にはなれない。

「ジョサイア、ちょっと待って」ジョージーは脅すように彼をにらんだ。「悪意や嫉妬によるあなたの愚かな行動はもうたくさん。本当ならミスター・ワイルドに頼んで、あなたをボウ・ストリートに突き出し、貴族の誘拐および殺人未遂の罪で法の裁きを受けさせたいところだわ。だけど、そうしない理由はただひとつ」事態の深刻さを相手に理解させるため、そこで言葉を切る。「わたしの家族に悪影響が及ぶからよ」

ジョージーが本気でそう言っていることに気づいて、ジョサイアが目を見開いた。

「わたしはあなたがニューゲート監獄に入れられることも、刑場に吊るされて処刑されることも望んでいない。でも、もしこの地でふたたびあなたの顔を見ることがあれば、そのときはためらいなくあなたを告発するわ。わたしの言っていることがわかったなら、うなずいてちょうだい」

ジョサイアが首を縦に振る。

「よかった。あなたが自分の足で人生を歩みだして、熱心に働くことの価値を知り、ロンドンでは味わえなかった幸せを見つけられることを祈っているわ」

ジョージーはジュリエットに向かってうなずき、ベネディクトが宝石を詰めて持ってきたレティキュールを受け取った。「わたしだって、そんなに冷酷じゃない。今着ている服だけで、あなたを新大陸へ追い払うつもりはないの」レティキュールを開け、ダイヤモンドとエメラルドのネックレスを取り出す。「これは取っておくわ――」ちらりとベネディクトを見やる。「すてきな思い出の品だから。だけど残りはすべて、善意のしるしとしてあなたにあげる。あと、五〇ポンドも入っているわ」そう言って、彼女はとがめるようにベネディクトを一瞥した。

あまりの気前のよさに、ジュリエットが憤懣《ふんまん》やるかたない様子であえいでいる。けれどもジョージーは妹を無視して、船長にレティキュールを手渡した。「目的地に到着するまで、これはムーア船長に預かってもらうことにしましょう。さようなら、ジョサイア。ムーア船長、順風満帆の航海を祈っているわ」

船長は敬礼すると、船員のひとりにジョサイアを船の底部へ連れていくよう命じた。ジョージーはいとこに背を向け、ベネディクトの腕を借りて木製のタラップを進みはじめた。

「見事な采配だったよ」馬車に乗り込むのを手助けしながら、ベネディクトがささやく。その言葉を聞いて、彼女は少し誇らしい気分になった。

ジュリエットがあとから乗り込み、向かい側の席にどさりと座る。「あんなによくしてあげることはないのに」彼女はため息をついた。「さあ、今から家に帰って、かんかんに怒っているお母さまの相手をしないとね」憂鬱そうに息を吐き出す。「お母さまがわたしとシメオンの関係に気づいていないという可能性は、万にひとつもないと思う？」

「ええ、望みなしだわ」ジョージーは答えた。「この状況を最大限に利用するしかないわね」振り向いて馬車の脇に立つベネディクトを見たとき、胸がいっぱいになり、不意に何も話せなくなった。彼に伝えたいことがたくさんあるのに言葉にできない。なんとかこれだけ口にした。「あなたになんとお礼を言ったらいいのかわからないわ」

ベネディクトが穏やかな笑みを浮かべる。「お礼なんていいんだ。苦境にある乙女を助け出すのは、ぼくたちの得意分野だからね。ボウ・ストリート・ランナーならよくあることだ」彼はジョージーが馬車の扉にかけていた手に手を重ね、励ますように短く握った。「これからアレックスとセブに追いつかなければならない。でも、すぐにまた連絡するよ」

ジョージーがうなずくと、馬車は走りはじめた。

37

グローヴナー・スクエアへ戻る馬車の中、ジュリエットが頬をふくらませた。「とにかくすべて終わってよかったわ。まったくジョサイアときたら、何を考えているんだかわからないわね？」ドレスのスカートを直し、ジョージーに向かって眉をあげてみせる。「でも、ミスター・ワイルドがお姉さまを助けに来てくれた。それって、すごくロマンティックなことだと思わない？」

ジョージーが低くうなると、妹は笑い、それからたしなめるように眉をひそめた。

「まさか否定するつもりじゃないでしょうね？　彼は命の危険もかえりみず、お姉さまを助けに駆けつけてくれたのよ。本物の中世の騎士みたいに！」

「ミスター・ワイルドには心から感謝して――」

「感謝ですって？　いやだ！　どうして彼に恋してるのを認めようとしないの？　いったい何を怖がっているの？」

ジョージーは唇を噛んだ。自分は怖がっているのだろうか？　ジュリエットは〝シメオンを愛している〟と公言してはばからない。彼への愛に全身全霊を捧げ、すべてうまくいくと信じきっている。思うままに相手を愛するのは、たしかにすばらしいことに思える。けれど、ひとりの人にすべてを賭けると考えると、どうにも恐ろしい。いちばん大切な積み荷を一隻の船に積み込み、嵐の中、無謀にもコンパスも持たずに漕ぎ出すのと同じではないだろうか？

傷つくことからわが身を守りたいと思うのは、そんなに理不尽なことではないのでは？母を見てみるといい。父によって、どれほど大きな影響を受けたことか。何年経っても再婚しないのがいい証拠だ。しかも母は――たとえ悲しい結末が待っているのを知っていても――父と結婚したことを後悔していない、父なしの人生を過ごすなんてありえない、と言いきっている。

窓からロンドンの風景をぼんやりと見つめながら、ジョージーは目をしばたたいた。愛という感情は、どこかミスター・ジョンストーンの潜水艇に似ている。完全に乗りこなすには中途半端な態度など許されず、全力を尽くす必要がある。ハッチを閉め、潜水艇に命を預けて、決して溺死したりしないと全幅の信頼を寄せなければならない――まさに〝言うは易《やす》く行うは難し〟だ。

ベネディクトに今の自分の気持ちを伝えるべきだろうか？　そんなことをして何になるというの？　彼とは一時的な関係なのに。ベネディクトから、彼を好きになってくれと頼まれたわけではない。それなのにこの想いを伝えたら、彼は罪悪感と気まずさを感じてしまうだろう。なぜなら、ベネディクトはそれに応えることができないから。彼がジョージーに感じているのは欲望であって、愛情ではない。

グローヴナー・スクエアの屋敷へ戻ると、案の定、母はかんかんに怒っていた。メイドのティリーからすべて聞き出していたのだ。ジョージーとジュリエットが居間に入るなり、母はふたりとも何が起きたのか話すよう命じた。ハイド・パークでシャーロットを置き去りにして姿を消したことで、ジョージーが激しく叱責されたのは言うまでもない。だが、詳しく説明する機会さえ与えられなかった。すぐに非難の矛先がジュリエットに向かったからだ。母は、なぜ娘のことで自分がこんな試練を受けなければならないのか、と言いたげにジュリエットをにらんでいる。

「駆け落ちですって?」母が叫んだ。「ジュリエット、どうして? よりにもよって、あんな一文なしの詩人《ペニレス・ポエット》、ペティグリューなんかと!」

母の見事なPの頭韻を聞き、ジョージーは鼻を鳴らしそうになった。

ジュリエットが顎に力をこめる。「お母さま、わたしは彼を愛しているの。一緒にいると幸せなのよ。わたし、彼以外の人とは結婚したくないわ」

母はハンカチーフで目尻を押さえた。「でも、彼と一緒に馬車で出発するところを見られているのよ。シャペロンもなしで、昼日中だというのに! おまけに、結婚しないまま家に戻ってきたですって? ああ、なんてことかしら!」

ジョージーは咳払いをした。このままだと、母はいつものように大げさにすすり泣き、動《どう》悸《き》がすると訴えはじめるだろう。「お母さま、よければ少しだけわたしに説明させて。ええ、ジュリエットとシメオンは駆け落ちを計画していたわ。だけど、その計画を中断して、わたしを助けに駆けつけてくれたの。わたしは公園でジョサイアに誘拐されたのよ」

ジュリエットが感謝のまなざしでジョージーをちらりと見る。母は震える胸の前でハンカチーフを握りしめ、大きくあえいだ。「誘拐ですって？　どうしてジョサイアがそんなことを？」

「賭け事で首がまわらなくなったせいで、わたしを誘拐して宝石を身代金代わりに要求するのがいちばんだと考えたのよ」

母があんぐりと口を開ける。「なんてひどい！　彼が悪者だってこと、前からわかっていたわ。まさかあなた、彼に何かされたりしていないわよね？」

「ええ。幸運にも、ベネディクト・ワイルドが助けてくれたの。ジョサイアを捕まえて、わたしに宝石を返してくれたわ」

母が眉根を寄せる。「あのワイルドがあなたを助けた？」

ジョージーは精一杯明るく微笑んだ。「そうなの。驚くべき偶然でしょう。彼がたまたま通りかかったのよ」

母は考えをめぐらせている様子だ。「彼がジョサイアの計画を手助けしていないと、本当に言いきれるの？　だって、あまりに話ができすぎだわ。もしかすると、ふたりで共謀して誘拐計画を立てたんじゃない？　勇ましい救出者として、彼があなたにいい印象を与えられるように」

「それは絶対にないわ。ミスター・ワイルドはジョサイアと仲がよくないんだもの。実際、彼はわたしがしょげかえったジョサイアをボストン送りにするのを手伝ってくれたくらいよ」

「ボストン？　リンカーンシャーの？」母が困惑したように叫ぶ。「あんなところで何をするというの？」

「違うわ、アメリカのボストンよ」ジョージーは満足げな笑みを浮かべた。「ジョサイアはわたしを脅しつけて、ミスター・ワイルドを撃とうとしたの。だから彼をブラックウォールへ連れていき、〈レディ・アリス号〉に乗せたのよ。あの新天地なら、ジョサイアが誰かに迷惑をかけることはないでしょう」

母は椅子の背もたれに沈み込んだ。「アメリカですって？　あなたは自分のいとこをアメリカへ送ったというの？　ああ、ジョージアナ！」

「彼はそうされて当然よ」ジュリエットが援護する。「それにミスター・ワイルドは本当に勇敢だったんだから」

母はジュリエットをにらみ、彼女の無分別な行動を思い出したようだ。「ジョサイアがもう問題を起こさなくなったとしても、たいした違いはないわ。あなたが醜聞の的になってしまったんだもの」芝居がかったため息をつく。「ああ、ジュリエット、あなたに大きな期待を寄せていたのに。でも、もしあなたが求めているのが本当にあのペティグリューなら、今すぐに結婚しなければならないわ」

突然の母の心変わりに、ジュリエットが目をしばたたいた。「わたし、シメオンと結婚できるの？　本当に？」

母がうなずく。「ええ。彼に爵位がないのは少しがっかりだけれど、もしあなたが本当に彼を愛しているなら、結婚はそんなに悪いことじゃないわ。結局、わたしも爵位を持たないあなたたちのお父さまと結婚して、それを一度も後悔したことがないんですものね。ただエドモンド・ショーみたいな誰かを任命して、あなたの財産を管理させると約束してちょうだい。ミスター・ペティグリューにまともな金銭感覚があるとは思えないから」

ジョージーは小さく笑った。おこがましくも、母が誰かの財産管理について意見するとは、なんという皮肉だろう。母自身、お金に関してまるでわかっていないというのに。母の言う〝倹約〟とは、一シーズンのあいだに同じドレスを二回身につけることを意味する。ただし、そのドレスに合う新しいショールや帽子、手袋、イヤリングを購入するため、結局は新しいドレス一着を仕立てる以上のお金がかかるのだ。これでは〝倹約〟とは言えない。

ジュリエットが涙ながらに声をあげた。「ええ、約束するわ！　お母さま、ありがとう！」ソファから飛びあがり、母に抱きつこうとする。だが、母は娘を振り払った。すでに頭の中でさまざまな計画を立てている様子だ。

「もしすぐに婚約発表をすれば、噂話を止められるかもしれないわね。あなたがロンドンへやってくる前から、ふたりのあいだでは結婚に同意していたとほのめかせばなおさらよ」

ジュリエットが踊るような足取りでドアへ向かう。「それなら、すぐ彼に手紙を書くわ！

いい知らせを早く教えてあげたいの！」

有頂天で立ち去る妹をジョージーは見送った。なんだかひどく疲れを感じる。今日一日の出来事で、もうくたくただ。「もしよければ、ディナーの前にベッドで休もうと思うのだけれど」

「もちろんよ」母は心ここにあらずの様子でうなずいた。来るべきジュリエットの婚約、さらにその先にあるはずの結婚について、深く思いをめぐらせているのだろう。


「お楽しみを逃したな」ベネディクトが〈トライコーン〉の食堂に大股で入っていくと、セブが暗い声で言った。「ぼくたちがハムステッドあたりでうろうろしているあいだに、ウィリスと仲間たちがジョンストーンを捕まえたんだ」

ベネディクトは足を止めた。「なんだって？　本当か？」不満げなうなり声をのみ込み、部屋を横切って食器棚の前へ行くと、ブランデーをグラスに注いでぐいと飲み干す。アルコールの灼けるような熱はみぞおちをあたためてくれたが、失望の苦い味わいをやわらげてはくれない。「もう報酬の五〇〇ポンドはもらえないな、くそっ」

ベネディクトがアレックスの隣にある座り心地のいい袖椅子に沈み込むと、アレックスはうなずいて口を開いた。

「きみと別れたあと、ボウ・ストリートに立ち寄ったんだ。彼らはジョンストーンと仲間たち数人を独房に閉じ込めていた。コックバーン提督が彼らを尋問しているが、全員が黙秘を続けている」

ベネディクトはうめいた。あの五〇〇ポンドがあれば、モーコット・ホールにある厩舎の屋根の修繕を始めるか、あるいは負債を清算して抵当に入っている土地の大部分を取り戻すかすることができたのに。なんてことだ。なぜジョージーから受け取った金を断ったりしたのだろう？　彼女にいい印象を与えたかったからだ。本当は、そんな紳士のまねごとをする余裕などないくせに。

「コックバーン提督には、きみの知り合いにあの潜水艇をウーリッジまで操縦できる者がいると伝えておいた」セブが言う。「もちろん、その人物が女性だとは伝えていない。提督は、女はみんな自分の妻みたいにくだらない噂話ばかりしている生き物だと考えているからな。女性だと知ったら、絶対に操縦を許さないだろう。だから提督には、きみがトラファルガーで見つけた火薬を運搬する少年だと話しておいた。提督からは計画を進めるよう言われたよ」

ベネディクトは目を閉じて、椅子の背もたれに頭を休めた。ジョンストーンが捕まり、ボナパルト救出作戦は頓挫した。よかったと考えようとするものの、そう考えられない。愛国心を持つのはいいことだが、それで自分の経済的な問題が解決するわけではない。それに今日のような、わが妻の苦境も。

「ジョージーに話してみる」ベネディクトは言った。「今週の夜、彼女とオーア・ストリートにある倉庫で落ち合えるだろう」

ジョージーはさぞ喜ぶに違いない。そう考えて、ベネディクトは心の中で笑みを浮かべた。真夜中、扱いが難しい潜水艇を操縦してテムズ川を下る――それこそ、彼女が心から楽しめる冒険にほかならない。少なくともジョンストーンは勾留されているから、ジョージーの身に危険が及ぶことはないだろう。潜水艇がテムズ川に浮かんでいるかぎり、彼女は安全だ。

今日の午後、ジョージーは命の危険にさらされた。それを思い出すだけで全身の血が沸騰する。いとこが彼女に汚らわしいまねをする時間がなかったことを、神に感謝したい気分だ。もし何かされていたら、ベネディクトは自分を抑えきれず、あのろくでなしを殺していたかもしれない。ごく一部の人しか知らないとはいえ、ジョージーは彼の妻だ。彼女を守るのはベネディクトの務めでもある。ずっとジョージーと一緒にいるべきだった。下手をしたら彼女は殺されていたかもしれないのだ。

ベネディクトはブランデーをもう一度あおった。彼女がいない人生など想像もつかない。いつも挑戦的なジョージーに混乱させられることも多いが、生命力と決断力、それに少し皮肉めかした機知の持ち主である彼女がいない世界など考えられない。自分には彼女が必要だ。一時的な気晴らしとしてではない。みずからの幸せのために、今後ずっとジョージーが必要なのだ。

アレックスとセブのように信頼し、尊敬できる女性がこの世に存在するとは思いもしなかった。今まで女友達はひとりもいない。ただの知り合いか、愛人しかいなかった。心の中で、恋愛と友情はきっちりと線引きされていた。片側に女がひとまとめにされ、反対側に尊敬できる男たちがいるという区分けだ。だが、ジョージーはその境界線を壊した。彼女は友人であり、愛人でもある。彼を誘惑すると同時に、深く考えさせる存在だ。

ベネディクトは暖炉の火をぼんやりと見つめた。ジョージーはぼくに関して同じように感じているだろうか？ それとも、ただ肉体的に惹かれた経験豊かな男として利用しているだけなのか？ 一刻も早く処女を捨て、性行為という体験を得るために？ ベネディクトはぎりぎりと歯を食いしばり、心の中でひとりごちた。いや、ジョージーはぼくを愛していないかもしれないが、求めているのはたしかだ。もし欲望を感じていなければ、ぼくに触れられてあれほど熱心な反応を示すはずがない。信頼していなければ、彼女のすべてを与えてくれるはずがない。

ジョージーはまだ、ふたりが一緒にいられる時間はかぎられていると考えているのだろうか？ あと数カ月もしたら、別の愛人に乗り換えるつもりか？

ばかな。自分が生きているあいだは、そんなことは許さない。

ジョージーはぼくの妻だ。ほかの誰かに渡す気はない。

ベネディクトは言葉を失った。思えば、なんと皮肉な状況だろう。見知らぬ他人と便宜上の結婚をする羽目になった。彼の両親とまったく同じように。だが、同じなのはそこだけだ。父と母は共通点が何もない。興味の対象も違えば、夫婦のかたい絆で結ばれているわけでもなかった。一瞬は惹かれ合ったこともあるのだろう。少なくとも、最初はそうだったはずだ――息子をふたり、もうけているのだから。しかし結婚生活の終わりには、両親は同じ空間にいることさえ耐えられない様子だった。

ジョージーとベネディクトは違う。そう、ふたりのあいだには欲望がある。今でもわれながら驚くほど獣じみた激しい欲望だ。だが、それだけではない。どちらも冒険をこよなく愛しているし、面白いと感じる感覚も似ている。それにジョージーの意見や計画はすべて野心的だ。そんな彼女に興味をそそられ、魅了されている。これからもずっとそうだろう。数週間後に教会で結婚の誓いを述べることになるが、そのときジョージーには自分が彼女を愛しているふりをしていると思われたくない。本気で誓いの言葉を述べているのだとわかってほしい。永遠に一緒にいたいと心から思っているのだと。

これは運命なのだろうか？　運命というものに関してベネディクトにわかるのは、自分がほかの人よりも数多くの銃弾をよけて生き延びてこられたことだけだった。宇宙に働く確率が、彼に有利に働いたに違いない。きっとそれと同じことなのだろう。天文学的な確率で、一緒にいて楽しい女性を見つけ出せたのだ。父と母が生み出した悪《あ》しき前例を覆せる相手を。

暖炉の火がはぜて、ベネディクトは惨めな現実に引き戻された。ありえない。彼には金がない。いつだって、その乗り越えられない試練が邪魔をする。しかもジョージーに、彼女の母親が望んでいる爵位すら与えることができない。彼女に与えられるものがあるとしたら、自分自身だけだ。それだけで足りるはずがないだろう？

「ずっとしかめっ面だな」セブが小声で言った。

「黙れ」ベネディクトは彼をにらみつけた。だが、目に力が入らない。

不安と絶望が一気に押し寄せてきた。時間が刻一刻と過ぎていく。社交シーズンはあと数週間で終わってしまう。そのあいだにベネディクトとジョージーは婚約を発表し、結婚するだろう。そしてジョージーは彼から離れていく。リンカーンシャーの荒野へ舞い戻るか、長年の夢だった欧州大陸周遊旅行に彼なしで出かけるかのどちらかだ。そのときはジョージーを手放さなければならない。いくら彼女を愛し、求めていたとしても。ジョージーへの愛を認めることで、彼女の重荷になることは許されない。

心臓をえぐられるような気分だ。

アレックスが自分のグラスにブランデーを注ぎ、同情するようにベネディクトの肩を叩いた。「女のことだろう？」

ベネディクトは低くうめいた。″この瞬間を大切にしろ《カルペ・ディエム》″彼の座右の銘だ。ジョージーとは、あと数週間一緒にいられる。最後のときが来るまで、その一瞬一瞬を楽しもう。次に彼女と会えるのはいつだろう？　今度、彼女と愛を交わせるのはいつだ？　じれったさのあまり、彼は床に足を小さく打ちつけた。

できることなら、ジョージーとひと晩じゅう一緒に過ごしたい。人目を気にして、ほんの数時間過ごすだけでは物足りない。たっぷりと時間をかけて彼女を味わい、体のあらゆる部分を探りたい。いい香りがする柔らかな胸の谷間から頂までを、舌先でたどりたい。腿の内側の乳白色の肌や腹部のしなやかな筋肉、それに熱く濡れそぼった欲望の芯も。ジョージーがあげる歓びの声を聞きたい。舌で愛撫され、彼女が鋭く息をのむ音も。

アレックスがセブに何かささやいている。気だるい物思いから覚めて、ベネディクトは目をしばたたいた。下腹部が岩のようにかたくこわばっている。もういいかげん、妄想を止めなくては。

ベネディクトは頭を振った。「少しベッドで休んでくる」

38

その日の午後のお茶の時間に、シメオンは自分が遠方に住む大おばの遺産の唯一の相続人であると宣言し、その場にいる全員を驚かせた。

「金鉱ですって？　ウェールズにある？」母が繰り返した。驚きのあまり、紅茶のカップを落としそうになっている。

シメオンは自分の発言が居間を爆破する手榴弾《しゅりゅうだん》ほどの威力を発揮したことにまるで気づかないらしく、うわの空であいまいな笑みを浮かべると、ジュリエットを熱っぽく見つめた。

「えっ？　ああ、そうです。大おばのウィルヘミナのものでした。ぼくはいつも彼女のお気に入りだったんです。毎年、大おばの誕生日には詩を贈っていました。ウィルヘミナというのは韻を踏むのが難しい名前だったなあ。とにかく、彼女が財産をぼくに遺してくれていたのがわかりました。遺産まるごとです。大おばはぼくに、〝ウェールズという場所にあこがれを抱いてくれるのは家族の中であなただけよ〟と言っていました」

「ウェールズってどんな場所？」ジュリエットが息を吸い込んで尋ねると同時に、母も口を開いた。「そこは定期的な収入が見込める場所なの？」

シメオンがまず母に向かって答えた。「ええ。みんなの話からすると、年に五〇〇〇ポンドくらいになるそうです。家と土地、その他もろもろがあるらしい」貧弱な口ひげを引きつらせながら、ジュリエットの手を取る。「実際〝家〟と言いましたが、どちらかというと城に近いです。小塔も堀もありますから」

興奮のあまり、ジュリエットは呼吸もままならない様子だ。「お城？」うっとりとため息をつく。「あなたは本当にお城を所有しているの？」

「ああ、カーマーゼンの近くにね。一二〇〇年代に建てられたもので、一部がまだ現存している。それに近くにはドラゴンが住むという伝説の洞穴があるんだ」

「あら、イングランドにドラゴンはいないわ」ジュリエットがささやく。

「でも、ウエールズだよ。国旗にもドラゴンが描かれている。いないとは言いきれないさ」

「すばらしい知らせだわ、ミスター・ペティグリュー」母は喜びのあまり、もう一枚ビスケットを取って食べた。「あなたに自活する手段があるとわかって本当にうれしい。それこそジュリエットにふさわしいことだもの。ふところ具合がうんとよくなったことを、もっと早く教えてくれたらよかったのに。それだけが残念よ」

シメオンが混乱したように母を見る。「ですが、ジュリエットが愛してくれているのは、ありのままのぼく自身です。ぼくが所有しているものではありません」

その言葉を聞いて母は唇を引き結び、ジョージーは笑みを抑えた。今の自分の立場をずばりと言い当てられた気分だ。よりにもよってシメオンに。胸に去来するのはほろ苦い痛み。

シメオンの今の言葉は彼女自身の願望――そして問題――を完璧に浮き彫りにした。ベネディクトとのことをどうすればいいだろう？　彼がジョージーを愛するようになるかもしれない――そんな望みを抱くのは、あまりにばかげたことだろうか？　全財産をもってしても、自分がいちばん望んでいるものを買うことはできない。そう、ベネディクトの愛を。

予想どおり、ジュリエットとシメオンの婚約は社交界にすんなりと受け入れられ、〝ジュリエットと恋人がふたりきりで旅行用の馬車に乗り込むのを見た〟という醜聞の衝撃をやわらげた。いつもお楽しみを求める貴族たちは、最初は嬉々《きき》としてその一件を話題にしていたが、婚約発表以降は気にも留めなくなったのだ。あのふたりは結婚し、その八、カ月後に赤ん坊が誕生することになるだろう、というのがもっぱらの噂だった。

口うるさい人たちの中には、最近の若者は道徳的にだらしないと舌打ちする者もいた。それに熱心な求婚者たちの中には、ジュリエットが結婚市場から姿を消したことにがっかりしたと宣言する者もいた。とはいえ全般的に見れば、みながふたりの結婚を楽しみにしている。ジュリエットがハノーヴァー・スクエアにあるセント・ジョージ教会での挙式を希望していると聞き、社交界全体がわくわくした雰囲気に包まれていた。結婚予告は結婚式がある五月半ば前に、三週間連続で公示される予定だ。

善意ある人々から妹の幸せに対する祝いの言葉をかけられるたびに、ジョージーは心からの笑みを浮かべた。しまいには頬が痛くなったほどだ。それに姉の彼女が未婚であることに対するあからさまな当てこすりを言われても、どうにか我慢しようとした。本当なら、そういったいやみな連中に〝わたしもすでに婚約し、結婚する予定です〟と言ってやりたい。でも正確にはいつ結婚するか、ベネディクトとまだ話し合っていないため、何も言わないことにした。ふたりの婚約はジュリエットのそれよりも、はるかに大きな衝撃を社交界全体に与えるに違いない。妹の栄光の瞬間を邪魔したくはない。

この一週間、ジョージーはベネディクトの姿を見ていなかった。ジョージーが出席するどの催しにも、彼は姿を現さない。ひと目だけでもいいから彼の姿を見たい――そんな切ない思いをジョージーは抱いていた。それだけに六日前、ベネディクトから届いた手紙に興奮を抑えきれない。彼はまさに今夜、オーア・ストリートにあるコーヒーハウスで彼女に会いたいと記していた。これこそ、ジョージーがいつも求めている冒険にほかならない。自分の手腕を試し、本当に大切な誰かを手助けするための機会だ。

「ねえ、ピーター、わたし、少年の変装をしなければいけないの」

もう何年もジョージーに仕えているだけあって、ピーターは日に焼けた顔に驚きの表情すら浮かべなかった。「もちろんそうでしょうとも。理由をおききしてもいいですか？　なぜなら、あなたがそんなことを言いだす理由はひとつしか考えられないからです。きっと何か――」

「とんでもない計画に関わろうとしているから？」ジョージーは言葉を引き継いだ。「ええ、そうかもしれない」背伸びをして、ひげの生えたピーターの頬にキスをする。「でも、あなたならわたしを助けてくれるわよね？　絶対に慎重に行動すると約束するから」

年老いたピーターはため息をついた。「ああ、ジョージアナ・キャヴァスティード、あなたは本当にお父上にそっくりだ。あの方も面白半分に何かを始める人でした。並々ならぬ冒険心の持ち主だったんです」涙目になったのか、激しくまばたきをする。「もちろんあなたを助けますよ。ただし、あなたの身に何か起きたら首を絞めてやるとワイルドに伝えてください。さあ、何が必要ですか？」

「ブリーチズね。あと上着も。粗末で目立たないものをお願い。ああ、それと帽子もよ。髪を隠さなければいけないから。火薬運搬か、煙突掃除の少年に見せたいの」

「そんな変装をして何をするつもりです？」

「大切な荷物を、ウーリッジにある海軍の造船所まで届ける手助けをするの」

ピーターは不満げにうめいたが、ジョージーの命令に従うために出ていくと、数分後に衣類の山を抱えて戻ってきた。「さあ、どうぞ。オーア・ストリートには何時に着かなくてはいけないんです？」

彼女は目の前の課題に意識を集中させた。「ウーリッジはライムハウスの下流にあるから、船を動かすには引き潮に乗る必要があるわ。今夜は満潮がちょうど真夜中なので、それまで待たなければならない。だからベネディクトと夜一一時に待ち合わせをしているの」

「でしたら、一〇時半に馬車の支度を整えておきます。お母上にはなんと言うつもりです？」

「母とジュリエットは今夜、オペラに出かけるの。わたしは『ドン・ジョヴァンニ』は嫌いだから、明日の朝に会いましょうと伝えておいたわ」

ピーターがうなずく。「ということは、船はあなたが操縦するんですね？　わたしが教えたことを思い出してください。テムズ川は、あなたの故郷にある池とはまったく違います。くれぐれもぬかるんだ土手から離れ、潮の流れを注意して見るように。引き潮だと川の水深はせいぜい一メートルちょっとですが、満潮だと七メートル近くになるんです」

「気をつけるわ。約束する」

ベネディクトは手紙とともに、筒に入れた計画書も送ってきていた。潜水艇を操縦するのは初めてなので計画書を何度も見直した結果、船を完全に水面下に沈める必要はないとジョージーは判断した。彼女たちがやるべきなのは、あの船でテムズ川を下ることだけだ。いつものように帆を張って舵《かじ》を取り、引き潮の力を利用して前に進めばいい。

暗くなるにつれ、興奮で胃のあたりがうずきはじめた。ブリーチズがヒップにぴったりと張りついている——女らしい体の曲線を考慮せずにつくられているからだろう。ピーターから渡された清潔なシャツとゆったりした上着を身につけ、船乗りのようにおさげ髪にして、その上からふかふかの帽子をかぶっている。最後の仕上げに模様入りの赤いハンカチーフを首に巻いた。鏡をちらりと見ると、少年にしか見えない。胸のふくらみを隠すために肩をすぼめる工夫もしている。

厩舎で待っていたピーターはジョージーを見るなり笑みを浮かべ、からかうように彼女の肩を叩いた。彼が同じ仕草を船の給仕係の少年や年若い船員たちにしているのを見たことがある。男性にとって、相手への愛情を示す表現方法のひとつなのだろう。

「さて、ジョージー・ポージー」ピーターは、彼女が子どもの頃によく聞かせてくれた童謡の一節を口にした。「行きましょう。〝男の子たちにキスをして泣かしたらだめ〟ですよ。わかりましたか？」

彼女はわざと目を大きく見開いた。「あら、誰に言っているの？　わたしはそんなこと、夢にも思っていないわ」

39

コーヒーハウスのドアから入ってきた人物を見て、ベネディクトはすぐにそれが妻だと気づいた。三秒もかからなかった。思わず顔をしかめる。きっとジョージーはうまく変装し、誰にも気づかれないと考えているのだろう。帽子をかぶった頭をさげ、顔を隠している。だが、ほかの者たちが彼女の変装に気づかないとは思えない。それとも、それは自分が彼女のことを意識しすぎているせいなのだろうか？

隣にある木製の長椅子に腰をおろしたジョージーを、ベネディクトはちらりと見た。形のいい胸はシャツのボタンで締めつけられ、いかにも窮屈そうだ。長い脚はぴっちりした褐色のブリーチズで覆われているが、丸いヒップがこれ以上ないほど強調されている。体を触れ合わせているわけではないのに、ジョージーの香りも漂っていた。彼女が動くたびに、くらくらするような香りが肌から立ちのぼる。近づいた者なら誰でも、その女らしい香りに気づくだろう。だが、誰もジョージーには近寄らせない。

ベネディクトはテーブルの上に手のひらを置いた。そうしないと、今すぐジョージーの上着の襟をつかんで外の裏路地まで連れていき、壁に押しつけて体を重ねてしまいそうだ。

まったく。

「こんばんは、ジョージー」テーブルの反対側に座っているアレックスが言った。

彼女はアレックスに会釈をした。続いて、二杯目のコーヒーを片手に座り、壁にだらしなく寄りかかっているセブにも。ベネディクトはカウンターの隣にある大きな掛け時計を一瞥し、出発までまだ時間があるのを確認すると、ジョージーのためにココアを注文した。彼女は運ばれてきたココアを素直にすすった。

真夜中近くにもかかわらず、店内にはまだ活気がある。とはいえ、彼らが満潮を待つあいだに客の数は目に見えて減りはじめた。ベネディクトとアレックス、セブはこれまで計画の詳細を入念に確認し合ってきた。倉庫に忍び込んだら後部ドアを開け、潜水艇をテムズ川に進水させる。ベネディクトとジョージーが潜水艇を海軍の造船所へ届ける一方、アレックスとセブは倉庫内を探索して、ジョンストーンとオメーラの悪事のさらなる証拠をつかむ手はずだ。

ベネディクトは倉庫の背後にある小さなドックに停泊している何隻かの船のマストから目を離さずにいた。ドックは分厚い木製のゲートで仕切られ、テムズ川とは隔離されている。もし川に出たいなら、そのゲートを開かなければならない。注意深く見つめていると、どのボートも錨をおろし、潮の流れとは反対の方向に船の舳先《へさき》を向けているのがわかった。

「よし、そろそろ時間だ」

ベネディクトが立ちあがろうとしたそのとき、粗末な身なりの少年がテーブルに駆け寄ってきた。ジェム・バーンズだ。彼は袖口で鼻を拭くと、くんくんとにおいをかいだ。

「こんばんは、旦那たち」少年はベネディクトとセブ、アレックスに会釈をし、ジョージーをちらりと見てつけ加えた。「お嬢さん」

ベネディクトは鼻を鳴らした。やはり彼女の変装はこの程度のものだったのだ。ジェムのように鋭い者の目をごまかすことはできない。「ここで何をしている？」

少年がズボンをぐいと引きあげる。「旦那に言われたとおり、ジョンストーンを尾行してたんだ」

「だったら、おまえももう彼がボウ・ストリートにいるのを知っているはずだ。まさか、その情報を教えて報酬をもらおうと考えたんじゃないだろうな？」

ジェムはぼさぼさの頭を横に振った。「まさか！　旦那に伝えたいことがあったんだよ。旦那たちが捕まえたのはジョンストーンじゃない」

「だが、ぼくはこの目で彼が独房にいるのを見たぞ」アレックスが言う。

「それが違うんだ。旦那たちの仲間がしょっぴいたのは別人で、船の舵取りをしているファーガス・ジョンストーンっていういとこさ。ふたりは双子みたいにそっくりなんだよ」

ベネディクトとアレックスはちらりと目を見交わした。「たしかなのか？」

「うん。ボウ・ストリートに食事を届けるふりをして、この目で確かめてきた。あれは絶対にファーガスだ」

「それなら、トム・ジョンストーンは今どこにいる？」

「コヴェント・ガーデンにある売春宿。ハモンドの手下だった連中も一緒だよ」ジェムがちらりとベネディクトを見る。「旦那なら知ってるだろ？　シャドウェルにフィネガン、ドウズ。グレーヴゼンドの手入れを免れた三人だ」

ベネディクトは小さく悪態をついた。ギャングの中でも最も凶悪な殺し屋たちだ。

「ジョンストーンは、旦那たちが牢屋に入れたのが自分だと考えているかぎり、絶対に安全だと思ってる」ジェムは続けた。「だからあの船を動かしに来るよ」

「ジョンストーンが今夜、あの潜水艇を動かしにここへ向かっているというのか？」アレックスが言う。

「うん。あと三〇分、いや、それより早く着くかもしれないな。ジョンストーンたちは潮の流れに乗ろうとしてるんだ」

ベネディクトはため息をついた。「よし、よくやった、ジェム」

彼はポケットからソブリン金貨を取り出し、少年の汚れた手のひらに押しつけた。ジェムが金貨を歯で嚙んで本物か確かめてから、ポケットの中へ滑らせる。驚いたような顔をしたセブに向かって、すきっ歯を見せながらにやりとした。「用心するに越したことはないだろう？　いかさま師や贋金を作るやつらはうようよいるからね」

ベネディクトはセブとアレックスにきいた。「待ち伏せするか？」

ふたりが目を輝かせる。「ああ、そうしよう」

けれどもジョージーを見た瞬間、ベネディクトの胃がきりきりと痛んだ。だめだ。彼女を日にすべきだろう」

こんな危険なことに巻き込むわけにはいかない。ここから離れなくては。「いや、また別の日にすべきだろう」

三人がいっせいに驚いたようにベネディクトをにらむ。

「ジョンストーンとあの潜水艇をみすみす見逃すつもり？」ジョージーが軽蔑のまなざしでベネディクトを見る。男の自尊心をずたずたにする視線だ。「ばかげているわ。わたしを心配するのはやめて、ワイルド。まだ時間があるうちに倉庫へ行きましょう」

ジョージーの頬はピンク色に染まり、瞳は輝いている。彼女のうなじに手をかけてキスをし、常識を取り戻せと言ってやりたい。なんて強情な女だ。彼女は挑戦するように無言のまま眉を吊りあげ、かたくなな表情を浮かべている。ベルベットのような柔らかい見せかけの下には、鉄の意志が秘められているのだ。

「わたしが一緒に行くのを禁じても無駄よ」彼女がそっけなく言った。「覚えてる？　この中で船を操縦できるのは、わたしだけだってことを」これで問題解決とばかりに胸の前で腕を組む。たしかにジョージーの言うとおりだ。

アレックスが面白がるように鼻を鳴らしたが、あわてて咳でごまかした。

「きみの奥方はすごい女性だな、ベネディクト？」セブがうなるように言う。

ジョージーがセブに向かってにこやかに微笑んだ。

ベネディクトは敗北のため息をついた。すばやく行動すれば、ジョンストーンが到着する前にここから出発できるかもしれない。「よし、わかった。ジェム、見張りを頼めるか？」

「もちろん」

五人で道を渡り、暗い倉庫へ向かう。ベネディクトはアレックスと目を合わせ、低い声で警告した。「もう一度彼女の尻を見たら、殴り倒すぞ」

アレックスがいたずらっぽい笑みを浮かべる。「男なら女に目が行くのは当然だ。しかもあんな魅力的な女性なら、なおさらだよ。ぼくはきみの趣味のよさに感心しているだけさ」

ベネディクトは顎をこわばらせた。そんな彼の肩をアレックスがぴしゃりと叩いて笑う。

「おい、もっと肩の力を抜け！　嫉妬するなんて、きみらしくもない」

「いつか妻を持てば、きみもぼくの気持ちがわかる」

アレックスが芝居じみた様子で体を震わせる。「ぼくが妻を持つだって？　ありえないよ」

見張り役のジェムを倉庫の正面に立たせると、四人は脇にある路地へ向かった。まずはセブとアレックスが、以前ベネディクトとジョージーが使ったのと同じ窓から倉庫内へ忍び込んだ。続いてベネディクトは窓の下に置いた樽にジョージーをのせ、ウエストに手をかけて持ちあげようとした。そのまま手を離すつもりでいたのに、手のひらにほっそりした体の感触を感じたとたん、頭の中がぐちゃぐちゃになった。本能に突き動かされ、ジョージーを引き寄せる。彼女がバランスを崩し、両手をベネディクトの肩に置いた隙を狙って唇を奪った。甘さも、騎士道精神のかけらも感じられない口づけだ。興奮に任せた荒々しいキス。燃えるような欲望が間違いなく彼女にも伝わったのだろう、ジョージーは一瞬驚いた顔をしたが、すぐに彼の首に両腕を巻きつけ、負けじとキスを返してきた。いくら口づけても足りないと言いたげに。ベネディクトは脚から力が抜けそうになった。彼女が欲しい。これまで誰かを、何かを、こんなにも強く求めたことはない。「ジョージー、きみに命を吸い取られそうだ」彼女が熱心にあたたかな唇を押し当ててくる。なんと味わい深いキスだろう。

倉庫の中から笑いまじりの咳が聞こえた。「ふたりとも、中に入ってくるつもりはあるのか？　それともこの任務はアレックスとぼくだけでやらなければいけないのかい？」

ベネディクトはしぶしぶ体を離した。脚がふらつき、心臓は早鐘を打っている。

「さあ、中へ入るんだ」樽の上で、ジョージーが体の向きを変えた。ベネディクトの顔のすぐ近くに、彼女の形のいいヒップがある。これこそまさに拷問だ。すべてが終わったら、ジョージーを〈トライコーン〉に連れ帰り、思う存分愛し合いたい。何時間でも、何日でも、何週間でも。

倉庫は木くずとタールのにおいがした。それにテレピン油と――新鮮な火薬のにおいもする。ベネディクトは眉をひそめた。こんなに火薬のにおいがするはずがない。つい数日前、樽の中の火薬を湿らせたばかりなのだから。積み重ねられた樽の山へ大股で向かい、油布をめくる。「くそっ」

アレックスが暗闇から姿を現した。猫のようにしなやかな動きだ。「どうした？」

「ジョンストーンは新たに火薬を受け取っている。前にあった火薬はすべて使い物にならないようにしたんだが」

「ぼくたちの誰も、たばこを吸わなくてよかったな」セブがそっけなくつけ加える。

彼らが倉庫の反対側にある両開きのドアの掛け金を外し、ドアを横に滑らせると、傾斜した木製の船台が現れた。船台の先は暗い川水の中に消えている。潮は完全に満ちていた。斜めになった船台のてっぺんから数十センチのところまで、川水がぴちゃぴちゃと打ち寄せている。月明かりに暗い川面《かわも》がときおり照らされる中、小さな入り江側に沿って停泊している何隻もの船がロープにつながれたまま揺れて、きしり音を立てていた。

ジョージーがベネディクトの隣に立った。「問題があるわ。船体にまだタールが塗られていないの。水に浮かべることはできるけれど、このままだと厚板のあいだから川水が入ってしまう」

「どれくらい入るだろう？」

「わからないわ」

「ジョンストーンはそれでも潜水艇を動かそうとしている。川面に浮かべて、船が沈まないかどうか確かめてみよう」

ベネディクトが船体に結びつけられている係留ロープの一本を握りしめているあいだに、アレックスとセブは浸水しないよう潜水艇につけられていた木製のブロックを次々と足で蹴飛ばし、外していった。やがて潜水艇がきしり音とともに角度のついた船台を滑りはじめ、徐々に加速して、しぶきをあげながらくすんだ川水へと入った。

四人はその場に立ち、潜水艇の様子を眺めた。

「浮かんでいる」アレックスが言う。

「この船に名前をつけたい気分だ」セブが言った。「船には名前が必要だろう?」

ベネディクトは微笑んだ。「〈ジョージアナ号〉にしよう」ロープを強く引っ張り、潜水艇が船台と平行に漂うようにして、ジョージーがうなずく。ジョージーの手を握る。「さあ、気をつけて乗船するんだ、ミセス・ワイルド」ジョージーがうなずく。ベネディクトは軽々と彼女を持ちあげ、揺れる甲板の上におろした。ジョージーが言いながらハッチへ近づいて、中をのぞき込む。「何も見えないわ。ランタンを取ってもらえる?」

アレックスはポケットから火打口箱を取り出し、作業台に置いてあったオイルランプのひとつに火を灯した。

「少しずつ水がもれているわ」ジョージーが言った。「でも、沈まずにどうにかウーリッジまで到着できそう」オイルランプをベネディクトに返す。彼はすぐに火を吹き消した。

そのとき、倉庫の側面の窓で何かが動いた。四人がはっとして振り向くと、ジェムが開き窓から床に並べられた積み荷の上に飛びおりた。「旦那たち、時間切れだ」少年は息を切らしている。「ジョンストーンが来たよ。恐ろしい顔をしてる!」

ベネディクトはジェムに手招きをした。「早く! 潜水艇に乗るんだ」

少年があとずさりする。「無理だよ、おいら、水が大嫌いなんだ」

汚れがこびりついた顔から察するに、それは本当なのだろう。水で顔を洗うのさえ避けている様子だ。

「泳げないのか?」

「うん」

ベネディクトはため息をついた。「だったら早くどこかへ隠れろ」傾斜面についた金属の索止めにロープを結びつけ、ジョージーを見あげる。「きみは潜水艇の中に入ってじっとしていてくれ。ぼくたちがジョンストーンを倒すまで」

40

心臓が止まりそうなほどの恐怖を覚えたが、ジョージーは言われたとおりにした。狭い入り口から滑りおり、川の水がすでに入り込みはじめて小さな水たまりができた船内に着地する。外の様子をどうしても知りたくて、煙突の形をした正面部分にある丸いのぞき穴からうかがった。

アレックスは前方の窓の脇に立っていた。ベネディクトとジェムは作業台の向こうに隠れ、セブは火薬の樽の近くに積まれた材木のうしろに身をひそめている。外から砂利を踏みしめる足音が近づいてくると、セブが頭を傾け、無言の警告をした。男たち三人が服から拳銃を取り出し、いっせいにうなずき合うのを見て、ジョージーは衝撃を受けた。心臓が口から飛び出しそうだ。

永遠にも思える時間のあと、錠に鍵が差し込まれる音がして、倉庫のドアが開かれた。狭い戸口から入ってきたのは四人の男だ。ひとりがランタンを掲げて周囲を照らしている。不気味な沈黙のあと、彼らは潜水艇が川面に浮かんでいるのに気づき、怒りの声をあげた。

いちばん前にいた、ぼさぼさのもみあげと頬ひげを生やした大柄な男――これが本物のトム・ジョンストーンだろう――が怒鳴った。「オメーラ？　いるのか？」

四人は疑わしげにあたりを見まわすと、同時に武器を取り出した。ふたりは拳銃、あとのふたりはナイフだ。

「残念ながら違う」アレックスがうなるように言う。彼は最も近くにいる男に拳銃を向けて立っていた。「われわれが相手だ」

男たち四人がアレックスのほうを向いた瞬間、耳ざわりな銃声が響き渡り、ジョージーは悲鳴をあげた。銃声はあらゆる方向から聞こえたように思える。銃口から放たれた火やもうもうと立ちのぼる煙の中、男たちの怒号やうめきが壁に反響し、さらに混沌とした状況になった。

薄暗いせいで、ジョージーにはほとんど何も見えない。けれども一瞬、ベネディクトが弾の尽きた拳銃を投げ捨て、ジョンストーンに襲いかかるのが見えた。アレックスも別の男に飛びかかっている。四人の男たちは殴り合いを始めた。かつて一度だけ、ブラックウォールの酒場の外で、売春婦を取り合う船員たちがこんな乱闘を繰り広げているのを見たことがある。

月明かりにナイフの刃先が光るのが見えて、彼女はあえいだ。男たちが低くうめきながら取っ組み合っている。こぶしが体にぶつかる音を聞いていると、なんだか吐きそうだ。

男のひとりが床に倒れ、ぴくりとも動かなくなった。木くずの山の上で手足をだらしなく伸ばしている。もうひとりは積まれた木材の陰に逃げようとしたが、暗闇からぬっと姿を現したセブに肋骨のあたりを激しく蹴られ、顎にパンチを見舞われて、崩れるように倒れた。ベネディクトはジョンストーンを作業台めがけて投げ飛ばしている。木材や金属がぶつかる音とともに、ジョンストーンが痛みに叫ぶ声がしたが、彼は体勢を立て直した。ジョージーが炎に気づいたのはそのときだった。

男が掲げていたランタンが床に落ちて粉々に割れたせいで、今ではつんと鼻を突くにおいが漂っている。床に落ちた蠟《ろう》に炎が燃え移り、あっという間にタールのバケツとブラシに火がついた。シューッという不吉な音があがる。

すぐさまセブが駆けだし、火のついたバケツを手に取って、潜水艇の脇の川面に投げ込む。だが、あちこちの床で蠟が燃え広がっていた。火の粉があがり、あたりに散乱する木くずや油布、麻のロープなどが次々と炎に包まれていく。倉庫全体が燃えだすと、ジョージーはあわてて潜水艇から頭を突き出して叫んだ。「ここから出て！　火薬があるのよ！」

ジェムが作業台の向こうから姿を現し、舷門に向かって走りだした。明らかに、水よりも火のほうが怖いのだろう。ジョージーは甲板に這い出て、ジェムが乗り込めるよう潜水艇を少年に近づけようとした。波の勢いを利用して、潜水艇が少年に近づいたときを見計らい、手助けしようと思いきり腕を伸ばす。

ジェムは傾斜のついた厚板の端に立ってためらっていたが、潜水艇めがけて飛び移ろうとした。けれどもジョージーの手をつかみ損ねてしまい、甲板の正面にかろうじて指をかけたが、つかまるものが何もない。金切り声をあげながら、なすすべもなく川面へ沈んでいく。

ジョージーは甲板に腹這いになり、できるだけ遠くへ手を伸ばし、しぶきをあげている少年の手をつかもうとした。だが、つかめたと思ったとたん、ジェムの頭は泥だらけの川の下へ消えてしまった。

「ジェム！」彼女はあらんかぎりの声を張りあげた。

少年が潜水艇の脇から数十センチ離れたところに頭を出した。ちらりと見えた顔は顔面蒼白だ。見えないはしごをのぼるみたいに両腕を空中で振りまわし、口を開けて無言の叫び声をあげている。ジョージーが立ちあがり、川に飛び込もうとしたとき、煙が充満した倉庫からセブが現れた。

「あの子を助けて！　泳げないの！」

セブはジェムがおぼれているのを見て、すぐ川に飛び込んだ。ところが近くに行くと少年の両腕が首に巻きつけられ、ふたりとも沈みはじめた。セブが首から腕を振り払い、ジェムの顔に鋭いパンチを見舞う。ジェムが呆然としている隙に、セブは泳ぎながら相手の襟首をつかみ、波止場のほうへ進みはじめた。

「両足で水を蹴るんだ」荒々しく命じる。

ふたりが波止場の木製の階段までたどり着き、セブがようやく少年を地上へ引っ張りあげたとき、ジョージーは安堵の泣き声をあげた。ジェムは咳き込み、口から水を吐いている。

ジェムを助けようとするあいだ、倉庫の大乱闘から注意がそれていた。ジョージーは振り返り、立ち込める煙の中にベネディクトの姿を探した。今や煙は両開きのドアからもうもうと吹き出している。

「さあ、出発だ！」セブが叫び、波止場の脇にある木製のゲートめがけて駆けだした。ドアを開いて、潜水艇をテムズ川へ押し出すためのハンドルをまわしはじめる。上げ潮に押され、鉄製の歯車はきしり音を立てたが、ゲートはしだいに開いていった。茶色の川水が流れ込み、潜水艇がゆらゆらと揺れだす。

ジョージーはブーツからナイフを取り出して、潜水艇を係留していたロープを切った。そのとき、アレックスが倉庫の側面の窓から飛び出し、裏路地をよろよろと歩きだすのが見えた。ベネディクトが舷門に向かって大股で進んでいるのも見える。

だが、いかんせん潮流には逆らえず、潜水艇はすでに波止場の真ん中まで進んでいた。するとベネディクトは頭を振り、ジョージーにからかうような笑みを向けた。渦巻く川水がふたりを隔てている。彼は口のまわりに両手を当てて叫んだ。「どこに行くつもりだ？」

潜水艇をこれ以上ベネディクトに近づけることはできない――ジョージーがそう答えようとした瞬間、彼は上着を脱ぎ捨てると、桟橋をおりて川の中へ入った。「くそっ、寒い！」

「いったい何をしているの？」彼女は金切り声をあげた。

その声を無視して、ベネディクトは水深が腿の高さになると彼女に向かって泳ぎだした。力強いストロークだ。潜水艇の脇にたどり着き、垂れさがったロープをつかんで体を引きあげる。ジョージーはブリーチズのうしろをつかみ、びしょ濡れで荒い呼吸の彼を甲板へ引っ張りあげた。ベネディクトの大きな体で、いきなり甲板が狭くなったように感じられる。

彼は仰向けに寝転がり、笑いと痛みが半々のうめき声をあげた。「ぼくなしの冒険は許さないよ、ミセス・ワイルド。わかったかい？」

ジョージーは叱るように眉をひそめてみせた。こんな危ないことをするなんて。

「さて、どうすればこの船を動かせるんだ？」

彼にそうきかれて、ジョージーはすぐさま行動を起こした。帆を掲げ、ブーム（帆の下部を張るための横棒）を大きく広げて、帆が風を受けるようにする。それから舵柄を握り、船首を開かれたゲートへ向けた。立ちあがったベネディクトをちらりと見あげると、彼は満足げな表情で燃えている倉庫を眺めていた。倉庫がしだいに遠ざかっていく。

「ジョンストーンはどこに行ったの？」彼女は不安げに尋ねた。「まだあそこにいるのかしら？」

ベネディクトが顎に力をこめる。「わからないんだ。シャドウェルとドウズは死んだ。だが、ジョンストーンはどうにか逃げ出したらしい。フィネガンはどうなったかわからない」

その疑問に答えるように、煙があがる倉庫の後部ドアから大男が姿を現した。フィネガンだ。肩にライフルを掲げ、ジョージーの胸を狙っている。彼女が悲鳴をあげたと同時に、ベネディクトがすかさずジョージーの前に身を投げ出した。ライフルが発射され、ベネディクトの体の重みでふたりとも脇へ投げ出される。彼は甲板に膝を突き、悪態をついた。肩に赤いしみができており、白いシャツがみるみる赤く染まっていく。

「ベネディクト、あなた、撃たれてるわ！」

彼は手で自分の腕をぴしゃりと叩き、怒りのまなざしを倉庫に向けた。「なんでもない。大丈夫だ」ジョージーの頭を押さえて言う。「頭をさげて」

ライフルを掲げたフィネガンが再装塡を終えた。波止場沿いに走ってきたセブが邪魔しようとしたが、フィネガンは頭を低くして、またしても狙いをつけた。もう一発銃声が聞こえ、ジョージーはとっさに頭をかがめたものの、弾は船体横に命中して、裂けた木片が飛び散った。セブがフィネガンに飛びかかり、地面に押し倒した瞬間、倉庫じゅうに爆音が何発もとどろいた。

倉庫の窓が粉々になり、巨大な火の玉が空に向かってあがっている。火薬の樽が立てつづけに爆発したのだ。ジョージーが顔に爆発の熱を感じたと思ったとたん、倉庫はこっぱみじんになり、すべてが川水の中へのみ込まれた。そのとき彼女は奇妙にも、議会を爆破しようとした火薬陰謀事件の実行犯、ガイ・フォークスを思い出していた。

「セブ！」ベネディクトは目の上に両手をかざし、火に包まれた倉庫周辺をじっと見ていたが、やがてほっとしたように肩を落とした。セブが倒れた広告板の下から這い出し、ふたりに向かって手を振っている。

セブは立ちあがり、服についたほこりや破片を払おうとしたものの、結局諦めていらだちの表情を浮かべた。「また上着がだめになった！」ふたりに向かって叫ぶ。「ワイルド、ぼくに新しい上着を買ってくれよ！」

ベネディクトがくすくす笑って叫び返す。「ああ、いいとも！」

ジョージーは波止場のまわりを見まわして、アレックスとジェムが爆発した倉庫からずいぶん離れた安全な場所に立っているのを確認した。ふたりとも、コーヒーハウスに近い通りにいる。感謝の祈りを短く捧げたあと、彼女は混乱する感情を振り払い、舵柄をしっかりと握った。まだやらなければならない仕事が残っている。

ジョージーは舵を取ってゲートに向かった。藻で緑色になり、ぬるぬるしているゲートの木板を横切って、いざテムズ川に漕ぎ出した。

41

ジョージーは唇を噛んで意識を集中させ、潜水艇を操縦して川の中心に向かった。真夜中のため、ほかの船がほとんど見当たらないのがありがたい。泥に汚れたテムズ川から土くさいにおいが立ちのぼっている。潜水艇を進めていくと、ひどい悪臭がする腐ったものが漂っているのが見えた。何か確かめずにそのまま通り過ぎるのが賢明だろう。

川の波は荒い。荒波を受けて船体が左右に揺れ、船内からずるずるという奇妙な音が聞こえている。風が吹きつけて腕に鳥肌が立ったとき、ジョージーは気づいた。鳥肌が立っているのは寒さのせいだけではない。先ほど倉庫の大爆発を目の当たりにした恐怖が、遅ればせながらどっと押し寄せてきたからでもある。

ベネディクトが船体から頭を突き出して川面を見おろし、かぶりを振った。「このままだと水がどんどん入ってきそうだ。ウーリッジまで、あとどれくらいある?」

「一〇キロ弱よ」

「時間との戦いになりそうだな」

潜水艇は流れに乗って速度をあげている。川の蛇行に沿って倉庫や波止場の巨大な影を通り過ぎるうちに、燃えあがっている倉庫はじきに小さな点にしか見えなくなった。月明かりが前方を照らし出している。

潜水艇が最も鋭いカーブに差しかかった。ちょうどテムズ川が逆戻りする場所であり、ほとんど人がいない岸だ。じきに船は、ドッグ島にある〝ブラックウォール・ポイント〟として知られる吹きさらしの土地に到達した。無人の湿地帯だ。人型をした檻《ジベット》がちらりと見えた瞬間、ジョージーは身を震わせた。木製の絞首台に似た枠組みからぶらさげられている鉄骨の檻だ。鉄の檻の中には、すでに事切れた遺体が押し込められていた。

これと同じ光景を前にも見たことがある。ある夏、父に連れられてテムズ川をずっと船で下り、ダートフォードへ、さらには海にまで航海したときだ。ロンドンへ向かう船員たちは全員、このポイントを通過する。彼らに〝海賊になって悪事を働けば絞首刑になる〟と示すには絶好の地点だった。四世紀以上にわたり、有罪判決を受けた者たちがこのワッピング地区にある処刑ドックで吊るされてきた。彼らの遺体はタールを塗られ、ジベットに入れられて、河口に吊りさげられることになる。そしてテムズ川の満ち潮に三度浸されたあと、ようやく切り離されるのだ。当時八歳だったジョージーは、父からその恐ろしい話を聞かされてもわくわくして身震いしたものだった。そのとき父から、ここほど〝仕事の取り引きでは常に正直であれ〟と思い出させてくれる場所はないと教えられた。

テムズ川をぼんやりと見つめるうちに、彼女は胸がいっぱいになった。ジベットを見て、愛する男性をもう少しで失いかけたことを不意に思い出したのだ。

ベネディクトに自分の気持ちを伝えなければ。

片手で口を覆い、どうにかすすり泣きをこらえる。

ベネディクトはこちらをちらりと見て背後にやってくると、操縦しているジョージーの右腕の邪魔をしないよう気をつけながら両腕を彼女に巻きつけ、きつく抱きしめた。彼のびしょ濡れの服でドレスも濡れたが、そんなことは気にならない。強烈な感情に襲われて、ジョージーは彼に背中を預けた。衣服の生地から伝わってくる体のぬくもりに力をもらった気分だ。あたかも、ベネディクトの勇敢さや生命力を分け与えてもらったみたいに。

彼がジョージーの頭のてっぺんにキスをする。「もう大丈夫だよ、勇敢なお嬢さん。すべて終わった。安心して深呼吸していい」

彼女はゆっくりと息を吐き出し、新たに息を吸い込んだ。ベネディクトの力強い腕にしっかりと抱きしめられている感じがたまらない。いつしか全身の震えもおさまっていた。できることなら永遠にこうしていたい。テムズ川を下って、海に向けての航海をずっと続けたい。けれども川水が入り込んでいるせいで、小さな潜水艇はどんどん沈んでいる。ウーリッジまでたどり着けたら運がいいほうだろう。ましてや、それより遠くの地など目指せるはずもない。

ジョージーは川水を見おろした。この中には入りたくない。黒々としていて、いかにも恐ろしげだ。しかも流れがあまりに速くて、すぐに押し流されてしまいそう。ピーターから泳ぎ方は教わったけれど、故郷の湖の穏やかな水面と、この川の逆巻く荒々しい流れでは話が違う。

数分後、あたりに建物が見えはじめ、ブラックウォールの造船所に到着した。テムズ川の中でも、このあたりはジョージーも勝手知ったる場所だ。上下に揺れている何本ものマストのあいだに、黒々とした〈キャヴァスティード通商〉の倉庫の長方形の建物が見えている。その間も荒々しい波は潜水艇の甲板にしぶきをあげて襲いかかってきた。

「水をかき出すバケツはある？」ジョージーは尋ねた。

「いいや」ベネディクトが濡れたブーツを悲しげに見おろし、苦しげなため息をつく。「ぼくのブーツを使おう。最高の腕を持つ職人、ホービーがつくったブーツなんだ。二ポンド六ペンスもした。とても履き心地がよかったんだが」

「わたしが新しいのを買ってあげるわ」

最後の大きなカーブを曲がると、彼女は潜水艇を南側の岸へ近づけた。「このあたりのはずなんだけど」目を細めて暗闇を見ながら指差す。「あれよ！　きっとあれが海軍の造船所に違いないわ」

木製の柵の前に見張り役がひとりいた。柵の向こうには巨大な船が何隻も停泊していて、ゆらゆらと揺れている。見張り役はスツールに座って半分眠りこけていたが、ベネディクトが叫ぶと弾かれたように体を起こした。

「おーい、ゲートを開けてくれ。コックバーン提督に約束のものを届けに来た！」

見張り役は潜水艇――今ではほとんど沈みかけている――を興味深げに一瞥したが、言われたとおりに船を通過させた。波が穏やかになり、ジョージーは潜水艇を二隻の巨大なフリゲート艦のあいだの薄暗い場所に止めた。ベネディクトが船から岸へ飛びあがり、ロープを結わえつけて潜水艇を係留する。それからジョージーが伸ばした両腕をつかみ、船から引きあげた。

「陸地だ、やったぞ！」彼が笑い声をあげる。首をのけぞらせ、上機嫌で「ふーっ！」という甲高い叫び声をあげたのを聞き、ジョージーはびっくりした。勝利の雄叫《おたけ》びだ。思わず笑みを浮かべて、ほっと胸を撫でおろす。無事に着いたのだ。

ベネディクトが息を弾ませながら、彼女のほうを向いた。「やったな、ジョージーお嬢さん！」

彼の顔からは川水が垂れ、月明かりの中、ぴったりと張りついたシャツから肌が透けて見える。ベネディクトは勝利の笑みを浮かべると、つま先立ちになったジョージーを胸まで持ちあげてキスをした。荒々しい歓喜のキスだ。彼女も負けじとキスを返す。舌を絡め合っているうちに脚に力が入らなくなり、気づくとジョージーは彼にしがみついていた。高まる興奮に全身の血がたぎり、頭がくらくらしてくる。

ベネディクトがあえぎながら体を離した。暗闇で目を輝かせている。ジョージーは口を開き、自分の本当の気持ちを伝えようとした。「ベネディクト、わたし――」

近づいてくる足音が聞こえて、彼女は愛の告白をのみ込んだ。

「ワイルド！　わたしの潜水艇を運んできてくれたんだな！　よくやった！」

薄暗い波止場沿いに大股でやってきたのはコックバーン提督だった。ベネディクトは敬礼してから手を差し出し、ふたりはかたい握手をした。提督がジョージーに向き直り、やはりしっかりと握手をする。「この少年が助けてくれたんだな。よくやったぞ、きみは今夜すばらしい仕事をしてくれた。心から感謝する」

航海の途中でジョージーの帽子はどこかへ飛ばされていたが、髪は船乗りのようなおさげ髪のままだ。彼女はうつむいたまま、祈るような気持ちだった。どうか女だと気づかれませんように。

ベネディクトが沈みかけた潜水艇を身ぶりで指し示す。「水をかき出さなければいけません」

提督は肩をすくめた。「問題ない。ビルジ・ポンプが吸引してくれる。重要なのは、ジョンストーンの卑劣な計画を阻止できたことだ。本当によくやってくれたな。きみたちの貢献は計り知れない。殿下にきみたちふたりの功績を伝え、褒美をいただけるよう取り計らうつもりだ」提督がジョージーに向き直る。「きみの名前は？」

内心でうめきながらも、ジョージーは一オクターブ低い声で答えた。「ジョージです」

提督はすぐに見抜いた。驚きに息をのみ、ベネディクトに尋ねる。「女の子なのか？」

これ以上ごまかすのは無理だと思ったのだろう。ベネディクトが前に進み出て、彼女を紹介した。「実はそうなんです、コックバーン提督。ご紹介します、こちらはミス・ジョージアナ・キャヴァスティード、〈キャヴァスティード通商〉の所有者です」

少年の変装をしているのに、お辞儀をするなんてばかげている。そこでジョージーは提督の目を見つめ、頭を傾けて挨拶をした。

「なんてことだ、こんなのは前代未聞だ」提督が怒鳴り散らす。「いったいどういうつもりだ？」

ベネディクトは動じなかった。「ぼくがミス・キャヴァスティードに一緒に来てくれと頼んだのです。彼女は海や船に関する幅広い知識を持っている。彼女がいれば、今夜の成功は確実だと考えました。実際、彼女はこの任務を完璧にやり遂げてくれたと思います」

その称賛の言葉を、ジョージーは心から誇らしく感じた。

「こんな話は聞いたことがない」提督は父親のような目でジョージーをにらみ、白い頬ひげを引っ張った。「きみが少年の格好をしてロンドンじゅうを男と遊び歩いていることを、きみの母上は知っているのかね？」

彼女は答えようと口を開いたが、ベネディクトに先を越された。「ちょっとよろしいでしょうか？」そう言いながら、ジョージーに共犯者めいた表情を見せる。彼は醜聞になるのを覚悟で、何かしでかそうとしているのだろう。それがなんなのかはわからないけれど。「あなたにお伝えしなければなりません。大変名誉なことに、ミス・キャヴァスティードはぼくの妻になることに同意してくれました。あなたは大変慎重なお方です。そのあなただからこそ、このように信頼してお伝えしているのです」

ジョージーが大きく息を吸った音は、提督の陽気な笑い声にかき消された。「結婚か？

それはおめでとう、ワイルド。実にめでたい」彼はまたベネディクトとがっちり握手をした。

彼女は鼻を鳴らしそうになったが、どうにかこらえた。〝慎重なお方〟ですって？　こんな大ニュースを提督が自分の胸だけにおさめておくとは思えない。妻のクララ・コックバーンに話さずにはいられないだろう。クララはロンドンでも最悪の噂好きだ。この件は今日の朝食時には貴族じゅうに広まっているに違いない。ベネディクトは『タイムズ』紙の一面にふたりの結婚広告を出したも同然だった。

提督がうなずいた。「ワイルド、きみは着替える必要がありそうだ。よければ、あそこにある予備の軍服を使ってくれ」背後にある薄暗い建物を指し示す。「それと、こちらのレディを必ず自宅まで送り届けるように。きみたちのために馬車を手配しておく」そう言うと、彼は大股で立ち去った。

ジョージーはすぐさまベネディクトに向き直った。「どうしてあんな話を提督にしたの？　恐ろしい醜聞になるわ」

彼がいらだったように肩をすくめる。「何が起きようと噂は立つものだ。そもそも、きみのせいじゃないか。どうしてもこの冒険をしたいと譲らなかったのはきみだ」

彼女が非難の言葉を口にしようとしたとき、ベネディクトが体の向きを変えた。光に照らされ、血で汚れたシャツの袖が浮かびあがる。「いけない！　忘れていたわ。あなた、怪我をしていたのよね！」手を伸ばしたが、ベネディクトは一歩さがって彼女の手から逃れた。シャツの首元をゆるめ、肩をあらわにして傷を確かめる。

「どうってことない。ほら、ただのかすり傷だよ。貫通もしていない」

彼の言うとおりだった。弾丸は上腕二頭筋の外側をえぐっていて、傷口からはまだ血が流れているが、ジョージーが恐れていたよりは軽症だ。「それでも消毒して包帯を巻かないと。川の水は汚いから、いつ感染症を起こしてもおかしくないのよ」

ベネディクトが首に巻いていたネッカチーフをゆるめ、彼女に手渡す。「きみがやってくれ。片手だと、ぼくには無理だ」

上腕にネッカチーフをきつく巻きつけたとき、ジョージーの指は震えた。ベネディクトの素肌に触れ、全身を震わせずにはいられない。気づくと彼の鎖骨に手を滑らせ、心臓のあたりに手のひらを押し当てていた。指の下から力強い鼓動が伝わってくる。安堵のすすり泣きをこらえながら、彼女はなんとか口を開いた。「あなたはわたしをかばって撃たれたのね……」

ベネディクトが眉をひそめて彼女を見おろし、困惑の表情で肩をすくめる。「アレックスやセブでも、あの状況ならぼくと同じことをしたよ」

「死んでいたかもしれないのよ」震える声で言い返した。

「どうしたんだ？　さあ、こっちにおいで」彼はそう言うと、両腕でジョージーを抱きしめた。そうするのがこの世の中でいちばん自然なことのように思え、彼女はベネディクトの首元に顔をうずめて、これ以上の弱さを隠そうとした。でも、彼はそれを許さなかった。両方の手のひらでジョージーの顔をはさんで上向かせると、まぶた、頬、こめかみに唇を押し当てた。まるで彼女の心の痛みや涙を吸い取ろうとするかのように。

しばらくしてジョージーが体を引いたとき、ベネディクトはかつてないほど真剣な顔をしていた。「ぼくはきみのためなら死ねる」ぽつりと言う。「きみもそろそろ、そのことに気づいてもいい頃だ。違うかい？」

頭がぼんやりして、その言葉の意味を理解するのに少し時間がかかった。「な、なんですって？」まばたきしながら尋ねる。「今なんて？」

「ぼくはきみのためなら死ねる」ベネディクトが繰り返した。「ぼくがそう言える相手は、この世にわずかしかいない。だが、きみはそのうちのひとりなんだ、ジョージアナ・ワイルド。きみを愛している」彼はそっと唇を重ねた。「だからといって、きみに何かを期待しているわけじゃない」あわててつけ加える。「あの約束は守るよ。きみの好きなときに、ぼくから離れていってくれてかまわない。ただ、自分の気持ちをきみに伝えておくべきだと思っただけなんだ」

ジョージーは弾けるような喜びを感じた。あまりに幸せすぎて、うまく息ができない。

「わたしもあなたを愛しているわ」息を切らしてそう言うと、ベネディクトがすばやく身を起こすのがわかった。驚いた顔で彼女を見つめたあと、目を閉じて苦虫を噛みつぶしたような顔になる。

「そんなはずはない」彼が口を開いた。「そんなのばかげている。きみは愚かな女じゃない。貿易会社を経営し、利払いを計算して、シルクの仕入れ値を値切ることができる女性だ。きみほど頭のいい女性が、ぼくみたいな男を愛するわけがない」

「いいえ、わたしはあなたを愛してる」決然たる口調で言った。「あなたにその事実をどうこうすることはできないわ」

ベネディクトが自分の乱れた髪に手を差し入れ、うめき声をあげる。「ぼくたちが一緒になるのは不可能だ。わからないのか？　くそっ、きみが金持ちなのがつくづく恨めしい！」

彼はジョージーの体を放し、向きを変えて歩きだそうとしたが、また振り向いて大股で戻ってきた。ひどく苦しげな表情だ。「ぼくが求めているのはきみの財産ではなくて、きみ自身だ。でも、それをどうやって証明すればいい？　きみが財産を手放せば、ぼくもきみと一緒にいられる。だがそのためだけに、きみにすべてを手放せと頼むことはできない。ぼくたちが一緒になれる方法があるとすればただひとつ、ぼくがきみと同じくらいの財産を持つことだ。そうすれば対等になれる。だが、そんなことは万にひとつもありえないよ。今後ぼくがきみのような資産を持つなんてことはないんだ。絶対に」

ジョージーは両腕で自分の体を抱きしめた。ベネディクトの抱擁が恋しい。「あなたの考え方は間違っているわ」涙があふれたが、なんとか笑みを浮かべた。「ねえ、わたしたちの立場が逆だったらどうか想像してみて。仮に莫大な財産を持っているのがあなたのほうで、自分がわたしを心から愛していることをわかっていたとしたら？　あなたの持っているものすべてを、わたしと分かち合いたいとは思わない？　あなたの体も、人生も――とにかく自分に伴うものすべてを、わたしと共有したいと思わない？」

話しているうちに、ジョージーは自信が高まっていくのを感じた。これは心からの言葉だ。間違っているわけがない。そう確信している。ベネディクトはこちらをじっと見つめたままだった。胸を大きく波打たせながら、体の両脇でこぶしを握りしめている。

「わたしたちの結婚の誓いについて考えてみたの」ジョージーは言葉を継いだ。「あの誓いを述べたとき、どちらも本気ではなかった。わたしなんて、ちゃんと注意を払ってさえいなかったわ。でも、答えはあの誓いの言葉の中にあったのね」感情がこみあげて声がうわずったが、それでも必死で話しつづけた。どうしてもこの気持ちをベネディクトに理解してもらいたい。彼を失うのが恐ろしい。

「〝富めるときも貧しいときも、健やかなるときも病めるときも〟——もしわたしが貧しくて病んでいたとしても、あなたなら一緒にいてくれるはず。そうだとわかっているの。だけどわたしは今、とても健康でお金持ちよ。それなのに、どうしてそんなわたしと一緒にいてくれないの？」ジョージーはかぶりを振った。「そんなの筋が通らない。それに何より、もう手遅れだわ」強調するように、胸の前で腕を組む。「わたしたちは結婚した。いいときも悪いときも一緒よ。だから、あなたも今の状態に慣れてほしいの。だってこうなった今、わたしにはあなたを手放す気なんてこれっぽっちもないんだから」

42

ベネディクトは目の前に立つ女性をじっと見つめた。鼓動が高鳴っている。心臓が胸を突き破ってしまいそうなほどだ。冒険の途中で、ジョージーの帽子はどこかへ飛ばされていた。怒りの口調でまくしたてる彼女は頬をピンク色に染め、瞳をきらめかせている。

「わたしはあなたを愛している。あなたもわたしを愛しているわ」ジョージーが言う。「どこにも問題はないはずよ」

そう言うと、ジョージーは涙をあふれさせた。涙が鼻の脇から口の端へ流れ落ちていく。あの涙を舌ですくい取りたい。心からそう思ったものの、ベネディクトは彼女を説得しようと最後の抵抗を試みた。ジョージーにふさわしいのは、彼よりもはるかにすばらしい相手だ。自分のような一文なしのごろつきではなく。「男は妻を養わなければならない。それが社会の仕組みというものだ。きみはきみ自身と同じくらいの財産を持つ男と結婚すべきだよ」

ジョージーがレディらしからぬ音で鼻を鳴らした。「くだらない。今はもう新しい時代よ、ベネディクト。世界は刻々と変わっているの」反論しようと口を開けた彼を片手で制して言葉を継ぐ。「なんの共通点も見出せない相手と、お金のためだけに結婚したとすれば、その結婚は大きな間違いだと思うわ」

彼女の言うとおりだ。ベネディクトの両親がその典型だった。父は経済的には母を支援したかもしれないが、精神的にはまったく支えていなかった。父は母を愛しもせず、慈しみもしなかったのだ。浮き沈みが激しい人生を送ったにもかかわらず、父は母のかたわらに寄り添ったことが一度もなかった。

ジョージーは欲求不満と懇願が入りまじったような、実に愛らしい表情を浮かべた。「わたしはあなたに経済的に養ってもらう必要がない。でも、あなたにわたしを愛してもらう必要があるの。心の底から本気でわたしを愛してもらわなくては。それこそ、あなたがわたしの財産も気にせず、それがわたしという人間の一部にすぎないと思えるようになるまで。あなたにそれができるかしら？　ねえ、できると言って。お願い」

〝お願い〟そのひとことがベネディクトの心を完全に打ち砕いた。その場でひざまずきそうになったほどだ。ジョージーは何も乞い願う必要などない。ベネディクトのすべては、もう彼女のものなのだから。この体も、魂も、何もかも。このうえない幸福感と彼女に受け入れられた喜びがふつふつとこみあげ、彼の全身に広がって、かたくなな心を春の雪解けのように溶かしていく。

「そうせざるをえないだろうな」冗談のつもりで答えたが、途中で声がかすれ、うっかり本音をもらしていた。「なぜなら、きみなしで生きていくなど想像もできない」

ジョージーがこれまで見た中で最も甘やかな笑みを浮かべた。目をしばたたき、からかうように流し目をくれる。「ねえ、気づいている？　あなたはまだわたしに正式に求婚したことが一度もないのよ」

ベネディクトは眉根を寄せた。「たしかにそうだ」

彼は草地の上にひざまずいた。ジョージーが驚いたように細い眉をあげる。われながら衝撃を覚えずにはいられない。これでは、あの雨の中で立ち尽くしていた哀れなシメオン・ペティグリューと変わらないではないか。びしょ濡れで傷を負い、こうしてひとりの女性にわが身を捧げようとしている。見栄えのいい服も、気のきいた言葉もなしに。

ベネディクトはジョージーの手を取った。「当然ながら、ぼくには金鉱を相続する見込みもない」苦しげに続ける。「それに軍人恩給さえ、もらえる見込みがないんだ。ぼくにあるのは〈トライコーン〉の分配された利益と山のような借金のみ。それでも、これを正式な申し込みと受け取ってほしい。ジョージアナ・キャヴァスティード・ワイルド、ぼくの妻となってくれるだろうか？　もう一度。そして今度は永遠に」

ジョージーが目を輝かせる。「ええ」

ベネディクトは立ちあがり、彼女を引き寄せて甘いキスをした。約束と情熱がたっぷり感じられるキスにわれを忘れ、思わず息をのむ。ジョージーの肌、髪、唇。五感のすべてで彼女を味わい、その感覚が絡まり合って、ひとつになっていく。体を離したとき、ベネディクトはかぶりを振った。こんなに幸せな気分なのが信じられない。なんだか恐ろしいほどだ。

「自分の頭の中だけでなく、公の場できみのことを〝ぼくの妻〟と呼ぶのが待ちきれないよ」彼はうなった。「人目を避けてこそこそするのは、もううんざりだ。きみはぼくのものだと、みなに知ってほしい」

ジョージーが吐息をつく。「ええ」

「〈トライコーン〉へ一緒に戻ろう。きみを心ゆくまで愛させてくれ」

彼女は満足げなため息をついた。それこそ、ベネディクトの聞きたかった答えだった。

「そうね、そうしましょう」

43

すでに午前三時近い。もうくたくただ。それなのにジョージーは興奮のあまり、眠れずにいた。人がいないロンドンの街を横切る馬車に乗って、ベネディクトがしっかりと抱きしめてくれている。馬車に揺られながら彼の肩に頭をのせ、ジョージーはこのうえない幸せを感じていた。ベネディクトは提督から与えられた乾いた衣類を身につけ、傷口に包帯を巻いている。木製の重厚な馬車の中、ふたりはずっと身を寄せ合っていた。

〈トライコーン〉に到着すると、遅い時間にもかかわらずミッキーが出迎えてくれた。

「アレックスとセブは無事に戻ったか？」ベネディクトが静かに尋ねる。

「はい。それにジェム・バーンズという少年が居間で休んでます。セブから、あなたが腕に傷を負ったかもしれないと聞いたんですが？」ミッキーは心配そうにベネディクトを見た。

「大したことはないんだ。わざわざ医者を呼ぶ必要はない」

ミッキーが安心したように低くうめく。「それはよかった。厨房の火はまだ消していません。すぐにあたたかい湯を持っていきます」

ベネディクトは感謝の言葉を述べると、せかすようにジョージーを階上へ連れていった。

彼の部屋に入るなり、ジョージーはくるりと振り向いて、きびきびした口調で言った。「傷口を消毒しましょう。高熱で命を落としてほしくないの。あなたが分別のある人になりはじめている今はなおさらよ。さあ、シャツを脱いで」

ベネディクトがにやりとする。「まさか、きみの口からそんな言葉を聞こうとはね、ミセス・ワイルド」

彼女に気を引きしめる時間すら与えず、ベネディクトはすぐにシャツを脱ぎ捨て、ブリーチズとブーツ姿になった。目の前に立つ彼を見て、とたんにジョージーの口がからからに乾き、体がうずきはじめる。なんて驚くべき肉体の持ち主だろう。けれどもそのとき、ミッキーが湯を入れた水差しと清潔な包帯、ブランデーのボトルを持って現れた。おかげで、ベネディクトに飛びかかってその場に押し倒さずにすんだ。

「必要と思われるものを持ってきました。では、おやすみなさい」ミッキーは低い声で言うと、ドアを静かに閉めた。

ベネディクトがボトルからそのままブランデーをがぶ飲みし、彼女に手渡す。「ほら、きみもこういう最低なことをしてごらん」

ジョージーはハンカチーフをブランデーで湿らせた。

「いいじゃないか！」彼が言う。「フランスで最高級のアルマニャックなんだぞ」

彼女は厳しい目を向けた。「わが国では外国のお酒の輸入は違法よ、ミスター・ワイルド」

ベネディクトがウィンクをする。「ギャングに潜入していたとき、持ち主不明の禁制品の樽を偶然見つけただけなんだ」彼が傷口を洗い、ボウルの湯がたちまちピンク色に染まった。続いてジョージーがブランデーを染み込ませたハンカチーフを傷口に押し当てると、ベネディクトは歯のあいだから息をもらした。彼女は思わず眉をひそめた。かわいそうに、さぞ痛いのだろう。

ジョージーが傷口に包帯を巻くあいだ、彼はその様子をじっと見おろしていた。「キスしてくれ。痛みから気をそらしたい」

彼女は喜んで言われたとおりにした。ベネディクトがこんなにも近くにいる。なめらかなブロンズ色の肌から立ちのぼる彼のにおいは、あまりに魅惑的だ。

ベネディクトはブランデーと熱の味わいがした。彼に舌を絡められ、しなやかな舌先の動きに合わせて、一定のリズムを刻みはじめる。そのリズムがジョージーの胸、腹部、脚のあいだへと伝わっていった。両手を彼の肩に滑らせる。力強くて張りのある筋肉の感触に興奮をかきたてられた。だが指先が鎖骨の上にある瘢痕《はんこん》に触れると、彼女はさっと体を引いた。

「サラマンカで撃たれた痕だ」ベネディクトがやさしい声で言う。「フランス軍の狙撃兵に狙われた。運よく弾は体内に残らず、すぐに背中から出たんだ」彼はジョージーの手を取って背中に導いた。指先に盛りあがった傷跡が感じられる。銃弾が体外へ出た場所だ。「弾は骨にさえ触れなかった」

ジョージーは身震いした。胃のあたりがざわついている。瘢痕はベネディクトの首の脈打っている部分のすぐ近くにあった。少しずれていたら死んでいたかもしれない。前かがみになり、傷ついた部分に唇を押し当てると、ベネディクトが全身を震わせ、両手をジョージーのシャツの前にある結び目にかけて強く引っ張った。シャツが深いV字形に開き、彼女は両腕をあげて、ベネディクトがシャツを頭から脱がすのを手伝った。彼がシャツを脇へ放り投げる。

この行為がどこへ行き着くかを、今回はジョージーも理解していた。そして、それを心の底から待ち望んでいた。暗闇の中、心ゆくまで情熱を交わしたい。愛するベネディクトと。ジョージーはシュミーズをブリーチズの中に押し込んでいた。ベネディクトにブリーチズのウエストバンドをつかんで引き寄せられると、心臓がこれ以上ないほど高鳴った、彼がブリーチズのボタンを外しながら、腹部へ手のひらを滑らせる。

「このいまいましい変装のせいで、今夜は頭がどうかなりそうだった」彼がうなるように言う。

ジョージーがブーツとストッキング、さらにブリーチズとシュミーズを脱ぎ捨て、一糸まとわぬ姿で前に立ったとき、ベネディクトが鋭く息をのむのが聞こえた。彼の目が輝くのを見て、みぞおちがうずきはじめる。

彼は全裸のジョージーを抱きしめ、唇を重ねた。彼にキスをされるたびに、全身がちりちりと焼かれているように感じる。ベネディクトの体や大きな手が押し当てられた部分が、火傷をしたみたいに熱い。彼は口を大きく開けて舌を伸ばし、舌先でからかうようにジョージーの口の端を刺激したかと思うと、深く差し入れてきた。たまらず両手をベネディクトの髪に滑らせると、彼の指が手首に巻きつけられた。でも、彼女を押しやろうとしているわけではない。むしろ指先に力をこめ、動けないようにしている。愛情による緊縛だ。

ジョージーは身を震わせた。骨の髄まで震えている。興奮の渦がどんどん体の下のほうへ押し寄せ、引き波のように抵抗することができない。息を吸いたいとさえ思わなかった。このままわれを忘れて、ベネディクトに体を預けたい。彼の香りを胸いっぱいに、心臓へ届くまで深く吸い込みたい。

ぎこちない足取りで、ふたりは寝室へ向かった。ベネディクトがベッドの端に腰かけると、ジョージーは彼の前にひざまずき、濡れたブーツを脱ぐのを手伝った。彼がすばやくブリーチズを脱ぎ捨て、ベッドに仰向けになる。まぶしい全裸を目の当たりにして、彼女は勝利の笑みを浮かべた——この人はわたしのものだ。

ベッドに膝をつき、ベネディクトの上にのしかかる。しばらくのあいだ、彼はジョージーの好きなように体を探索させてくれた。手のひらで盛りあがった胸や引きしまったウエストをたどり、下腹部の茂みへと滑らせていく。行き着いた先には、すでにそそり立っている欲望の証があった。

不意にジョージーは緊張を覚え、息をのんだ。前回はこの部分を一度も見ていない。

ベネディクトが目を輝かせる。「触ってくれ」

潜水艇でブリーチズ越しに認識したときから、ずっとそうしたかった。そっと手を巻きつけ、手のひらから伝わってくる脈動にジョージーはあえいだ。それは驚くほど熱く、鋼のようにかたいのに、外側の皮膚は柔らかい。おそるおそる手を上下に動かすと、ベネディクトがうめいて背中を弓なりにした。「こうされるのが好きなの?」からかうように尋ねる。

「ああ」

「あなたのそういう眠そうな、すねたような顔が好きよ。きっとその表情を浮かべているとき、あなたはいつもこういう、い、いうことを考えているのね。わたしも考えると体じゅうが熱くなって、どうしようもなくなるの」

ジョージーは頭をさげ、かたいこわばりにキスをした。ベネディクトが歯のあいだから息をもらす。ブランデーで傷口を消毒されたときと同じだ。けれども女性ならではの直感で、今回は痛みではなく快感のせいだとすぐにわかった。舌先を動かし、彼自身の感触と味わいを五感を駆使して堪能する。すべての感覚が満たされていく。もうベネディクトのことしか考えられない。歓びしか感じられない。

「もういいだろう」彼がうなった。「礼儀正しい求婚者なら、ひと晩じゅうきみにこんな不道徳なことをさせるに違いない。だが、ぼくみたいなろくでなしはこれくらいでじゅうぶんだ」ベネディクトはすばやくふたりの体勢を逆転させた。ベッドに仰向けになったジョージーに、彼が海賊のような流し目を送る。ジョージーの心を奪った、ニューゲート監獄の囚人の再来だ。「さあ、きみはもうぼくから逃げられないぞ、ミセス・ワイルド」ベネディクトは彼女の巻き毛をこぶしに巻きつけ、自分の鼻に持っていった。「ぼくはきみを知っている。どんなにおいがするかも、どんなふうに体が反応するかも、すべてね。きみはぼくのものだ」

ジョージーは身を震わせた。

「きみがどれだけ甘い拷問に耐えられるか見せてくれ」ベネディクトは手のひらで彼女の喉元から胸のあいだをやさしく撫で、さらにもと来た道を撫であげた。「ぼくの愛撫にきみの体が反応するのがたまらない。きみの肌はほてり、胸の頂が小石みたいにかたくなる」自分の言葉を強調するように、指先でその部分をたどっていく。彼女は大きくあえいだ。雷に打たれたような衝撃が全身を貫く。そんな彼女の様子を見て、ベネディクトが小さく笑った。「息遣いがあえぎに変わりつつあるね、ミセス・ワイルド。もしかして、こうされるのが好きなのか?」

背中を弓なりにしてさらなる愛撫を懇願すると、ベネディクトは手のひらで胸のふくらみを包み込んだ。彼の両手がこれ以上ないほどぴったりとジョージーの胸に重なる。まるで素肌に水が触れているみたい。彼が頭をさげ、かたくなった頂から少し離れたところに唇を押し当てた。わざとだ。さらにこれでもかとばかりに、胸の下の曲線を舌先でたどりはじめる。

「降参よ!」ジョージーはあえいだ。「あなたの勝ち。じらすのはもうやめて」

素肌を通じてベネディクトのくすくす笑いが伝わってくる。たまらず髪をつかんで胸へ引きあげると、彼はようやく胸の先端を口に含んだ。彼女はなすすべもなく吐息をもらした。

「きみはこうされるのも好きだろう?」ベネディクトがささやき、手のひらを腹部へ、さらにその下の茂みへと滑らせる。脚のあいだはすでに熱く濡れていた。ジョージーの欲望の高まりを感じ取り、彼がうめく。「きみの中へ入りたい」

「ええ！」彼女は息をのんだ。「今すぐに」

「今すぐに」ベネディクトが荒々しい声で繰り返す。

彼が身を沈めると同時に、熱くかたいものが押し入ってきた。ためらいのない、激しいひと突きだ。ベネディクトが唇を重ね、彼女の甘いあえぎ声を舌で受けとめようとする。それは今まで味わったことのない、未知の感覚だった。これほどぴったりと隙間なく満たされ、じわじわと押し広げられているなんて信じられない。ベネディクトは完全に奥まで貫くと、彼女の目をじっと見つめた。ふたりの魂が結びつくのを、ジョージーははっきりと感じた。

やがてベネディクトが動きはじめ、彼女も背中をそらして同じリズムを刻んだ。彼のものはこれ以上ないほどかたく、太くて、熱い。すぐにジョージーの体は震えだし、暗がりでわれを忘れて、言葉のない、ただ感覚のみが存在する背徳の世界へと舞いあがっていった。ベネディクトが容赦なくリズムを速める。より深く、より激しく。気づくと、彼女はさらなる快感を求め、あえぎながら夫の名前を呼んでいた。永遠にも思える拷問の一瞬一瞬をひたすら耐え、ついに歓喜の極致へ到達した瞬間、ジョージーはまたガイ・フォークスのことを思い出した。ただし、今回爆発したのは彼女自身だ。大地を揺るがす轟音《ごうおん》とともにまばゆい光が炸裂し、全身が燃え尽きたように感じる。

ベネディクトは魂の奥底からのうめき声をもらすと全身をこわばらせ、今回はジョージーの中で精を放った。脚のあいだに彼自身の律動を感じる。ベネディクトが彼女の胸に倒れ込み、ふたりは荒い呼吸のまま、抱きあいながらベッドに横たわった。ジョージーと同じく、彼の心臓も激しく打っている。ああ、なんて幸せなのだろう。

「もう一度言って」ジョージーはあえいだ。「ウーリッジで言ってくれた言葉を」

ベネディクトは彼女のこめかみにかかったほつれ毛を払った。「きみを愛していると？　もちろんだ」ジョージーの鼻先に唇を押し当てる。「いとしい人、きみはぼくの人生そのものだよ。これからずっと一緒にいてほしい。いつも、いつまでも」

「ええ、いつも、いつまでも」彼女は満足げなため息をついた。

44

ジョージーはベネディクトの腕の中で目覚めた。部屋の壁にまばゆい朝日が落ちていることに気づき、あわててシーツの上に起きあがる。炉棚の上の時計は、すでに八時を指していた。

「ああ、大変。早く屋敷に戻って、ほかの誰かから聞かされる前に、自分の口からわたしたちの婚約のことを母に話さないと。コックバーン提督の奥さまから広まって、お昼までにはロンドンじゅうがわたしたちの噂でもちきりになるはずよ」

ベネディクトは眠たげな笑みを浮かべている。それを見て、彼女の心はあたたかくなった。

「ぼくも一緒に行こうか？　きみの母上にふたりで話そう」

ジョージーは首を横に振った。「いいえ、大丈夫。まずはわたしひとりで話すわ。あなたは今日の午後、お茶の時間に来てちょうだい。その頃には、母の動揺もおさまっているはずだから」

ベネディクトは腕の中に彼女を引き戻し、キスの雨を降らせた。「わかったよ」そう言うとベッドから出て、一糸まとわぬ姿を恥じることなく大股でマホガニー材の戸棚まで歩いていく。おかげでジョージーは、彼のまっすぐな背中と形のいいヒップを心ゆくまで楽しむことができた。ベネディクトが戸棚の扉を開けると、三つの引き出しが現れた。吊るされた衣類の中から、彼はジョージーのために清潔なシャツを一枚選んでくれた。大きすぎる。それでも彼のにおいがするシャツだ。

　昨日と同じ薄汚れたブリーチズを身につけながら、彼女は顔をしかめた。一刻も早くお風呂に入りたい。ベネディクトの横に立ったとき、深緑色の服に目が留まった。「これはあなたの軍服？」

　彼がいとおしげに上着の袖口を撫でる。「ああ。第九五歩兵連隊《ライフルズ》に所属していたときのものだ」

「どうしてほかの軍服のように赤ではないの？」

「ライフルズにいたのは射撃の名手たちばかりだ。遠くから敵を狙う狙撃兵や地面を進みながら射撃する散兵たちだから、周囲に溶け込む必要がある。ぼくに言わせれば、兵士の軍服の色として赤を選ぶのは愚かしいよ。完全に標的になってしまうからね」ベネディクトは身を乗り出し、カットガラスのボウルの中へ手を伸ばした。何かを探している様子だ。そこにカフスボタンやペンナイフにまじって従軍記章があることに気づき、ジョージーは息をのんだ。

「どうして記章を身につけないの？」

　ベネディクトが重いため息をつく。「ぼくはそんな記章に値する人間ではないからだ」

「なんですって？　もちろん値するわ！　だって、あの戦争を戦ったんでしょう？」

「ああ」

「だったらどうして――？」

彼は言葉を探すかのようにボウルをじっと見つめた。「友人の多くは戦争で命を落とした。それなのに自分がこうして生きていることに、まだ罪悪感を抱いているんだ。生き残っているということ以外に、ぼくには記章をもらう資格がない。銃弾が当たるのがぼくか、ぼくの隣にいる兵士か、自分で決められたわけじゃない。弾道を変えることなどできなかった。ぼくの戦闘技術がすぐれていたというより、むしろ運に恵まれただけなんだ」

彼の苦しげな声を聞き、ジョージーは胸が痛んだ。

ベネディクトが彼女と目を合わせる。「だから今、こうしてボウ・ストリートで仕事をしているんだよ。もし昨日のように陰謀を阻止することができたら、本当に褒め言葉に値する行動が取れるかもしれないと思っている」

ジョージーは両腕を彼の体に巻きつけ、しっかりと抱きしめた。「そうよ、たとえどんな記章をもらおうと、あなたは間違いなくわたしの英雄だわ、ベネディクト・ワイルド。昨日ふたりで成し遂げたことを、心から誇りに思うべきよ。もしナポレオン・ボナパルトがセントヘレナ島から逃げ出したら、どれほど厄介な騒動を巻き起こしたかわからないもの」

ベネディクトが低くうなり、しぶしぶながら同意する。「さあ、これを」彼はボウルの中から見覚えのあるネックレスのチェーンをつまみあげた。チェーンにはジョージーの結婚指輪と、彼自身の金色の指輪がつけられている。ジョージーが彼の指輪を前に見たのはニューゲート監獄だった。てっきりこの指輪は質に入れたか、売り飛ばすかしたとばかり思っていたのに。

ベネディクトはチェーンを外し、ふたつの指輪を手に取ると、ジョージーの左手の薬指にひとつをそっと滑らせた。誇りと愛情で、彼女の胸がはち切れんばかりになる。

けれどもベネディクトの指先が手のひらに触れたとたん、ジョージーは顔をしかめた。彼が眉根を寄せ、手のひらを裏返すと、肌がすりむけて赤くなっていた。潜水艇を操縦したときについた傷だろう。「ばかだな」ベネディクトがやさしい声でたしなめる。「どうして怪我をしたと言わなかった?」

彼女は肩をすくめた。「本当に今まで気づかなかったの」

ベネディクトはジョージーの両方の手のひらに唇を押し当てると、背筋を伸ばして唇にキスをした。「ああ、これからは拷問のような一カ月になるだろうな。結婚予告が公示されてから三週間も待たなければならない。そのあいだ、四六時中貴族たちの鋭い視線にさらされることになる。行儀よくしないと」

ジョージーはくすくす笑った。ベネディクトも苦笑して彼女の顔を見おろし、頭を振る。

「きみがぼくとの結婚を望んでいるというのが、いまだに信じられない。きみは自分がしでかしたのがどういうことか、本当にわかっているのか? もしぼくがひどい夫だったらどうする? ぼくは幸せな結婚がどういうものかさえ知らないんだ。ぼくの両親は、ほとんど口をきかなかった。結局ほぼ二〇年間、ずっと離れて暮らしていたんだ」

「わたしたちはあなたのご両親とは違うわ、ベネディクト。いずれ、そのことがよくわかるはず。わたしはそう信じているの」

ふと何か思いついたように、彼が頭を傾けた。「きみを兄のジョンに紹介しなくてはいけないな。ジョンのほうが、きみの結婚相手としてははるかにふさわしいよ。彼は伯爵だ。それに真面目で、頼りがいがあるし、しっかりしている。領地も所有していて、借地人たちを束ねてもいる。そして刑務所に入れられるようなこともない」

ジョージーは首を横に振った。「あなたはとてもいい人よ、ベネディクト・ワイルド。あなたが自分自身のことをどう思っていようと、わたしが愛しているのはあなたなの」雰囲気をやわらげようと、からかうようなまなざしを彼に向ける。「同じ男性と二度結婚するのは法律的に問題ないと思う？」

「もちろんだ。二度目の結婚をすることで、一度目の結婚が無効になることはない。法律上それはありえないよ。ぼくたちはただ、二回結婚するだけだ」彼は身をかがめ、ジョージーにまたキスをした。「それにぼくはそんなことなど気にしない。もしきみがそれで幸せになるなら、毎週結婚したっていい」不意に暗い表情になり、警戒するような目で彼女を見おろす。「ハノーヴァー・スクエアのセント・ジョージ教会で結婚式を挙げたいなんて言いださないだろうね？」

「ええ。ジュリエットがそこで挙式するから、キャヴァスティード家はそれで貴族たちをじゆうぶん楽しませることができるわ。わたしの故郷のリトル・ギディングで、親しい人たちだけを呼んで、こぢんまりと式を挙げるのはどう?」

ベネディクトは安堵のため息をもらし、またしても彼女からキスを盗んだ。「完璧だ。さあ、家に戻ってきみの母上に報告してくれ」

「お母さま、打ち明けなければいけないことがあるの」

入浴を終え、小枝模様のモスリンのドレスに着替えたジョージーは早足で居間へ入った。ジュリエットとシメオンは馬車で公園に出かけている。紅茶を注いでいた母は眉根を寄せ、物問いたげな目でジョージーを見あげた。

「お願いよ、ジョージアナ、これ以上変なことを言いださないでちょうだい。もう神経がおかしくなりそう。あなたがそんな言い方をするのは、何か恐ろしい話をするときだもの。今度はなんなの? サーカス団に入りたいの? 透視能力者になりたいとか?」

母の皮肉にジョージーは笑いを嚙み殺した。「わたし、いとこのジョサイアから脅迫されていたの」

「脅迫ですって? 何について?」

「夫についてよ。ジョサイアに、わたしの夫に関する真実をかぎつけられてしまって」

母がはなをすする。「別に驚きはしないわ。だから言ったでしょう? 囚人なんかと結婚したら面倒を招くだけだって」

「ええ、そうね。でも本当はわたし、四人とは結婚していないの。わたしが結婚したのはベネディクト・ワイルドなのよ」

母はしばし言葉を失ったように見えた。口を開いては閉じるのを何度か繰り返し、ようやくしわがれ声を出す。「ワイルド？　モーコット伯爵の弟の？　あのワイルド？」神に祈るかのように目を閉じてから、非難のまなざしでジョージーを一瞥する。「ジョージアナ・キャヴァスティード、こんなに驚かされたのは初めてよ」

「最初の結婚は秘密だったから、もう一度、彼と結婚するつもりなの。できるだけ早く婚約発表をして、結婚予告を公示しようと考えているわ」

母は紅茶のカップを音を立ててソーサーに戻した。「なんてこと。彼を愛しているの？」

「ええ」

「それで、彼はあなたを愛しているの？」

「ええ。きかれる前に言っておくけれど、彼はすでに契約書に署名しているの。わたしのお金目当てではないわ」

母が空気の抜けた風船みたいに長椅子へ沈み込む。「そう、それならよかった」母は気つけ薬代わりに紅茶をひと口飲んだ。目が潤みはじめているようだ。「お父さまは彼を認めると思う？」

ジョージーは部屋を横切り、母の隣に座ると、愛情をこめて抱きしめた。「ええ、そう思うわ。ミスター・ワイルドは、わたしが求めているすべてを持っている人よ。誠実だし、勇敢だし、慎み深いの」

「だけど一文なしよ」母がしょんぼりと言う。「爵位もない」

「ええ。でも、わたしたちにこれ以上のお金は必要ないでしょう?」

母はティートレイにのった小さなケーキに手を伸ばし、はなをすすった。「そうね。もしそれであなたが本当に幸せになれるなら、もちろんわたしは反対しないわ。わたしの願いはただひとつ、あなたが幸せになることですもの」

もう一度、ジョージーはしっかりと母を抱きしめた。「ええ、わかっているわ」

次の瞬間、母は新たな活力を注入されたかのように、にわかに元気を取り戻した。作戦を練らなくてはと言いたげな表情を浮かべているのを見て、ジョージーはほくそ笑んだ。

「誰がこんなことを予想したかしら?」母が上機嫌で微笑む。「二カ月のあいだに娘がふたりとも結婚するなんて! さあ、これから大変だわ! あらいやだ、わたしは何を着たらいいの?」

45

予想どおり、ふたりが婚約したという〝極秘〟情報はコックバーン提督から妻のクララに伝えられ、貴族のあいだに野火のごとくあっという間に広まった。ジョージーが意外だったのは、その噂によって彼女自身の人気が高まったことだ。最近では、催し物に出席するたびに紳士たちに囲まれる。みなが彼女とダンスを踊りたがったり、彼女のために何かしようとしてくれるのだ。

そういう紳士たちはふたつの集団に分けられた。最初の一団は、ベネディクト・ワイルドのような男を魅了したと知り、ジョージーの魅力に改めて気づいた者たちだ。一方、二番目の集団は、彼女が財産目当ての男にだまされていると考える者たちだった。

二番目の集団の紳士たちは、自分もまだジョージーに求婚できる機会があると考え、彼女が一刻も早く正気を取り戻してベネディクトとの婚約を破棄するように祈っていた。ジョージーの気を引こうとする彼らの努力たるや、必死すぎておかしくなる。ダチョウの羽根の扇を落としたとき、われ先に拾おうとしたエルトンとコスターが頭を思いきりぶつけるのを見て、ジョージーは思わず笑ってしまった。フレディ・カドーガンはひっきりなしに彼女にシャンパンのグラスを運んでくれる。さらに別の五人の紳士たちから、庭園や噴水、低木の植え込み、吊るされたランタンのほうへ行こうと熱心に誘われた。スタンリー・ケニルワース卿でさえ、彼女の気を引こうと改めて努力している。

ベネディクトも彼らの様子を、ことのほか面白がっていた。「悲しいが、わかりきったことだ」レディ・アシュトンの舞踏室でジョージーと踊りながら、彼はくすくす笑った。「財産目当ての彼らは、もう時間がないと感じているんだよ。だからきみを取り囲んでちやほやしている。軍隊で言う〝背水の陣〟さ」わざと後悔したようなため息をつく。「きみがすでに結婚していることを彼らに教えてやりたいよ。これだけ期待させられて結局結婚できないとなったら、かわいそうにどれだけ心が傷つくことか」

「あら、あの人たちの心は傷ついたりしないわ。だってみんな、わたしがタッターソールにいる馬か、新品のレース用二頭立て二輪馬車であるかのような目つきで見ているんだもの。もしわたしと結婚しても、あの人たちが結婚届のインクも乾かないうちにそういったものを注文するつもりなのは明らかよ。誰も本当のわたしのことなど見ていないわ」

ベネディクトが愛情たっぷりの目で彼女を見つめた。ジョージーの胃がざわめきはじめる。「ぼくがちゃんときみを見ている」やさしい声だ。「きみは勇敢で、頑固で、本当は反抗的なところもあるが、豊かな知性と機知の持ち主だ。それにやたらと気絶したりしないし、帽子を落としただけでヒステリックに泣き叫んだりしない女性だよ」

その心からの褒め言葉を聞き、彼女は頬が染まるのを感じた。ニューゲート監獄で結婚したとき、見知らぬ他人同士だったのが信じられない。

「知っているかい？〈トライコーン〉ではすでに、ぼくの息子が九カ月のうちに生まれるかどうかという賭けが行われているんだ」ベネディクトがささやいた。彼の笑みを見て、ジョージーの頬がさらに染まる。

「それはないわ！」彼女はささやき返した。先週、月のものが予定どおりにやってきた。ベネディクトは一度避妊を忘れたが、赤ちゃんはできていなかったのだ。そのことにむしろがっかりしている自分に気づき、驚きを禁じえない。「彼らは負けてしまうわね」

彼が海賊のように魅力的な笑みを浮かべた。「ああ。だが今から結婚式の日まで、ぼくはきみに指一本触れずにいる自信がないよ、ミセス・ワイルド。それに、そうなったとしてもそんなに悪いことではないだろう？　ぼくは喜んできみに子どもを授けたい。それがきみの望んでいることならば」

ジョージーの心臓が一瞬だけ止まりそうになった。彼女は息を深く吸って、ベネディクトに輝くばかりの笑みを向けた。「ええ、わたしは心からそう望んでいるわ、ミスター・ワイルド」

「おいおい、ここは人前なのにそんな顔でぼくを見ないでくれ」彼がうなる。「今ここできみを奪いたい。教えてくれ、レディ・アシュトンはふたりでこっそり忍び込める仏塔か、図書室を持っていないだろうか？」

「お行儀よくしてちょうだい。あとで〈トライコーン〉に行くわ。ありとあらゆる方法で、わたしを奪ってみせて」

ベネディクトが熱っぽいまなざしで彼女を見る。「よし、わかった。それなら、何か別の話でぼくの気をそらしてくれ」

ジョージーは笑い声をあげた。彼をからかうのは本当に楽しい。「わかったわ。ムーア船長から手紙が届いた話はしたかしら？〈レディ・アリス号〉が無事にボストンの港へ到着したの。ジョサイアは航海中に自分の運命を受け入れたみたい。今度は大金持ちのアメリカ人女性の遺産相続人を探すと豪語しているそうよ」

「彼らしいな」ベネディクトが軽蔑をこめて言う。「いちばん楽な解決法を探そうとするとは。だが、そんなことが起きてたまるか。彼は生活のために額に汗して働くべきだ。ボストンのレディたちが、イングランドのレディたちのようにすぐれた判断力を持っていることを願うよ」彼は続けた。「ぼくもきみに伝えたいことがあるんだ。こうして話していれば、ふたりしてみだらなことをしないですむからね。セブとアレックスがトム・ジョンストーンを捕まえた。やつは今、債務者刑務所にいて、裁判を待っているところだ。セブは今回の冒険について本を書くつもりだと言っている」

「オメーラはどうしたの？」

「彼の罪状はまだ確定していない。キャッスルリー卿が、この数週間でボナパルトの家族の誰かがかなりの金額をロンドンへ送金したという件を調査しているが、オメーラがその件に関わっているかどうかは不明だ。とはいえ、ジョンストーンの潜水艇とフルトンの計画書が海軍の手に戻った今、脅威は去ったと考えていいだろう」

「わたしたち、本当にすばらしいチームだったわね」ジョージーは得意げに言った。

「ああ、これ以上ないほどにね」

46

出席者たちによれば、ジュリエット・キャヴァスティードとシメオン・ペティグリューの結婚式は〝今シーズンでいちばん贅を凝らした催し物〟となった。花婿がこの晴れの日を祝う自作のソネットを読みあげるという珍しい演出はあったものの、たったひとつの例外——暗誦《あんしょう》の最中、少し耳が不自由な気品ある年配のご婦人が不機嫌そうに「詩というのは韻を踏むものだと思っていたけど？」と大声で言った——を除いて、式は滞りなく予定どおりに進んだ。

結婚指輪は花婿が所有するウェルシュの金鉱で採掘された、バラ色を帯びた金でつくられた特注品だった。花嫁がおとぎばなしに登場する王女さまのように美しかったのは言うまでもない。数週間前に行われた結婚式でシャーロット王女が身につけたドレスを見本につくられた、銀色のラメでできたウェディングドレスだった。花嫁の母親はマダム・セリーズがデザインしたありえない形の帽子をかぶり、ご満悦だった。その帽子には異なる種類の果物の飾りが三つもついており、彼女の背後の三列に座った出席者たちは、不幸にも視界をさえぎられた。

それに比べると、その数週間後にあったジョージーとベネディクトの結婚式は堅苦しくなく、ゆったりとした雰囲気で執り行われた。よく晴れた夏空のもと、生け垣の白いカウ・パセリと薄緑色の芝生が揺れる中、蝶がらせんを描きながら飛び、木々では太った鳩が満足げな声で鳴いていて、なんとものどかだ。ひと握りの選び抜かれた招待客たちは、古くからあるイチイの並木道から湾曲した中庭を通り、リトル・ギディングにあるノルマン様式の教会へと向かった。小さな教会は出席者でいっぱいになったが、式は厳かな雰囲気の中、静かに進められた。

ジョージーはボディスと袖口にレース飾りがついた、簡素なデザインのクリーム色のドレスを身にまとい、手には牡丹《ぼたん》とスイートピーのブーケを持っていた。花嫁付き添い人を務めたジュリエットは淡い青色のサーセネット織物のドレス姿だ。母親は幸せの涙に備えてハンカチーフを、気絶に備えて気つけ薬を握りしめ、準備万端だった。

ベネディクトは海軍の最高級仕立ての濃い色をした上着に、淡黄色のブリーチズを合わせていた。介添人のアレックスとセブはどちらも淡い灰色の装いで、とびきりハンサムに見えた。ちなみにアレックスのクラヴァットは、少なくとも六本以上だいなしにした結果、これ以上ないほど完璧な結び方をされていた。

ピーターの腕につかまって通路を歩いてきたジョージーは、祭壇で待つベネディクトの姿をちらりと見たとたん、息ができなくなった。彼の顔に浮かんでいるのは実に誇らしげな表情だ。その表情を目の当たりにして心が震えた。

落ち着いた雰囲気の中、式が粛々と執り行われていく。思えば、最初に結婚したのは薄暗くて陰鬱なニューゲート監獄の中だった。あのときと今を比べるとジョージーは不思議な感慨を覚え、頭を振らずにはいられなかった。前途多難に思えた始まりが、こんな幸せな結末を迎えるなんて誰が想像しただろう？ 彼女は誓いの言葉をひとことずつ、心をこめて口にした。ベネディクトも本気でそうしてくれているはずだ。

これからふたりで新しい生活を始めるのが待ち遠しくてたまらない。ベネディクトは礼儀正しい求婚者とはほど遠いけれど、彼と一緒に歩む人生は絶対に退屈しないだろう。息もできないくらい楽しくて遊び心のある、堅苦しい作法とはかけ離れた情熱的な人生になるはずだ。こんな最高の冒険があるだろうか。

実際、式の最中にも噴き出しそうになる瞬間があった。牧師により、夫が妻に〝彼の財産をすべて〟与えると約束する段になると、ベネディクトは目を丸くし、いたずらっぽいまなざしで彼女を見た。ジョージーは大声で笑いだしそうになり、必死に唇を噛んでこらえなければならなかった。さらに牧師がふたりを正式な〝夫と妻〟として宣言すると、ベネディクトは彼女を両腕に抱きしめ、音を立ててキスをした。あまりに突然のキスで、ジョージーはブーケを落としてしまったほどだ。彼女の母親が気つけ薬の力を借りたのは言うまでもない。

それから幸せな三週間が過ぎた今、ジョージーはベネディクトと一緒に借りた、グローヴナー・スクエアにほど近いタウンハウスにある新しい事務所に座り、革のマットを敷いた巨大な机越しに夫を見つめていた。

「何かな？」ベネディクトが尋ねる。「ぼくに用があると言っていたね。何か問題でも？」

ジョージーは笑みを浮かべ、彼の懸念を打ち消した。「いいえ、問題は何もないわ。ただ、エドモンド・ショーが少し前にこれを届けてくれたの」目の前にある、折りたたまれた二枚の上質皮紙を指先で軽く叩く。「ちょっと仕事の話をしたくて」彼女は一枚目の書類を開き、ベネディクトに差し出した。彼はけげんそうにそれを受け取ったが、すぐに驚いて眉を吊りあげた。

「ニューゲートでぼくが署名した契約書だ」

「ええ、そうなの。それを暖炉の中に放り込んでもらえる？」

わけがわからないとばかりに、ベネディクトがしかめっ面を向けてくる。「なんだって？なぜ？」

ジョージーは赤い蜜ろうで封印された二枚目の書類を開いた。「あなたに署名してほしい、別の契約書があるのよ」

彼が軽いうめきをあげた。「また契約書か？　まったく、きみは契約書に取りつかれているな。今度はなんだ？　これから生まれてくる、ぼくたちの子どもの名前に関する契約書かい？」

「いいえ」彼女は机をまわり込み、ベネディクトの手から最初の書類を取りあげると半分に破いた。それからもう一度半分にして、暖炉の中に放る。乾いた上質皮紙がちりちりと焼けていった。

頭がどうかしたのかと言いたげな彼を尻目に、ジョージーは机の上の書類をひらひらさせた。「新しい契約書は、わたしたちふたりに、わたしの財産を平等に利用する権利を与えるものなの。もちろん良識を踏まえた条件も定めてあるわ。たとえば五〇〇〇ポンド以上引き出したい場合は、お互いの署名が必要というふうにね」

ベネディクトは呆然としている。「それは――たしかに良識を踏まえている」

「わたしたちが死んだ場合、わたしたちの子どもは性別にかかわらず全員、領地を均等に相続することになるわ」

ようやく彼は衝撃から立ち直ったようだ。「なんと現代的なんだ、ミセス・ワイルド。ものすごく進歩的だな」眉をひそめて続ける。「わかっているだろう、こんなことをする必要はない。ぼくはきみの金に興味などないよ」

「ええ、わかってる。だけど、こうすることでわたしは幸せなの。それにあなたを信頼しているわ。心の底から。本当に幸せよ。そんなあなたに、自分のお金を託さないなんてばかげているわ」

ベネディクトは彼女を抱きしめた。「そういうことなら、きみがその決断を後悔しないようにするよ」低い声でそう言うとジョージーの背後にある机を意味ありげな目でちらりと見て、彼女をさがらせる。ジョージーの体が彼の力強い体とかたい机にはさまれた。

脈拍が速くなっていく。さらにベネディクトが手を伸ばして彼女の体に腕をまわし、机の上の銀製のインク入れと紙を慎重に脇へ押しやると、手足からたちまち力が抜けた。

「机の上で愛し合ったことはなかったね」彼がささやく。「ベッドの上なら何度もある。椅子の上でも数回あったな。居間のソファだった」

「お風呂を忘れないで」ジョージーは指摘した。みぞおちのあたりがうずきはじめている。

「あれは忘れられない、特別な体験だったわ」

「ぼくが風呂で愛を交わしたときのことを忘れるわけがないじゃないか。だが、机の上はどうだ？　いや、これまで一度もない」

「ええ、そうね」彼女は息を吸い込んだ。

「となれば、ぼくは――」

「旦那、手紙が届いたよ！」

廊下からジェム・バーンズの陽気な声が聞こえ、ベネディクトは激しく悪態をついた。ふたりはジェムを、馬番兼使い走り兼料理人助手として雇っている。少年に定期的な収入と食事を与えるためだ。今、ジェムは厩舎の上にある部屋で寝泊まりしており、ベネディクトもジョージーも少年の尽きることのない活力と若さゆえの生意気さを楽しんでいた。ただし、この瞬間は例外だ。彼の存在が最もありがたくないものに思える。ジョージーがあわててドレスのスカートをおろすと同時に、ジェムはノックもせずに飛び跳ねるような足取りで部屋に入ってきた。

「手紙が届いたんだ」少年が繰り返した。興奮に顔を輝かせている。「ほら、見て！　国王からだよ！」

差し出された封筒をベネディクトが受け取り、浮き彫りになった王家の紋章を見て眉をひそめた。「本当だ」

ベネディクトが封筒を開けるのを、ジョージーは彼の肩越しに見つめた。「なんて書いてあるの？」

「カールトン・ハウスからの呼び出しだ」ベネディクトがゆっくりと文面を読みはじめる。「国王の指示により、摂政王太子が——なんてことだ、〝王室に貴重な貢献をした〟ベネディクト・ワイルドに称号を授けることとなった」彼が顔をあげる。驚きと当惑が入りまじった表情だ。「摂政王太子がぼくに伯爵の称号を授けてくださるそうだ。今月末、カールトン・ハウスでの叙任式に出席しなくてはならない。ああ、信じられないよ」

ジョージーは両腕を彼に巻きつけ、しっかりと抱きしめた。

三週間後、ごく内輪の叙任式に出席したベネディクトは摂政王太子の前にひざまずき、ウエア伯爵という新たな称号を授けられた。アレックスとセブも、それぞれメルトン伯爵、モウブレー伯爵という称号を授与され、三人全員が首から勲章をかけている。

「紳士諸君、きみたちの適切な対応のおかげで悪事を防げたことはよく知っている」摂政王太子が陽気な口調で言った。「だが悲しいかな、よからぬことを企む輩《やから》は、この大都市のスラム街や波止場地域にはびこっている。いや、それだけではない。ここベルグレーヴィアにも大勢いる。ウェストミンスターにもだ」彼は険しい表情で、三人それぞれと目を合わせた。

「今後きみたちには伯爵として、わたしのために上院の動きを常に見張ってほしい」摂政王太子はにやりとして太鼓腹を震わせると、ベネディクトをじっと見つめた。

「ワイルド、きみが父上の残した多額の借金を抱え、その返済に努めているのは知っている。きみときみの兄上の幸運を祈る」同情のまなざしでベネディクトを一瞥する。「信じてほしい。厄介な父親がどんなものか、わたしもいやというほどよく知っているんだ」彼は一瞬悲しげな顔になったが、物思いを振り払うように頭を振って続けた。「コックバーン提督から聞いたが、きみはジョンストーンという悪者を阻止するために銃弾を受けたそうだな」

「はい、陛下」

「なんと勇敢な」摂政王太子がベネディクトの肩越しをちらりと見て、身ぶりでジョージーを前に招き寄せる。彼女が深々とお辞儀をすると、摂政王太子は満足げな笑みを向けた。「それにミセス・ワイルド、きみもこの冒険では大いに貢献したと聞いている。今はウェア伯爵夫人になったのだな」青い瞳を輝かせて言葉を継ぐ。「きみはそのことをどう考えている？」

ジョージーは横にいる夫をちらりと見てから微笑んだ。「とてもありがたいことだと感謝しております、陛下。それに恐れながら、わたしの夫はとても優秀な伯爵になると考えていますわ」

訳者あとがき

本書をお手に取っていただき、ありがとうございます。本作『囚われ人に愛を誓えば』は、イギリス人作家ケイト・ベイトマンのリージェンシー・ロマンス・シリーズの第一作目にあたります。

物語の舞台は一八世紀前半のロンドン、父親の跡を継いで貿易会社を切り盛りするジョージアナ——ジョージー・キャヴァスティードは、商才豊かな彼女の財産目当てに寄ってくる貴族の男性たちに食傷気味。ついにはいとこが彼女との結婚を強引に実現しようと画策しはじめたことから、一計を案じて結婚問題にけりをつけようとします。その計画とは、すぐに死刑になる囚人と形だけの契約結婚をし、法的に未亡人になってしまおうというものでした。ところが計画を実行しようとニューゲート監獄を訪れたところ、予定していた相手はすでに亡くなっており、やむなく死刑囚ではなく、流刑の決まっている囚人を相手に即席の結婚式を執り行います。夫となった囚人の名はベン・ワイルド。しかし、彼はボウ・ストリートの密偵で、ナポレオン救出計画を探って監獄に入っていたのでした。もちろん流刑も本当ではなく、ふたりは後日舞踏会で再会します。ふたりはいつしか惹かれ合い、ジョージーは好奇心と船の知識からワイルドの捜査に関わるようになりますが……。

この作品では主人公たちの恋の行方もさることながら、フランス皇帝ナポレオン・ボナパルトの救出計画も重要な意味を持ちます。少し歴史上の事実をおさらいしておくと、一八一五年二月にエルバ島を脱走したナポレオンは皇帝に復位したものの、六月のワーテルローの戦いに敗れてふたたび退位（ナポレオンの百日天下）し、イギリス軍に投降、ウェリントン公爵の提案によりアフリカ大陸から約二八〇〇キロ離れた絶海の孤島、セントヘレナ島に幽閉されることになりました。こうした流れもあって、当時のイギリス政府もナポレオンの動向には神経をとがらせており、セントヘレナ島と近隣の島には軍隊も常駐させていたそうです。そして、この物語の救出計画で重要な役割を担う潜水艇ですが、設計者とされるロバート・フルトンは実在のアメリカ人発明家で、蒸気船の実用化に大きな貢献を果たした人物です。彼がフランスやイギリス、アメリカに対して潜水艇の開発を売り込んでいたのも事実であり、本書にも登場する水雷実験も当時の新聞などで報じられています。

この作品のヒロイン、ジョージーは当時としては珍しい知性豊かで自立心旺盛な職業婦人であり、男社会の中で懸命に生きる姿に共感できる読者は多いのではないでしょうか。ヒーローのベネディクトは、両親の生きざまから心を閉ざしてしまっている面はありますが、元軍人だけあって強く、そんな彼女のありのままを受け入れられる度量の広い男性です。そんなふたりの関係が、ジョージーの妹で無邪気なジュリエットと、繊細な詩人であるシメオンのいかにも青春真っただ中の恋愛模様と同時に進展していくのも面白いところです。

著者のケイト・ベイトマンは、別名義のK・C・ベイトマンと合わせると本作が五作目、二〇一六年のデビュー作は『危ない恋は一度だけ』のタイトルで邦訳が出ています。「何事も最後までやり抜かない」と夫に言われ、完成させられるかどうかで一ドルを賭けて小説を書きはじめたというエピソードの持ち主です。著述業以外に美術品の鑑定士もしているほか、アンティークの専門家としてテレビにも出演するなど多方面に活躍しており、作家としても二〇一九年のRITA賞でヒストリカル・ロマンス（短編）部門でノミネートされるなど、今後の活躍が期待されています。

スリルとスピード感あふれるシリーズは本作で幕を開けたばかり。次作以降でボウ・ストリートの男たちがどんな活躍を見せてくれるのかも楽しみですが、まずはジョージーとベネディクトの恋の行方をご堪能いただければ幸いです。

二〇一九年一二月

ライムブックス

囚《とら》われ人《びと》に愛《あい》を誓《ちか》えば

著　者　ケイト・ベイトマン
訳　者　橋本《はしもと》　節《せつ》

2020年1月20日　初版第一刷発行

発行人　成瀬雅人
発行所　株式会社原書房
〒160-0022東京都新宿区新宿1-25-13
電話・代表03-3354-0685　http://www.harashobo.co.jp
振替・00150-6-151594
カバーデザイン　松山はるみ
印刷所　図書印刷株式会社

落丁・乱丁本はお取替えいたします。
定価は、カバーに表示してあります。
 ISBN978-4-562-06530-1 Printed in Japan